曹多勇作品精品集

悬挂立交桥上的风景

时代出版传媒股份有限公司
安徽文艺出版社

曹多勇,男,1962年出生于淮河岸边的大河湾村。现为安徽文学院专业作家,安徽省作家协会副主席。多年来在《人民文学》《当代》《十月》等国内知名文学刊物发表中短篇小说300余万字。

现已出版长篇小说《大河湾》《寻父记》、中篇小说集《曹多勇中篇小说精选》、中短篇小说集《幸福花儿开》、短篇小说集《开口说话》、小小说集《月亮眼》等七部。其中长篇小说《美丽的村庄》(与人合作)获中宣部第十届(2003—2006年)"五个一工程"奖。中篇小说《好日子》获2003—2004年度安徽文学奖。

XUANGUA
LIJIAOQIAO SHANG DE
FENGJING

悬挂立交桥上的风景

曹多勇 ◎ 著

时代出版传媒股份有限公司
安徽文艺出版社

图书在版编目(CIP)数据

悬挂立交桥上的风景/曹多勇著.—合肥:安徽文艺出版社,2016.8
(曹多勇作品精品集)
ISBN 978-7-5396-5621-2

Ⅰ.①春… Ⅱ.①曹… Ⅲ.①中篇小说-小说集-中国-当代 Ⅳ.①I247.5

中国版本图书馆CIP数据核字(2015)第290792号

出 版 人：朱寒冬	策　　划：朱寒冬
责任编辑：岑　杰　宋晓津	装帧设计：张诚鑫

出版发行：时代出版传媒股份有限公司　www.press-mart.com
　　　　　安徽文艺出版社　www.awpub.com
地　　址：合肥市翡翠路1118号　邮政编码：230071
营 销 部：(0551) 63533889
印　　制：安徽新华印刷股份有限公司　(0551)65859551

开本：700×1000　1/16　印张：21.25　字数：360千字
版次：2016年8月第1版　2016年8月第1次印刷
定价：39.00元(精装)

(如发现印装质量问题，影响阅读，请与出版社联系调换)

版权所有，侵权必究

目　录

001 / 自序

001 / 悬挂立交桥上的风景
045 / 柏油
079 / 梦淮水
120 / 丁字路口案件
162 / 流水向东
207 / 找老婆
249 / 堂哥的后打工时代
291 / 敬死亡

330 / 附：曹多勇2004—2013年发表中篇小说目录

自　　序

2004年,是我小说创作中一个值得铭记的年份。

这一年上半年,我去北京参加鲁迅文学院第三届中青年作家高级研讨班学习。一下子,离那里的各家文学期刊编辑部近了,与其编辑沟通也便当起来。很快地,《当代》《十月》《中国作家》都有了留用短篇小说的消息;短篇小说《人羊》刊发于《阳光》杂志2004年4期,被《小说选刊》2004年7期选用,同期配发我与责任编辑刘玉浦的对话《写作如打铁,一锤不能少》。一个作家在写作时,往往他是他小说王国的王。情节的走向,人物的设置,一切听从他的指挥,一切任由他去安排。一旦作品完成后,往往又是心虚的、冒汗的。这种时候,最需要的是他人的鼓励与肯定。尤其需要文学刊物和编辑的鼓励与肯定。我去北京学习之前,手上已经积压不少稿件,得到他人的肯定有困难,发表更有难度。一段时间,我怀疑自己的写作路数有偏差,对自己的写作极度不自信。

这一年下半年,我的写作野心膨胀开来,暂时丢下短篇小说创作,专事写作中篇小说。中篇小说与短篇小说是两种不同的文体,我想集中精力触摸一下中篇小说的脉搏。之前,我写中篇小说多是用短篇小说的方法去操作。即一部中篇小说由几篇短篇小说构成,短篇小说之间的人物相互关联,且有着大致相同的时间与空间。这种中篇小说的结构方式,我称之为块状结构。依照我的理解,中篇小说较之于短篇小说应该有着更强的故事性，人物附着于故事应该有着更强的命运感。《悬挂立交桥上的风景》是这一时期我写作的第一部中篇小说。我尝试着用有别于块状结构的线性结构去完成，故事一环扣一环地往下推进，直到小说结束的那一刻。构思这部中篇小说时，我还想尝试着让小说人物有更阔大的活动空间，陈来财索性走出家乡来到北京。在异地他乡，我与陈来财共同完成这部中篇小说。《悬挂立交桥上的风景》发表于《时代文学》2005 年 1 期，转发于《中篇小说选刊》2005 年 2 期。

此后两年间，我连续创作十余部中篇小说，同时也连续发表十余部中篇小说。这些中篇小说的人物大多依旧是我的乡邻，但故事则大多发生在他乡。时间靠近当下，似乎更具有时代感。就我的中篇小说人物而言，不管他们走到哪里，说话的乡音是万变不离其宗的，打量世界的眼光是万变不离其宗的，行为举止是万变不离其宗的。淮河流域是他们的出发地，是他们的宗，是他们的根和本。

再而后，我返回中篇小说与短篇小说交叉写作的状态。甚至在我的写作中，根本就不分中篇小说与短篇小说的。它们就像我侍弄的两块大小不一的菜地，一样播种，一样施肥，一样除草，一样收获。该瓜则瓜，该豆则豆。我只管日出而作日落而息就可以了。

2015 年，安徽文艺出版社决定同时出版我的中篇小说集、短篇小说集各一册。这同样是我小说创作中一个值得铭记的年份。

是为序。

2015 年 12 月 20 日于葛大店

悬挂立交桥上的风景

1

陈来财现在正坐在立交桥上看四周的风景。

青年农民陈来财从一千多公里远的安徽农村老家来北京已经三天了。三天来他什么事情都不干,就坐在这座立交桥上看风景。这儿位于北京东五环附近,立交桥是新近建成的,桥下的路也是新近拓宽的,四周显得敞敞亮亮的,就是车辆稀稀落落的。其实,这座立交桥本身就是一道景观。这不是说它设计得多么独特,而是少有人走。偶或有几个行人需要横穿立交桥下面的公路,也并不喜欢攀缘立交桥,而是径直地穿越马路,走过去,节省着一分脚力。陈来财眼里看着风景,头脑里也想着事情。他不知北京人在这么一处地方,花这么多钱,拓宽这条路、建设这座桥会有什么用处。一句话,这是北京人口袋里有钱骚的。全国人民的钱都长腿前呼后拥地跑北京来了,怪不得我们老家那么穷呢。陈来财的老家出过一名贪官副省长,也出过震惊全国的假奶粉事件。一时间全国的报纸电视都来这儿,帮助找各种各样的原因。其实原因就一条,穷。穷,想做官的人才拼命地送钱,当上官的人才拼命地敛财。穷,老百姓的孩子才去喝杂七杂八的奶粉,喂出许多大头娃娃来。原来,这么多的钱都被北京人拿来铺在了路上,贴在了桥上。"他妈妈的。"陈来财恶狠狠地骂了半句话,紧接着把积攒在嘴里的一口唾沫迎风吐出去,不想一股歪风邪气謷过来,又把这口唾沫原原本本地还原在脸上。陈来财慌忙抬衣袖擦脸,又骂出半句"他妈妈的"。

这儿是一处新开发区,本着不破不立的原则,陈来财的视觉所及之处,到处都在扒、扒、扒,拆、拆、拆,跟电视里打过仗的伊拉克首都巴格达差不多。这些"战后景观"陈来财不爱看,心里还委屈,我跑这么远的路难道就为了看这么一堆堆的碎砖烂瓦?

陈来财爱看公路上跑着的小轿车。

陈来财的老家把小轿车叫小宝车。

远远的远处,公路的尽头,一粒黑点一点点大过来。待有了车的模样,陈来财眼底里的小宝车就开始颤抖了,慌张了,骨里骨碌滚过来。穿过立交桥时,陈来财能听见小宝车"哧溜、哧溜"的喘息声。而后,陈来财还会与时俱进,两眼掉转方向继续看反向落荒逃窜的这辆小宝车。陈来财在老家多见的是四轮拖拉机,鲜见这种小宝车。陈来财老家的公路也没有这么宽敞、这么光溜。一辆辆小宝车在这么宽敞、这么光溜的大路上奔跑得这么快,依照陈来财的想法,是难免要翻车、撞车的。陈来财乐此不疲地看车,等待的就是这么一种时刻的来临。可陈来财一连等了三天的时间,看了三天的车,没有一辆车如愿地出事故。反倒是一辆辆跑得更加精神了。渐渐地,陈来财失去看车的兴趣。干什么呢?陈来财把双脚别进桥栏杆里,上身探出桥身,头朝下悬挂在半空里。上身摇晃,头摇晃,眼睛摇晃,相跟着眼睛里的整个世界都在摇晃、动荡、不安。

陈来财想要的就是这种效果。

陈来财找到一种新的乐趣。

一位上年岁的老大爷从立交桥下经过,见着陈来财,还不相信是悬挂着一个人,眨巴眨巴眼睛,走近几步,喊,小伙子,危险,赶快下来吧。

　　陈来财满眼晃荡、景物倒置,没有看见喊话的老大爷。陈来财正向、反向,把头、把眼好一阵调整,才看见头脚倒置、奇奇怪怪的老大爷。陈来财不答话,索性把身子晃荡出更大的幅度。陈来财眼里的老大爷先是惊慌地把眼睁大,继而笑起来,说真是林子大了什么样的鸟都有。天底下有千种玩法,万种玩法,没想着还有这么一种玩法。

　　老大爷不慌不忙地走过去,走一段,站住身,回过头,看看陈来财,摇摇头,嘴里再说什么话,陈来财就一个字也听不清楚了。

　　一瞬间,陈来财对悬挂立交桥上是一点兴趣都没有了。就在陈来财不想悬挂立交桥准备下来的时候,眼里走进一位身穿吊带裙的姑娘。陈来财两眼一亮,两腿一软,身子又一悠,差点从立交桥上悬空摔下来。也就从这一时刻开始,陈来财的命运不知不觉发生扭转了。

2

　　四月初的北京就变得一天天热起来了。陈来财的身上还是从老家穿来的一身春秋衣服,热也没觉得热,天天坐在立交桥上,凭空有一阵一阵的风偷偷袭来,倒是时时觉出一份惬意的凉爽来。猛然一下瞧见一位穿得这么少的人,还是细皮嫩肉的女孩子,真是有点不可思议呢。远处里看,女孩子个头不算太高,身材也不算太胖,就是长得白净。一条白底蓝碎花吊带裙穿身上,脸、脖子,还有大半个胸脯都白亮亮地露在外面,阳光一照像是能反光似的,更加夺目了。这条吊带裙很长,盖住女孩子的脚脖子。女孩子走动着碎步,一走一裹的,陈来财像是能听见窸窸窣窣的一片响声。陈来财想要是一条短裙的话,说不定女孩子的两条腿会更加白亮、夺目。不知怎么的,陈来财对这位身穿吊带裙的女孩子一下子产生出模糊的亲近感,有一种想跟这个女孩子说说话的强烈欲望。陈来财来北京三天,除了跟自己的大哥陈来金、二哥陈来银说过几句不咸不淡的话,别的人还没有,女的更没有,连北京的母麻雀也没有搭过腔。陈来财现在特别需要跟人说说话,尤其是女人。

陈来财重整旗鼓,把一双脚脖子牢牢地别稳当,身子重新悬挂立交桥的半空里。陈来财这次摇摆的幅度不算大,强调的是摇摆的节奏感。晃悠来,晃悠去,摇晃去,摇晃来,陈来财自己都被自己摇摆出的优雅姿势感动了。陈来财想,只要这个女孩子看见我,一搭腔,我就能跟她说话了。这么短的一点时间里,陈来财都把要说的话想好了,或者说这些话原本就长在肚子里,憋闷几天了,熟透了,很容易把它们一句一句从嘴里倒出来。陈来财会告诉这个女孩子,自己是来北京投靠两个哥哥打工的,一时间还没找着合适的活,来北京三天就在这座立交桥上看了三天的风景,其实什么风景也没看着,或者说这里的风景根本不属于他。他打算明天下午乘火车就回安徽老家了。陈来财想到这儿鼻子有点酸溜溜的,他想,自己来北京原本就是一笔糊涂账。

就在陈来财恍惚与愣神间,这位身穿吊带裙的女孩子很快走近立交桥,不停步,不歇气,从立交桥下径直地走了过去。这位身穿吊带裙的女孩子没有抬头看陈来财,自然也就没有理会陈来财。无论如何这是陈来财事先一点都没有想到的。陈来财心里有点急躁,嘴里"唉、唉"有音无字地喊出两声。陈来财想弄出点动静来,以引起这位身穿吊带裙的女孩子的注意。可女孩子还是不回头地愈走愈远了。陈来财心里滋生出一丝绝望来,身子一挺劲,把悬挂立交桥半空的身子摘下来,两眼呆愣愣地瞧着远远融入稀落人群里的女孩子。陈来财猛然一下追了过去,一边跑,一边还有声有调地喊,等等我,我想跟你说说话。

实际上,陈来财两腿追上去时,嘴里并没有喊出声。这儿不是安徽乡下老家,是城市,还是中国最大的城市——北京,大路上不能随便喊叫陌生人,尤其是女孩子,这点道理陈来财还是明白的。陈来财紧着脚步追一段路,离这位身穿吊带裙的女孩子近了,又慢下脚步。女孩子的脚步也愈走愈疾,猛然间又停下脚步,倾斜身从包里掏东西。是一只白色的包,小巧巧的,像是只有陈来财并一起的两只巴掌那么大。陈来财不知道这么小的包能装什么东西。女孩子站住脚,陈来财也随之站住脚。陈来财听见自己的一颗心就是这时候结结实实地响了一下子。原来女孩子是从包里掏东西擦眼泪。似乎女孩子的眼泪愈擦愈旺,能见着眼前的这个女孩子的一双雪白的肩膀在微微地颤抖。显然,女孩子受到了很大的委屈。一时间,陈来财都生出一种同病相怜的感觉了。

这位身穿吊带裙的女孩子最终要去的地方离立交桥不远。走下立交桥,拐进一条小巷,就消失在一座破旧的楼房里。这儿也属于"扒、扒、扒,拆、拆、拆"的范围,一个个"拆"字,被白石灰水涂画得到处都是,或大或小,或正或斜。这座四层红砖楼的一半已经扒去,呈现出青面獠牙的怪状。陈来财不可能知道女孩子来这儿干什么,可还是站在大楼外面等候着,希望这个女孩子从这座楼里走出来。

天色"嚓啦"一声黑下了,陈来财只得收回一双酸涩的眼睛,极不情愿地往回走。

事情至此,陈来财还没能跟这位身穿吊带裙的女孩子说上半句话。陈来财决定明天下午就回安徽老家去,只是没想着临上火车前自己还会来找这个女孩子。

3

陈来财的两个哥哥住一起,距立交桥也不远,是一片早已扒倒的楼房废墟里。这么一大片地方将来怎么使用它,眼下还没有一点头绪,只是四周用一块块涂刷蓝漆的铁皮围上了围墙。里边还莫名其妙地剩下几间没扒的平房。陈来金、陈来银,还有不少乱七八糟的外地人临时住这儿。

大哥陈来金来北京八年了,三年前回家盖起三间房屋,娶回一个女人做老婆,现在老婆留老家,自己天天在这儿拉着一辆破旧的架子车收破烂。二哥陈来银来北京五年了,去年里回家盖起三间房屋,娶回一个女人做老婆,现在老婆留老家,自己天天在这儿脚蹬一辆破旧的三轮车做菜贩子。看来两个哥哥做这么两种营生也很赚钱。每年春节回去一趟是肯定的。平常里,不年不节的,两个哥哥说一声回去也回去。虽说北京离老家上千里地,花百把块钱坐火车也就是夜里睡一觉的事,便当得很。哐里哐当,一觉睡醒,天亮了,老家也就到了。两个哥哥回家很注意自己的形象,头脸身上都收拾得光光鲜鲜的。该理的发,理;该光的须,光;该穿的衣服,穿。最主要的是还大包小包带回一大堆吃的、喝的、穿的东西。回村里,两个哥哥黑头黑脸的与别的村人没什么区别,可从衣着上,说话的腔调上,还有一举手一投足的做派上,还是很容易与一般村人分开来的。一副见过世面,做过大事,经过风浪,挣过大钱的样子。只是两个哥哥从来不说自己在北京收破烂,做菜贩子。这一点连家人都不知道,陈来财更是一点都不晓得。两个哥哥跟村人说,是在北京的一家建筑公司里干活。村里有眼热的人,想让两个哥哥带着一块去北京。两个哥哥直摇手,说人家建筑公司早满员了,莫说一个人,连一根多余的针都难插进去。村人不信,两个哥哥进一步解释说,公司要是能进人,别人不带,还能不把自己家的三弟带过去?两个哥哥这么一说话,村人想想有道理,自己家的老三都窝家里不带,看样子北京那地方的活路确实不好找。村人纷纷去上海,去江浙,去广州,就是没人去北京。

今年春节后,两个哥哥过了正月十六就一起回北京了。临走前,大哥陈来金丢下话,说陈来财,你老是在家里也不能算个事,想去北京跟我们一块去。

陈来财的心有点动。

大哥陈来金说,我可是丑话说在前头,要是人家建筑公司不要人,你就干别的。

二哥陈来银说,其实去北京也不定非要去什么建筑公司,卖个菜呀,收个破烂什么的,还不一样赚钱。

陈来财听两个哥哥的话音还是不想带他一起去北京,腿脚就迟疑,说大哥二哥,你们走你们的吧,我还是在家种我的二亩地。

日子一天天过去,二亩地上的麦子像是一群野孩子,根本用不着人去经管,去过问。陈来财闲得一个人吃过睡,睡过吃,一副硬朗朗的木床板都睡塌掉了。陈来财想一想,还是投奔两个哥哥吧。把自己往火车的车厢里一塞便来了北京。这才知道大哥陈来金一直收破烂,二哥陈来银一直做菜贩子,根本没有进过什么狗屁的建筑公司。大哥陈来金解释说,来北京做事还不就图个名声好听,你一说收破烂、做菜贩子,村人还不就低看你一眼。二哥陈来银接话说,还有就是露馅了对象不好找,要不大哥找大嫂子能找得这么麻溜?二哥我找你二嫂子能找得这么麻溜?大哥陈来金白了二弟一眼,说来北京干什么事是次要的,关键看挣钱不挣钱。二哥陈来银说,大哥说得对,别看大哥天天拉辆架子车,喊几嗓子,收一收破烂,那可比家里的乡镇长挣钱挣得多呢。大哥陈来金说,别看你二哥骑的这辆破三轮车不起眼,一天去卖一趟菜,还不就等于去拉一趟钱。

陈氏三兄弟,大哥陈来金长得高一点胖一点,二哥陈来银长得瘦一点矮一点,陈来财算中间,比大哥矮比二哥高,比大哥瘦比二哥胖。陈氏三兄弟都长着一个猪腰子脸,这一共同的特点,眼神再差的人也不会看走眼。现在陈氏三兄弟一起站在平房前面的空场上,大哥、二哥站两端,陈来财站中间。两人说,陈来财一人听。猛眼看上去,很像电视里的三个说群口相声的人。

两个哥哥倒是很热心,争着收陈来财做徒弟。

二哥陈来银说,三弟你跟着我上菜市场,三天我教会你怎么卖菜,第四天,你花二百多块钱买一辆破旧的三轮车,我再匀出一半摊位,你就能摆摊挣钱了。

大哥陈来金说,三弟跟着我收破烂,半天教会你,第二天,你花几十块钱买一辆破旧的架子车,我再分出一点地盘,你就能做收破烂的买卖了。

二哥陈来银说,在北京卖青菜、收破烂,名声上不好听,可不少挣钱。

大哥陈来金说,北京这地方就是邪门,什么行当不好听什么行当挣钱。贪官污吏的名声该不好听吧,你望望哪个不带小女人,坐最好的小宝车;婊子的名声该不好听吧,你望望她们哪个不活得鲜枝嫩叶的,系上裤子一个个都赶上七仙女下凡了。

陈来财摇摇头,不愿意跟着二哥做菜贩子,也不愿意跟着大哥收破烂。

陈来财最后说,我回家。

一场群口相声表演结束了。

陈来财说回家,没回家,说我先在北京溜溜逛逛再回家也不晚。

就这么,一连三天里,陈来财在立交桥上看了三天的风景,别处哪儿也没去。

4

陈来财的两个哥哥都是白天里在外面做事,晚黑里才回来睡觉。这一晚,大哥陈来金、二哥陈来银都比陈来财回头回得早。大哥陈来金黑灯瞎火地在屋外的空场地上烧饭,碎劈柴、断树枝填满一锅腔子,烟雾缭绕一院子。陈来财走过铁皮围墙的时候狠狠地踢上两脚,"哐"一下,"哐"又一下,响声很大,有点惊天动地的样子。大哥陈来金见是陈来财,很客气,说三弟回来了,赶快进屋拿碗来盛菜,今天晚上有好吃的。陈来财走近黑乎乎的锅,什么也看不清,伸脖子闻一闻,有一股肉味窜进鼻子里。一下子,陈来财的肚子"咕、咕、咕"连着叫出好几声,饥饿瞬间涨满一肚子。二哥陈来银没用陈来财进屋就把三只碗端出来了,伸手递给陈来财一只,说三弟逛京城比我们还忙呢。

吃嘴里才知大哥烧的是大白菜烧肉。

兄弟三人一人一个大馍,一人一碗大白菜烧肉,脸对脸蹲地上吃起来。

二哥陈来银问陈来财,又去立交桥看风景去了?

陈来财不答话,急着想吃饭。

陈来财越不说话,二哥陈来银越想问话。

二哥陈来银又问,看到什么稀奇景致了?

陈来财说,女人,一个漂亮女人。

大哥陈来金说,北京漂亮女人满大街都是的,光看有个屁用。

二哥陈来银说,三弟留下来吧,苦几年回家盖三间房子,再娶一房女人,关上门,想怎么看女人怎么看女人,想看女人的哪地方看女人的哪地方。那才叫个日子。你这算什么,总不能打一辈子光棍吧。

大哥陈来金说,想卖菜,跟你二哥学;想收破烂,跟我学。两样任你挑一样。

陈来财说,我两样都不学。卖菜,我回老家种菜卖;收破烂,我回老家东村西村里收,也不跑北京这么远的路。

二哥陈来银说,看你能的。我问你,家里种菜,一斤卖多少钱? 我在北京贩菜卖,是老家种出的好几倍。

大哥陈来金说,卖菜要起早,你就跟着大哥我收破烂,风不打头雨不打脸,想睡个懒觉你把两条腿伸直尽管睡。最近这一片搞开发,破烂好收得很。不信你去门前看看大哥今天收回的都是些什么破烂,老家里有吗?

陈来财闷头吃菜吃馍,实在不想跟两个哥哥多说一句话。

二哥陈来银突然想明白事理，很响地"啊哈"一声，跟大哥陈来金说，三弟的这副样子是不把我俩卖青菜、收破烂看在眼里呢。

大哥陈来金也不满意陈来财的这副样子，说他还不把你我在老家盖的房子、娶的女人看在眼里呢。有本事自己在老家盖起三间房子住着，娶回一个女人睡着。嫌卖青菜、收破烂难看难听，自己去找一份又挣钱又体面的活干。

兄弟三人说不到一起，有点不欢而散。

大哥陈来金扭转脸看二弟陈来银说，三弟明天走让他走，反正来来回回的路费又不是我俩出。

二哥陈来银说陈来财，我跟大哥明个白天还要忙，没空送你去火车站，一个人不要误了钟点。

陈来财的眼里一下流出眼泪，说谁要你们送，我自己能来，我自己就能回。

陈来财睡得很死，清早两个哥哥什么时候起床的，一点不知道。一觉醒来，屋外的太阳多高了。陈来财估摸不会"高"到晌午西，脖子一软索性睡个够。这一睡再起来，陈来财心里就一点数也没有了，不知是上午，还是下午。陈来财赶紧背上自己从老家带来的东西往火车站跑。一口气跑到公交车站，来一辆去北京西客站方向的公交车却又不上。此刻，陈来财心里空落落的，觉得离开北京前还应该办一件事。那就是再去立交桥上看一眼风景，还去看一眼身穿吊带裙女孩子消失的那座楼。这两处现在已经成为陈来财来北京一趟唯一值得留念的地方了。陈来财甚至动情地自己问自己，这位身穿吊带裙的女孩子现在在哪里呢？

从外表上看，陈来财与一般农民工就不相同。陈来财衣服穿得整洁不算，关键没有随身扛着其他农民工人人必备的一条装满东西的大蛇皮袋。陈来财就随身背着一只大一点帆布包，里边带着几件换洗衣服。陈来财年轻，走路昂首挺胸的，一眼看上去很像个小地方来北京办事的,根本不像我们常见的农民工。

就这么陈来财身背一只帆布包,走上立交桥,两眼茫然空洞地向四周望一望,就走下立交桥,去找身穿吊带裙的女孩子消失的那座楼。陈来财一下子就见着二楼最北端的阳台上晾晒着昨天女孩子穿过的那条白底碎蓝花吊带裙。看不见晾衣绳,看不见晾衣架,只见这条白底碎蓝花的吊带裙在风中风筝似的飘舞着。陈来财忘记时间,也忘记去火车站,就这么呆愣愣地站在楼下面看着,一颗心随吊带裙舞着而舞着。不会儿,更加惊奇的事发生了,昨天消失的那个女孩子从这座楼里出现了。女孩子今天穿的是一件黑短裙,身上换了一只黑皮包。上面露着白亮的脖子,下面露着白亮的双腿。女孩子今天没了昨天的委屈、昨日的眼泪,气昂昂的,笑眯眯的,一脸阳光朝着陈来财走过来。女孩子认不识陈来财,似乎连两眼角的余光都没瞥陈来财一下子,就从陈来财身旁飘过去。陈来财没像昨日那样"唉、唉、唉"地喊叫几声,而是悄悄地尾随着。

陈来财想知道这个女孩子到底去哪里。

5

女孩子是个发廊妹。

这个女孩子所在的发廊离立交桥也不远。立交桥南北走向,女孩子去的发廊在立交桥南面,女孩子住的那座破楼在立交桥北面,陈来财两个哥哥的住处则在立交桥的东南。也就是说,陈来财如果直接从两个哥哥住的地方来发廊,虽不必穿过立交桥或立交桥下面的公路,可还得从立交桥这儿经过。这儿是发廊一条街,陈来财跟踪女孩子来这儿像是走进一片种植着"发廊"的庄稼地。一样的街面,一样的店面,一样的格局,又做着一样的生意,只不过一家家发廊的名称不同罢了。什么湘妹子发廊,什么川妹子美容中心,什么辣妹子洗足屋,什么酒妹子按摩厅——无一例外,重点突出的是"妹子",是"什么妹子",是"这些妹子做什么"的。有些发廊屋干脆什么名称也没有,袒胸露背地在门外站着两个活广告妹子,就是一个半傻的男人路过这儿,也会明晓这是一种什么地方呀。

陈来财自然也明白。

陈来财他们县、他们市几年前搞开发的时候,从外地也引进不少家这样的发廊。那时候上述那位被枪毙的副省长还在他们地市当领导,弄得一些闪闪烁烁的灯光一夜一夜不熄灭,四周的人都称这儿是小上海、小香港、小澳门。后来这位领导调走了,倒台了,县城街上的发廊一夜间飞光了,留下几家也做不成气候了。陈来财想,说不定这儿就有从他们县城搬过来的发廊呢。这些个发廊候鸟一般喜欢追逐着口袋里有钱而老婆又管不住的男人四处转,看来风水轮流转,现在又轮这儿了。

这个女孩子所在的发廊,叫水妹子发廊。陈来财脚步迟疑着走过去,一下就被这个女孩子盯上了。

这个女孩子惊讶地问,怎么会是你呀?

这么一弄,陈来财也吃惊,问,你认识我?

这女孩子嗲腔嗲调的,说几句上海腔又转几句广东调,陈来财听不出说的是哪里话。陈来财撇不好腔拿不好调,只会说安徽家乡话。

这女孩子听见陈来财答话土腔土调的,变得迟迟钝钝不想说话了,可猛然地还是咽下一口唾沫,抬手一指说,你不是刚刚站在那边楼前面的那个人吗?

陈来财说,这么一说,你是看见我了。

这女孩子说,你这么大个人站在那儿我怎么会看不见呢?跟你说吧,昨天我还看见你悬挂在立交桥上呢。

陈来财的一张脸红起来,说我那是闲着没事玩呢。

这女孩子"咻咻咻"地发笑,说我还以为你是擦洗立交桥的呢。

水妹子发廊里还有一位小姐,显得很胖,又加上衣服穿得少、穿得紧,身上的肉不安分地一直想往什么地方跑一跑。尽可能地把衣穿得少一点,尽可能地把肉露得多一点恐怕是做发廊小姐这种职业的需要,也是发廊这种职业的一种标志。陈来财跟这个女孩子说着话,胖小姐就把一张嘴撇起来,说,娟子姐刚认识这位情哥,两人就这么黏糊啦。

陈来财知道这个女孩子的名字叫娟子。

娟子说,这只能说我俩有缘分嘛。

胖小姐说,还是娟子姐会勾引男人,走半路就把客人引来了,哪像我等候半天,一个客人也没有。

娟子不生气,反倒笑眯眯的,问陈来财,我能为你服务什么呢?是洗头?是洗脚?是按摩?你想做做别的也是可以的。

娟子的话音里着重强调的不是洗头,不是洗脚,不是按摩,是别的。

陈来财一边看着门上的一张纸,一边说我看看。

两扇对开的玻璃门内贴着一张明码标价的服务项目:洗头一次多少钱;洗脚一次多少钱;按摩一次多少钱。从表面看服务项目就这三项,三项可交叉,洗头加洗脚或按摩一次多少钱,优惠多少钱;三项都做,一次多少钱,更优惠。关键是这张纸上还有一个项目叫"其他"。其他什么,就不写明白了。不写明白,男人们也明白。一连串的服务收费里,洗头最便宜。

陈来财说,你就帮我洗洗头吧。

娟子有点失望,轻叹一口气。

陈来财听懂娟子叹气的含义,改口说,先洗一洗头。

娟子的服务态度真不错,把陈来财的包拿下来放在一旁的凳子上,又把陈来财让进旁边的一张椅子里,伸手抖开一条毛巾围在陈来财的脖子里。娟子在工作台前就麻利地做准备工作了。胖小姐把着玻璃门往外看。陈来财知道她的眼睛就是网,拉着过往的每一个男人。陈来财正冲着一面大玻璃镜,镜子一影过来一个年岁大一点的女人,问娟子,客人只洗头?

娟子说,我还没问清呢。

这女人说,记住,按规矩,先给钱,后做。这些天尽遇见赖账的男人。

看样子,这女人是这儿的老板娘。老板娘走后,陈来财就从椅子里站起身,伸手扯下脖子上的毛巾,说头我不洗了。

陈来财突然的变故,娟子很吃惊,问怎么啦?

陈来财说,我忘掉带钱了。

陈来财说完这句话,一下变得麻溜起来,一眨眼就背上包,开门出去了。

胖小姐大呼小叫地问娟子,赶快喊老板娘截住他。说好的价格,不做也得给钱。

娟子一喊老板娘,肯定会有别的男人跑出来,那时候陈来财不想找麻烦也有麻烦了。发廊里的一些规矩陈来财还是不懂得。

娟子望着大摇大摆走出去的陈来财,说算了,说不定真是没带钱呢。

胖小姐爱撇嘴,两片厚嘴唇组合的嘴一撇,说娟子,你跟这个男人肯定有关系,这么黏糊半天,怎么说一声走就走了。

娟子说,我真是认不识这个人,可我看他也不像个占便宜的人。

胖小姐说,我真是不明白你。对待男人,有时你像个恶婆,恨不得一口吃了人家,有时你又善得像个活菩萨。

娟子说,这叫什么客什么菜,什么人什么待。

陈来财没有立刻离开发廊街,往南走一段路,又回过头往北走。这一会儿工夫,陈来财做出好几个决定。一是留在北京,暂时不回老家了。二是从明天起就跟着大哥收破烂,或跟着二哥去卖菜。这前面的"一"和"二"都是为着后面的"三"。三是，过几天，口袋里挣着钱，还来发廊街找娟子。陈来财想好这三件事，就想回头跟娟子先说说这心里的"三"。

娟子与胖姑娘正说着话，瞧见陈来财回转来。陈来财一脸真诚地对娟子说，我现在口袋真是没有钱，候过两天我口袋挣着钱再来。

陈来财脚步一加快，一溜烟朝发廊街北面乐颠颠地跑过去。

胖姑娘与娟子笑起来。

胖姑娘说，我还没见过这么好玩的男人呢。

娟子说，像是从老家才来北京的。

胖姑娘说，这个人。

娟子也跟着说，这个人。

说完话，两人又是一阵笑。

6

陈来财口袋里不是没有钱，也不是不想让娟子的一双巧手替他洗洗头。突然地，陈来财舍不得花口袋里的钱，或者说口袋里卖粮食的钱。陈来财自己跟自己说，等我挣着其他的钱再来也不晚。

现在陈来财口袋里装着的几百块钱是从安徽老家来北京的前一天卖粮食卖来的。这可是陈来财辛苦半年的一季黄豆呀。陈来财望着两亩地收获的两麻袋黄豆，怎么看也不会超过四百斤。去年后半年天一直干，黄豆正需要雨的时节，老天爷一滴都不下。陈来财日夜待在土地里也是没办法。临收，一亩地不到二百斤。就这比左邻右舍的人家还是多收的。说这话倒不是陈来财整天把着二亩地，天就单单不敢旱他家的黄豆秧，而是陈来财选择的种粮好，耐涝耐旱。陈来财种地注重种子，也舍得花钱买种子。无奈，种子再好也抗不住旱天。天歉收，黄豆价格就见天往上涨，比往常一斤多出三四毛钱。村里张老五家磨豆腐,生意做了好多年,一年比一年做得大。黄豆涨价,张老五最害怕。张老五见天派家人,在村里一家一家购黄豆。黄豆价格给得不算低,左邻右舍碍着面子,都把黄豆卖给张老五。张老五家人拉着一辆车,带着一杆秤,从陈来财家门前问过好多次。陈来财都回话说,不卖。最后一趟,是张老五亲自来问的。张老五长得矮胖墩墩的,见人一脸和气生财相。就是这么一个人做起生意来心却黑,收黄豆压价、出杂质、出水分,还拿着一杆大秤。称一百斤黄豆,少说也要少出二三斤。张老五心黑还黑在明处,说夏季天你们家收过麦子去乡粮站里卖,出不出杂质,出不出水分?村人去乡粮站那是卖公粮,价格比街上给得高,才出杂质,才出水分。张老五心黑,村人还愿意把黄豆卖给他,是因为时常村人手里紧,好问他家借钱。村是个穷村,手里钱活便的时候不多,一年到头,大多的时间里,口袋里都空着。张三家缺钱,去找张老五;李四家缺钱,去找张老五;王五家缺钱,还是去找张老五。张老五家不是开银行,能得什么好处呢?比如说,张三家孩子上学短缺百儿八十学费钱,前去张老五跟前张开嘴。张老五愿意给,说张三,秋季天你家地里的黄豆莫卖给别人家了。张三明白张老五的意思,是想让他家拿黄豆去抵债。张三回话说,这还用你说,黄豆卖给谁不是卖,送你家还省着劲往街市上拉呢。

村子里,陈来财不借张老五家的钱。这不是说陈来财口袋里有钱,陈来财是光棍,一个人,缺钱,一挺就挺过去了。这样,陈来财才敢不买张老五的账。张老五亲自来问,陈来财还是不愿卖。张老五认为天底下没有买不来的粮,大不了多加一点钱。张老五家磨豆腐不缺陈来财家的这点黄豆。村里别的人家都愿卖,陈来财不愿卖,张老五觉得自己的一张脸面过不去。张老五咬咬牙,把价钱比别人家抬高五分钱。陈来财还是不卖。

陈来财说,这不是价钱的事,给多高也不卖。

张老五真是不理解,问为什么?

陈来财说，留着放在眼面前看，留着我没事的时候数着豆粒玩。

陈来财家的两麻袋黄豆就放在床面前，不扎麻袋口，豆粒金黄灿灿地驰着亮光，照映得陈来财的脸膛，还有陈来财的屋子都是一片黄亮亮的。

陈来财伸手抓一把，一粒一粒地数着，跟张老五说，看到了吧，这是一粒金豆豆，这是一粒银豆豆。

张老五一张和气生财的笑脸再也笑不起来了，一时三刻地涨成一张猪肝脸，说你就没事在家里慢慢数去吧。

年后天，黄豆的价格一天一天往下降，原因是陈来财家乡天干歉收黄豆，不代表全中国都天干没着黄豆。现在交通便利，就像水往低处流一样，哪儿粮价高，粮食就往哪儿流通。年后天，似水的黄豆"哗啦啦"地流到这儿来。

黄豆价格低，也得卖，要不哪来钱买火车票去北京？陈来财在张老五家的豆腐店转悠三大圈，最后还是硬着头皮跟张老五说出卖黄豆的事。张老五没说不买陈来财的黄豆，只是把价格压得很低。张老五跟陈来财说道理，说人呀跟什么都能生气，就是不能跟钱生气。你看看我，按说你就是一分钱不要，我也不该再买你的这两麻袋黄豆。可我不生这口气，这么便宜的黄豆我干吗不买呢？

张老五腆着个大肚子猛一阵子笑，肚皮一颤一抖的像灰尘一般把笑声扬到半天空里去。

陈来财想想张老五说的话有道理。

两麻袋黄豆年前年后一比较，少卖三十多块钱。

7

陈来财再来发廊街已是五天过后的事情了。这个时间跨度是陈来财早已预料到的，而且比料想的还要早几天。按照陈来财想法，口袋里少说得挣一百块钱才能来发廊街找娟子做自己想做的事。陈来财在北京暂时还没有其他挣钱的门路,只得回头找两个哥哥。大哥陈来金、二哥陈来银晚黑里见三弟陈来财没回家都很惊奇,齐声问,怎么你还在北京?

陈来财回答,我不回去了,留下来跟着你们贩青菜、收破烂。

大哥陈来金不相信地看看三弟,你说的是实话?

陈来财点点头。

大哥陈来金说,那你明天早起就跟着我去收破烂。

陈来财说,那你一天得给我三十块钱。

二哥陈来银说,三弟不傻,怪会要钱呢。

大哥陈来金一双眼瞪多大,问陈来财,你的头脑有没有毛病?你这是跟我学徒,我不问你要钱就算便宜你了,你还反过头来问我要钱。

陈来财说,那我就少要十块钱,一天二十块。再少,我待在北京还有什么意思呢?

陈来财当然不会跟两个哥哥说出自己留在北京的真正目的。

大哥陈来金看看二弟陈来银,说,要不三弟明天跟着你去卖菜吧。

二哥陈来银的一双眼突然间睁得比大哥陈来金的还要大,说三弟,你在北京什么也别干了,白天在这儿睡觉,睡足了你还去立交桥看风景。我跟大哥轮流管你吃。

相比较,还是大哥陈来金像个做哥的样子。

大哥陈来金对二弟陈来银说,三弟来北京就是投奔我俩的,亲兄弟不帮忙谁个帮忙?

二哥陈来银低下头,慢腾腾地说我听大哥的,只是亲兄弟也不能狮子大开口,一天要这么多钱。

最后三兄弟达成一个协议,陈来财一人跟一天,每天工钱十块钱。

陈来财自然嫌少,心里算计,一天十块钱,攒够一百块,少说也得十来天。

二哥陈来银说三弟,一天还有三顿饭钱呢,这样一起算多少了?

陈来财先跟着二哥陈来银去卖一天菜,再跟着大哥陈来金去收一天破烂。一人轮一天。

清早天不亮就得起床,陈来财与二哥陈来银两人骑一辆三轮车,先去蔬菜批发市场把一天要卖的菜批发出来,而后再拉到菜市场的摊位摆开来,凭着一杆秤就能把钱赚回来。买菜、卖菜,陈来财一点新鲜的感觉都没有。

陈来财也不喜欢跟着大哥陈来金收破烂。

大哥陈来金收破烂不需要去远地方,就在方圆几里路内的这么一大片"扒、扒、扒,拆、拆、拆"的楼房间穿梭往返。木门、木窗,陈来金收;钢门、钢窗,陈来金收;什么破彩电、旧冰箱,陈来金也收。这里的住户总是大难临头似的,不知往哪儿仓皇逃窜,能扔的扔,能砸的砸,能丢的丢,能卖的卖。陈来金领着陈来财上午里收一架子车,下午里还收一架子车。陈来财这一天就一直帮大哥陈来金拉着架子车,别的什么都不问。大哥收木门多少钱一只,他不记;大哥收钢门多少钱一只,他也不记。陈来财一路拉车还不爱看路,一双眼一会儿往半天空里瞟一下,一会儿又往半天空里瞟一下。陈来财心里只惦记天空的太阳快快落,一天过去好问大哥要十块钱。大哥陈来金看不惯陈来财的这副样子,说三弟,我跟你实话说,北京这地方,路不会往天上通,破烂更不会往天上跑。做人要现实,要踏实,才能有好日子过。

陈来财不听大哥陈来金的话,还论理,说我怎么觉得好日子都在天上呢?

大哥陈来金说,那是神仙,那是玉皇大帝,不是你陈来财。

陈来金收这些破烂自己不会要,分门别类地送往更大的、固定的收破烂摊点。一手交破烂,一手接钞票。一天下来能得多少钱?大哥陈来金爱在睡觉前放心里盘算盘算清楚,才睡觉。大哥陈来金从一沓大大小小的钞票里抽一张十元的递给陈来财,说三弟,今天我俩算清了,明天该跟你二哥了。

陈来财瞥一眼,不接钱,说给张新的。

大哥陈来金说,新钱十块是十块,旧钱十块还是十块。能多出一分来?

大哥陈来金安心地睡了。

陈来财不睡,拿着大哥给的十块钱冲灯光看着,摩挲着,心里想着发廊街的娟子。

有灯光照着,大哥陈来金睡不着,说三弟,一张小钱有什么看头呢。

陈来财说,我看看是不是一张假钱。

这一夜,二哥陈来银回来得很晚。大哥陈来金把晚饭做好的时候,还没见二哥陈来银回来。大哥陈来金说,三弟我俩先吃吧,看样子你二哥是打野食去了。挣几个熊钱不够他浪败的呢。

打野食就是找野女人,这是老家的土话,陈来财能听得懂。陈来财想问大哥陈来金,二哥是不是去了发廊街,话到嘴边又随一口唾沫咽进肚子里,自己吓自己一惊,差点露出藏在心里的把柄来。

半夜,二哥陈来银一身酒气回来,说是菜市场上的几个人一起帮别人卸货喝的酒。看样子二哥陈来银喝不少酒,哈着酒气跟大哥陈来金说,今晚喝的是好酒,不信你闻闻。一会儿,屋里被弄得臭味熏天的。

前四天,陈来财一共得到四十块钱整。余下的六十块钱还是第四天半夜里跟着两个哥哥做了一趟小活得到的。

8

所谓的小活,就是撬一幢大楼里的旧钢窗。

地方是大哥陈来金收破烂看好的,不远,也是一座待拆的旧楼房。

吃晚饭的时候,大哥陈来金吩咐二哥陈来银去买一点卤猪头肉来打打牙祭,半夜好有劲干活。北京的卤猪头肉都卖十三块钱一斤了,很贵,时常里根本舍不得吃,顶多的也就是买斤把五花肉加上大白菜,汤汤水水烧一锅。陈来财没来的时候,大哥、二哥是中午各吃各的,早晚一起烧着吃,这样省一点。大哥陈来金负责烧锅,钱两人平均摊。现在陈来财来了,三兄弟还是早晚一起吃饭,钱仍旧是两个哥哥分摊。大哥陈来金做人厚道点,一直没说话。二哥陈来银真真假假点拨陈来财好几次了。二哥陈来银说,是去是留,你自己赶快决断。去,背包一背,回老家种地;留,在北京该干什么干什么,你这样天天白吃白喝我跟大哥的,我不怕,大哥都怕了。

大哥陈来金说二哥陈来银,你不能少说两句吗?说来说去,三弟还是小,不懂事,过两天,三弟还不就分开单手干了。到时候还是那句老话,亲兄弟明算账,一块吃,三弟该交多少钱交多少钱。

俗话说,拿人家的手短,吃人家的嘴软。陈来财只能由着两个哥哥想怎么说怎么说。

可这顿晚饭,三兄弟还是吃得其乐融融、热火朝天的。有卤猪头肉,还有等候着半夜里要干的一件大事情。

天底下去偷、去抢算是挣钱最麻利的一个行当。兄弟三人吃饱饭,倒头又呼呼睡上一觉,后半夜了,才一起拉一辆架子车去干要干的活。这是一个有月亮的夜,四月的北京夜还很凉,硬朗朗的风吹身上直发冷。临走时,大哥陈来金吩咐过陈来财少问话,少出声,只管跟着去干活。二位哥哥的样子像是经常干这种事,一副轻车熟路的样子,拉着架子车还大摇大摆的,没有一点做贼的心虚相。一路上,陈来财害怕得很,两条腿无来由地一会儿抖几下,一会儿抖几下。一副牙齿更是藏不住怯,"咯咯咯"地直打战。夜静里,陈来财牙齿打战的声音很响,像是嘴里安装了一台发动机。二哥陈来银问陈来财,三弟,你冷吧?大哥陈来金不高兴,说我交代三弟不许乱说话,你就能说了?

三人顺利走进一座楼房里,大哥陈来金领着两个弟弟拐过一个弯,目的地就到了。楼是一座空楼,黑灯瞎火的不见一丝亮。只有月亮照着楼外面,还花花搭搭鬼鬼祟祟的。大哥陈来金、二哥陈来银的动作一下麻利起来。陈来财还没看清是怎么一回事,大哥陈来金踩着二哥陈来银的肩膀都翻上二楼的阳台上。二哥陈来银说陈来财,还愣着干什么,快上呀。陈来财照着大哥的样子踩着二哥陈来银的肩膀也相跟着翻上二楼。接着,二哥陈来银递上早已准备好的两根撬棍,一根棕绳。大哥陈来金拿着撬棍照着钢窗一边,"呼咚"一下子,窗边戳出一个洞。大哥陈来金抽出撬棍照着钢窗另一边,"呼咚"一下子,撬棍又直直地插墙里。大哥陈来金把自己的撬棍交给陈来财,说等一下,我让你别你就别。大哥陈来金把棕绳拴钢窗上,另只撬棍插进去。陈来财与大哥陈来金的两根撬棍一起使劲,似乎没用多大劲,这只钢窗就脱离开墙体。大哥陈来金转手提着棕绳把钢窗拉落地上。二哥陈来银不上楼,站楼下接应,顺手把钢窗码在架子车上。

陈来财没想到钢窗会这么好撬,看来这座大楼施工的时候是后把窗户安上去的,还节省着材料没搪多少水泥。

"呼咚""呼咚"两声,撬一扇钢窗。"呼咚""呼咚"两声,撬一扇钢窗。偶尔,会有砖块被撬脱,"扑通"砸地上。静夜里,这些声音显得空洞沉闷,显得惊心恐惧。陈来财一边干活一边糊涂,弄出这么大动静怎么会引不来人呢。

这一夜,大哥陈来金领着二弟陈来银、三弟陈来财连续撬掉四户人家的窗户,一家五扇拢共二十扇,前后耗时不足一小时。陈来财跟着两个哥哥拉着满满当当的架子车走出这片楼群的时候,身后猛然间"唰啦"亮起一盏灯。大哥陈来金掌握着架子车把,脚下的步子并不慌张,还往后扭转脸笑。亮灯的屋里先是"吭吭"两声咳,接着一个声问,老袁,我怎么听着外面有动静呢。二哥陈来银恶狠狠地说,三人夜里日你一个妹子,动静还能不大吗。停顿一会儿,这个姓袁的人才瓮声瓮气地回答话,怕是你做梦吧。大哥陈来金也骂出一句,谁都没你们两个狗日的清醒,钱早装口袋里去了,还做梦呢。

事情至此,陈来财才知道大哥、二哥干这种事是有内应的,交过买路钱的。

9

现在,陈来财口袋里总算有了一百块钱,可以干他想干的事情了。具体地说可以去发廊街名正言顺地找那个娟子姑娘了。上午的发廊街是空街,发廊妹子一个个都睡觉,养足精神才能在夜里对付一个个如狼似虎的男人。陈来财决定还是下午去,怕晚上娟子姑娘被别的男人先带走,再说晚上两个哥哥回来也不好脱开身。

眼下离下午还早得很,陈来财现在唯一要做的事就是把昨天晚上损失的懒觉补回来。两个哥哥不这样,忙碌半夜,清早该做什么事还是去做什么事。两个哥哥一早走的时候,陈来财也醒了。大哥陈来金问陈来财,今天是去卖菜,还是收破烂。陈来财说,我哪儿也不去,就在这儿睡觉。二哥陈来银说陈来财,你比国家机关干部还舒坦,人家一个礼拜还要连着上五天班,才能休息,你才干四天就睡大觉了。陈来财翻翻身,没有再搭理两个哥哥。

至此,两个哥哥没能看出陈来财的一颗心事。

下午,陈来财去发廊街一找就找见娟子。

娟子还是很惊奇,说是你!

陈来财说,我说来还能不来?

水妹子发廊里的胖小姐在,又多出一个瘦高个女孩子。

胖小姐说陈来财,昨天娟子姐还说起你呢。说你看着不像个骗人的人,怎么会说来不来呢?

娟子脸红,伸手打胖小姐一巴掌,说橘子你少说话,没人把你当哑巴卖了。

胖小姐的名字叫橘子。

橘子不说话,瘦小姐说,原来娟子姐嘴里天天念叨的就是这位情哥哥呀。

娟子的脸更红了。陈来财倒是云里雾里的。

娟子问陈来财,今天洗头?

陈来财说,不洗头。

洗脚?

不洗脚。

按摩?

不按摩。

娟子问陈来财,那你来做什么?

瘦小姐说,娟子姐这是明知故问吧,你说情哥哥找你还能做什么?

橘子不说话,却"哧、哧、哧"地笑。

陈来财手指着玻璃门上明码标价的纸说,我做这"其他"。

娟子说,价钱我还是先跟你说清楚,白天里做这种事,一次一百块;要是包夜的话,一次少说也得两百块。

娟子转身去收拾自己的包。

这一天,娟子换了一个大红颜色的包,身上穿的当然是一条大红颜色的裙子。这条裙子不长不短,上面的白胸露得不算多,下面的白腿露得也不算少。

娟子收拾好包,跟陈来财说,你说我跟你去哪儿?

陈来财不明白娟子的话,迟迟疑疑地说,我口袋里只有一百块钱,再要钱的话,我做不起这种事。

瘦小姐的脸上露出鄙视的神态。

橘子说陈来财,听你说话的口气,该不会要娟子姐付你钱吧?

陈来财哪经验过这种事情,一时慌张得真是不知道怎么办。

娟子说，那你就跟我走吧。

陈来财的心里有点害怕，一颗头摇得"哗啦、哗啦"响，一张嘴哆哆嗦嗦地说，我只想跟你说说话，别的什么事也不做。

娟子就把陈来财带到附近楼房的一处套房里。看样子，这是娟子的老板娘花钱租下来的。临出发廊时，陈来财看见娟子去了老板娘那儿一趟，说过几句话，回头的时候，手里拿着这里的房门钥匙。套房是一大一小两间房，一张大床就摆放在这间大房间里，其余空落落的什么也没有。四周墙壁上贴着几张女人画，一个个都是高鼻子、蓝眼睛，说不清楚是哪个国家的女人，几个女人比赛似的一个比一个衣服穿得少，一个比一个奶子长得大。陈来财随便地看一眼，脸都羞红了，心都跳快了。娟子直接去了卫生间。门半关半开着，陈来财能听见里边"哗啦啦、哗啦啦"的一阵流水声响。一会儿，娟子从里边出来了，身上换了一件更短更透明的裙子，甚至半隐半约地都能看着内里没穿胸罩的两个奶子。娟子说陈来财，你脱衣服吧。陈来财没跟女人做过事，也知道娟子让他脱衣服是做什么事，连忙说，我不做，我只想跟你说说话。相比较，陈来财倒是像个女人，娟子倒是像个男人。娟子说，这事老板娘都知道了，不做事一分钱也不能少。陈来财老实得很，慌忙伸手把准备好的一百块钱掏出来递给娟子，说你数数，一百块钱整，一分不会多，一分不会少。钱是一张张十块的钞票。娟子没数钱，接过塞包里，说我还真是头一次见着你这样的男人，你说你要说什么话吧，我陪着你说。

一惊一慌的，陈来财也不知道该跟娟子说些什么话了。

这下子，陈来财反倒把一惊一慌的神态传染给了娟子。娟子一双眼睛惊恐地睁多大，怕眼前的这个不起眼的男人是个变态者。

陈来财说，我想拉拉你的手。

娟子远离着身子，把一只手递过去。

两只手拉一起，两只手都颤抖。

陈来财说，我这还是头一回拉一个姑娘家的手呢。

娟子说，那你就好好地拉我的手吧。

陈来财说，我想摸摸你的脸。

娟子迟疑一下，挪动挪动身子，还是把脸伸向陈来财。陈来财的右手拉着娟子的左手，左手摸着娟子的右脸。

陈来财说，我这也是头一回摸一个姑娘家的脸。

娟子说，那你就好好地摸我的脸吧。

陈来财的两只手一只比一只发凉，一只比一只发抖。娟子知道陈来财还真是一个没有经验过女人的男人呢。此刻娟子眼里的陈来财就像一个长不大而又离不开母亲的孩子，两眼里一片茫然、孤独与无助。

娟子不怕了。

娟子撩拨陈来财，问，你想不想摸我的胸脯？你想不想摸我的奶子？

陈来财像喝水似的往肚子里连着咽下几口唾沫，一只右手松开娟子的手，一只左手松开娟子的脸，两只手一起颤抖着往娟子的胸脯上挪。

猛然地，陈来财两手捂住自己的脸，两腿一软蹲地上，哭起来。

娟子又一次惊慌了，不知陈来财好好的怎么会哭起来。

陈来财哭着说，我从那天在立交桥上见着你的头一眼起，就想跟你好好地说说话，可今天真跟你说话了，我又不知该说些什么了。

娟子的心里一酸一暖，可怜起眼前的陈来财。娟子劝陈来财说，你不要哭，站起来，有话慢慢地跟我说。

娟子伸出手去拉陈来财，陈来财听话地站起身，挨着娟子坐床上。

娟子说陈来财，你有什么想说的话说吧。

就这么陈来财与娟子说着话。

陈来财说了他在北京的两个哥哥，一个收破烂，一个贩青菜，他来北京不想做这么两样事,原本是想回老家的,是那天在那座旧楼里见着娟子才没回去的。娟子说,听你这么一说话,是我耽搁你回家的了。

陈来财说,话可不敢这么说。好歹我来北京一趟,就是想找个北京人好好地说说话。

娟子说,可我并不是北京人,也是个外地人呀。

陈来财摇摇头,说我也不知道北京人长得什么样,我想着你是北京人就是北京人。

娟子说,你说得很对。我就是不清楚谁是北京人,谁不是北京人。我现在连自己是哪儿的人都不清楚了。做我们这一行的,家乡的东西忘得愈干净愈好。可又怎么能忘记呢?

陈来财还跟娟子说了他这一百块钱是怎么挣来的,说我跟着大哥收两天破烂大哥给我二十块钱,我跟着二哥去卖两天青菜二哥给我二十块钱。

陈来财问娟子,我跟着两个哥哥干四天活,总共才得四十块钱,你猜怎么会变成一百块钱呢?

这一次娟子摇头了,说这个世界上最难猜的就是每个人口袋里钱的来路。你看着一个个人也像个人样子,脸长得干干净净的,衣服穿得干干净净的,说不定口袋里的钱最脏了。要我说呀,天底下没有比农民种粮食卖粮食得来的钱更干净的了。

陈来财的两眼一下被娟子说红了,说潮了。陈来财断定娟子肯定也是农村出来的姑娘,想问娟子老家在哪里,没有问。陈来财知道做这种事情的女孩子不愿别人问这些话,也不问别人这些话。

而后陈来财绘声绘色地向娟子讲述出昨天夜里跟随两个哥哥去撬钢窗的事情。

娟子说,你不该去。挣这么一点钱,万一被人家逮住不划算。

陈来财很得意,说没事的。先前里我也怕,后来我才知道大哥是有内线的,花钱跟看管大楼人说好了的。

娟子松下一口气说,我觉得你还是不该干这种事,这毕竟是犯法,早晚得出事。

陈来财想一想,兴许娟子说得对呢。

陈来财这么一打迟钝,心里空落落的又没了话说。陈来财自己都觉得自己很奇怪,憋着满满一肚子的话,怎么会是这么一丁点呢?

陈来财说,今天见着你,说出这么多话,心愿满足了,明天下午我就能回老家去。

娟子说,那你明天下午就回家吧。

娟子想一想又说,你要是早上走就好了,我还可以去车站送一送你。

陈来财没想到娟子会说出这么温暖人心的话,说你一说这话,我觉得心里又有话想跟你说了。

娟子说,你想说什么你说呀,又没人堵住你的嘴。

陈来财说,可我今天已经说过这么多话了,现在我不想说了,留着下一回吧。

娟子说,可你明天就回老家了呀?

陈来财说,我这会儿又不想急着回老家了,我还想在北京待几天。

陈来财又说,过几天我口袋里有钱还来找你说说话。

10

按照陈来财的计划,在北京还要再待个十来天,帮大哥陈来金去收破烂,或者帮二哥陈来银去卖青菜,一天挣十块钱,十天挣一百块钱,又能去发廊街找娟子好好地说说话了。陈来财发现,在北京跟一个女孩子说说话真是一件人生最快乐的事,比在两个哥哥的住处睡懒觉强一百倍,比在立交桥上看风景少说也要强上十来倍。陈来财想女人真是个好东西,怪不得各个男人都要娶老婆呢,怪不得发廊街的生意这么兴旺呢。

陈来财家里也不缺少女人,两个哥哥丢下两个嫂子,另外还有一个瞎眼娘。

陈来财娘的眼睛里长翳子,一点一点,慢慢变瞎的。开头,母亲眼睛里的这个世界看不清变得模糊了,很着急。渐渐地,母亲眼前暗淡去,反倒不急了。母亲是个有心人,在眼睛完全失明以前,她把眼里的影像世界,尽可能地都转化成了听觉世界。家院里响起一个人的脚步声,别人没说话,母亲就先招呼上人家。陈来财娘眼瞎还照样烧锅,抓米抓面,加水添柴,样样都和从前一样利索。以致村里的许多人都说陈来财娘的眼睛没有瞎。就连家人也不知母亲眼里的翳子到底长实没长实。

大哥陈来金先出去打工,先挣着钞票,先娶回老婆。大哥陈来金把新娶的女人丢家里不放心,迟迟疑疑的不知道怎么办。母亲说你只管走你的,家里有我看着呢。大嫂人长得不漂亮,腰身像水桶,摇不活,也扭不转。可大嫂年轻,精气旺盛,半夜半夜睡不着。一个月能熬住,两个月能熬住,三个月怕要出事情。瞎眼娘看管得还真严,大嫂夜里不睡,她也不睡,夜夜坐床上听动静。白天大嫂脚步响到哪儿,她的耳朵跟到哪儿。村里有一个名叫二猫的人闻见腥味走过来。二猫是男人,走路脚如猫一般轻。明眼人,二猫从身后一刀捅死你,你都不知是哪一个。二猫长着两只猫脚还轻手轻脚的,离着多远处就站住脚,向大嫂招手。大嫂的脚步还没移动半步。母亲说话了。

母亲说话的嗓音很大,一张嘴正好冲着远处里的二猫,说二猫,你家今夜的水缸得盖严实了,还有你家的米缸、面缸,当心着里边的老鼠药。虽说老鼠药是药耗子的,可猫吃肚子里照样死。

二猫不敢沾腥,两只猫脚一溜烟跑掉了。

二猫跑掉,这件事情并没有完结。

隔天早上瞎眼娘进锅屋时,脚底一绊,"扑通"一声就摔地上了。

是一块横着门槛的大石头。石头不长手不长脚的怎么会跑到这儿呢？显然是有人搬到这儿的。瞎眼娘一跤摔得不轻，躺床上，浑身疼得直发抖，也不吭一声。

那时候陈来财还不足二十岁，对男女之间是事还懵懵懂懂的，更是不明白瞎眼娘为什么不去追究石头的来历。瞎眼娘却递出一张纸条子，让陈来财按着上面的电话号码把大哥陈来金找回来。陈来财有点愣头青，不愿打电话，却要找大嫂子算算这笔账。陈来财说，这块大石头除去大嫂家里还有谁往那儿搬？瞎眼娘摇摇头说，你大哥再不回来，下一回这块大石头怕就要跑门头上去了。

陈来财家里没有电话，村子里也没有电话。陈来财七拐八磨去街集上，打电话又七拐八磨才找见大哥陈来金。陈来金问陈来财家里是什么事，陈来财的一张嘴也说不清。陈来财说，是我娘叫你回来的。只一句话，大哥陈来金就答应当天夜里坐火车回头了。

大哥陈来金回家，瞎眼娘还是不说石头绊她的事，只说现在的一双眼真是瞎得一丁点都看不清了，从今天起得跟着你们一起吃。陈来财在家又不会烧锅，大哥陈来金能说什么呢？瞎眼娘说，你放心，你们三弟的饭不用你们管。他一个人能吃到嘴就吃，吃不到嘴就不吃。

就这么大哥陈来金走后，瞎眼娘的一张嘴就像蚂蟥吸盘一样紧紧地吸在大嫂的身上。大嫂想甩都甩不得。

过去一年，大嫂生出个孩子。有过孩子的大嫂就像怀崽的母狗，也就渐渐安静下来了。

中间相隔几年，二哥陈来银外出打工，挣出钞票，娶回女人，又是丢在家里。

两个哥哥也想把自己的女人带往北京，过有老婆的舒心日子，可衡量衡量自己的能耐想带带不动。大嫂现在成了过来人，经验似的对二弟陈来银说，你尽管走你的，家里有娘看着呢，出不了大事情。

眼下，陈来财过了二十岁，没经过男女之事，却明晓男女之事。二嫂比大嫂漂亮些，小身架细腰的，一双眼往陈来财身上瞟过来瞟过去，水嫩得很。陈来财却觉得二嫂的眼里有芒刺，二嫂眼经过的地方热热辣辣的不舒服。大嫂看出来，说话很含蓄，说陈来财，你二哥盖的三间房有你的一半呢。瞎眼娘更是早"看"出来，说陈来财，这叫肉烂烂在自家锅里边。

有大嫂、有瞎眼娘的默许，二嫂的眼神更是肆无忌惮，一天到晚热得陈来财受不了，辣得陈来财也受不了，恨不能一口把陈来财吞进肚子里。陈来财怎么办呢？天天从早到晚不归家，成天长在自己的两亩庄稼地里，恨不能把家里的一张床搬地里，夜晚里也不回。

年后天一日比一日热，二嫂身上的衣服一天比一天单薄，还是显得热。当陈来财的面，二嫂的衣裤领上的扣子解开一颗，又解开一颗，大半个胸脯肉露外边，白亮亮地摇晃陈来财的眼珠子。陈来财见着二嫂的这副样子是在自家的当院里，二嫂见陈来财的眼发直，脸发红，有意把陈来财往屋子里引。

二嫂说，老三你进屋来，帮我看看脖子里可起什么东西呢，我这会儿痒得受不了。

二嫂说着话，还把衣领子往开处扯一扯，露出更多的白肉来。

陈来财站着不动脚，摇着头说，我不能进你屋。我知道这会儿进屋里不会有好事情。

二嫂跟陈来财道出露骨话，说看你老三的样子，怕是还没跟女人睡过觉吧。你进屋里来，二嫂教教你。

陈来财还是摇摇头，说我刚才猛然见着你，心里还想跟你做一件什么事，你现在往明白里一说，我又不想了。再说二哥知道不会饶恕你，也不会饶恕我。

二嫂说，看你老三也是个男人，胆子却是芝麻粒一样小，在这个家里大嫂不说，娘不说，你二哥在千把里路远的北京怎么会知道？反过头来就算你二哥知道，你们兄弟俩，他能说什么、做什么？

陈来财的家乡一直有一种习俗，嫂子与小叔子之间有龌龊不算一回事。

陈来财表面上让出二嫂半步，说，我问一句话，你要是能回答，我就进屋跟你睡一觉。

一瞬间，二嫂眩晕着都有点瘫软了，说你快快进屋来说。

陈来财问二嫂，要是我俩有孩子，你说是算二哥的，还是算我的？

二嫂不晕了，头脑清醒了，呆愣愣地看着陈来财往家里的院子外面走。

从这天起，陈来财决定来北京打工挣钱，候挣够盖房子的钱回去盖房子，候挣够娶老婆的钱回去娶老婆。陈来财还想，我就是娶回女人，也不会像两个哥哥，单独把女人丢家里。要么都在家一起种地，要么一起去北京打工。

11

陈来财的如意算盘轻易被两个哥哥破坏了。

大哥陈来金惊奇地说，你还要跟着我收破烂呀？半天收那么一点点破烂，我自己拉着还嫌轻巧呢，用得着你帮着拉？你问问你二哥卖菜需要不需要帮手？

二哥陈来银说，我每天清早才批发多少斤青菜，还没有拉着三弟重呢。

大哥陈来金说，你要是想留北京，明天就自己去收破烂。我手头上的这辆旧架子车给你，我自己再买一辆。价钱嘛，我不好自己说，你也不好自己给，让老二说个价，多多少少都是兄弟间的事。

陈来财不想收破烂，也不说话。

二哥陈来银说，三弟不想收破烂就贩青菜。我屁股下的这辆旧三轮车作价给你，大哥说多少钱就多少钱。

陈来财说,我口袋里一分钱都没有。

大哥陈来金说,那你就还去立交桥上看你的风景。

二哥陈来银说,那你就还去立交桥看你的漂亮的女人。

大哥陈来金说,北京的立交桥就是多,你一天看一座,怕是一年都看不过来。

二哥陈来银说,北京的漂亮女人更是多,多得你一天看一百怕是一年都看不完。

陈来财说,我明天不去立交桥上看风景,也不去立交桥上看女人,我就留在屋里睡大觉。

大哥陈来金说,那你就睡觉吧,看你睡觉能睡出三间房屋,看你睡觉能睡出个女人。

二哥陈来银说,你来北京快十天了吧,天天管你吃也吃掉了我不少钱。

大哥陈来金说二弟陈来银,你就少心疼你那几十块钱吧。三弟在北京再玩上两天让他回家。

这一天,陈来财就哪儿也没去。上午里睡半天觉,晌午吃一点昨晚吃下的剩饭,下午里不睡觉,还真是不知该干些什么。陈来财就想着还去发廊街找娟子姑娘说说话,原本昨天下午肚子里的话都说光了的,怎么这会儿又像泉水似的满当当的了呢?陈来财知道去发廊街找娟子还得花一百块钱。在一百块钱与找娟子姑娘说话之间取舍的时候,陈来财还是舍不得花这一百块钱。

四百多块卖黄豆钱陈来财是随身带着的。买火车票剩下来的零钱放在外面的口袋里,余下的整钱放在里边贴身的口袋里,就这陈来财还不放心,又找一张画报纸,把几张一百的钞票裹里边。陈来财想起钱,搭手从外边按按,若硬朗朗地硌着皮肉,一颗心就放下了。陈来财一天里能想起好多次,想一次,按一次,按一次,安一次。陈来财没觉得身上带钱是一件麻烦事,反倒觉得是一件乐事,无穷无尽的,滋味丛生的。陈来财活这么多年这还是头一次体会到口袋里有钱是一种什么感觉。也就是大前天吧,跟着二哥陈来银卖菜,一上午老是觉着心里有一件什么事情没做,可一时半时的又记不起来。陈来财愈想愈急、愈急愈想,脑门一会儿冒出一层汗,豆粒似的一串一串落地上,"咚、咚、咚"砸出很大的响声来。二哥陈来银只顾卖自己的菜,没看身旁三弟陈来财的一副急样子。

陈来财终于想起来了,是忘记看身上的钱。

陈来财想得不容易,想起来动静就很大。陈来财"妈呀"一声,扯着两条腿就往一处背静地方跑。陈来财一边跑,一边搭手按着口袋放钱的地方,给别人的感觉就像是一个心脏不好的人这会儿心脏一下好透了,跑这么快就是想试试自己的心脏怎么样。钱当然还在贴身的口袋里。陈来财看见四周没人,把钱掏出来一张一张地数,一张一张地看,待确定一根汗毛没少的时候,一张嘴花朵似的绽开来,"哈哈哈"一个劲地笑,把天空中的日头都笑愣住了。

下午没事,陈来财又把几张一百元钞票展开来一张一张盯着看。陈来财想看一看几张一百元钞票哪一张新一点,哪一张旧一点。可来来回回比较好几遍,也没能找出相对旧一点的钞票,或者相对新一点的钞票。

还是来北京的第二天吧,傍晚的时候,陈来财去附近的街巷里瞎转悠。城市就这么一条好处,随处设街、随处开店卖东西。陈来财无目的地走着走着,被几家小吃店吸引住。卖烤羊肉的,卖牛肉串的,卖盐水毛豆的,卖盐水花生的。往小饭桌上一围,一人一瓶啤酒就吃喝起来了。这些吃物,陈来财眼睛看着都不馋。令陈来财眼馋的是一个女孩子啃着的羊骨头。这个女孩子长得漂漂亮亮的,头歪嘴斜地啃着羊骨头外的筋肉,吸着羊骨头里的骨髓。陈来财在老家只吃过猪骨肉吸过猪骨髓,想这羊骨肉、羊骨髓的滋味肯定也不错。陈来财心里想将来在北京挣着钱,就多买几根羊骨头,好好地啃一啃,好好地吸一吸。

　　不管怎么说,陈来财就是觉得家里带来的钱跟北京挣来的钱不是一种钱。舍不得花家里带来的钱,陈来财在屋里遐想一下午,就没能去发廊街找娟子姑娘说出一句话。

12

　　晚上,二哥陈来银又找见一次搞外快的机会。
　　二哥陈来银跟陈来财说,我也像大哥一样去一趟给你六十块钱。
　　陈来财还生两个哥哥的气,说少了我不去,你给一百块钱我才去。
　　二哥陈来银跟大哥陈来金说,你看三弟来北京才几天,胃口就这么大了。
　　大哥陈来金说,能干大事不好吗,就怕大事没着边,小事也没干,到头来两手伸出来一样是个空。
　　二哥陈来银说,大哥,今晚我俩去,我多出点血,给你一百块。
　　陈来财说,二哥这就是你的不对了吧,大哥去能给一百块,我去不能给一百块?
　　二哥陈来银说,三弟你只算一头账,我可算的是两头账。你跟大哥两人一块去,一家六十,我往口袋外掏一百二十块;现在大哥一人去,我掏一百块,还少掏二十块呢。
　　大哥陈来金说,兄弟三人算账数你二哥精。
　　这天晚上两个哥哥没用等候下半夜,更没用带撬棍、棕绳等工具。天刚黑,两人就一块拉着架子车出去了。干什么?陈来财肚里有气,没问,只在心里嘀咕:二哥该不会领着大哥去哪家菜园子里偷青菜吧。
　　陈来财一人落屋里,睡觉还有点早,东想西想,一下想到老家磨豆腐的张老五说过的话,什么都能生气,千万不要跟钱生气。陈来财激灵醒悟透,伸手照着自己脸打自己一耳光,还自己说自己,上回吃亏三十多块黄豆钱,这回吃亏更多,六十块钱呢。

陈来财一骨碌从被窝里爬起来,半光着身子,一口气撵多远,眼前里一片黑茫茫的,哪里还能见着两个哥哥的影子。

也就是个把两个小时过后,两个哥哥喜气洋洋地回来了。陈来财把头捂进被窝里生干气,不动弹,不吭声。陈来财听见二哥陈来银"哗啦啦"的数钱声。二哥陈来银一边数着钱,一边说着话。

二哥陈来银说,这比下河里捞钱还便当呢。下河里,你该要脱鞋吧?要是大冬天呢你还怕冻脚,要是水深呢你还怕淹人。

大哥陈来金说,还是二弟你这趟挣得多。

二哥陈来银说,大哥你上一回挣多少钱,我又没看见,哪像我把钱掏出来当着你面数。

大哥陈来金说,一般样子多,你看你,钱多我又不多要一分钱。还是古人说得好呀,人无外财不富,马无夜草不肥。你说我俩不想办法倒腾倒腾,光靠收破烂、贩青菜能挣多少钱?

二哥陈来银突然岔开话题问大哥陈来金,你说人挣钱是为什么?

大哥陈来金说,为了吃,为了喝。

二哥陈来银问,人吃饱喝足了呢?

大哥陈来金明白二弟陈来银的意思了,说二弟今晚想去高消费?

二哥陈来银说,我听大哥的。长哥如父,大哥说去,我俩就去;大哥说不去,我俩就不去。

大哥陈来金"咕咚、咕咚"咽肚子里好几口唾沫,下狠力地说,去就去,年后天,我俩还没高消费一次呢。我看你憋得夜里都睡不安觉了。

二哥陈来银说,大哥还说我呢,你不也是一个样,半夜半夜望星空。

大哥陈来金说,做男人不好,还得花钱。

二哥陈来银说,还是做女人好,净赚钱。

大哥陈来金、二哥陈来银开始洗脸、洗头、换衣服,做着"高消费"

的准备工作了。

两个哥哥没把话往明处说,陈来财也知道所谓"高消费"就是找野女人。

二哥陈来银问大哥陈来金,你想找个胖子还是想找个瘦子?

大哥陈来金说,你花你的钱,我花我的钱,你问这干什么?

二哥陈来银嘻嘻地笑,说我家大嫂是个胖子,我猜你肯定想找个瘦子。

大哥陈来金说,那可不一定,我看谁个漂亮我找谁。

二哥陈来银说,我老婆是个瘦子,我就想找个胖子。在我眼里哪个胖子都比瘦子长得漂亮。

大哥陈来金说,其实男人在这方面是贪心不足的,你说乾隆皇宫里有多少女人,哪个女人不漂亮,可乾隆还要下江南偷着找女人呢。

两个哥哥见陈来财一动不动,认为他睡着了,说话少了顾忌。

二哥陈来银说,三弟今晚要不是懒,也能挣钱跟我俩一起去"高消费"。

大哥陈来金说,三弟还是个没娶老婆的人,有钱也不能"高消费"。

兄弟俩说着话,把自己打扮满意出去了。只前脚后脚里,陈来财一骨碌爬起来,穿上衣服,选择一条与两个哥哥不一样的路径,往发廊街跑过去。陈来财的想法很简单,两个哥哥肯定是去发廊街"高消费",他想阻止两个哥哥去找娟子,就得先着两个哥哥把娟子从发廊屋叫出来。至于自己为什么这样做?有什么道理要求娟子这样做?陈来财现在还没有想清楚。

发廊街的夜晚与白天有很大的不同。上午,发廊街是死着的。下午,发廊街是半死半活的。只有到了夜里,发廊街才最像发廊街。灯光闪烁,音乐晦靡,男人、女人的眼里都流露出最本质的欲望。金钱与贫穷,幻想与疯狂在这里得到最佳组合与注释。陈来财气喘吁吁地去,一招手,娟子就从发廊屋里欢快地出来了。娟子的眼里是希望,是金钱,问陈来财,你想带我走?

陈来财猛然喘几口粗气说,我想跟你在外面站一会儿。

陈来财把娟子拉到旁边的一处黑暗地方,站下来。陈来财这副神秘的样子,娟子不知是怎么一回事。

娟子问,干什么呀?你这是干什么呀?把我拉这么黑的地方干什么呀?

陈来财说娟子,你说话不能小声点?

娟子顺着陈来财的一双眼睛看过去,瞧见两个男人像两条饿狗急不可耐地游荡过来。发廊妹子个个都是闻腥的猫。陈来财的两个哥哥一身腥气走过来,一群发廊妹子"哗啦"一声从发廊屋里窜出来,围拥着,哥长哥短地招呼开。

娟子问,谁呀?他们是谁呀?你认识?

陈来财不敢说话,怕两个哥哥听见。

娟子认出来,说这不是你的两个哥哥吗?

陈来财问,你怎么知道是我的两个哥哥?

娟子看着陈来财脸说,你们三兄弟长着一模一样的洼膛子脸,这还认不出?

娟子看看远处灯光里陈来财的两个哥哥,又看看陈来财,想笑没有笑出声。

娟子问陈来财,你的两个哥哥是你的两个哥哥,跟我有什么关系?

陈来财说,我不想他们来找你。

娟子嘴像是喝热稀饭烫着似的,"呦呦呦"地连着叫几声,听你说话的口气,我与你就像有什么关系似的。

陈来财"咯噔"一声没有话说了。

娟子说,你要是一个有钱的老板,出钱包养着我,我天天伺候你一个人,别的男人我连眼角看都不看一下子。只可惜你现在是一个连一百块钱都掏不出来穷光蛋。

远处里,陈来财的两个哥哥很快一人挑选好一个发廊妹子,带走了。正如二哥陈来银说的那样,大哥陈来金带走的是一个瘦小姐,二哥陈来银带走的是一个胖小姐。

娟子很生气,说陈来财这是来搅和生意的,要不是你,说不定这两个男人就把我带走,多挣了一笔钱。今晚的这笔损失你不能不赔。

陈来财没想好最佳该说什么话,可也没想到娟子会说这种话。陈来财只得从口袋掏出钱,拆开画报纸,拿出一张一百元的钞票给娟子,而后扭转头就走。这一刻,陈来财委屈得想哭,想流泪,两眼汪汪没能流下来。陈来财始终没有回头,身影一点一点被夜色所吞没。

13

隔天里,陈来财把这一觉长长地睡足了,晌午吃下一碗剩面条,想着回家的时候该到了。说走就走,陈来财一骨碌爬起来,背起包就往外面走。陈来财决心下得很大,头都不回一下子,要走就干净利落地走。眼下已是四月中旬,天空的太阳又白又亮,猛然一照,把陈来财激灵出一身冷汗。陈来财两腿一退,退屋里,一软坐下了。陈来财忙碌开两眼在这间平房里骨碌骨碌转悠好几圈,最后盯死一处一动不动了。

陈来财这是要在临走前还做一件事。

经过十天来有意无意的观察,陈来财知道两个哥哥的零花钱,还有存钱的红本子都精心地塞在屋墙的某条砖缝里。存钱的红本子陈来财知道要也没有用,去银行拿钱拿不着,弄不好还得出大事情,被逮住,进北京公安局,可就不是一件兄弟之间的小事情。零花钱就是零花钱,落谁口袋里谁个花。陈来财开始摸着墙缝一点一点找起来,一找还真找见一卷破报纸,里边包裹一个大红存钱的本子,还有杂七杂八的零花钱。陈来财关心的是零花钱,一数,不多,三十块钱零一点。

存钱的本子倒是新本子,红彤彤的喜色眼。陈来财看一眼写着大哥的名字。至于上面存多少钱,陈来财没敢把眼往上落。陈来财怕看见钱多,更加管不住自己的一颗心。

陈来财不灰心,不丧气,继续找。

陈来财开头找钱的时候还有点理不直气不壮,一副鬼鬼祟祟的样子。很快地陈来财自己为自己找着一条理由——昨晚花娟子身上的那一百块钱是为两个哥哥花去的。陈来财自己对自己说,我不是个贪心的人,我只要找回我自己的一百块钱,多一毛、一分我都不要。陈来财的两只手麻利起来,理直气壮起来,那样子像是找着自己塞进墙缝里的钱。结果陈来财很失望,四周屋墙,连着床铺翻了个遍也没再找着一分钱。看来二哥陈来银早有防备,把零钱、本子都带在身上了。陈来财不想轻饶两个哥哥,两眼又盯住两根钢筋撬棍及一捆棕绳。除此,这间平房里确实没什么值钱的东西。

两根撬棍及一根棕绳送去一处收破烂的地方并没有得到想要得到的那么多钱,离够一百块钱还早呢。陈来财心里真是有点急了,理不清莫名其妙地来一趟北京做过哪些莫名其妙的事,更不知道怎样才能跟两个哥哥把眼下的事摆平。

陈来财的眼睛又一次盯住两个哥哥挂在墙上的西装。

大哥陈来金睡觉的地方挂着一套大西装,二哥陈来银睡觉的地方挂着一套小西装。两套西装是同一种品牌的,一模一样。昨晚两个哥哥去发廊街"高消费"的时候就是穿的这么一套衣服。

陈来财先试穿大哥陈来金的一套大的。陈来财的身架比大哥陈来金小一号,衣服穿身上也就大一号。陈来财再试穿二哥陈来银的一套小的。陈来财的身架比二哥陈来银大一号,衣服穿身上也就小一号。陈来财试穿两套都不满意,最后决定还是带走二哥陈来银这套小一点的西装。理由是已经得到大哥陈来金砖墙缝里的三十多块钱,也得让二哥陈来银吃一点亏。

陈来财不怕两个哥哥知道是谁偷走的钱、偷走的衣服,更不怕两个哥哥回家找自己算账。到那时,钱花干净了,衣服穿破掉了,两个哥哥找自己也是一件没办法的事情了。

现在陈来财可以心满意足地大摇大摆地离开北京了。

14

陈来财最终还是没能离开北京。路经看风景的那座立交桥的时候,陈来财猛然一下想起娟子姑娘。陈来财前后一共见娟子四次。四次的娟子姑娘是四种模样。第一次见面,就在这座立交桥上,娟子身穿着一条白底蓝碎花的吊带裙。那一瞬间,陈来财嘴里发干,嗓子发痒,就是想跟这个女孩子说说话。要不也就不会有后面的三次见面了。第二次,陈来财是追着娟子去了发廊街。这一天,娟子身上穿着一条黑裙子。第三次,陈来财花出一百块钱跟娟子说了不少话。娟子身上穿着一件大红颜色的裙子。第四次见娟子是昨晚上,陈来财花出一百块钱,没说几句话,最关键的是心里想说的话一句没说出。陈来财回忆到这儿,头脑里的影像断裂开,竟然记不清昨晚娟子身上穿着一件什么衣服了。陈来财很响亮地跟自己说,不能这么轻易回老家,得把昨晚忘记的这一眼补回来。

陈来财始终觉得昨晚的一百块钱花得冤枉、花得亏。

陈来财快速找见一条与娟子见面的理由。我跟娟子说,我要回家该不会问我要钱吧?我跟娟子说,我今后不会再来找她该不会要钱吧?

娟子不在发廊里。

瘦高个女孩子说,娟子姐这个钟点不来怕是不会来了。

橘子说,陈来财,你是娟子的情哥,都不知道她遇见了麻烦事?

陈来财摇头说不知道,问,娟子会有什么事?

瘦高个女孩子说陈来财,看你细胳膊细腿的,跟你说你也不是黑豹的对手。

橘子跟陈来财说,这几天一个名叫黑豹的男人天天来缠着娟子不放松,吓得娟子在发廊里待不住。

陈来财还是不愿舍弃,去娟子住的地方找娟子。

很远就听见娟子挣扎的喊叫声,一个男人硬是拉着娟子,往一辆小车跟前拖。陈来财迟疑着两腿,不知道这种时候该不该过去。娟子一双惊恐的眼睛看见了陈来财。娟子不知道陈来财叫什么名字,"唉、唉、唉"地乱招手,喊叫说,还愣着干什么?快来救我,我遭人绑架了。

绑架娟子的这个男人长得高高大大,一脸恶相,光溜溜的一颗头,一根毛都没有。这人见陈来财胆怯着靠过去,眼里喷出两道火,说这是我跟梅子两人之间的事,我不希望第三人来插手。

陈来财疑惑着眼睛问娟子,你不是叫娟子吗?怎么又叫梅子了?

娟子说,我有许多名字。我现在不喜欢他,喜欢你。我愿意跟着你走,你愿意去哪,我跟着你去哪。

娟子这么随便的一句话说得陈来财不怕了,男人了。

陈来财问眼前的这个男人,你就是黑豹吧?

黑豹点头,问,你认识我?

陈来财摇头,说不认识。

黑豹说,你认识我也是假认识。要是真认识我的话,你早他妈的撒丫子跑了,还在这儿自找事?

黑豹说,陈来财,滚!还不快点滚!再挡我的道,我煺光你的毛。

陈来财站着不敢乱动。

黑豹的力气真大,抓小鸡似的把娟子提起来。娟子的两只脚似着地非着地。车子一点一点地靠近。娟子睁着一双绝望的眼睛看着陈来财,说你要救我呀,我俩还是老乡呢。

陈来财摇摇头,说你骗我。我家是全中国最穷的一个地方,连一只野兔子都不愿轻易在那儿拉一泡屎。

娟子说,我先问你,你们家旁边是不是有一条河,叫肥田河?

陈来财一双眼瞪多大,还是不信,说也许前几年你在我们县城里的发廊里待过?

娟子说,那天你追我到发廊,你一说话,我就知你是家乡人。你是我在北京遇见的第一个老乡,你不知我觉得你多么亲,就像见到在家上学的小弟弟。

陈来财就信了,问娟子,你说你家在哪个庄子?

娟子说,苏家老圩子。

陈来财说,我家在黄家老拐子。

这么一说,两人的家真的是不远。

陈来财还能丢下娟子不管吗?

陈来财走上前,猛然拦腰抱住黑豹的腰,说娟子是我的表妹,这事我不能不管。

黑豹松开娟子,回身照脸给陈来财一拳,说这可是你自找的。

黑豹说着话,又连着给陈来财一拳。

娟子见空跑起来。

娟子今天穿的就是那件白底蓝碎花的吊带裙。

陈来财头晕眼花,一屁股坐地上,嘴里却喊,娟子,快跑,往立交桥那儿跑。

黑豹回身又狠狠地踢陈来财一脚才去追娟子。

陈来财连续起几次才爬起来,随后面追上去。

陈来财的眼里,娟子像一只轻尾巴的风筝摇摇晃晃地跑上立交桥。黑豹饿狼似的也很快追上立交桥。眼见娟子还是跑不脱,陈来财不上立交桥,疯了似的从桥下横穿公路跑过去。一辆黑色的轿车急刹车,车轮与路面摩擦出一阵怪叫声,从陈来财身边滚过去,撞出路基。路基边空空旷旷的,轿车弯几弯,猖狂逃窜了。陈来财绕道从立交桥的另一端跑上桥,放过娟子,一头向黑豹撞过去。黑豹有防备,迎着陈来财的是一把刀。

黑豹说,像你这种没眼色的人活在世上也是多余的。

黑豹一侧身子,陈来财肚子上插着刀猛然扑向栏杆,一下就悬悠着吊在桥外边。陈来财的两只手紧紧地扒着,一点不敢松。黑豹没有救陈来财,两嘴丫笑一笑,一步一步往立交桥北面走开了。陈来财的肚子开始往外流血,一丝一丝的血水从立交桥上滴下来,落在路面似乎干干净净的什么也看不见。

娟子从立交桥的另一端把这一切都清清楚楚地看见了,往回猛然跑几步又站住,而后头也不回地往立交桥南面走开了。

陈来财说,我要回家。而后眼前的世界慢慢地黑下去,两只手慢慢地松开立交桥的护栏。

2004 年 10 月 23 日　江陈

柏　　油

　　柏油又称沥青，有机化合物的混合物，黑色或棕黑色，呈胶状，有天然的，也有分馏石油或煤焦油得到的。用来铺路面，也用作防水材料、防腐材料等。内含苯、蒽、萘等有毒物质，加热时会散发出特殊的难闻气体……

一

　　苏大妹的灾难是从一小块柏油开始的。

　　此刻，这么一小块柏油就拿在儿子大楼的手上。大楼两只手的食指、拇指——四根手指头紧紧地捏着柏油一点一点往嘴里塞，一点一点往嘴里嚼，一副香甜的样子，像是吃着一块巧克力。一块柏油的颜色是棕黑色的，一块巧克力的颜色也是棕黑色的。苏大妹看见了，一双眼睛睁多大，照着大楼的两只手就上去一巴掌，"啪"一声就把柏油块从大楼手里打掉了。苏大妹说，你傻呀，这种东西也能往嘴里塞？大楼看一眼飞落远处的柏油块，看一眼空出来的两只手，"哇啦"一声哭起来。大楼的哭，实际上就是干号、干吼、干叫。没有眼泪，哭出来的声音杀猪似的笔溜直，一点弯子不会拐。王国刚在平房顶上忙着浇柏油，停下手中的活从房顶往下探着头脑问，你打我儿子干什么？又问，大楼，你妈怎么打你啦？王国刚嘴里一连问出两个大问号。后一个大问号是问儿子的,大楼一直干号着一点反应都没有;前一个大问号是问老婆的,苏大妹说,你下来看看你家儿子,他拿着一块柏油往嘴里吃。这时候,苏大妹心想大楼往嘴里塞柏油块是假吃,不会是真吃,更没想到这是一场灾难的预示与征兆。王国刚也是这样想事情的,站在房顶上,两手扠着腰,哈哈笑起来。

王国刚快活地说,大楼是我的种,喜欢柏油在情理上!

苏大妹说,就你会惯着他。

大楼是个两岁半的男孩子,分不清什么东西能吃、什么东西不能吃也属正常的。常常这样子,尿过一泡尿,能把一团尿泥塞嘴里;屙过一泡屎,能把里边的豆子捡嘴里。至于吃进嘴里一只小虫子、一块坷垃头,更是家常便饭了。大楼哭号几声停下来,安静安静去玩其他的了。

王国刚在平房顶上催着苏大妹说,快提一桶柏油上来干活吧。

苏大妹赶紧提着一铁桶柏油走过去。

这是头一次察觉大楼吃柏油。

王国刚、苏大妹两口子在这座城市所干的营生就是一年到头走街串巷替人家修补漏水的房屋。他俩吃饭的家当也简单:一辆破旧的三轮车,一口大铁锅,一堆烂劈柴,几个柏油块,一把铁锨,一把扫帚,一把拖把等。这些家当装在这辆破旧的三轮车上,王国刚一路骑着,一路吆喝着。

——专修房屋漏水!

——修补工艺先进,修一回包十年。

王国刚是哪里的房屋破旧往哪里去,哪里的住户密集往哪里钻。要是遇见一户需要修补房屋漏水的人家喊他站下来,他就站下来,看好修补面积,谈好修补价钱,"叮叮当当"一堆吃饭家伙就从三轮车上一件一件拿下来。首先要做的活是从路边找三块石头支起一口大铁锅,锅内放上柏油块,锅下燃着劈柴。熬柏油费时间,也最关键。王国刚做好这件活,一边抽烟看着铁锅使劲地熬柏油,一边掏出小灵通往家打电话把苏大妹喊过来做帮手。时常都这样,王国刚骑着三轮车外出找活,苏大妹留在家里带着大楼做其他事。王国刚骑着三轮车跑不远,一旦找见活,就会打电话把苏大妹喊过来,说某条路某条街某个巷子,你带着大楼赶快过来吧。要是上午找见的活,王国刚还会吩咐苏大妹买点吃的一并带过来。活一接上手,晌午苏大妹没时间回去烧饭,王国刚也没时间回去吃饭。要是下午揽着的活,早一点晚一点都是回去烧、回去吃,居家过日子,能省一点省一点。

  王国刚修补房屋漏水的"先进修补工艺"就是浇柏油——把房顶漏水的缝隙清扫出来,用拖把拖干净,再一桶桶柏油浇上去。这么一种修补房屋漏水的方法显然是最原始的,也是最蠢笨的,与"先进修补工艺"一点沾不上边,纯是瞎吹牛。好在维修房屋的人家不去追究这一点,你吹你的牛皮,我修我的房屋。瞎吹牛是王国刚为了好揽活,人家找他修补房屋漏水是为了图便宜。便宜才是王国刚修补房屋漏水的最大特点。一间平房顶漏水,找王国刚花个三二百块钱就能修补好。同样的一间房屋,找个"先进修补工艺"的,没个千儿八百拿不下来。至于"修一回包十年"当然更是瞎吹牛。时下到处拆、拆、拆,扒、扒、扒。一处破旧的房屋,说一声哪天拆迁就拆迁,能保证眼前不漏水就不错了,谁能想到十年八年过后的事情?不过这样的一种情况倒是常常会发生,一处房屋漏水刚修好,待一场雨水落下来,该漏的地方照样漏,不漏水的地方也漏水了。修补房屋漏水都是在晴好的天气里进行的。修好一处房屋,王国刚要丢给房屋主人两样东西:一样是他的小灵通号码,一样是他的一句话——房屋漏水打电话找我。

  一场大雨过后,会有不少修过房屋的人家打电话找王国刚麻烦,说房屋漏水比原先还厉害。

  王国刚在小灵通里回话说,你说房屋个别地方漏水是有可能的,你说比原先漏水还厉害就说不过去了。

房主说，不信你就过来看一看。

王国刚说，我手里活干完就过去。

王国刚不怕麻烦事，很乐意去，去了就能挣着钱。

王国刚替人家修补房屋分两部分收钱，一部分是材料钱，另一部分是手工钱。所谓材料钱，就是柏油钱。王国刚指着包装柏油的纸箱子说，你看好了，这可是目前世界上最好的特种防水材料，是绿色环保产品，符合国际质量标准的。包装柏油的纸箱上果真印着"特种防水材料"的字样，印着"绿色环保"的字样，印着"ISO9001 国际质量管理体系认证"的字样，还印着"广东某某特种防水材料厂"的字样。王国刚手里有购买这种特种防水材料的发票，说我是好多钱从市场上进来，好多钱卖给你们，一分钱不会赚。王国刚说他挣钱是挣手工钱，浇一块柏油好多钱。浇得越多，挣得越多。雨后天，王国刚干二遍活，少收手工钱，或不收手工钱。按照发票上的材料钱是一分不能少的。

王国刚说，要是材料钱克扣我，你们说我吃什么呢？我怎么养活老婆孩子一家子呢？

房主听王国刚这么说话有道理，少付手工钱也还是要付的。房主要是真的一分钱手工不愿付，王国刚也不多争执。

王国刚说，好好好，算我学雷锋做好事。

其实，王国刚挣最多的还是柏油钱。

纸箱是假的，找一家小印刷厂定做的。购买所谓特种防水材料的发票是假的，买一张假发票自己写上的。纸箱内装的所谓特种防水材料也是假的——就是一般柏油熬成一块块装进定做的纸箱内。要是王国刚单独一个人骑车出门去找活，苏大妹常常带着大楼在家熬柏油——把零散的柏油熔化开，浇铸到木头模子里，而后把凝固的柏油从模子里一块块抠出来，装进纸箱里。

苏大妹说，我在家里熬出一块柏油就是一块特种防水材料。

王国刚说，我在外面浇掉一块柏油，不说挣一份手工钱，一块特种防水材料钱是少不掉的。

苏大妹第二次察觉大楼吃柏油块的这一天就是在家里熬柏油。

这一次,苏大妹多长出一个心眼子,远远地躲闪一旁,看大楼是真往肚子里吃,还是假往肚子里吃。苏大妹看清大楼手里拿着一小块柏油,饼干似的"咔嚓、咔嚓"津津有味地大口大口地吃着,一副贪吃的神态像是拱进她怀里吃奶差不多。大楼是真吃柏油块,一小块柏油眼见着吃进嘴里,咽进肚子里。苏大妹大叫一声说,你怎么能真吃柏油呢?大楼见着苏大妹走过来,不害怕,赶紧把手里剩下的柏油块塞嘴里。苏大妹左手的食指、拇指掐着大楼的脖子,右手的食指、拇指伸进大楼的嘴里,不让大楼继续吃柏油,阻止大楼把嘴里的柏油继续往肚子里咽。大楼憋得喘不过来气,两只眼珠瞪多大,困兽一般恶狠狠地看着苏大妹。

苏大妹命令大楼说,吐,吐,把嘴里的柏油吐出来。

苏大妹警告大楼说,柏油吃肚子里药死你。

大楼对付苏大妹有办法,"哼哧"咬上一口。苏大妹的手指一疼,一松,大楼就势把嘴里残留的柏油咽下去。大楼满足地咂着嘴,笑眯眯地看着苏大妹。这一回轮着苏大妹两只眼珠惊恐地瞪多大。

苏大妹赶紧打王国刚的小灵通说,你快点回家来。

王国刚问,家里出什么事情啦?

苏大妹说,你儿子吃柏油,我看见他把一小块柏油吃进肚子里,没看见的他吃好多谁能知道呢?

王国刚这回没有快活地笑出声,苏大妹也没给他这种机会。

苏大妹赶紧说,你快点回家,我俩送他去医院,我怕万一有个什么闪失。

王国刚赶紧说一声,好,你先带着他去医院,我随后就到。

苏大妹带着大楼去了一家大医院,去一般医院不放心,害怕耽误孩子。

一路上,苏大妹没见着大楼吃过柏油有什么异常反应,跟平常的神情差不多,苏大妹稍微放下一点心。

医生说,孩子吃下少量柏油没事。这是一位老医生,一头白发飘在苏大妹眼前,无形地在她的心目中多出一分依靠,多出一分信赖。这位老医生解释说,柏油这种东西肠胃消化不了,吸收不了,很快就会排泄出来的。不要说是你家这样的孩子,就是一个智力正常的孩子误食柏油也是常见的。只是你家这样的孩子越来越大,当心的地方也就越来越多。

"你家这样的孩子"是一种什么样的孩子?苏大妹听出医生话里有话。

苏大妹问,难道我家的孩子有什么其他毛病吗?

医生说,这是一个智障儿童,你不会说不知道吧?

苏大妹问,什么叫智障儿童?

老医生说,就是天生的傻孩子。

苏大妹脚下就是这种时候突然陷出一个大窟窿,一个闪晃掉下去,无穷无尽地往下坠落着、往下坠落着。

王国刚赶来医院的时候,看见苏大妹一个人坐在医院大门前面哭泣着。

王国刚惊恐地问,你这是怎么啦?

苏大妹哭着不说话。

大楼在不远处自己玩自己的。这说明大楼好好的。王国刚奇怪地看一看大楼,看一看苏大妹,一副疑惑不解的神态里,像是吃柏油中毒的是苏大妹。

王国刚问,到底是怎么啦?

苏大妹依旧哭着不说话。

大楼跑过来喊一声"爸爸爸爸",喊一声"妈妈妈妈"。

二

苏大妹头一次见着王国刚是在十年前的县城医院里。两人的父亲在同一个病房里,看着同一种病——铅中毒。

那一年,苏大妹十六岁,王国刚十七岁,都在上初中。山里孩子上学晚,苏大妹十六岁上初中二年级,王国刚十七岁上初中一年级,两人在各自班级里年龄还不算最大的。正好放寒假,苏大妹在医院里照顾她生病的父亲,王国刚在医院里照顾他生病的父亲,两人前后在医院待一个多礼拜时间。正是青涩的年龄,他多看她一眼,她会脸红;同样地,她多看他一眼,他也会脸红。没想到多年后两人会再次相遇,更是没想到多年后两人会做夫妻。

县里招商引资一家铅冶炼厂,偷偷地建在这片偏僻的大山里。把含铅的矿石从山外运过来,冶炼出铅块再运出去。几年过去,先是冶炼厂四周山上的树木青草渐渐地枯死,再是四周田地里的庄稼怎么长也长不起来,后是冶炼厂附近村里的家禽牲畜莫名其妙地一群一群地死去,接着不少冶炼厂工人得一种稀奇古怪的毛病,不能吃饭,身上没有力气,一点一点消瘦下去,最后不明不白地一个个死去。这些事情明摆着都跟铅冶炼厂有关联,铅冶炼厂却不承认,县里有关部门也不承认。铅冶炼厂工人得的这种稀奇古怪的病,县医院医生都说没见过,更莫说乡里、镇子上的医生了。一个个死不瞑目也得瞑目呀。不知道怎么的,这件事被电视台记者知道了,一追踪,一拍摄,一报道,铅冶炼厂的这件事败露出去。中央、省里很重视,关停铅冶炼厂,派出调查组彻底追查这件事。上面派医生检查冶炼厂工人身体内的含铅量,结果是人人超标,说那些死去的工人都是重度铅中毒造成的。铅冶炼厂附近的村里也有不少村人体内含铅量超标。这是铅冶炼厂污染四周水土造成的。专家检测水土里的含铅指标,说铅冶炼厂方圆五里路内不宜再住人。治疗铅中毒没有好办法,唯一的治疗方法就是排出体内的铅。一次排不完,得不定期地多次排出。第一次在县医院的治疗费用由铅冶炼厂承担。铅冶炼厂一倒闭,治疗费用就没人承担了。谁家有钱谁治疗,谁家没钱就拖着。铅冶炼厂四周村人拿着一点搬迁赔偿款,也是各做各的一番打算。有的不怕水土含铅超标,依旧住在村子里。有的舍弃原先住房,搬往其他村子里。有的一家老小一起前往城市打工,从此走上一条不归路。苏大妹、王国刚两家属于最后一种情况,父母带着他们离开大山,一年年漂泊在不同的城市里。在城市上初中、上高中哪能上得起?苏大妹干脆初中二年级停下来,在城市里找一份活挣一份钱,开始打工了;王国刚干脆初中一年级停下来,也是在城市里找一份活挣一份钱,开始打工了。

　　两人再次相遇又是几年过后。王国刚说,我爸铅中毒死了,我妈改嫁,现在我一个人过生活。苏大妹说,我也是,我爸铅中毒死了,我妈改嫁,现在我一个人过生活。两个家庭发生太多的相似悲剧,两个同病相怜的人走在一起也是最自然不过的事情。这时候,两人同在一家建筑公司里打工。苏大妹手上缺技术只能干杂活,王国刚手上缺技术也只能干杂活。在建筑公司里干杂活,活最累,钱最少,还一天到晚不歇闲。要不是两人相互安慰着、相互爱抚着,这么苦累的日子怕是一天都很难支撑得下去。两人不在一个工地。大白天各干各的杂活,两人很少能见着面。傍晚下班后,两人才能聚一块,见一见。

　　这天收工后,王国刚跟苏大妹说,今天晚上我带你去上望淮楼。

　　苏大妹惊讶地问,我俩怎么进得去?

　　王国刚说,我有办法进,你跟着我就是了。

　　苏大妹依旧不相信地问,你说的是真话?

　　王国刚点头说,是真话。

　　望淮楼是这座城市最高的一座大楼,坐落在淮河南岸,集住宿、餐饮、娱乐、商务、购物于一身,同时也是一座景观楼。白天里,站在最高层，这座城市的大致全貌一览无余地尽收眼底，往北能看见一条弯弯曲曲的淮河，往南能看见一溜葱葱郁郁的山脉。夜晚里，大楼上下人影绰约，一片灯火辉煌，本身就是一道亮丽的景观，更莫说登上顶端去欣赏四周城市的夜景了。按照道理说，这么一处奢华的地方只与达官贵人相干，只与有钱人相干，与农民工有什么相干呢？可他们的建筑公司偏偏就参与过这座大楼的建设，包工头几经转手争取到这座大楼安全楼梯上的铺大理石工程，因此有不少施工人员从安全楼梯直接上去过楼顶，一时间成为他们炫耀的资本。上去过的农民工说，城市人再有钱，官当得冉大，他们上过楼顶上吗？他们有我站得高、看得远吗？望淮楼竣工投入使用过后，整座大楼的大门有保安把守，各个楼层的小门也有保安把守，不是说农民工进不去这座大楼，你要是花钱购物能进去，你要是花钱吃饭能进去，你要是花钱住宿能进去，你要是花钱谈生意、娱乐也能进去，只是这些高消费项目是一个农民工能消费起的吗？再说大楼最高两层，更是一掷千金的地方，恐怕就更不是一个农民工该去的地方了，甚至连做梦都不该想一想。可有不少农民工还是偷偷摸摸地走进去，从安全门楼梯爬上楼顶。有保安把守着，他们就穿着一身工作服假装成各种干杂活的。比如说是检查线路的电工，比如说是维修电梯的维修工，等等。

  王国刚领着苏大妹假装干活的杂工就轻易进去了，把守大门的保安看他俩一眼，连问都没有问一声。

  安全楼梯没有照明灯，一团漆黑，看不见，靠着王国刚手里的一把手电筒，照着前面一级一级地往上爬。望淮楼一共有好多层，没人说得清。有人说33层，有人说35层，也有人说38层。大楼层数不能确定是因为地下有好多层没人说清楚，有人说2层，有人说3层，也有人说5层。还有不能确定的层数是一楼这么高的地方算一层，还是算二层、三层？不管望淮楼确切的楼层数是33、35，还是38，从安全楼梯一层一层往上爬都像是登天梯这么漫长、这么艰难。手电筒的亮光始终照亮在前面,就像日子中的一缕希望,始终引导着两人一梯一梯往上登。两人的气喘了,两人的腿酸了,汗水顺着额头一串一串地往下滴落。

王国刚手电往上照一照,看见一扇小铁门说,快到了。

苏大妹说,我觉得差不多快到了月宫里。

小铁门是连接安全楼梯与楼顶的唯一通道,王国刚从别人嘴里听说它不上锁。这扇小铁门"吱呀"一开,"吱呀"一关,望淮楼的楼顶真到了。苏大妹、王国刚两个人站住脚,睁大眼,四周张望着。眼前一下敞亮开,像是置身天上,像是整个天上只有他们两个人。

苏大妹气喘吁吁地说,我觉得头脑发虚,有一种眩晕感。

王国刚气喘吁吁地说,我觉得脚下发虚,有一种摇晃感。

两人低头瞧,望淮楼四周一片灯火闪烁,流动的车辆像是一只只飘飞人间的萤火虫。

王国刚说,我俩就是要待在这座城市里。

苏大妹说,我俩就是要把家安在这座城市里。

就是在这天晚上,就是在望淮楼的楼顶上,苏大妹把自己身子头一次交给王国刚。两人相拥相抱缠绵在一起。身子一点点地飞翔起来。灵魂一点点地飞翔起来。

苏大妹说,我觉得你抱着我一直往天上飘飞着。

王国刚说,我觉得我俩越飞越高,都快挨着了星星,都快挨着了月亮。

苏大妹说,你再抱紧我一点。

王国刚说,我整个晚上都不想松开你。

两个月后,苏大妹察觉自己怀上孩子。苏大妹身上该来的东西到时间不来,很恐慌地去医院做检查,很恐慌地等候着检查结果。医生说,你怀孕啦。当天晚上苏大妹把王国刚拉出建筑工地,一连气问三个"我该怎么办"。王国刚开心地哈哈哈笑起来。这之前苏大妹很少能见着王国刚这么开心地大笑。

苏大妹心里没有底地问,你笑什么呀?

王国刚猛一下煞住笑说,我俩结婚吧?

苏大妹说,你睡上我的身子,还想娶我做老婆,天下哪有这么便宜的事情?

王国刚说,生米已经煮成熟饭,你说怎么办?

苏大妹说,我知道怎么办还会来找你吗?

王国刚说,我看你只有做我老婆这么一条路可走。

苏大妹一副不情愿的样子说,我看我也只有走这么一条路。

苏大妹在建筑工地上重新见着王国刚的时候,心里就谋划好要做他的老婆了。要不也不会夜晚里跟着他一起爬望淮楼楼顶,更不会轻易地把裤子脱下来,怀上他的孩子。现在可以说如愿以偿了。两人家里没有别的亲人,从建筑工地请三天假,放一盘炮仗,请几个工友吃一顿饭,算是结过婚。新婚生活是幸福的。三天里,两个人是吃过睡、睡过吃,别的什么事情也不做。

苏大妹说,这么些年从来没睡过安稳觉。

王国刚说,现在你就踏踏实实地睡一觉。

这些年,王国刚先后下过小煤矿,修过高速公路,干过瓦工、水暖工。王国刚跟苏大妹结婚后才离开建筑公司干上修补房屋漏水这一行。这活看着不起眼,挣起钱来不比做别的差。王国刚是个能累的男人,活多活少,活松活紧,活脏活重,全部承揽自己身上,很少去请小工。苏大妹怀着孩子,干不动重活,只是帮一帮手。请一个小工忙一天少说要付三十块钱工钱。有这三十块钱,能顶两三天的油盐花销吧?好不容易揽到手的活,绝不许别的人抢去一分钱。支架铁锅熬柏油算是轻巧活,一般都是苏大妹干。一锅柏油熬出来,房屋低矮的,拴绳子把柏油一桶一桶往上吊;高楼顶上,绳子没这么长,人手一桶一桶往上提。这活也是王国刚干,苏大妹哪能提得动?

一块柏油你要不熬它,它黑不溜秋的也没什么味道。架上劈柴一烧一烤,一块柏油软化了,一股股蓝烟冒出来,一股股刺激人的奇怪味道冒出来。这股怪味没人喜欢,钻进人的头脑里出不来——离开像是依旧能闻见刺激鼻子的柏油气味;钻进人的衣服里出不来——衣服洗一遍闻一闻有柏油气味,再洗一遍闻一闻还是有柏油气味;钻进人的皮肤里出不来——像是泡在柏油里睡了三天三夜觉。苏大妹说不上喜欢闻这种奇怪的味道,也不敢说讨厌这种奇怪的味道。毕竟一家人的生活是由这种奇怪的味道支撑着,自己将来的幸福也要靠这种奇怪的味道支撑着。

结婚大半年,苏大妹生下一个男孩。

王国刚说,这个孩子是我在望淮楼上做的种,我看就叫他大楼吧。

苏大妹说,好,这个名字旺兴。

大楼一生下来不少鼻子,不少眼睛,跟别的孩子没什么区别。换句话说,看不出是个天生的傻孩子。大楼是个男孩,是苏大妹、王国刚两口子将来的希望所在。两人有了大楼,干活更加起早贪黑了。王国刚说,将来我们不盖大楼,也要带着儿子住进大楼里。苏大妹说,我俩现在多累一点,将来一定能住进大楼里。

大山里失去家的两人,他俩希望自己的后代永远把根扎在城市里。

别人家的孩子一周多一点就会走路,大楼一周半走路走不稳。

苏大妹跟别人说,我们两口子忙,孩子少经管,走路迟。

王国刚说,我家儿子随我,小时候我走路晚。

别人家的孩子一周左右会说话,大楼两周岁才把爸爸、妈妈喊出来,还是含含糊糊的。别的孩子喊爸爸、妈妈是两个字,大楼喊爸爸、妈妈是四个字,含含糊糊的"爸爸爸爸、妈妈妈妈"。

一种早该察觉的病征,两口子遮遮掩掩马虎过去。

一场灾难最终还是必然地降临了——大楼是个天生的傻孩子。

三

苏大妹不怕天塌下来。要是天真的塌下来,支撑不住,一下子压扁、碾碎、死掉,也就算了。这是地陷,一下子陷出一个很大的黑窟窿,苏大妹一直沿着这个无底的黑窟窿往下坠落着、往下坠落着。

苏大妹害怕了。

苏大妹问过那家大医院里的老医生,你不做检查,怎么看上一眼就知道我家的孩子是个傻孩子呢?医生说,你看他两眼之间的距离,你看他两只眼睛的眼神,还不就知道了?大楼长相随王国刚,和王国刚像是一个模子刻出来的,只不过小一套罢了。王国刚的两眼不宽,王国刚的眼神也不呆。可经医生这么一说,苏大妹看出来,大楼的两只眼睛真的离鼻梁骨很远,一副眼神真的是呆呆的、愣愣的。苏大妹问,治这种病,吃什么药,打什么针呢?那时候,苏大妹还不知道大楼的傻是绝症,是一个看不好的病。医生说,这种智障儿童是天生的,没有特效针,没有特效药,根本医治不好。苏大妹依旧不死心,问医生,孩子怎么会天生是一个傻瓜呢?医生说,原因是各种各样的,有遗传性的,有胎儿发育过程中基因突变造成的。苏大妹问,这就是说,我要是再生一个有可能还是一个傻瓜孩子?医生说,这可保不准,不过怀孕期间可以定期到医院检查,发现胎儿异常及时做人工流产。

苏大妹绝望了。

转眼一个月过去。苏大妹带着大楼跑遍这座城市里的每一家医院。正规医院看不好,苏大妹不死心,带着大楼去找江湖上的野医生,吃偏方药,花冤枉钱。一种花钱治不好的病,王国刚一分钱都不愿意花。为这件事,苏大妹开始跟王国刚吵架。

王国刚说,正规医生看不好的病,乌七八糟的野医生能看好吗?

苏大妹说,人家说偏方治大病,野医生治好的病多着呢。

王国刚说,你这是拿钱往水里打水漂漂。

苏大妹说,打漂漂我愿意。

从道理上来说,王国刚说得没有错。可从情感上来说,苏大妹不带着孩子看病心里过不去。苏大妹也知道找江湖野医生花钱冤枉,可不花一花冤枉钱不安心。

转眼又过去一个月。家里积攒的那么一点钱花光了,苏大妹的一颗心渐渐地平静下来,渐渐地承认这么一个铁定的事实,谁也更改不了的事实——大楼的傻病真的是没办法看好了。

在这两个月的时间里,苏大妹整天带着大楼去看病,没时间也没精力去帮着王国刚干活。王国刚骑着一辆破旧的三轮车,一个人去找活,一个人去干活,一副无精打采的样子,像是一条蔫黄瓜。一个好模好生的家庭说一声灾难来了就来了。灾难来之前,谁也没办法去预测;灾难来之后,谁也没办法去抵挡。在王国刚的眼里,往后的日子也像是一个深不见底的黑窟窿,往里随便地瞅一眼都害怕。白天,苏大妹、王国刚两个人各忙各的。晚上,两个人在家里相视无言,各自叹气。这两个月,苏大妹哭哑嗓子,哭干眼睛。王国刚从来不流眼泪,眼里一片血汪汪的,像是要吃人。倒是大楼跟从前一样,该吃的吃,该玩的玩。苏大妹带着大楼去哪家医院,他都是一副乐呵呵的像走亲戚的样子。

日子就这样不正常了。

日子就这样乱掉了。

苏大妹说,明天不去医院了。

没有医院可跑了,没有医生可瞧了。

王国刚说,我明天剩下一点活,不用你做帮手,你在家歇歇吧。

苏大妹说,我在家熬柏油。

王国刚说,晌午我回来家吃饭。

两人开始想把日子往正常里恢复,往有序里恢复。

苏大妹在家门前支起熬柏油的铁锅,在铁锅里放进零散的柏油,在铁锅下面燃烧起劈柴,"噼里啪啦"的,铁锅里的柏油一小会软化开来,冒出一股股刺激鼻子的蓝烟。大楼跑过去,专一站在下风口。西风刮过来,一股蓝烟摇曳着往东飘,大楼肯定站在下风口的东边里。反过来说,天若转向刮东风,一股蓝烟摇曳着往西飘,大楼肯定站在下风口的西边里。风向不定,蓝烟不定,大楼站着的位置也不定。蓝烟是一只只飘舞不定的蝴蝶,大楼就像一个捕捉蝴蝶的人。蓝烟是一个个旋转不定的旋涡,大楼就像一个不能自已的溺水人。一件往常忽视的事情,现在苏大妹注意了,看清了,确定了——大楼喜欢闻这种奇怪的柏油味道。

紧接着苏大妹觉察出大楼的另一种反常的举动。这也是大楼以前常有的,被苏大妹大意忽略的。

大楼两周半还吃着她的奶,真真假假戒几次戒不掉。大楼奶瘾一上来,嘴里不断地喊着妈妈妈妈,两只手就朝着裇襟扯上来。大楼嘴里的"妈妈妈妈"不是喊苏大妹,是要吃苏大妹的奶,要是苏大妹理解上产生误解,把大楼吃奶误认为喊她,大楼手上的动作就会明确无误了,会硬往她的两只奶子上抓,会硬往她的两只奶子上挠。苏大妹要是不依允,大楼的干号、干吼、干叫就会适时地爆发出来。大楼非闹到苏大妹依允的时候,什么时候苏大妹解开裇襟扣子,什么时候大楼嘴里吃上奶,什么时候大楼才能安静下来,什么时候苏大妹才能安宁下来。大楼吃奶也不真的要吃出苏大妹的奶水。生下大楼两年半了,苏大妹两只奶子瘪塌塌的、空落落的,哪里还有一滴奶水呀?大楼把苏大妹的奶子含进嘴唧一唧,头脸往苏大妹怀里拱一拱,鼻子在苏大妹身子闻一闻,积攒的奶瘾就算过去了,或者说吃奶这件事就算过去了。

这一天,大楼围着柏油锅闻过柏油的气味,赶过来纠缠着苏大妹要吃奶,嘴里喊着"妈妈妈妈",两只手就朝着她的裇襟扯上来。大楼的嘴里流着一缕闪亮的口水,大楼的眼里流着一丝恐怖的凶光。

苏大妹很恐惧。

在苏大妹的眼睛里,大楼不再是一个可亲可爱的孩子,而是一个纠缠不休的恶魔,是一个吃人不吐骨头的鬼怪。苏大妹两腿发软,身子一阵阵颤抖不止。苏大妹想拒绝大楼,已经没了力气,一下子瘫在地上。在苏大妹瘫倒在地的那一刻,大楼猛然地扑上她的身子,扒开她的衣褂襟子,朝着她的一只奶子咬过去。苏大妹轻声地说一句"我的个妈呀",就没了知觉,晕了过去。

王国刚晌午回家吃饭,看见苏大妹呆愣愣地衣服不整地坐在家门前,一锅柏油没熬好扔在那里,灶台上更是冷锅冷碗的。大楼也是坐在不远处,手里拿着柏油块一口一口地吞嚼着。王国刚顾不上大楼吃柏油,问苏大妹,你这是怎么啦?苏大妹依旧呆愣愣地不说话。王国刚心里害怕起来,不知道家里又发生什么不好的事情,急忙抓住苏大妹的肩膀摇晃着问,你在家里遇见歹徒啦?你在家里遇见流氓啦?苏大妹摇摇头,眼泪汪汪地说,这种日子我一天都过不下去啦。这种日子再往下过我都会疯掉的。

这一天,王国刚说出一件令苏大妹意想不到的事情——扔掉大楼。

王国刚说,拖着大楼一天,我俩就累赘一天,我俩就一天不会过上好日子。

苏大妹舍不得地说,大楼毕竟是自己身上掉下来的一块肉呀,毕竟是我俩生的孩子呀。

王国刚说,扔掉大楼,我俩再生一个孩子,我俩把日子好好地过下去!

最终把大楼扔在了火车站。

苏大妹、王国刚两人一块去扔的。主意是王国刚出的,真叫他一个人去火车站怕是也下不去手。要是把这件事单独交给苏大妹一个人去办，更是连想都不敢想一下。苏大妹烧一顿可口的饭菜，让大楼吃得饱饱的。苏大妹上街买一套新衣服，让大楼穿得漂漂亮亮的。大楼在吃的方面不傻，有好吃的摆面前，一个劲地往肚子里塞；大楼在穿的方面也不傻，身上穿一套新衣服也是上上下下瞅不够。天黑后，两人领着大楼走出家门。大楼很少在晚上出家门，看见天上的月亮，看见天上的星星，看见路旁的路灯，都会一阵阵莫名其妙地兴奋，眼里生出一种更加呆滞的光芒。大楼一会歪头看着王国刚，喊一声"爸爸爸爸"，一会歪头看着苏大妹，喊一声"妈妈妈妈"。王国刚的眼睛不敢正视大楼，心里虚慌着。苏大妹的一双眼睛更是躲闪着大楼，也不敢多看一眼，心里虚慌着。火车站离家十里路，换乘两趟车，总算赶到了。临分手，王国刚、苏大妹妹心里一软一软的，一疼一疼的，都觉得心里有好多话要跟大楼说一说。

苏大妹说，你不要抱怨做娘的心狠，这样做娘的也是没有办法呀。

王国刚说，要抱怨也只能抱怨自己的命不好，抱怨自己天生是一个傻孩子。

真是想不到，在夜晚的火车站扔一个孩子是这么轻而易举的一件事情。

火车站人多人杂，一团一团人群走过来、走过去，像是一个巨大的人流旋涡。两人把大楼往这里一扯拉，一撒手，像是把一粒石子丢进河水里，一眨眼就不见了。苏大妹先是两眼直直地盯着大楼消失的地方，后来眼睛就被眼泪糊住了。苏大妹惊恐地喊叫一声，我的儿子呀！苏大妹的一张嘴就被王国刚紧紧地捂住了。王国刚硬从火车站把苏大妹拽出来的。回到家，苏大妹蒙上被子猛哭一阵子。王国刚是个硬心肠的男人，始终站旁边，没有去劝苏大妹，也没有流出一滴眼泪来。

四

  这一天,苏大妹很巧地从电视上知道大楼傻瓜的真正原因了。
  这之前苏大妹一直怀疑大楼天生的傻瓜跟自己体内的含铅量超标有关系。那一年,苏大妹在县医院做过检查,医生说她的体内含铅量不超标。初中学校在镇子上,学生大多离家远,住在这里一个星期回一趟家。正是这样子,不少学生避开铅冶炼厂的污染,体内的含铅量不超标。苏大妹是一个住校的学生,王国刚也是一个住校的学生,两人都是很幸运。后来还是有谣言风言风语地闹腾起来说,学生体内铅超标医生不敢说,医生不敢说的原因是上级调查组不让说,要是把这么多学生体内含铅量的超标事实说出去,不只是在国内影响不好,有可能都影响到国际上。有人神秘地说,当时有好多个国家的情报人员都已经从国外围拥过来。说他们收集这些情报还不是为了在联合国大会上说中国人权有问题。也有人说,人体含铅过量,一代一代往下传,不会有一个好,不会长出六个手指头,也会长出六个脚指头,少说也是歪鼻子、斜眼睛。谣言越说越邪乎。是真是假?山里人哪里有能耐分出一个真伪来。
  好多年过去,苏大妹因为大楼傻瓜想起这些谣言。苏大妹跟医生把自己的怀疑说出来,医生说给孩子做一个含铅量检查就知道了。医生开出一张单子,一化验,大楼体内含铅量不超标。
  这么一来,苏大妹的怀疑并没有被打消,反倒更加怀全国所有医生都在执行一个不可违抗的命令,都在保守一个真实存在的秘密,那就是铅冶炼厂没有污染着学生,更不会影响下一代人。
  苏大妹在家里看见的是一档科技节目,说是一家小柏油厂,专门从煤焦油的废渣中提炼柏油。在这里工作的一群女职工先后生下好多个弱智儿童。经医学专家鉴定,这是女工在怀孕期间,吸入大量有毒性的柏油气体导致的。另外,这群孩子喜欢闻柏油气体的味道,有的甚至喜欢吞食块状柏油。电视画面上出现的弱智傻瓜,有男孩有女孩,小的刚出生不足一周岁,大的却长到二三十岁。他们在电视上出现的时候,要么把柏油块塞进嘴里,大口大口香甜地吃着;要么把柏油块捂在鼻子上,一下一下贪婪地嗅着。有个孩子年龄跟大楼差不多,长相也跟大楼差不多,见着母亲从工厂回来家,一头扑进怀里,喊叫着要吃奶。专家解释说,这种孩子很难戒奶,已经产生严重的恋奶症。

这时候,苏大妹才恍然明白大楼天生傻瓜的真正原因。

这时候,苏大妹才知道大楼吃奶是依恋她身上的一股柏油气味。

明白大楼天生傻瓜的原因,有益处,也有弊处。弊处是,赶快要丢下修补房屋漏水的活路。不丢下这件活路,两人接触柏油,避免不掉还生一个傻瓜孩子。益处是,知道大楼天生傻子的原因,两人丢掉修补房屋的活路,不受柏油毒害就能生一个健康的孩子,就能过上好日子。

王国刚就去了一家小煤窑做扒煤工。苏大妹就去了一家小饭馆做杂工。王国刚做小煤窑的扒煤工早、中、晚三班倒,干活的时间比修补房屋长,还累人;苏大妹在小饭店干杂活也是时间长,还累人。最关键的一点是一个月干下来,两人工资加一块没有修补房屋挣的钱一半多。

苏大妹腰酸背疼地说,我俩这样子累情愿。

王国刚龇牙咧嘴地说,我俩这样子累值得。

苏大妹说,一切从头开始。

王国刚说,一切重新开始。

两人做着进一步努力,想快点生一个孩子,生一个聪明的孩子,生一个漂亮的孩子。想生孩子的努力得从床上开始,得从睡觉开始。苏大妹吃过晚饭,洗漱好,平躺在床上,喊王国刚说,你洗一洗上来吧。王国刚看见苏大妹光裸着身子等在那里,干劲一下子高涨起来,一副兴冲冲的样子,一副大干快上的样子。自从知道大楼是个傻瓜孩子的这几个月来,苏大妹就一直很恐惧跟王国刚睡觉。就是两人勉强地睡一睡,也是一副潦潦草草的样子,也是一副敷衍了事的样子。安全措施却一点不敢马虎,苏大妹决不能让王国刚留下一颗能够生出根、长出牙的种子来。大楼长到两周岁的时候,两人原本是准备再要一个孩子的。王国刚想再要一个儿子,说赶明我老了,老大指望不上,我还能指望老二养活我呢。苏大妹则想要一个闺女,说我要做一个儿女双全的人,再说儿子哪有闺女贴心?儿子哪有闺女靠得住?哪里会想到大楼是一个傻孩子呢?又不知道大楼在娘胎里就傻的原因,苏大妹只能收敛起自己的肚子,哪里还敢要下一个孩子?现在大楼扔掉了,大楼傻的原因也清楚了,苏大妹这才敢把紧揪的一颗心放开来,这才敢把紧夹的两条腿松开来。苏大妹婆娑着一双泪眼说,我现在什么都不去想,就是想怀上一个健康的孩子,就是想生下一个健康的孩子。

　　苏大妹跟王国刚头一次睡觉是在望淮楼的楼顶上。

　　那一次,王国刚是主动的,苏大妹是被动的。王国刚带着苏大妹一直往天空里飞翔,愈飞愈高,愈飞愈轻。苏大妹觉得自己的灵魂飘浮在空中,苏大妹觉得自己的身子飘浮在空中。苏大妹紧紧地抱着王国刚说,你抱紧我,你莫松手。苏大妹害怕王国刚松开手,自己会一下子从半空中摔下来。生活中有太多的不可预测的灾难,苏大妹站着的脚下原本是看不见一丝缝隙的,猝不及防地还是陷出一口无底的黑窟窿,而后她沿着这口无底的黑窟窿一直往下坠落着,一直往下坠落着。这天晚上,苏大妹想阻止这种无休无止的坠落,想让身心重新飞翔起来。苏大妹变得很主动,变得很狂浪,变得不能自已,紧紧地贴着王国刚,紧紧地抱着王国刚。苏大妹开始觉得自己的灵魂一点一点往上飘,自己的身子一点一点往上飘,离开床板,穿越房顶,很快飘进浩瀚无垠的天空里。苏大妹的身心舒展了,苏大妹的灵魂自由了,苏大妹想流泪,苏大妹想喊叫……就是在这个时候,苏大妹听见一声"妈妈妈妈"的喊叫声。

——妈妈妈妈。

是大楼的叫喊声？

——妈妈妈妈。

是大楼的叫喊声。

苏大妹制止了，苏大妹凝固了。苏大妹像一只断线的风筝，急速地从半空中坠落下来。苏大妹身子蜷缩一团，簌簌发抖，惊恐不已。

王国刚不明缘由地问，你这是怎么啦？

苏大妹说，大楼回来了。

王国刚说，怎么可能呢？

苏大妹睁大眼睛问，我听见大楼喊"妈妈妈妈"的声音。

王国刚说，你这是瞎疑乎。

苏大妹问，难道你听不见？

王国刚摇摇头说，没听见。

苏大妹说，不信你去门外看一看，他一准在门外。

王国刚不愿出门，还是走出房门，房前屋后找两遍，没见着一个人影子。

王国刚松出一口长气说，这下你该放心了吧。

苏大妹松出一口长气说，或许是我耳朵听岔了。

隔天下午大楼真的摸回来家。

这天王国刚赶着上早班，清早四点上班，晌午十二点下班。回到家吃过晌午饭，王国刚就关门睡觉了。大楼回来家的时间应该在王国刚睡觉过后，王国刚一点动静没听见。大楼不敲门，不进屋，安安静静地坐在门槛上，看样子像是专一等候着苏大妹。苏大妹半晌午九点钟去小饭店上班，下午两点半回头，远远地见着门槛上多出一大团黑影子，心想是王国刚下班扛回家的半袋煤，或是一截坑木桩。王国刚常常干这么两件事，都是为着家里有柴火烧。苏大妹走近家门，门槛上这团黑影子晃动一下子。苏大妹站住脚步,不敢上前,害怕是一条卧在门槛上的野狗。"野狗"说话了,露出一嘴白牙,喊一句"妈妈妈妈",又喊一句"妈妈妈妈"。

苏大妹"妈呀"一声的尖叫就是这种时候猛然爆发出来的。

苏大妹尖叫一声不敢上前,拼命地往后退,拼命地喊叫王国刚。

苏大妹说,王国刚,你快起来!

苏大妹说,王国刚,你快开门!

苏大妹说,王国刚,大楼回来了!

大楼黑乎乎的一身灰,一身脏,光着身子,一件衣服没有穿,不知道从哪里找着一块柏油塞进嘴里,"嘎吱嘎吱"吞食着。大楼见着王国刚,不喊"爸爸爸爸",咧嘴冲着他笑一笑,像是清楚把自己扔在火车站的主意是他出出来的。王国刚不让大楼进门,也不让苏大妹给大楼洗澡、穿衣服。王国刚一不做二不休,想把大楼带到一处更远的地方扔掉他。

王国刚说,我不信去一处几百里路远的地方你还能认得家。

大楼像是能听懂王国刚说的话,一双眼睛惊恐地看着王国刚,一副身子"哗啦、哗啦"一阵阵颤抖着。

苏大妹紧紧地抱着大楼,死死地护着大楼说,要扔你就连着我一块扔掉吧!

苏大妹实在不忍心把大楼再扔掉第二回。

王国刚说,你说不扔掉怎么养活他?

苏大妹说,我一个人养活他。

王国刚说,你说这话是什么意思?

苏大妹说,我俩离婚。

这是苏大妹突然之间想到的。

王国刚说,你不是跟我说笑话吧?

苏大妹说,这个孽障是我生出来的,我一个人养着他,不想连着你一起受拖累。

王国刚看着苏大妹说话的一副认真劲头相信她说的是心里话。

苏大妹说,我俩离婚后,你找一个女人重新过日子吧。

王国刚不说话。

苏大妹说,你快一点忘掉我们娘俩吧。

五

苏大妹跟王国刚离婚了。

家是两间破旧的房屋,在这座城市的城乡接合处,租金很便宜。苏大妹问,是我带着大楼搬出去,还是你搬出去?王国刚慌乱地一连说出三个"我",我、我、我搬出去方便一点。一个穷家,离婚也没什么好离的,没有存钱,也没有债务,几件单衣、棉衣往一只包里一塞,就能离开家门了。

王国刚说,我按月给你们娘俩五百块钱生活费。

苏大妹说,不用给那么多,二百块钱足够了。

王国刚迟迟疑疑地说,那我给三百块钱吧。

苏大妹说,随你便,多少给一点,算我俩没白夫妻一场,算你知道还有一个傻儿子。

王国刚走出家门的时候,有一种劫后余生的感觉,有一种慌不择路的感觉,有两次脚下一闪晃差点跌地上。看见王国刚这样子,苏大妹不去埋怨王国刚,要埋怨只能埋怨自己命不好,生出这么一个傻儿子。

苏大妹在小饭馆每天上班的时间是上午九点到下午两点,下午五点到晚上九点。按照道理说,在饭馆里上班有时间,下班没时间。什么时间饭馆里一个吃客没有了,干杂活的小工子才能离开。苏大妹单独带着一个傻孩子过日子,情况有一点特殊,也是饭馆老板特许的。

饭馆老板找苏大妹专门谈过一次话。

饭馆老板说，你的遭遇我很同情，你到点上班、到点下班，别人我不照顾，你多少还是要照顾一点的。

饭馆老板也是个女人。女人与女人在某些方面容易沟通。苏大妹一颗心感激得不得了。

苏大妹说，我上班时间会拼命干活的。

女老板点头笑一笑。

女老板说，不过有一点你给我记住了，不管什么时间，不管什么情况下，你的傻孩子都不能带进饭馆里。

苏大妹知道这才是女老板找她谈话的关键。

苏大妹通红一张脸说，我会的。

大楼是个傻孩子，上班时间，大楼不能带进饭馆里，也不好送进幼儿园，只能一根绳子拴在家里边。这种事，在不知道大楼傻以前也做过，苏大妹临时出个家门，带着大楼不便当，就把他关家里。家里的一扇门，闪开好大一条门缝，大楼能够轻易地爬出去。苏大妹害怕大楼万一爬出门走丢掉，就拿一根布带子临时地拴一拴。现在这种临时性变为永久性，变为必要性。苏大妹不这样做怎么能脱开手去上班呢？布带的一头拴在大楼腰上，另一头拴在床腿上。床很矮，大楼能够随便地爬上爬下，扔点吃的东西在床上，不耽误吃，不耽误玩，不耽误睡。地面铺上一层炉渣灰，大楼尿尿在炉渣灰上尿，大楼屙屎也在炉渣灰上屙。

大楼就这么一条狗似的整天被拴家里，喂养着，看似没什么，苏大妹却时刻担着心，害怕会出什么大事情。

这一天，苏大妹下班回到家，见着大楼朝她傻笑着，嘴里喊着"妈妈妈妈"。自从知道大楼吃奶不是吃奶，是闻她身上的柏油味道，苏大妹就坚决地把大楼奶戒掉了，一次不给大楼吃。大楼嘴里这么"妈妈妈妈"地一喊叫，苏大妹不由得往后缩着身子，不敢靠近床，不敢靠近大楼,生怕他往身上扑,缠着要吃奶。大楼朝她笑着不动弹,没有扑过来的举动,没有要吃奶的举动,像是大楼的奶瘾真的戒掉了。苏大妹正糊涂着,一落眼看见地上有不少零星的柏油碎渣。

苏大妹倒吸嘴里一口凉气,知道时刻担心的大事情发生了。

地上哪里来的柏油?只有一个可能,那就是大楼偷偷地自己从床腿上解开布带,爬出家门,拿着柏油,返回房屋,偷偷地重新把布带拴在床腿上。大楼会做这么一件可怕的事情吗?

苏大妹心里接连打出好几个激灵。

苏大妹注意了,第二天再拴布带时做上一个记号,第二天回家做检查时,哪里还有记号呢?苏大妹惊呆了,大楼是一个傻孩子吗?一个傻孩子知道怎样会去解开布带、怎么会去拴上布带?苏大妹恐惧了,不知道大楼接下来还会做出什么意想不到的可怕举动来。苏大妹小心了,把大楼身上的布带拴出一个死疙瘩,把床腿上的布带拴出一个死疙瘩。有了这么两个死疙瘩做保证,苏大妹一颗慌张的心稍微安一些。

苏大妹跟大楼说,我看你还能把布带解开来?

苏大妹跟大楼说,我看你还能吃着柏油块?

大楼不会说话,始终朝着她笑笑的。

这一次,大楼没能把布带解开来,也就没能偷着柏油吃。大楼靠着床腿,坐在地上,耷拉着眼皮,好像睡着一样。大楼的两只手放在布带的死结上,做出一副不甘心的样子,做出一副无奈的样子。苏大妹嘴丫弯出一丝笑,心里乐滋滋地跟大楼说,你怎么不去解开布带呀?你怎么不去偷吃柏油呀?然而,苏大妹脸上的笑容很快地僵固住。苏大妹看见大楼在床上撒了一泡尿,又屙上一泡屎。这是大楼过去从来没有过的,这是大楼有意做出的报复。

苏大妹大声问,你是真傻还是装傻?

大楼一脸傻笑地望着苏大妹。

苏大妹一个巴掌打过去说,你说我这日子还怎么往下过?

大楼不哭,依旧笑眯眯地望着苏大妹。

苏大妹从门前抱回一大抱柏油块,点心似的堆放在床上说,你吃吧,吃死你就省心了?

大楼不客气,抓起一块柏油就往嘴里塞。

六

苏大妹想把发生在大楼身上的这些事跟王国刚说一说。苏大妹与王国刚离婚,王国刚依旧是大楼的父亲,苏大妹不跟他说大楼的事情,跟谁去说呢?可两人离婚后,苏大妹就一直没见着王国刚的脸面。王国刚说离婚后,十天半个月的要过来看一次她们娘俩。转脸半个多月过去,一次面没露过。王国刚说离婚后,一个月要过来给她们娘俩送一次生活费。转脸一个多月过去,一次钱没送过。王国刚跟苏大妹还说过这么一句话,离婚后,你还是我的女人。王国刚这句话说得苏大妹眼泪汪汪的。苏大妹说,我不要你记着我。苏大妹嘱咐王国刚说,遇见适合的女人你就娶,你一定要过好日子。

苏大妹真心想让王国刚过上好日子。

转脸三个月过去,王国刚还是没露一回面。苏大妹不去埋怨王国刚,不去记恨王国刚,反倒担心起王国刚,担心王国刚在小煤窑上班不要出什么事情。小煤窑是一处阎王爷经常光顾的地方,说一声出事就出事,轻者腿断胳膊缺,重者性命保不住。说到底,苏大妹在心里还是把王国刚当作自己的男人看待的。

这一天,苏大妹专门从小饭馆请半天假,说我要去小煤窑看一看。

苏大妹一天见不着王国刚,一天自己的日子没办法往下过。也就是从这种时候起苏大妹开始思念王国刚,开始寻找王国刚。

王国刚所在的小煤窑,苏大妹知道它的名字,却从来没去过。苏大妹找过去一打听,王国刚果真出事故。苏大妹没顾得把话问清楚,两腿一软,瘫坐在地上哭起来说,你个短命的死鬼呀,我怎么觉得你有事情你就有事情了呢?小煤窑上人看着这个女人没有缘由地哭,站在一旁里发笑说,王国刚手里的窑斧砍偏,伤在自己的脚面上,谁说他死啦?苏大妹"咯噔"一下不哭了,爬起身就往小煤窑外面跑,跑一段路停下又跑回头,大声问,你们说他住在哪家医院里,我去看看他。小煤窑人说,他哪家医院也不用住,这么一点伤在小煤窑上是常见的。

苏大妹冷静下来。王国刚没死,只受点小伤有什么可担心的呢?

苏大妹问,你们说他下班还有多长时间,我在这里等着。

小煤窑人说,你不用在这里等他,他不在小煤窑上班了。

小煤窑人解释说王国刚脚面受伤回家过后就没回来过,他这人在井下干活经常呆愣神,像是装满一肚子的糟心事。小煤窑人反问苏大妹说,你说这种人在井下不出事故谁出事故?苏大妹知道王国刚离婚后的日子过得也不轻松。

小煤窑上的一条线索断掉了。苏大妹不知道去哪里找王国刚。

苏大妹心疼王国刚,也埋怨王国刚。苏大妹面对虚无的王国刚说,你没钱也该来看一看我们娘俩呀?你离开小煤窑去了哪里、干了些什么事也该跟我们娘俩说一声吧?

苏大妹、王国刚都不是本地人。在这座城市里,苏大妹认识的人很少,她认识的人中能认识王国刚的人更少。苏小妹东查听、西查听,查听好长一段时间也没能查听出王国刚的下落,像是他已经离开这座城市,又像是从人世间消失了。直到有一天,苏大妹在打工的小饭馆里遇见一个不怎么熟悉的王国刚老乡,才知道王国刚的新情况。

这人惊奇地问,你还不知道他的事情呀?

苏大妹摇头说,我不知道。

这人迟迟疑疑地不想说。

苏大妹担心地问,什么事情你说吧?

这人小声地说，他找了个女人结婚啦。

苏大妹松出一口长气说，这下我放心啦，我一直担心他没女人照顾呢。

这人不相信地看着苏大妹问，你真没事吧？

苏大妹问，这个女人比我年轻吗？这个女人比我漂亮吗？

这人说，算我多嘴，不该跟你说这件事情。

这人害怕苏大妹受刺激。

苏大妹重复把话问一遍说，我问你，这个女人比我年轻吗？这个女人比我漂亮吗？

这人说，还是你自己去看吧。

这人逃跑似的走出小饭馆。

现在王国刚住在一处偏僻的地方，没离开这座城市，却尽可能地躲避开苏大妹娘俩。大约有三十里的路程，苏大妹坐上车一大早就赶过去。苏大妹心想不好找，不想一找就找着了。确切地说，苏大妹是被一股熬柏油的气味牵扯着找到王国刚家门口的。苏大妹对这种气味太熟悉了。她与王国刚共同生活的几年中，几乎每天都与柏油打交道。一辆三轮车载着她娘俩以及一些必需的材料在这座城市的每个大街小巷穿梭着，寻找需要修补房屋漏水的人家。——这是一段消逝过去的幸福梦境，也是一段消逝过去的痛苦梦境。苏大妹闻着这股柏油的气味找过去，在一户人家的门前看见一个女人架起一口大铁锅熬柏油。锅下面的劈柴"噼里啪啦"地燃烧着，女人手里拿着一根棍子站在一股股蓝烟中使劲地搅拌着锅里黏稠的柏油。这个女人干着苏大妹从前常干的一份活。看来王国刚现在重操了旧业，重新拾起修补房屋漏水的活计。苏大妹现在却十分厌恶这种气味，一闻见这种气味就头昏脑涨，就犯恶心，就想呕吐。一句话，这种气味里融有太多不堪回首的往事与记忆。

苏大妹绕过到上风口问，这是王国刚家吗？

女人停下手中棍子的搅拌，看一眼苏大妹。女人凭直觉轻易地就知道来者是个什么人。苏大妹显得很镇静，像是一个随便串门的闲人。女人倒是一下显出一副心慌意乱的样子。

女人说，他出门干活去了，不在家。

苏大妹说，肯定骑着原先的那辆破旧的三轮车。

说不上这个女人是否比自己年轻，也说不上这个女人是否比自己漂亮。女人身上穿着不知道什么颜色的脏衣服，手上、脸上都是柴灰，都是黑道子。

女人倒是一个通情达理的人，进屋搬出一只板凳说，你坐这歇一歇，我去倒茶。

苏大妹说，我不坐，也不渴，你去把王国刚喊回来。

女人说，他今天干活的地点远。

苏大妹说，你打他的小灵通，就说我找他有点事。

王国刚身上有一个小灵通，机子没变，号码却变了。

女人迟迟疑疑地说，我家没安电话。

苏大妹说，前面小店里有电话，你要是不想打，把号码给我，我去打。

女人伸手去撤铁锅下面的柴火。熬柏油也有个火候问题。熬过头，一锅柏油就废掉了。

苏大妹说，我替你看着火，你去吧。

女人进屋里去。屋里"哗啦、哗啦"传出一阵撩水声。苏大妹从虚掩的门缝里，看不见女人，只能看见一间房屋的大致摆设——凌乱的，拥挤的，破旧的，一屋破旧家具，没见着一件像样子的。苏大妹心里一吃惊，莫不她也是个离过婚的女人，这里就是她以前的家？一间房屋是石棉瓦搭出来的，比苏大妹住着的房屋好不到哪里去。一个修补房屋的人家不能保证这样的一间房屋下雨天不漏雨。真是想不到，女人把手洗干净，把头脸洗干净，换上一条颜色鲜亮的裙子，脖颈挂着一条黄金项链。一时间，苏大妹猜不透女人的心事了，是显谝自己富有，还是显谝自己漂亮？女人不会富有的，王国刚修补房屋漏水能挣好多钱，苏大妹还能不清楚？要是女人原本就是一个有钱人，就不会跟王国刚，也不会住在这么一间破旧的房屋里。同样，女人也不漂亮，整天熬柏油、晒太阳，黑得像个非洲人似的。俗话说，一白三分俊，一黑三分丑。黑不溜秋的一个女人哪里还漂亮呢？女人的个头倒是比苏大妹高半头。女人还故意换上一双高跟皮鞋，一扭一扭从苏大妹眼前走过去。女人走过的是上风口，苏大妹从女人身上闻见的是一股柏油味。一个女人一旦沾染上熬柏油这种气味，就跟沾染上牛皮癣差不多，身上有洗不干净的柏油味，就是没了女人味。

一转眼半年过去。苏大妹半年没见着王国刚，只想见一见王国刚，只想知道王国刚现在的日子过得怎么样。

女人出去打过电话回头说，他说他这一会正忙着，回不来家。这种回答是苏大妹预料到的。苏大妹一屁股坐在板凳上说，我等着，不急。女人说，他说你不用等他，今早明晚他去找你，把钱送过去。这种说法也是苏大妹预料到的。苏大妹说，王国刚忙他的，我等一会省他的事。苏大妹这么一说话，女人就不好说其他的了。女人心想你愿意等着你就等着吧。女人知道王国刚今天不会回来家，苏大妹也知道。苏大妹知道还在这里等，是想跟女人说说话。女人进屋脱下干净的裙子，换上刚才穿过的那套脏衣服，接着熬柏油。

苏大妹问，你怎么不跟着王国刚去干活？

女人说，这些天他不让我去干活。

女人说话间的一副幸福神色，苏大妹看见心里不疼，反倒暖暖和和的。有一个知道疼女人的男人，居家过日子才能过得好。

苏大妹问，王国刚单独一个人没有帮手怎么干活呢？

女人说，雇佣一个小工子。

有一个小工子，王国刚更是挣不着钱。这么一点钱一个家过日子不松朗。苏大妹心里明白,不是王国刚心狠不给她们娘俩钱,而是王国刚手里腾不出闲钱。突然地,女人丢下手里的棍子,跑一旁犯恶心。

苏大妹惊讶地问,你怀孩子啦?

女人幸福地笑一笑说,三个多月了。

苏大妹控制不住大声吼叫起来说,你怀孩子,王国刚还让你在家熬柏油?

女人不明白苏大妹怎么会一下这样子。

苏大妹说,王国刚没跟你说过我们家的孩子是怎么傻掉的?

女人紧张地摇摇头说,不知道。

苏大妹说,熬柏油的气体有毒你知道不知道?

女人说,我熬柏油,不是吃柏油,害怕什么呀?

苏大妹知道跟这么一个女人说不出一个道理来。苏大妹像一头发怒的倔驴,眼睛带着身子转圈圈,找着一块大石头,伸手搬起来,"哐当"一声,把熬柏油的铁锅砸碎掉。柏油锅里的柏油,汤汤水水流一地。

女人害怕地问,你砸我们家的柏油锅干什么?

苏大妹说,王国刚回头你跟他说,从今往后我不会问他要一分钱。

挨近晌午,太阳毒辣。苏大妹回头时却感觉到心里一阵阵发冷。在苏大妹的心里,王国刚今天算是彻底死掉了,就像烈日下一棵刚出土的庄稼,苏大妹能够看得见一点一点地发蔫,一点一点地枯死。

烈日下面,苏大妹一步一步往回走。

七

天一煞黑,苏大妹带着大楼一起走出家门。

苏大妹剪开拴在大楼身上布带子上的死疙瘩,剪开拴在床腿上布带子上的死疙瘩。两个死疙瘩,苏大妹一个也解不开。一把剪刀,"咔嚓"剪开一个死疙瘩,"咔嚓"又剪开一个死疙瘩。苏大妹替大楼换上一套干净的衣服,换上一双干净的鞋子,又重新把布带子拴大楼的身上,依旧拴出一个解不开的死疙瘩。就这么,苏大妹拉着大楼身上布带子走出家门的时候,像是牵着一条宠物狗。

苏大妹牵着大楼直接走进望淮楼的安全楼梯口。

苏大妹想领着大楼从这里爬上望淮楼的楼顶上。

苏大妹这是第二次从安全门爬上望淮楼的楼顶上。头一次是王国刚领着她一起爬上去的。也就是在第一次爬上望淮楼的楼顶上,苏大妹把身子交给了王国刚,怀上大楼,两人结婚的。一转眼,四年过去,真的世间沧桑,物是人非了。前后两次爬楼,时间不相同,心境也不相同。苏大妹手里照着电筒,一个楼梯一个楼梯往上攀爬着。安全楼梯跟正常楼梯不一样,四周紧紧地封闭着,大白天楼道里也是黑咕隆咚的,再一个是安全楼梯的拐弯多,一层楼要拐上四道弯子,三十多层高的大楼爬上去,要拐一百多道弯子。这样上楼实际上就像在一个黑色的旋涡里一直旋转着、旋转着。第一次爬楼,苏大妹觉得这种旋转是一直往上的,有一种飘浮的感觉,有一种飞翔的感觉。这一次爬楼,苏大妹觉得是往下坠落的,有一种压迫的感觉,有一种窒息的感觉。苏大妹觉得一梯一梯通往的不像是望淮楼的楼顶上,不像是天堂上,而是通往地下面的地狱里。大楼不说话,也不违抗,始终是一副温顺的样子。苏大妹前面走着,大楼后面跟着。苏大妹去哪里,大楼跟哪里。苏大妹步子迈得大,大楼步子迈得快。连结两人中间的一根布带子像是虚设的。大楼从来没用苏大妹真的像一条狗似的拉紧布带子牵着走。行走在这么一处漆黑的安全楼梯里,大楼的眼睛变得像猫眼似的能发出亮光,是两道绿森森的亮光,不用苏大妹领着他走,不用苏大妹的手电筒照着他走,像是靠着这么一双猫眼就能把楼梯看得清清楚楚的,就能无阻无拦地爬上望淮楼的楼顶上。只剩下最后两层楼的时候,苏大妹的体力渐渐地不支了,脚手上渐渐地没了力气。大楼的脚步反倒快起来,从苏大妹身后超过去,走到苏大妹的前面去。苏大妹想歇一歇、喘一喘气,再爬上楼顶上。大楼不让苏大妹把脚步停下来,一根布带子捞得紧紧的,命令着苏大妹慢不下脚步,更停不下脚步。大楼不说话,布带子上却传过来一股神秘的力量,一股不可抗拒的力量。苏大妹看见楼顶上的那扇小门透露出来的一丝亮光,愈来愈亮,愈来愈近。

这是一缕地狱之光。

这是一缕死亡之光。

苏大妹没容迟疑,不再多想人世间的事情,而是把大楼死死地拴在楼顶上,飞身从楼顶上便跳了下去。苏大妹结结实实地摔在望淮楼的大楼前面,摔出一摊鲜血,摔成一摊肉酱。围观过来的人们闻见的不是血腥气,而是一股刺激鼻子的柏油味道。人们拨打110报警。赶过来的警察看见苏大妹的手心里攥着一张纸条,上面写着。

警察:

  我是自己跳楼自杀的,不关别人的事。楼顶上拴着一个孩子,他的名字叫大楼,是一个傻孩子。我死后,你们可把他交给他爸爸。他爸爸名叫王国刚,住在牛街巷的一个胡同里,是个骑着三轮车替人家修补房屋漏水的,你们去那里闻着一股柏油的气味就能找得见。

  拜托了。

苏大妹
某年某月某日

警察赶快上楼顶找孩子。坐电梯上最高一层楼,打开边门,走进安全门。再从那扇小铁门爬上望淮楼的楼顶上。警察只见着一条松散开的布带子,整个楼顶上没见着一个名叫大楼的傻孩子。是不是真有这么一个傻孩子?真有这么一个傻孩子又去了哪里?警察一边派人在望淮楼里寻找孩子的踪迹,一边查看望淮楼的监控录像。在录像里,警察看见这个名叫苏大妹的女人带着一个孩子畏畏缩缩地走进大门,也看见一个孩子大摇大摆地走出大门。从录像上的方位看得清楚,女人带着孩子上望淮楼的楼顶上走的是安全门楼梯,孩子从望淮楼的楼顶上下来走的依旧是安全门楼梯。警察连夜一边去寻找走失的孩子,一边去寻找王国刚。孩子没找着,王国刚找着了。警察简单地询问一下他与死者之间的关系,便断定死者确实是自杀死去的。

警察交给王国刚两件必须办理的事情。头一件事情是负责办理苏大妹的后事,第二件事情是负责继续寻找丢失的傻孩子。王国刚前后花去两天时间,火化掉苏大妹,埋掉苏大妹。苏大妹在老家的大山里没有家,没有亲戚。王国刚也就没有送苏大妹回大山里的老家去,就近找一处地方草草地埋上了。警察交给的第二件事情,王国刚没有去办理,一是大楼一个傻孩子不知道往哪里跑去了,二是王国刚也不愿花时间去寻找。寻找一个傻孩子干什么?寻找一活累赘干什么?大约过去半个月,一个乌云低垂的夜晚,一个夜深人静的时刻,王国刚家的房屋门"咚咚咚"地响起来。

王国刚不敢去开门,不敢说出一句话;王国刚女人不敢去开门,不敢说出一句话。两人的眼睛惊恐地睁多大。

"咚咚咚……"

2007 年 9 月 26 日　江陈

梦　淮　水

淮河,又名淮水,中国大河之一。源出河南省桐柏山,东流经河南、安徽等省到江苏省入洪泽湖。全长约 1000 公里,流域面积 18.57 万平方公里,是地理上亚热带湿润区和暖温带半湿润区的分界线。

——《辞海》1989 年版

第一章

温玉来到这座煤矿城市是一种偶然,也是一种命运必然。

傍晚时分,温玉连晚饭都没顾上吃一口,心情烦躁,躁动不安,就走出家门,走上不远处的一条铁路。那时候,温玉还没想到要乘火车离开县城,去一座远离家乡的煤矿城市。她最初的目的只是想沿着铁路走一走,看一看,散一散积郁的一颗心。温玉家坐落在一个小县城,县城坐落在一处大山间,一条铁路箭一般穿越大山,穿破大山的落后与封闭。居住在这里的山民要是想出去,乘坐上火车,再火车转火车,火车转汽车,火车转飞机,差不多能够抵达中国的每一座大中小城市。温玉今年十八岁,十年前,也就是八岁那一年,第一次在梦里乘坐火车离开家门,这些年来不断在梦里出去与返回,外面的城市与老家的县城,不停地在梦中更换为行程的终点与起点,起点与终点。温玉是个爱做梦的女孩，在现实中去不了的地方，在梦中可以轻松地抵达。虽说在梦里，虽说在虚幻中，但以往每一次走出都有一个明确的目的地，都是事先做好心理准备的，唯独这一次在现实中的出走是随意的，是事先没有想过的。温玉沿着铁路越走越远，沿途景物越来越暗地沉浸在暮色中，县城火车站的灯光倒是越来越亮地闪耀在远方，招引在远方，蛊惑在远方。她没想着要走这么远的路程，半个小时后还是走进县城火车站的区域。一列火车正好从远方开过来，车头灯光笔直地照射在她前方的铁轨上，反射出两道冰冷的光亮。火车颤动，鸣叫，减速，车轮与铁轨之间传出刺耳的摩擦声。温玉赶紧侧身走上路基，站在月台上，等候慢下来的列车擦身而过停下来。在现实中，温玉来过无数次县城火车站，却一次火车没坐过。在睡梦中，温玉一次县城火车站没来过，却坐过无数次火车。火车站在梦境中不需要，在现实中少不了，这恐怕就是现实与梦境的区别。现实中的县城火车站古旧而破败，敞开而简易，三间房屋，一块站牌，半边月台，缺少围墙，没有栅栏，任何人从任何方位都能走进火车站。每天早晚各有一趟往返的绿皮慢车（国内现行设备最差、速度最慢的客车）临时停靠在县城小站上。车站上不卖火车票，乘客却可以自由地上下车。就这样，温玉头脑没有多想，脚下没有迟钝，走上车门，走进车厢，去找座位。这趟列车就温玉一个人上车，没候火车开动，一个列车工作人员就从月台追上来，举着打票机来到她面前。

——请问您去哪里？

——我、我、我……

一时间，温玉真的不知道要去哪里，或者说为何要上这一趟火车。补票员盯着她，她也盯着眼前这个人。车厢里乘客稀落，空气混沌而污秽。温玉像是在梦里，现在醒过来。更确切地说，温玉在梦里的目的地明确，在现实里却失去目的地。她转脸擦过补票员身边，朝着车门走过去，一边走一边说，我怎么会上火车，我上火车干什么？列车员关上车门,火车已经慢慢启动。车厢与车厢之间发出"喀喀"的碰撞声响。温玉冲着列车员说,我要下火车!列车员问,你不是刚上火车?温玉说,我上错火车!列车员说,火车可不是随便上下的,这是人人都明白的。火车速度缓慢,像是停着不动。温玉说,你打开车门我跳下去。列车员说,车门可不是随便打开的,这也是人人都明白的。温玉说,我不明白,我要下火车。温玉一脸绝望地望着窗外,只有把车窗外面的树木当成参照物(车窗外的树木只是或浓或淡的一团影子),才知道火车缓慢地在移动。列车员说,你下一站下吧。补票员说,下一站下车也要补一张车票。温玉不知道下一站在哪里,也不知道补票是个什么道理。温玉只想着火车上错了,只想着下火车。温玉说,我从车窗跳下去。温玉嘴上说"我从车窗跳下去",两手伸向车窗做一个打开窗户的动作。列车员与补票员赶紧上前去阻拦。列车员说,车窗更是不能随便打开的,你不明白也不能跳下去。补票员说,要不我就去喊乘警。车厢里灯光昏暗,车门外黑咕隆咚。列车员是个女的,补票员是个男的,他俩一左一右紧紧地拦住温玉。温玉看一看左边的列车员,看一看右边的补票员,猛然往下一嘟噜一屁股坐地上号啕大哭起来。啊、啊、啊。听见温玉的哭声,车厢里的乘客活泛起来,纷纷围拥跑来问,她这是怎么啦?列车员摇头说,我不知道。补票员也摇头说,我不知道。列车员解释说,她想跳窗户,我们不让她跳。补票员补充说,我们让她补票,她不愿意补。啊、啊、啊。号啕声尖利而放肆,温玉哭得泪涕满面,无所收敛,更无所顾忌。啊、啊、啊。

——这个女孩的头脑是不是有毛病?

——头脑没有毛病,哪个女孩家会这样?

听见乘客相互间的议论声,温玉"咯噔"一声不哭了,清醒了。对呀,自个在火车上这么没头没脑地哭号,不是一个神经病是什么?温玉掏钱递给补票员说,这趟火车的终点站去哪里,我就补票去哪里。补票员不接钱,说你连去哪里都不知道,你去干什么?温玉问,这趟火车的终点站去哪里?列车员说,去省城。温玉问,除去省城,前面还停靠哪些地方?列车员说,省城前面有两站,一个是淮水站,一个是淮阳站。

温玉的眼睛一下亮起来,问列车员,淮水是不是一座煤矿城市,那里是不是有一条大河?

列车员点点头。

温玉说,我就去淮水。

温玉这趟离家出走,是缘于温大泉与朋友晌午喝了一场酒。

说起来,这场酒温大泉该喝,只是不该喝这么多,喝得嘴上不当家,说胡话,惹祸端。闺女温玉十八岁,职业高中毕业,三天后就要去广东那一边打工。从县城火车站上车,车票学校里统一购买,统一乘车,时辰一到,她就跟着同学们一起走。那家工厂是学校的长期合同用人单位,温大泉与顾秀两口子没有什么放不下心来的。这一天,几个朋友相约一起来看一看温玉,温大泉心里一高兴还有不喝酒、不喝多的道理吗?温大泉原本能喝几两白酒,却自个控制着不喝酒。原因是五年前出过一场车祸,差一点命丧九泉。那时候,温大泉还是一个卡车司机,他的任务就是把山里的木材往山外运,赚取一份运输钱。有一天晚上,他开着一辆空车从山外回头,半路上停车进一家小饭馆吃饭,遇见几个生意场上的熟人,正在喝酒的兴头上。温大泉推辞不掉,喝进肚子里二两白酒。按照他平常的酒量,喝这么一点白酒肯定不会出任何事情。这一次,一件十分肯定的事却不能十分肯定了。小饭店离家四十里路,几个熟人喝过酒要留下他继续打牌。所谓打牌就是赌钱,一个晚上千儿八百块钱输赢是常事。温大泉不是不想打牌,半道上就想着老婆温暖的被窝,柔软的身子。不要说留下来打牌有可能还要输钱,就算一个晚上包赢钱,也抵不上老婆身子的诱惑呀。拉木材外出跑一趟生意,来回十天半个月,在温大泉的心里,跟老婆睡一觉比什么都重要。几个熟人早看出温大泉的心事,说小饭馆里的几个服务员不敢说哪一个都比你老婆漂亮,但个个比你老婆年轻水嫩是一定的,你找一个先疏通一下,我们再打牌。熟人说的是实话,这种路边野店就是这么一条好,饭桌上有野味,客房里也有野味。这两样野味都是长途司机喜欢的。温大泉说,我晚上赶回去还有其他的事。在这方面,温大泉是个好男人,自从与顾秀结婚就从来不在外面打野食。温大泉嘴上打着酒嗝,顶着夜色往家赶,四十里山路跑一半,"哐当"一声出事故。事故出得很蹊跷,命悬一线,温大泉还浑然不知不觉。浑然不知不觉的原因是他一路疲劳驾驶,加上二两白酒作祟,竟然不知不觉睡着了。待他一觉醒来,天色微明,睁眼一看,眼前却是万丈悬崖,卡车的车头部分正好骑在一棵撞倒的树干上,悬空担在那里。一团团浓雾伴随着一阵阵凉风,从悬崖谷底拥上来。温大泉吓得魂飞魄散,即刻晕厥在驾驶室。路人发觉后报警,交警开着警车一路怪叫赶过来,喊醒温大泉。他两腿瘫软,身子颤抖,缺少胆量爬出驾驶室,交警也不敢冒险上去施救。结果交警喊来一辆大型吊车,拴上绳索,把卡车整体从悬崖边上方吊过来,解救出温大泉。

从此,温大泉不敢再开卡车。从此,温大泉不敢再喝白酒。

一转眼五年过去,这一天有些特殊。朋友说,今天我们就是来喝温玉喜酒的,你不喝酒,我们怎么喝酒呀?温玉长成一个大姑娘,像一只羽毛丰满的小鸟,眼见就要离开家门,去南方打工。老婆顾秀眼泪汪汪的心里有些感伤,温大泉也儿女情长有些舍不得闺女走远。温玉说,爸爸现在不用开车,今天你就喝两杯白酒。温大泉面色有点为难,喝酒不是喝酒,是回想悬崖边上的一段痛苦记忆,是承认自己多年开车的失败。温大泉说,今天我听闺女的,开戒喝两杯。五年来温大泉只是一个戒酒的执行者,实际上的监管权利一直掌控在顾秀的手上。顾秀说,你不想喝酒就不要喝,这两杯酒我替你喝。温大泉决心冲破心理防线,决心打破心理禁忌,他说今天心里高兴,我想喝两杯。温大泉这么一说,既有破戒的决心,又有喝酒的理由。"哗啦、哗啦",温大泉斟满两杯白酒,一杯端在手上,面对几个朋友说,这杯酒我先喝了,感谢你们来我家看望温玉。他脖子一仰,一杯酒灌进嘴里,咽进肚子里。接着他把第二杯端在手上,面对老婆孩子说,我这杯酒是感谢你们俩,老婆操持这个家不让我费心,闺女好好上学也不要我操心。他的脖子一仰,一杯酒再次灌进嘴里,咽进肚子里。记忆里的酒是痛苦的,嘴里的酒是香甜的。温大泉咂巴几下嘴,脸上呈现出来的是幸福而非痛苦的表情。顾秀说,好了,就喝这两杯酒。要是顾秀不说这句话,说不定温大泉就放下酒杯不喝了。顾秀这么一说话,温大泉接着拿起酒瓶,"哗啦、哗啦",又斟满两杯白酒。酒花四溅,酒香四溢,是一瓶好酒。温大泉说,刚才两杯酒是为你们喝的,我还要为自个喝两杯。顾秀说,天下还有你这么找理由喝酒的?几个朋友一呼一应地说,温大泉今天应该多喝几杯。相对温大泉来说,喝酒要去回忆痛苦的往事,更要去遗忘痛苦的往事。不管回忆痛苦的往事,还是遗忘痛苦的往事,现在浸泡在酒精里都没有痛苦了。这一点是温大泉没有喝酒前无论如何想不到的。他暗自感慨说,还是酒好呀。

一来二去的,温大泉就喝高了,舌头就喝大了,话语就喝多了。温大泉说,我五年没喝酒,酒都快把我忘记啦。朋友说,酒没有忘记你,酒就是我们这些老朋友。温大泉说,那我喝酒就是会见老朋友?朋友说,你喝酒就是与老朋友见面,就是与老朋友说话。温大泉问,有一点我不明白,酒是我的老朋友怎么会坑害我?几个喝酒的朋友脸面上就有些不好看,知道温大泉想起五年前的那场车祸,纷纷找理由各自离开。有朋友在场,温大泉要喝酒,顾秀不好硬去阻止他。一帮朋友走掉,顾秀就把酒瓶酒杯收起来。温大泉说,你不要收,我今天要好好地喝一场。顾秀说,朋友都走掉了,你还跟谁喝呀?温大泉说,他们走掉,我跟老婆喝,我跟孩子喝。温大泉走路两腿发软,说话舌根发硬,已经显露出醉态。温大泉真的倒出两杯酒,一杯端在自己手上,一杯端起来递给老婆。顾秀说,你已经喝多酒,我不跟你喝酒。温大泉说温玉,你妈不跟我喝,你跟我喝。温玉说,我不会喝酒。温大泉说,你不会喝酒,你学喝酒。顾秀说,有小女孩学喝酒的吗?有你这样教闺女喝酒的爸爸吗?温大泉的肚脐眼里很响亮地哼两声说,我教我闺女学喝酒?我还不知道谁是我的闺女呢!

就是这个时候,温大泉把话说错,惹出祸端的。

温大泉醉眼迷蒙地盯着温玉看一会问,你是我的闺女吗?温玉说,爸爸你真喝醉啦?我不是你的闺女,谁是你闺女?顾秀像是预感到温大泉说话不当家,或者说喝多酒要说不该说出来的话。顾秀阻止温大泉说话,说想喝酒你就自己喝吧,不要胡乱说话。温大泉转脸冲着顾秀说,你说温玉是我闺女吗?不是!她是你跟曹岗地的闺女,温玉的爸爸不是我,是曹岗地。

温玉说,爸爸,你胡说些什么呀?

顾秀说,你爸爸他没有胡说。

顾秀肯定温大泉说的酒话,温玉没有吃惊,温大泉自个反倒吃惊不小,酒醒一大半。他慌忙改口,跟温玉说,你不要听爸爸胡说,我就是你的亲爸爸。顾秀冷静地说,孩子大了,我们现在应该把实情告诉她。

温玉问,那个男人是不是一个大个头?

顾秀说,比你爸爸个头高,比你爸爸身子壮。

温大泉插话说,你说错了,是我没有她爸爸个头高,是我没有她爸爸个头壮。

温玉问,他们那里是不是有一条大河?

温大泉说,那是一条淮河。温大泉说话越来越清醒。

顾秀问温玉,这些你怎么知道的。

温玉说,是我做梦梦见的。

这个小县城不是温大泉的老家,也不是顾秀的老家,他们选择一个陌生的地方住下来就是为了保守温玉的身世。事实上,在这个小县城里确实没人知道温玉的身世。温玉怀疑自个的身世,也确实是做梦梦见的。差不多从温玉记事的时候起,她的梦里就反复出现一条大河,还有大河边上站着的一个男人。大河出现在温玉梦里,随着一年四季的不同而不同。冬天的河水最浅最清澈。夏天的河水最宽最凶猛。春天,大河像一条苏醒过来的巨蟒,慢慢地开始流动,慢慢地开始浑浊。秋天,大河像一个奔跑疲倦的孩子,慢慢地开始安静,慢慢地开始冬睡。大河在夏天的梦境里动静最大,温玉能看见河水急速流动而形成的旋涡,能听见旋涡在急速流动中生发的响声。温玉醒过来,梦境就消失,大河就消失,她的两眼要是不睁开,旋涡的图形就不会消失,旋涡的响声就不会消失。而那个站在大河边的男人,始终背对着温玉。温玉看不清他的脸庞,也就看不清他长得什么样子。这个男人一年四季穿着同一套衣服。衣服厚沉蠢笨,看不出颜色,或者说原本的颜色已经肮脏成一团污色。这个男人脚上穿着一双雨靴,手上拿着一顶胶壳帽子。雨靴是黑色的,帽子也是黑色的。这两样东西的颜色她是清楚的,但她不清楚这个男人是干什么的?手里拿着一顶胶壳帽子,像是一个爬高上梯的建筑工人。可一个建筑工人,整年脚上穿着雨靴干什么?有一次,温玉意外地看见胶壳帽子上安装着一个灯头。这个男人把灯头打开,一闪一亮的,一明一暗的。胶壳帽子上有一根电线与他的腰间相连,那里捆绑一块砖头一样的东西。后来温玉长大才判断出,这个男人是一个扒煤的矿工。常年井下湿滑,这个男人要穿着雨靴;常年井下黑暗,这个男人要带着矿灯。腰间的"砖块"是蓄电池。矿灯卡在胶壳帽子上,这样在井下干活,就不要用手去拿了。男人每一次在梦里出现都喊一声小玉,我的闺女呀,我来看一看你。男人的声音深沉悠远,有一种恍若隔世的感觉。温玉说,我爸爸没你个头高,也没你长得壮实,他长得不是你这个样子。男人说,要是我的脸能转过去给你看一看,你就知道我俩长得有多像。温玉说,那你就把脸转过来我看一看。男人一阵哆嗦说,我不能,我怕吓着你……

温玉在梦境里一天天长大,男人在梦境里一天天衰老。顾秀问,一个死去的人也会一天一天老去?温玉说,他在梦里的头发一天比一天发白,身子一天比一天弯曲。顾秀叹气说,是个命苦的人哪,在梦里见孩子只能偷偷摸摸地背对着。温大泉说,那是一场事故把他的面容烧毁了,那么一张难看的脸转过身来不把温玉吓着呀。

"哐里哐当……"火车在夜里狂奔不止,温玉在夜里胡思乱想不止。

第二章

十八年前,顾秀十八岁。

那一年,她的父母得了一种蹊跷的怪病,先后死去。怪病的症状就是,一张嘴大张着喘不过来气,像是有一只无形的手,死命地掐着人脖子。顾秀经常地看见父母脸色青紫,额头冒汗,身子虚软,一张嘴拼命地往半空里挣、挣、挣。父亲的两只手在眼前一阵一阵乱抓乱挠说,我怎么喘不过来气呀?母亲的两只手一下一下拍着地面说,我眼面前的空气都到哪里去了呢?实际上顾秀耳边听见的都是虚幻的声音,是她自己在心里空想出来的,每到这种时候他俩一句话说不出,只见父母的身子一犟一犟地往地面瘫软下去。怪病有一个奇怪的名字,叫矽肺病。早些年父母俩在南方的一家陶瓷厂打工,吸入大量有毒的灰尘,日积月累地侵蚀肺叶,慢慢地肺叶腐烂病变造成的。矽肺病没有特效药物,更是根治不了,父母得上这种病,一天比一天厉害,身上没力气打工,就离开打工的地方回老家。矽肺病是一种职业病,在那他俩没做过职业病鉴定,回来家工厂主也没赔付一分钱,没几年就稀里糊涂死掉了。第一代农民工都这样,一个个离开农村,闭着两只眼睛往城市里跑,在城市里更是闭着两只眼睛干活,除了拿一份微薄的工资,别的什么权益都不知道,也不知道去索要。时常地,城市这只怪兽的血盆大嘴一张一合，有的农民工性命就葬送在这里，连一根骨头渣滓都不见吐出来。

叔叔从外地匆匆忙忙地赶回来，殡葬下哥哥嫂子，处理好哥哥嫂子遗留下来的全部家产——几亩山地、一片山林、三间房屋，以及六只鸡、五只鸭、四只鹅、三头羊、两口猪、一头牛，带着顾秀远离家乡，来到淮河边的这座煤城。叔叔在这里开一家小饭馆，已经好多个年头，积攒起来的钱把几间门面房买下来，经营价廉物美的家常菜。顾秀走进小饭馆见着的第一个人，是一个年轻女人。叔叔让顾秀喊她婶子。顾秀知道这个女人就是叔叔现在的老婆。老家有顾秀的另一个婶子，是个满脸皱纹、满头白发的老女人。老女人跟叔叔离婚后依旧住在老家的两间房屋里。小时候，顾秀经常听见老女人诅咒叔叔，断子绝孙，找女人生孩子，也长不出屁眼。老女人跟叔叔没生孩子，小女人跟叔叔也没生孩子。老女人在老家哭过笑、笑过哭，总算明白不生孩子的原因在叔叔身上，说要不怎么先后找几个女人都不生孩子呢？顾秀不知道眼前这个年轻女人，算是叔叔的第几房老婆。叔叔是个不断更换老婆的男人，在老家没有好名声。这些年父母跟叔叔走动稀少，顾秀跟他很陌生。叔叔当着年轻女人面，交代顾秀说，我说话你可以不听，婶子说话你不能不听。顾秀冲着叔叔点点头。年轻女人说，你跟我们一起过，从今往后就是我们的闺女了。顾秀又冲着婶子点点头。

顾秀十八岁，在小饭馆里不用吃闲饭，择菜洗菜，端盘子刷碗，样样都要干，样样都能干。小饭馆是夫妻店，叔叔买菜、烧菜，忙后堂；婶子收钱、迎客，忙前台；顾秀算是搭帮手，小饭馆的里里外外无不熟悉。婶子说，我们付给人家一个月好多钱工资，也付给你一个月好多钱工资。顾秀说，我不要钱，我不能要叔叔婶子一分钱。按照顾秀的打算，先在叔叔婶子这里落下脚跟，再去找一份适合自己的工作。在山里，与顾秀上下的女孩子早两年就外出打工了，她在家伺候生病的父母耽误了。她的理想不是在小饭馆里做一名服务员，也就不在乎叔叔婶子真给工资假给工资,一个月能给好多钱。叔叔说,工资先让婶子替你保管着,到时候留你置办嫁妆用。顾秀的一张脸"嚓啦"一下红起来。

原先这里有一个小女孩做服务员。顾秀过来,小饭馆把她辞退了。小女孩央求叔叔婶子留下她,说她愿意少拿工资,甚至只要管吃管住,不要一分钱。当时顾秀不明白小女孩愿意留下来的真正原因,却在心里生疑问,你一分钱不要,还在这里打工干什么呢?小女孩与顾秀差不多大,脸蛋子长得比顾秀周正,身条子长得比顾秀细溜,穿着打扮比顾秀入时,左看右看,上看下看,都是一个小美人。小女孩的一双眼睛含着水,滴溜溜地晃荡着,看一会顾秀的婶子,看一会顾秀的叔叔,期盼他俩能改变主意,不要辞退她。叔叔的两只眼躲避开小女孩,不说话。婶子的两只眼直视着小女孩说,我们这里庙小,养不下你这个大菩萨;停一停又说,像你这么排场(漂亮)的丫头,到哪里找不到一份称心如意的工作,到哪里不比在我们小饭馆里打工强一百倍。小女孩冲着顾秀婶子说,你不敢留我在这里。顾秀婶子问,我怎么不敢?小女孩说,你怕我抢位置。顾秀婶子笑一笑说,怕你没这个能耐。什么叫着抢位置?当时顾秀听不明白。顾秀站在一旁插不上话,能看出叔叔夹在两个女人之间很难受。叔叔朝着小女孩挥一挥手说,你就快一点走吧。顾秀看见叔叔的脸上一副涂满无奈的样子。一只拉杆箱就靠在小女孩腿边,小女孩使劲提起来,迈过小饭馆门槛,头也不回地走开。叔叔神色黯淡,先转脸回屋里。婶子神色晴朗,后转脸回屋里。顾秀站门口,看一会走远的小女孩背影。小女孩是因为她来这里被辞退的,顾秀心里酸涩涩的,觉得对不起这个小女孩。

后来顾秀才知道,这个小女孩跟叔叔有一腿。

婶子对待叔叔,像是对待一只馋嘴猫,整天紧紧地看守着,轻易不让他出门,却又不能不让他出门。比如说,一大早叔叔要去菜市场买菜。晚上叔叔抽空闲要去欠账的人家要账。再比如说,有些人家一个电话打过来预订几样菜,叔叔要按时把热菜冷菜送过去。开一家夫妻小饭馆,见天就是这么琐碎,整日就是这么忙碌。顾秀初来乍到,只能做一做帮手,不能中大用。叔叔出门一次,婶子回头审讯一次。婶子问,去见小红没有?叔叔装糊涂回答说,你说哪一个小红?婶子说,少跟我装蒜,除了那个小妖精,你说我还能问谁?叔叔说,我想见人家,人家不想见我。婶子说,我怎么知道你俩现在还勾搭不勾搭?叔叔说,我天天出门与小红去勾搭,买菜送菜都是你干的?婶子说,你是一个什么样的男人,别人不清楚,我还能不清楚?

这个小女孩的名字叫小红。

小红没走远,落脚在附近的一家小旅馆里做门童。顾秀上街从小旅馆门口经过,就能见着小红站那里。小红个头高挑,穿一身大红色旗袍,两眼滴溜溜地盯着街上往来的行人。小红招手喊顾秀过去。小红说,小红你过来,我跟你说一句话。顾秀站住脚说,我叫顾秀,不叫小红。小红说,我的名字也不叫小红,别人都喊我小红,我就叫小红了。顾秀说,别人喊你小红你愿意,我不愿意。小红说,小红这个名字好听,现在你不愿意,过一过你就愿意了。顾秀不想跟小红打嘴官司,接着往前面走。小红说,你怎么走啦,我还没跟你说话呢。顾秀又一次站住脚,等着小红说话。小红说,你回头跟你婶子说一声,就说你叔叔昨晚带给我的两副胸罩,尺码大小正合身。"吐、吐、吐,"顾秀向着小旅馆门口吐几口唾沫跑掉了。小红站在门口"哈哈哈"地笑弯身子说,我知道你婶子是个陈年醋坛子,天天在你叔叔面前说我的坏话。

顾秀没想到这个小女孩会这么不要脸。

这是一条东西街。小旅馆坐落在这条街上的西头,小饭馆坐落在这条街的东头。这条街附近坐落着不少家煤矿。有国有的大煤矿,也有地方的小煤矿,东一座,西一座,南一座,北一座,零散地分布在小街四周。可以说,这条街就是为这些煤矿兴建的。扒煤的,卖煤的,贩煤的,运煤的,来这条街上的人,大多与煤都有关联,都是"吃煤"的。街面上的小饭馆,小旅馆,小卖铺,理发店,洗脚屋,都是为"吃煤"人群服务的,形成一根与"吃煤"相关的产业链条。顾秀在这里待过一段时间,知道街面上真有不少小女孩的名字叫小红。小旅馆里有,小卖铺里有。理发店里、洗脚屋里,名字叫小红的女孩子窜来窜去的,更是多得不得了。小红像是一种话语暗号,一种身份标识,只要知道哪个小女孩的名字叫小红,就会有一种身份的确认性。顾秀待在小饭馆门里,经常能听见街面上传来男人喊叫"小红、小红"的声音。

——小红,你出来一下!

——小红,你在楼上吗?

小红到底是女孩的一种什么身份标识呢?顾秀依旧糊涂着。

在小饭馆里,顾秀不叫小红,有很多吃客却把她当成小红,或者说把她喊成小红。这一天,一个黑头黑脸的男人走进来,看见顾秀眉开眼笑,像是见着一盘热气腾腾的可口菜端上桌子。黑脸问,小红你今年多大啦?顾秀说,我叫顾秀,不叫小红。黑脸说,什么顾秀(袖)顾腿的,还是叫小红这个名字好听,又顺口又喜庆。正是生意清淡的时候,婶子叔叔都在后堂里。听见黑脸的说话声,他俩赶紧走出来打招呼。叔叔热头热脸地说,哟、哟、哟,这不是梅老板吗,有一阵子不见,到哪里发财去了?黑脸眼睛盯着顾秀,哑一哑嘴巴说,这阵子背运倒霉,老家那边的一个电厂老板被双规,纪检部门找我查账,浪费我两个月的口舌。婶子奴颜媚骨地问,该没查出什么问题吧?梅老板说,查出问题我还能来这里?叔叔点头哈腰地说,那是、那是,听说看守所里的滋味可不是人受的。梅老板说,这两个月我就在看守所里待的。叔叔大惊失色。婶子像没事人一样,嗑着手心里的瓜子。梅老板伸手一把拉住顾秀的一只胳膊说,你现在跟着我去旅馆,冲一冲我身上的晦气。叔叔上前一步阻拦说,请梅老板高抬贵手,这是我家侄女顾秀,不是小红。顾秀像是遇见一个人贩子,吓得身子直往后退缩,一只胳膊却被梅老板死死地攥着。梅老板说,谁是你家侄女,谁不叫小红,你开一个价钱,我带她走。婶子像一个见过大世面的女人,一把推过男人,自个夹塞在梅老板面前。婶子个头高,梅老板个头矮。婶子的一副胸脯高高地挺起来,紧紧地抵在梅老板的一张脸上。婶子笑眯眯地冲着梅老板说,街上小红多得是,一抓一大把,你干吗硬要纠缠我家的侄女?婶子说话前,尖着手指从嘴里捏出一粒瓜子仁,塞进梅老板的嘴里。梅老板舌头一卷,就把一粒瓜子仁吞咽进肚子里。梅老板问,她真是你家侄女?婶子回答说,她是顾大头哥哥嫂子的丫头,这还能掺半分假吗?叔叔长着一个大头,外号叫顾大头。大头是顾家的特征,顾秀的头也不小。梅老板看一眼顾大头的大头,看一眼顾秀的大头,松开顾秀的胳膊,一脸尴尬地说,你们家从前不是有一个小红吗?叔叔慌忙解释说,人家另攀高枝,去街西头的小旅馆里做门童了。婶子白叔叔一眼说,什么是另攀高枝,你倒真会抬举她。梅老板说,我看你们家的这根枝子就不低。婶子说,她是被我们家赶走的。

梅老板走出小饭馆。顾秀吓出一身冷汗。

这以后,客人经常地喊顾秀小红或者把顾秀当成小红,说要带她出去玩一玩、乐一乐。叔叔婶子要不断地给客人解释说,她是顾秀,不是小红。客人不相信。叔叔进一步解释说,她是我哥哥嫂子的丫头,哥哥嫂子在老家死掉,我前些天刚刚带她过来。客人要是还不相信,婶子就说,你看一眼顾大头的大头,你再看一眼这丫头的大头,就知道我们没有说谎话。客人一脸馋相走进小饭馆,在他们的眼里,顾秀不是顾秀,就是小红。而后客人一脸失望走出小饭馆,在他们的眼里,此时顾秀就是顾秀,不是小红。顾秀生长在偏僻封闭的大山里,经见的世面少,懂事懂得迟。但小红是个什么角色?顾秀渐渐还是半明半暗地明白了。只是顾秀没想到,婶子也是一个小红,或者说她曾经做过小红这一角色。保不准就因为婶子是小红,叔叔跟她才挂拉上。

有一天晚上,叔叔先出门,说去找一个熟人办一点事;婶子后出门,也说去找一个熟人办一点事。只不过叔叔出门的时候,婶子在家里,叔叔说话跟婶子说。婶子出门的时候,叔叔不在家里,婶子说话跟顾秀说。叔叔说他出门去找熟人办一点事,婶子肯定不相信。婶子说她出门去找熟人办一点事,顾秀也不相信。叔叔去找熟人办一点事,婶子肯定以为他去小旅馆找小红,婶子去找熟人办一点事,顾秀以为婶子肯定是去抓叔叔。顾秀留在家里一个人担心害怕,担心叔叔被抓一个现行,害怕婶子跟叔叔大吵大闹。顾秀的担心害怕随着时间的推移越来越厉害,待听见门外传来"咚咚咚"的脚步声,整个身子都"簌簌簌"地颤抖不已了。脚步声是叔叔的。他一个人回头。叔叔回卧房见不着老婆,过这一边问顾秀,你婶子呢?顾秀嘴巴哆嗦着说不出来话。叔叔奇怪地问,你该不会生病吧,我见你在发抖嘛!不知在一处什么地方,叔叔找见婶子,两人一前一后走进卧房就大吵大闹开来。小饭馆单门独院,下面三间做门面房,上面两间做卧房,另外一间房屋的地方是一个大平台。两间卧房,叔叔婶子睡一间,顾秀睡一间。中间隔着一道砖头墙,叔叔婶子那边动静小,顾秀这边听不见。今晚叔叔婶子吵闹出来的动静很大。叔叔说婶子不要脸,背着他去会老相好。婶子回话说,只许你见老相好,我怎么就不能去?叔叔说,我现在跟那个小红一点关系都没有,你这是瞎猜疑!婶子说,吃屎的狗离不开茅厕,你是个什么样的男人我还能不知道。叔叔说,我原本就不该找你这样的女人做老婆。婶子说,我要是一个清白女人怎么会跟上你这种男人?那边的争吵暂时停下来,空出好大一团虚静。叔叔表态说,好、好、好,从今往后我不再去找那个小红,你也不要去找老相好。婶子说,我明打明地跟你说,你去找一次那个小红,我就去找一次老相好。那边传来"嘤嘤"的哭声。顾秀心想是婶子哭,不想却是叔叔哭。婶子说,哟、哟、哟,不让你去找那个小红,你还委屈上了呢!叔叔承认说,离开她我这心里怎么就空落落的呢?婶子说,我看你生就来的一把贱骨头……

顾秀蜷缩在被窝里,扯拉被子蒙上头,两只手紧紧地捂住耳朵。叔叔婶子那边的争吵声,她一句不想听。顾秀想不到叔叔是这样的一个男人,更想不到婶子是这样的一个女人。顾秀现在甚至惧怕与这样的叔叔婶子一起生活下去。但叔叔对待顾秀不错,婶子对待顾秀也不错,像对待他们自己的亲闺女一样。顾秀在这里无依无靠,是一个离不开叔叔婶子的女孩子。顾秀爬起床,跑去敲隔壁房门,大声说,你们俩要是再吵架,我就离开小饭馆跑得远远的。叔叔婶子"咯噔"一声停下争吵,"吱呀"一下拉开房门。叔叔婶子的两张脸勉强地微笑着从房门内露出来。叔叔说,我跟你婶子没有吵架。婶子说,我俩在房屋里说话声音大。顾秀看见,叔叔哭过的眼里没有泪水,婶子没有哭,眼里却蓄满泪水。叔叔婶子是一团迷雾,顾秀不理解,猜不透。

在小饭馆里,顾秀慢慢地交往两个在一起说话的大男孩。他俩不把她当成小红,只把她当成顾秀,或者说他俩只对叫自己名字的女孩子感兴趣,对叫小红的女孩子不感兴趣。两个大男孩都比顾秀大两岁,一个名字叫温大泉,一个名字叫曹岗地。温大泉的老家离顾秀的老家不远,也生长在一片大山里,跟着舅舅一起往山外运木料,经常来小饭馆里吃饭坐一坐。木料做坑木,大小煤矿扒煤支巷道都要用。大山里的树木从大到小,从外到内,一个山头挨着一个山头砍,不少大山都变成一座座秃山。顾秀初中毕业后,在家伺候生病的父母几年,第一次走出大山。温大泉初中毕业后,跟着舅舅跑车,进山出山有四年。车子不是舅舅自己的,别人雇用他开车,一个月光溜溜地给好多钱。温大泉跟着舅舅一起,是陪着舅舅跑车,是跟着舅舅学开车,雇主不付一分钱工资,舅舅管吃管喝,只给很少的零花钱。温大泉的最大愿望,就是跟着舅舅早一天学会开车,再像舅舅一样帮着别人开车挣钱。顾秀问,你怎么不想自己买车自己开车呢?温大泉说,一辆车几十万,我哪有那么多钱呀。顾秀问,别人怎么会有那么多钱,你怎么会没有呢?温大泉张口结舌,就回答不出来了。顾秀说,可见你是一个没有出息的男人。温大泉害怕顾秀说这么一种话,她一说他没出息,他的一个头就耷拉进裤裆里。

他俩在一块,顾秀更像一个姐姐,温大泉只像一个弟弟。

十来天跑一趟车,舅舅的卡车在街面上停下来,温大泉就跑来找顾秀。温大泉不空手,山里的板栗带一包过来,山里的枣子带一包过来。顾秀不喜欢吃板栗,也不喜欢吃枣子。这种山里的常见吃物,她早吃够了。温大泉问,你说你想吃什么,我下一回从山里带。顾秀想一想回答说,我想吃气不死。气不死是一种野生果子,温大泉不知道。顾秀说,这种树长不高,长不粗,树枝上长满刺,连果皮上都有刺,结出来的果子指头尖大小,壳子铁硬,石头对着石头使劲砸,才能砸得开。没吃过的人,不知道怎么吃,塞进嘴里咬,怎么都嗑不开,所以叫气不死。温大泉摇头说,我们那里没有气不死。顾秀说,山里气不死多得很,只是你忘掉罢了。温大泉拍着脑袋说,难道真是我忘记啦?你仔细说一说这种野树的样子。顾秀想一想说,跟柘树差不多。什么是柘树?温大泉还是一个不知道。顾秀说,柘树春天发出来的嫩叶,能养蚕。温大泉摇头说,我小时候没有养过蚕。顾秀说,我看你不像一个山里人。温大泉问,那我是哪里人?顾秀说,你是一个整天在路上跑来跑去的人,山里的东西你一天一天就忘记了。温大泉说,你在这里过上几年,山里的事你也会一样样地忘掉。顾秀说,我不会。

老家的山里缺水,好多男孩的名字都叫大泉。有水就能扎下根去,有水就能生存下来,——这是一代又一代山里人的美好心愿。现在山里人不一定非得在山里扎根生存,不一定非要死守在山里。山里的地场小,山外的地场大,哪里都能去。顾秀说,我不喜欢吃板栗,我不喜欢吃枣子,我喜欢吃菱角。温大泉说,菱角我也喜欢吃。菱角,又叫水菱角。淮河边上到处都是水塘,水塘里不缺水菱角,街上有人卖,很便宜。温大泉跑上街,买回一把水菱角。这种菱角黑乎乎的,个头不大,叫铁菱角,每个上面长着三根尖尖的硬刺。

温大泉问,你喜欢吃带刺的东西?

气不死有刺,铁菱角有刺。

顾秀点点头。

顾秀第一次吃菱角,就是曹岗地从老家带来的。温大泉先跟顾秀认识,曹岗地后跟顾秀认识。曹岗地是温大泉的朋友,他俩一块来小饭馆吃饭。那一天,曹岗地带一包水菱角给温大泉,温大泉转手给顾秀。顾秀不好意思接,说人家带来给你的,我怎么好意思吃呀。温大泉说,曹岗地不会讨女孩子欢心,他心里想着把一包菱角带给你吃,嘴上也不会说。顾秀说,别人不会说就你会说?温大泉个头小,像一个山里的鬼精,跟街上的哪一个女孩子都能搭上话。曹岗地个头高,长相憨实,脸皮子薄,跟女孩子一说话就脸红。头一次见面,曹岗地与顾秀没说一句话,脸皮却红大半天不褪色。

曹岗地是当地人,在一家大煤矿上做扒煤工。大煤矿条件好,工资高,待遇全,一般人想进进不去。顾秀跟曹岗地熟悉后,首先提出两个眼面前的问题。第一个问题是别人进不了大煤矿,你为什么能进去?另一个问题是你的名字叫曹岗地,岗地是一种什么地?曹岗地说,我们家住在淮河南岸,往南是黄土地,地势高,不怕淮河涨水淹,就叫岗地;往北过一道淮河是沙土地,那里地势洼,淮河涨水容易淹,就叫湾地。顾秀说,我明白了,岗地好,湾地赖,所以你们家人叫你曹岗地。曹岗地说,你错了,岗地瘦,湾地肥,两亩岗地收不过一亩湾地,我哥叫曹湾地,我就叫曹岗地。顾秀说,我们那只有一种山地,山下地好,山上地差,两亩山上地收不过一亩山下地。

顾秀没到过淮河边,不知道岗地与湾地的区别。曹岗地没到过山里,不知道山上地与山下地的区别。出生地的差异,生长地的差异,就是知识的差异,就是见识的差异。

曹岗地说,大煤矿扒煤占了我们家的湾地,他们不把我招工招进来,我在家吃什么?曹岗地家离煤矿十里地远。顾秀奇怪地问,你们家离煤矿这么远,进湾地还要过一条大河,煤矿怎么会占你们家的湾地?曹岗地说,煤矿从淮河下面掏一个大洞不就过去了,我每天下井都要走十几里路远,正好扒我们家的那一片湾地。顾秀想不到一群矿工会像老鼠似的从淮河下掏出一个洞钻过去,问,淮河里那么多水不会灌下去吗?曹岗地说,煤矿的矿井在地下几百米深,淮河水想灌也灌不进去呀!顾秀问,煤矿从地下扒煤,怎么会占你家的湾地?曹岗地说,你想一想呀,地下掏空,地面下沉,几年过去,湾地就不能种庄稼,再几年过去,湾地就变成一片大水塘。

顾秀"啊"一声,惊讶得一张嘴张开合不拢,说煤矿怎么这么凶狠呀?

曹岗地安慰顾秀说,不过我家的湾地现在还没有塌陷。

顾秀说,今天不塌陷,明天也会塌陷,明天不塌陷,后天也会塌陷,反正有一天你家的土地都是要塌陷。

曹岗地说,这是一点办法都没有的事。

顾秀问,你们煤矿人明知道下井扒煤不好,还要天天下井去扒煤?

曹岗地摇头说,这个我也不知道。

顾秀说,我们山里人明知道上山砍树不好,还要天天上山去砍树?

曹岗地说,这个我更是不知道。

不单单是砍树扒煤。世上有许多事,人们明知道不好,还争着抢着去做,生怕晚一步赶不上,做错事也没有丝毫后悔。顾秀这么一思考,就困惑起来,就觉得长大不好,就觉得走出大山不好。

这一次,顾秀跟曹岗地单独说话,温大泉拉木材回老家不在跟前。他们三个人在一起时,曹岗地不说话。曹岗地单独跟顾秀在一起的时候,却有说不完的话题。曹岗地跟她说淮河岸边的村庄,曹岗地跟她说淮河两岸的岗地湾地。曹岗地还跟她说淮河两岸的人家吃什么喝什么说什么话。顾秀两厢里一比较,就觉出这里与他们山里有许多不一样的地方。顾秀想去淮河岸边看一看,想去曹岗地家的村子看一看,看一看他们家的岗地里长什么庄稼,看一看他们家的湾地里长什么庄稼。顾秀的嘴巴先后张几下,最终还是难为情没有说出口。这一次,顾秀倒是察觉出不少曹岗地的秘密。比如说,她觉得曹岗地的心里装着许多心事,是个跟温大泉不一样的人。再比如说,温大泉、曹岗地他们三个人在一块时,曹岗地不喜欢说话,单独跟她在一起时,却有说不完的话题。这是不是就说明曹岗地喜欢跟她在一起?曹岗地喜欢跟她在一起,是不是就说明曹岗地喜欢她?那温大泉呢,难道说温大泉不像喜欢她?当着曹岗地面,顾秀"嚓啦"红起脸。

曹岗地看一看挂在墙上的石英钟说,我得去矿里上班了,再不走就迟到了。这一天,曹岗地上中班,下午四点钟在井下接班,三点钟就要从地面往井下去。曹岗地住在矿上的单身宿舍里,中午进小饭馆有意来得晚,赶上小饭馆客人稀少,好单独地跟顾秀说一说话。曹岗地从前单独一个人不来小饭馆吃饭,今天吃饭是幌子,想见一见顾秀是真心。顾秀说,那你就快一点去上班吧。曹岗地嘴上说上班,身子却不动弹。顾秀心里一温一暖的,一沉一重的。曹岗地猛然说出一句顾秀想不到的话。曹岗地说,我不喜欢下井。顾秀说,你在大煤矿下井,按月开上千块钱工资,别人想下井还下不去呢。曹岗地说,我害怕下矿井。顾秀说,下矿井有什么好怕的。曹岗地说,你没有下过矿井,不知道下面的样子。顾秀说,跟钻进一个山洞差不多吧?曹岗地说,钻山洞不怕人,下矿井怕人。顾秀说,山洞里有癞蛤蟆,有蝙蝠,有蛇,你说矿井下面有什么?曹岗地说,矿井下有狮子,有老虎,有鳄鱼,你说哪一样不吃人?顾秀说,你骗人,矿井下不会有狮子、老虎、鳄鱼。曹岗地说,矿井下到处都是青面獠牙的鬼门关。

曹岗地走出小饭馆门,身子一沉一沉的。

两个大男孩来小饭馆找顾秀,叔叔婶子当然都知道。两个大男孩对顾秀有好感,叔叔婶子当然看得见。婶子最先表态说,曹岗地老实本分,温大泉油头滑脑,我看你要找对象就找曹岗地。叔叔跟婶子的意见不一致。叔叔说,一个男人老实本分有什么好,头脑活络才最主要,我看你要找对象就找温大泉。婶子说,山里人不可靠,要找就找一个当地人。叔叔说，山里人怎么不可靠，你婶子都找一个山里人。叔叔婶子他俩整天吵嘴，顾秀的耳朵都被吵出茧子了。顾秀说，我年龄小，还不到找对象的时候。婶子说，小什么小，女孩十八一枝花，这时候不去找对象什么时候找？叔叔说，你婶子十八岁就……叔叔没把这句话说完，婶子十八岁就干些什么事，似乎不好说出口。叔叔不说，婶子说。婶子说，我十八岁就一个人出来在男人堆里闯荡。叔叔说，那时候我跟你婶子还不认识。婶子说，我吃过许多男人的亏，我上过许多男人的当。叔叔说，你婶子命好，后来就认识了我，我就娶她做老婆。婶子说，一个女人出生两次，一次是从娘胎里出来，一次是找男人。第一次，自个不当家，那是命，第二次，千万要睁开眼睛，去找一个好男人。叔叔说，就找一个我这样的男人。

　　叔叔是个好男人吗？婶子跟叔叔过得好吗？若叔叔是一个好男人，他扔下老家的那个婶子怎么解释呢？他现在依旧偷偷摸摸地去找小红又怎么解释呢？若婶子跟叔叔过得好，她还天天跟叔叔吵架干什么？她还经常地去找老相好干什么？叔叔婶子之间的事，顾秀想不清楚。她跟温大泉、曹岗地之间的事，顾秀也想不清楚。顾秀单纯懵懂，真像不到找对象的时候。

　　过些天，温大泉跟着舅舅的卡车拉木材跑过来。这一趟，温大泉跟往常不一样，走进小饭馆一下要几个菜，有炒蔬菜，有红烧菜，有凉拌菜，还要半斤白酒。往常温大泉可不是这样，口袋里舅舅没有给几个零花钱，吃舍不得吃，喝舍不得喝，一分钱在手心里捂出汗珠子都舍不得花。顾秀这是第一次见着温大泉大吃大喝，讲排场的样子。顾秀问，这一趟你舅舅多给你零花钱啦？温大泉说，我自己想办法挣钱。顾秀问，你有什么办法呀？温大泉说，往山外带山货。顾秀问，带什么山货？温大泉说，木材。顾秀"咯咯咯"地笑着说，你真会骗人，你哪一趟拉的不是木材。温大泉说，亏得你长在山里，木材跟木材能一样吗？顾秀问，木材跟木材怎么会不一样？温大泉说，我们往煤矿上拉坑木，都是杂木,不值钱。顾秀问,那你说拉什么木材值钱?温大泉说,能做值钱家具的好木材,比如说花梨木、黄杨木、红榉木。顾秀说,这种名贵木材山里禁止砍伐。温大泉说,正是因为山里不让砍伐,运出来才值钱。顾秀说,我听说半路上有检查站检查。温大泉说,我有办法对付他们。顾秀问,你有什么办法?温大泉说,往检查站的人口袋里塞钱。顾秀问,你木料还没有运出来,哪里来的钱?温大泉说,我替谁运木料谁给我钱。顾秀问,冒这么大的风险,你舅舅能愿意?温大泉说,赶他知道这件事,我已经把木材运出来,该赚的钱已经赚到手了。顾秀不相信地问,你舅舅不是跟你一起开车吗?温大泉得意地说,这就是我的能耐了。

  温大泉舅舅是个头脑死板的司机,或者说是个胆小怕事的司机,整年受雇替人开车,一点出格的事不去做,别人花再多的钱找到他头上,要他去做这种事,他都会摇头拒绝掉。温大泉跟着舅舅跑车前后四年,就没见舅舅的头点过一回,赚过一回外快。俗话说,马不吃夜草不肥。舅舅替人开车,死死板板的,一点夜草不吃,自己肥不起来,弄得温大泉跟着清汤寡水,也瘦弱吧唧的。温大泉前后四年车跟下来,前两年是不会开车,路上不能替舅舅开车,后两年学会开车不愿替舅舅开车,不愿替舅舅开车的原因,是舅舅给的零花钱少,缺少积极性与主动性。这一趟,温大泉转变态度,空车上木材不让舅舅插手,一个人开车去把一卡车木材上过来。舅舅替别人开车拉货,说起来省心省事,买不用舅舅插手,卖不用舅舅插手,修车费、加油费、过路费等等也不用舅舅插手,有一个票据交给车主就能冲账。温大泉说,这一趟我去上木材。舅舅说,太阳今天从东边出来。温大泉说,太阳哪一天都是从东边出来。舅舅说,要是天阴下雨,太阳从不从东边出来就不一定了。温大泉知道舅舅含沙射影说他,只是装糊涂。温大泉说,从今往后都是我去上木材,我去下木材,一路上我俩轮流开车。舅舅不相信,盯着温大泉看了好一会。舅舅说,独当一面半年下来,你就能单独找东家了。舅舅认为温大泉翅膀长硬想单独飞。温大泉说,我跟舅舅一起干多省心,干吗要单独跑,去操那份心。舅舅说,这一趟结过账,我多给你一点零花钱。舅舅做梦都没想到温大泉会想歪心事。温大泉开卡车去把几根名贵木料装在车底下,上面压着坑木。一路上过关卡,温大泉走下车与检查人员交涉,偷偷地塞给买路钱。往山外运名贵木材都是这么偷偷摸摸,形成一套潜规则。在山里哪个地点上货,在山外哪个地点下货,中途过哪个关卡,每个关卡塞给多少钱,都是有数目的。舅舅不是不知道这些,是知道这些不愿意做。温大泉这么做得避开舅舅,不能跟舅舅去说,也不敢让舅舅知道。交货地点是在半路上,离淮河边的这座煤城还有一百多公里的路程。按照以往习惯,每一趟他俩到达这里都要住上一个晚上,隔天上午轻松地抵达最终的目的地。温大泉算计好,等舅舅吃罢饭,上床休息,借故一个人出门,把卡车开到交货地点,卸下几根名贵木料,拿到一笔额外的好处费,神不知鬼不觉地回旅馆睡觉。温大泉头一次做这种事,心里有些紧张,有些害怕,要装货,要卸货,要过关卡,还要在舅舅的眼皮底下逃过监视,应该说不是一件容易的事。一件不容易的事,温大泉一路上有惊无险地做下来,身心却疲惫不堪,口袋里揣上一笔钱,倒头一觉睡到隔天半晌午。温大泉爬起床,早过了开车的钟点。舅舅不在旅馆的房屋里,卡车不在旅馆的院子里,一摸,卡车油门、车门的钥匙早不在他的口袋里。显然舅舅自己开着卡车走掉,显然舅舅知道他所做的事。舅舅知道他所做的事,为什么不去阻止呢?温大泉乘坐长途车追到这座煤城找舅舅,就是想弄明白为什么。

  温大泉知道去哪里找舅舅。舅舅跑车拿钱少,家里孩子多,经济负担重,要是白天休息睡觉就在车子里。卡车驾驶室空间大,一个人开,另一个人睡觉,地方足够大。要是停车的话,一个人睡在驾驶室里,比睡在小旅馆里还要舒服,还要安静。温大泉"咚、咚、咚"地敲车门玻璃说,舅舅你开一开车门,让我进驾驶室里说话。舅舅假装睡着不醒。温大泉喊,我知道你心里难受没有睡着。舅舅隔着车门说,我不是你舅舅,你不要吵我睡觉。温大泉说,这件事我做错了,下一次我不这样做。舅舅说,你做事没有做错,我俩不是舅舅外甥俩。温大泉说,我就是想多挣一点零花钱。舅舅说,那种钱能挣我不知道挣?温大泉说,别人都这么挣钱,你为什么不挣呢?舅舅说,我不是别人,我是我。舅舅的固执,温大泉是知道的。温大泉停下敲车窗,只得垂头丧气地离开。舅舅摇下车窗玻璃,喊住温大泉,递出一张纸条说,你去找这个人单独跑车吧。温大泉说,我不想单独跑车。舅舅说,你迟早要走这么一步路。温大泉看见舅舅眼圈发红,有点落泪的样子。温大泉心里"咯噔"一响,不知道舅舅在心里是记恨他,还是舍不得他。舅舅说,往后你跑你的车,我跑我的车,你怎么做事做人,就是你自个的事了。温大泉说,我不想离开你,还想跟着一起跑车。舅舅说,你这是说瞎话,其实我俩都盼着这一天,只不过你盼着这一天早一点来到,我盼着这一天晚一点来到。

在这四年中,温大泉把舅舅当成舅舅,舅舅却把他当成徒弟。前两年舅舅不教他开车,后两年舅舅不教他技术。第一次开车是在一片操场上,温大泉趁着舅舅不在车上,一下打开油门,挂上车挡,车子跑起来。舅舅呆愣住,不知道车子怎么会自动跑起来。待舅舅明白过道理,手里举着一根木棍就撵上去,一边撵一边喊,快点停下车子,看我不一棍子打死你。温大泉把车子开一圈停下来,走下车,撅着屁股让舅舅打。舅舅说,车子是你随便开的吗?温大泉说,我候着你教我开车,你两年不教我。舅舅说,我跟着师傅学开车,三年没摸一回方向盘。温大泉说,你是我舅舅,不是我师傅。舅舅说,你跟着我学开车,我就是你师傅。那时候,山里没有专门教开车的地方,学开车就像学木匠一样,要找一个师傅专门学。舅舅觉得学开车难,温大泉觉得容易。在温大泉看来,开车跟骑羊差不多,甚至比骑羊还平稳,还容易。小时候,温大泉放过一群羊。有一次,他骑在一头公羊身上,让公羊掀翻在一条山沟里,摔断过一只胳膊。现在这条摔伤的胳膊,遇见阴雨天还会隐隐作痛。在山里开车,最难走的是山路。上山的一条路弯弯曲曲,下山的一条路弯弯曲曲,开车走哪一条路,都是命悬一线,一颗心提在嗓子眼里。温大泉跟着舅舅开车第三年,才算独自开车跑过一段下山的路。这一次像头一次开车一样,趁着舅舅不注意,偷偷地开车下山。那一天,舅舅开着卡车沿着一条盘山公路,爬到一座山顶上停下车,走下车解小手。车门开着,油门开着,就在舅舅下车解手的那一刻,温大泉从副驾驶的位置上,转移到驾驶的位置上,快速地把车子从山顶开下去。这一次,舅舅没有糊涂,明白这是温大泉干的事。舅舅没有喊叫,没有提棍子撵下山,而是一屁股坐地上,一泡热尿,一滴不少,全部尿湿在裤子上。山间多雾,一团浓雾滚过来,掩埋了车子,一团浓雾滚过去,暴露出车子。这一次,温大泉私自贩运名贵木材,舅舅是他开头去装木材时就发现的,还是他把木材卸下后发现的,他就不用知道了。温大泉所要知道的,是自己的学徒生涯结束了,是自己新的人生开始了。

就是这一天晌午,温大泉走进顾秀所在的小饭馆,要菜要酒,大吃大喝,庆贺自己的学徒生涯结束,庆贺自己新的人生开始。顾秀说,这顿酒你应该请你舅舅一起喝,这叫谢师酒。温大泉说,他不是我舅舅,也不是我师傅。顾秀问,他不是你舅舅,也不是你师傅,那他是你什么人?温大泉说,他是狠心的地主老财,我是他家的长工;他是万恶的资本家,我是他家的雇工。顾秀说,我看你这是不敬不孝,我看你这是忘恩负义。顾秀不再搭理温大泉,他也不用她搭理。温大泉一边闷头喝酒一边想着心事。顾秀进小饭馆时间不长,喝酒男人的心事,她却看得清楚。有些男人没有喝酒前,往往多想一些过去的事,往往多想一些痛苦的事,几杯酒喝下肚子里,往事就开始在头脑里忘却,痛苦就开始在头脑里淡化,将来的事就开始在头脑里盘算,美好的事就开始在头脑里浮现。此刻,温大泉的心事就是这样,一张脸越喝越红,一双眼越喝越亮，心里正在盘算着将来，正在盘算着将来独自开车挣钱，独自享受生活的好时光。温大泉醉眼蒙眬地盯着顾秀，心里想着将来应该找一个顾秀这样的女人做老婆。温大泉硬着一条大舌头喊顾秀，你快一点过来。顾秀走过来，瞧见温大泉一副喝醉酒的样子说，你少喝一点吧，你看你的一张脸都喝成猴子屁股啦，你看你的一双眼都喝成电灯泡啦！温大泉不是第一次喝白酒，却是第一次独自喝白酒。温大泉说，我喝、喝、喝半斤白酒没问题。顾秀说，你要是喝半斤白酒怕就成一摊稀泥。顾秀看出温大泉不像一个有酒量的人，一瓶白酒喝三两就喝成这样子。冷不防地温大泉一把抓住顾秀的胳膊说，你陪我喝一杯怎么样？顾秀慌忙甩开温大泉抓的一只手说，我说你喝醉酒就喝醉酒了吧？温大泉说，我没喝醉酒，你跟我好吧？温大泉上前一步，想重新抓顾秀的胳膊，吓得她直往后面退缩。温大泉说，我想娶你做我的老婆。温大泉摇摇晃晃地站起身，还是要上前抓顾秀。叔叔婶子都在后堂里，顾秀没有叫喊，转身朝着小饭馆门外跑。温大泉追到小饭馆门口说，我现在想跟你睡觉。顾秀脚下一愣神，想起那个一脸横肉的梅老板。温大泉不是梅老板？温大泉就是梅老板！在温大泉一片醉眼蒙眬的眼神里，顾秀越跑越远，身子越跑越小。温大泉酒精发作，支撑不住，一屁股跌坐在小饭馆门前说，我看你今天能往哪里跑！

顾秀往煤矿大门里边跑，她要去找曹岗地。

顾秀跟着曹岗地进过一次煤矿大门，去过一次他们宿舍，知道煤矿大门前面挖出一条水沟。曹岗地说，那叫护矿河。除此，煤矿大门里边还挖出一个很大的水池。曹岗地说，那叫音乐喷泉，水池里面暗藏着好多个水管喷头，水池边上暗藏着好多个方形音箱，要是一齐打开来，音箱里放音乐，水管里喷水花，要多好看有多看呢。顾秀不明白一个扒煤的煤矿，干吗要挖一条护矿河？干吗要搞什么音乐喷泉？曹岗地说，音乐喷泉是个花架子，是个摆设，其实就是为了挖这口大水塘。顾秀心里生出疑问，煤矿要那么多水干什么？曹岗地说，煤矿命里有火,是火命,要用水克,才能安全,不出事故。顾秀摇头听不懂,不知道煤矿能出什么事故?曹岗地说,煤矿上的事故种类可多了,要是采煤的顶棚塌下来就叫着井下冒顶,要是采掘面的瓦斯起火就叫着瓦斯爆炸。顾秀问,冒顶会怎么样?瓦斯爆炸又会怎么样?曹岗地说,一下子能死伤好多人。顾秀惊讶地"啊"一声,想起曹岗地说过的一句话。曹岗地说,矿井下到处都是青面獠牙的鬼门关。

这一天,曹岗地早班转夜班,在宿舍里睡觉。顾秀一口气跑进宿舍喊醒他,说你带着我去你们家看一看。早班下午下班,夜班夜里接班,中间这一段空当时候,曹岗地抓紧时间睡觉。曹岗地问,看你慌里慌张的样子,没出什么事吧?顾秀稳一稳神回答说,我在小饭馆里能出什么事呀。曹岗地说,小饭馆里不三不四的男人多得是。顾秀没有向曹岗地说出温大泉喝醉酒说出来的话、干出来的事。因为温大泉是曹岗地的朋友,还因为顾秀说不明白的心理。曹岗地问,你想去我们家看什么呀?顾秀说,我要看一看你们家的淮河,我要看一看你们家的水塘,我要看一看你们家的湾地。曹岗地说,我上夜班睡觉呢!顾秀说,你少睡一点觉。曹岗地问,我少睡觉怎么上夜班呀?顾秀说,今天少上一个夜班。曹岗地说,我少上一个夜班照,你下午不在小饭馆上班照吗?照,是此地方言。照,就是行的意思。煤矿离曹岗地家十里路,一去一来,傍晚能回头,不耽误曹岗地去上夜班,也不耽误顾秀晚上忙小饭馆。顾秀点头说,照。

十里路的路程,两人先是坐公交车到郊区,后是坐三轮车到村头,再走两里路,一条明亮亮的、弯曲曲的淮河就展现在眼前了。这么一条淮河,最近一段时间反复在顾秀的梦里出现过。淮河在顾秀梦里出现的时候,就像她们家的一条山涧小溪,下雨时流一流,驻雨后就停下来。山势高,雨水在高处存不住,一个劲地"哗啦啦"地往下流,流到哪里去,顾秀就不知道了。眼前的淮河与梦里的不一样,淮河宽,能走船,木船铁船,大船小船,像汽车走在马路上一样,你走你的道,我走我的道,相互间不碰撞;淮河长,东望不到头,西望不到头,淮河西从哪里来,东流哪里去,怕是很难说清楚。小溪,就像她们家的山路,狭窄,难走,时断时流。淮河,就像这里的马路,宽敞,顺溜,经年不枯。曹岗地说,我九岁学会凫水,十三岁能游过淮河。山里没水,有山。顾秀说,我三岁爬上家门前的小山头,七岁爬上家门前的大山头。两人看淮河说话,就站在淮河南岸,就站在一片岗地里。岗地是黄泥,一场暴雨过后粘脚底,就像一块块黏性很强的黄面团。顾秀说,你们家的岗地跟我们家的山地差不多,下雨过后都粘脚。曹岗地说,湾地下雨过后不粘脚。

去湾地,要乘坐渡船过淮河。渡船是一艘铁皮船,后面安装两台柴油发动机,"突突突"马力很强地把铁皮船推着往淮河北岸走。顾秀第一次坐船,船身摇摇晃晃不稳定,像是站在一片云朵上面,像是从一座山顶往山下坠落。曹岗地要顾秀扶着船上的栏杆,她伸开两手紧紧地抓着,两眼还是不敢看着河面。河水流动,浪花翻卷,旋涡丛生,船身摇晃,顾秀心里一片恐惧,头脑一阵眩晕,一点安全感都没有。曹岗地搀扶着顾秀刚刚走下船,她就晕天晕地呕吐起来。顾秀眼泪汪汪地问,你不晕船吗?曹岗地说,我不晕船。顾秀问,你们村里没人晕船吗?曹岗地说,我们村里没人晕船。顾秀问,为什么你们不晕船,我晕船呀?曹岗地说,因为你不是淮河边上人。顾秀说,看来我们山里人跟你们这里人还是有差别。

淮河北岸的水塘,叫坝塘。坝塘方方正正,一口挨着一口,中间隔着一条塘埂。坝塘里的泥土挖出来垒堤坝,拦着淮河水淹进湾地里。堤坝是坝塘与湾地的分界线,外面是坝塘,里边是湾地。早年这里人家就住在一溜堤坝上,堤坝加宽加高就成了庄台,后来煤矿扒煤,庄台塌陷,村庄整体搬迁到淮河南岸。前后不到十年光景,堤坝外面的坝塘塌陷下去,与淮河连成一体,堤坝里边的湾地也相跟着塌陷一大半。目前的地理面貌是,下渡船就是堤坝,翻过堤坝就是湾地塌陷出来的水塘,水塘的北边就是没来得及塌陷的湾地。一条煤矸石铺出来的小路从水塘中间插过去。顾秀走上这条小路,就能看见小路两边水塘里长着矮的水草,高的香蒲、芦苇,还有荷叶、水菱等,水面上有两只戏水的野鸭,半空中有一只上下翻飞的水鸟。这些与水塘有关的植物、鸟类,顾秀都是第一次见,曹岗地一样一样地介绍。塌陷出来的水塘深浅不规则,水浅处长满水生植物,水深处光秃秃的只有水,甚至连野鸭水鸟都不去。

顾秀问,塌陷塘里的鱼多不多?

曹岗地说,连一条小鱼都没有。

顾秀问,这么大的一片水塘怎么会不长鱼呢?

曹岗地说,塌陷塘里养不活鱼。

塌陷塘沉入不少煤矸石。煤矸石碱性大,含有有毒物质,鱼类在塌陷塘的水里想活活不了。两只野鸭只有鸽子般大小,像两团绒球漂浮在水面上,随着水波一起一伏的。曹岗地弯腰捡拾一块煤矸石,朝着两只野鸭砸过去。两只野鸭不飞起来,而是一个猛子扎水里,隔一会从水面的另一处浮出来。两只野鸭是一对鸭夫妻,朝一个方向扎猛子,在差不多的地方露出身。顾秀问,你说它俩在水下能不能相互看得见?曹岗地说,这我怎么会知道呀。顾秀说,我说它俩能看见。

塌陷塘北边就是塌陷剩下来的湾地。塌陷塘的水底连通着淮河,淮河涨水,塌陷塘涨水,淮河落水,塌陷塘落水。淮河涨水落水没有一个定性,塌陷塘涨水落水也就没有一个定性。塌陷塘北边的不少低洼处湾地都荒着,只长杂草,不长庄稼。曹岗地家的几亩地,在远远的北边,远离着塌陷塘,也就远离着塌陷的时候。顾秀说,我们去看一看你家地里都种着什么庄稼?曹岗地说,我父母去南方打工,我哥哥嫂子去南方打工,我们家的几亩地早丢给村人种了。顾秀问,该能找着你家的土地在哪里吧?曹岗地说,我真找不着。这里的土地一天一天塌陷,庄台南边的坝塘消失了,庄台上边的村庄搬迁了,树木砍掉了,庄台北边的土地塌陷了,道路更改了。这是一片熟悉的地方,更是一片陌生的地方。曹岗地来到这里,头脑恍惚,记忆混乱,脚步慌张,去哪里找他家的土地呢?

时下是阳历九月天,种庄稼的湾地里长着秋季农作物。这里一年种一季麦子一季黄豆,夏季百分之九十种麦子,百分之十种油菜;秋季百分之九十种黄豆,百分之十种其他。湾地是沙土,驻雨后一点不粘脚。顾秀走下湾地里,一样一样地辨认过去。顾秀说,这是高粱。曹岗地说,我们这里叫秫秫。顾秀说,这是苞谷。曹岗地说,我们这里叫玉秫秫。顾秀说,这是山芋。曹岗地说,山芋长在山地里叫山芋,长在湾地里叫白芋。顾秀问,山芋长在岗地里叫什么呢?曹岗地说,叫红芋。

顾秀最后一个要看的地方,是曹岗地的家。曹岗地的父母在外地打工,哥哥嫂子在外地打工,几间房屋就丢给曹岗地一个人住。煤矿上休息,曹岗地回家。煤矿上上班,曹岗地住在煤矿单身宿舍。顾秀从湾地跟着曹岗地一起回家,依旧要坐渡船过淮河。令人不可思议的是,顾秀这一次没晕船。顾秀的头脑不断地想着,曹岗地的家住在村子里的哪个位置?几间房屋是瓦房还是楼房?曹岗地睡的是木床还是竹床?是单人床还是双人床?这些琐碎而迫切的疑问把顾秀头脑充塞得满满当当的。不知不觉地顾秀走上渡船。不知不觉地顾秀走下渡船。曹岗地说,你不晕船嘛!顾秀望着眼前的一条淮河,望着刚刚走下的渡船说,是呀,我怎么不晕船了呢?曹岗地说,在我们这里有一个说法,要是一个外地晕船的女人嫁到我们这里以后就不晕船了。顾秀问,这为什么呢?曹岗地说,她嫁到我们这里就是我们这里人啦!顾秀明白过来说,你原来是占我的便宜呀。

温大泉单独跑车,来街上就很少进街东头的小饭馆找顾秀,他吃住在街西头的小旅馆里,找的也就是那个名叫小红的女孩。温大泉不来找顾秀,显然与那一次喝醉酒调戏顾秀有关,显然与顾秀去一趟曹岗地的家有关,显然与顾秀不想搭理他有关。温大泉吃住在小旅馆里找小红,不隐瞒街上人,也不隐瞒顾秀,他俩经常出双入对地在街面上逛游,在小饭馆门前逛游。顾秀看见他俩走过来装着没看见,继续忙她手上的活,反正他俩不会走进小饭馆。就算他俩进小饭馆又能怎么样,收钱是婶子收,付钱是温大泉付,顾秀依旧可以装作什么都看不见。他俩这样招摇过市,温大泉显摆给顾秀看,小红显摆给顾秀的叔叔婶子看。叔叔婶子看见这么两个人走过来,脸上的表情截然不一样。叔叔的脸上呈现出浓浓的醋意,心情沉闷得像一潭死水。婶子呢喜上眉梢,一脸的阳光与笑容。这段时间叔叔很少再出去找小红,或者说叔叔出去找小红,人家不再搭理他。婶子夸奖顾秀有眼光会选择。婶子说,我说曹岗地老实本分,找这种男人做对象没错吧,你看温大泉油头滑脑的,整天跟小红勾肩搭背地在街上逛成什么样子?婶子一箭双雕,夸奖顾秀的同时,敲打了自个男人。顾秀说,谁说我跟曹岗地谈对象啦,这种老实本分的男人我还看不上眼呢!婶子说,好、好、好,算我这个婶子胡说八道,你去喊曹岗地中午来这里吃饭该照(行)吧?叔叔说婶子,你喊曹岗地过来吃饭,谁付钱?婶子说,你就知道钱、钱、钱。叔叔说,客人吃饭不要钱,我开小饭馆干什么?顾秀说,你们俩不要吵啦,我不去喊曹岗地。

顾秀的内心五味杂陈,情感方面的事,她依旧懵懂,依旧说不清楚。去一趟曹岗地家,她就跟他真的假的谈起对象。所谓真的假的,就是说不清楚道不明白,就是半真半假。说是假的吧,顾秀确实与曹岗地在谈对象;说是真的吧,在顾秀懵懂的感觉里不知道真的成分占多少比例,假的成分占多少比例。一句话,顾秀找曹岗地这种人,心里隐隐约约地有些不甘心。真要她具体地说一说不甘心在哪里,还是一个说不清楚、道不明白。别人面对这些事都能够说清楚、道明白,为什么单单自个不能呢?顾秀为此很伤神,也很苦恼。但顾秀有一点还是清楚的明白的,那就是温大泉带着小红来小饭馆门前游荡,其目的不是向她炫耀他与小红好上了。一个男人花钱就能带着一起上街的女孩是个什么好女孩？或者说一个只认钱不认人的女孩有个什么好呢？温大泉在心里依然想着她念着她。这一点顾秀从温大泉的眼神里就能感觉到。温大泉看见她的眼神是躲闪的，是愧疚的。毕竟温大泉因醉酒调戏她，错在他不在她。曹岗地与温大泉原本就性格差异很大，现在因为顾秀，他俩相互间也不往来了。面对这件事，温大泉怎么去说曹岗地，顾秀不知道。曹岗地却在顾秀面前一个劲地说温大泉的坏话。曹岗地说温大泉这个尖头蛮子不好处。此地在北方，顾秀他们老家在南方。这里人统称南方人为蛮子。顾秀不想让曹岗地说温大泉的坏话。顾秀说，我跟温大泉是一个地方人，你说他尖头蛮子不好处，我也是尖头蛮子不好处。曹岗地连忙改口说，我说的是男人，不是女人。顾秀紧追不放说，我叔叔该是个男人吧，你现在跟我处，将来就得跟我叔叔处。顾秀是存心找他的茬子，曹岗地也没有办法。结果他俩弄得不欢而散。曹岗地走后，顾秀借机"呜、呜、呜"地哭一场。叔叔气鼓鼓地问，是不是曹岗地欺负了你？我早看这个王八蛋不地道，我去找他算账！顾秀边哭边摇头说，曹岗地没有欺负我。在这方面，叔叔与婶子总是对立着。婶子反而笑眯眯地问，肯定是温大泉欺负了你，我看他带着小红每天都来小饭馆门前转悠一趟？顾秀还是边哭边摇头说，温大泉也没有欺负我。曹岗地没有欺负她，温大泉也没有欺负她，叔叔婶子就大眼瞪小眼糊涂了。叔叔看一眼婶子，婶子看一眼叔叔。他俩知道顾秀除去接触这两个大男孩，不会有第三个人。

叔叔说，肯定是曹岗地。

婶子说，我看是温大泉。

这一天，温大泉在街上挨了舅舅一顿打。舅舅打温大泉的原因，就是他带着小红在街面上乱逛游。舅舅打人喜欢提着一根棍子，躲藏在街面两旁的一处背静地方，看见温大泉带着小红走过来，从旁边闪出来，一句话不说，朝着温大泉就是一闷棍子。正是一片朗朗的太阳底下,正是街面上熙熙攘攘人多的时候。温大泉问,你凭什么打我?舅舅说,我打你这个不学好的孩子。温大泉说,你不是我舅舅,我不要你管。舅舅说,你不认我这个舅舅,也该认我这个师傅。温大泉说,你不是我舅舅,更不是我师傅。舅舅手里的棍子又一次打下来说,我就打你这个忘恩负义的混蛋。舅舅打温大泉,多少有些找茬子、泄私愤的嫌疑。

街上人多,没人上前阻拦,任由温大泉的舅舅疯子一样,去打温大泉。那个名叫小红的女孩早不知跑到哪里去了。这一天,顾秀正好在街面上,舅舅打温大泉第一棍子,顾秀就拦上去,说温大泉,你快一点跑呀!舅舅冷不防地打过来,温大泉冷不防地挨打,头脑里光想着说理,没想着逃跑。顾秀说温大泉,你还站在这里愣神干什么?快点跑呀!舅舅手里的棍子再一次打下来,顾秀拦上去,一棍子结结实实地打在她身上。舅舅一看棍子打在别人身上,害怕失手出事,丢下棍子假装气哼哼地走开了。街面上留下温大泉,留下顾秀,还有四周围观的人群。这种时候,温大泉不知道该对顾秀说些什么话,顾秀也没有话对温大泉说,转身跑掉了。

一连相隔好几天,顾秀在小饭馆里没见着温大泉,也没见着曹岗地。没见着温大泉,是他不再带着那个名叫小红的女孩在街面上招摇过市。当然温大泉也没来小饭馆吃饭,更没来小饭馆找顾秀。没见曹岗地,是他赶着上夜班。夜班晚上干活,白天睡觉。一个煤矿工人要是赶着上夜班,就是一个活死人。晚上你见不着他的面,白天你更见不着他的面。曹岗地不来见顾秀,除去上夜班,还有另外一层原因,那就是上一次他说温大泉的坏话,他俩闹起一点小别扭。这一天早上,顾秀做了一个不好的梦。梦见淮河发大水,不知哪来那么大的水,眼见着河水"哗啦啦"地往上涨,往上卷,往上扑,往上咬,跑都跑不赢。那一刻,顾秀跟曹岗地一起站在淮河南岸边上。顾秀跑,曹岗地不跑。顾秀喊,你跑呀,你怎么不跑呀?曹岗地说,我跑什么跑,再大的水能淹着我？曹岗地仗着他会凫水,站在一片低洼处一动也不动。顾秀不会凫水,朝着一处高岗地,一赶气跑过去。哪知道淮河水一瞬间变成油,"轰隆"一声爆炸着火,浪头变成火头,一下就把曹岗地包围住。顾秀大喊一声"曹岗地",醒过来,手捂心口,噩梦里的场面还在眼前缠绕,没有消散而去。顾秀睡在小饭馆的楼上,听见楼下的街面上传来一阵阵脚步声,慌乱而疾速,像是噩梦的再现与延续。顾秀慌忙跑下楼,叔叔婶子也站在小饭馆门口看着街面上的慌乱行人。

顾秀问,街上怎么这么多的人？

叔叔说,煤矿出事故。

顾秀问,出什么事故？

婶子说,听说矿井下瓦斯爆炸。

顾秀大喊一声,曹岗地！

睡梦里的"轰隆"一声爆炸声,在她的头脑里重新响一次。顾秀往门外跑,往街上跑,往煤矿跑。顾秀看见前后左右许多人跟着她一起在街上跑,或者说她跟着许多人一起往煤矿跑。顾秀一边跑一边祷告说,曹岗地你千万不要出事,曹岗地你一定要活着,曹岗地你肯定生病没上班。一种不好的预感已经在梦里显现,曹岗地怕火不怕水,井下发生的偏生是火不是水。梦境中,曹岗地葬身火海的那一幕,顾秀想都不敢想。煤矿大门拥满人群,被人群死死地堵塞,女人的哭声,孩子的哭声,响成一片。这些哭泣女人的男人在井下！这些哭泣孩子的爸爸在井下！像是受到传染一般,顾秀的眼泪"哗啦"一下就流出来。她一边流泪一边想,我替曹岗地担心煎熬,我替曹岗地难受落泪,曹岗地算是我的什么人呢？煤矿大门关着,两边有人把守着,大门两边是护城河,大门不开,谁都进不去。远远地能看见煤矿里停放着不少奇形怪状的车子。白色的是医院救护车,红色的是矿山救护车,大大小小摆放着几十辆,救护人员上井下井慌乱地忙碌着,不见一个活人抬上来,也不见一个死人抬上来。先是女人停下哭声,后是孩子停下哭声,再后来女人失去控制,一个女人带头跳下护城河,第二个女人跳下护城河,其后一个女人跟着一个女人跳下护城河。先是女人跳,后是孩子跳。孩子呼喊妈妈,妈妈寻找孩子。水声四起,浪花飞溅。一小会护城河里落满跳水的女人孩子。好在护城河里的水不深,淹不死女人,淹不死孩子。女人孩子不说话,憋着一股气,往护城河的对岸爬,往煤矿里边跑。整个煤矿一下乱成一锅粥。停下哭的女人哭起来。停下哭的孩子哭起来。

女人一边跑一边哭一边喊着男人的名字。

孩子一边跑一边哭一边喊着爸爸的名字。

顾秀没有跳进护城河里,没有去煤矿里边,而是转身往回跑。顾秀比那些跳河的女人清醒,比那些跳河的女人孤独。顾秀清醒地明白,就是跳进护城河,跑进煤矿里也不会知道曹岗地是死是活。顾秀感到一个人站在这里孤独,一个人站在这里势单力薄,她要回去找一个能依靠的人,她要回去找一个能帮助她的人。这个人不是叔叔,不是婶子,是温大泉。温大泉在小旅馆的楼上睡觉,小红在小旅馆的楼下门口。顾秀跑过来,直接走进小旅馆,根本看不见做门童的小红。小红去拦顾秀问,你进小旅馆干什么?顾秀说,我找温大泉。小红说,温大泉不在这里。顾秀说,你胡说,他不在这里在哪里?小红说,我说他不在这里就不在这里。小红横行霸道地拦着顾秀,顾秀就上不去楼上客房。顾秀冲着楼上喊,温大泉你出来!小红把顾秀往门外推,你在这里瞎喊什么呀?顾秀继续喊,温大泉你快一点出来!温大泉听见顾秀叫喊,走出房门,睡眼蒙眬地问,你找我什么事?顾秀说,你跟我一起去煤矿。温大泉根本不问顾秀去煤矿干什么,跟着顾秀就往小旅馆门外走。小红放手不拦顾秀,转身去拦温大泉,说我今天不许你去。温大泉不听小红话,拨拉开小红,走出小旅馆大门。小红说温大泉,你今天要是走出小旅馆大门,就不要回来了。温大泉一点迟疑都没打,跟在顾秀后面走上街。小红委屈出来的眼泪在眼眶打转悠,他俩的背影一点点远离去,一点点模糊去。

是个大晴天,天空朗朗地蓝着,太阳朗朗地照着。街面上空着,不见一个人,也不见一只鸡,一只鸭,一条狗,像是这里会喘气的活物全都围拥去煤矿。顾秀在前面跑,温大泉在后面追。温大泉在楼上睡觉睡得死,不知道煤矿早上出事故,睡梦中更是不可能梦见"轰隆"一声瓦斯爆炸声。温大泉在心里猜测,煤矿是曹岗地的地盘,顾秀如此大惊失色肯定与曹岗地有关系。温大泉从后面追赶上顾秀问,你要我跟着你一起去煤矿干什么呀?顾秀不说话,还是一个劲地往前跑。这个早上,顾秀一直在奔跑,从小饭馆跑到煤矿大门口,再返回街上小旅馆,现在又从小旅馆里跑出来,一直往煤矿大门口那里跑。一趟接着一趟,跑得顾秀口干舌燥,上气不接下气。令人奇怪的是,煤矿大门前面也空空荡荡,不见大门口围拥的人群,也不见护城河里扑腾的女人孩子,甚至连煤矿里边都是空空荡荡的,不见那些白色的医院救护车辆,也不见那些红色的矿山救护车辆,更不见那些慌乱的上井下井救护人员。煤矿大门紧闭,护城河宁静,整座煤矿不见一个人影,像是一座荒废的煤矿,更像是一座死去的煤矿。顾秀傻眼了,"呜呜溜溜"地哭起来。

温大泉问,你哭什么呀?

顾秀问,煤矿里的那些人呢?那些车呢?

温大泉不明白地问,哪些人?哪些车?

顾秀问,那些跑来哭喊的女人孩子,那些跑来救人的白车红车。

温大泉问,什么哭喊的女人孩子?什么救人的白车红车?

顾秀问,煤矿出事故你难道不知道吗?

温大泉说,煤矿没出事故呀。

顾秀问,今天早上煤矿发生了瓦斯爆炸。

温大泉说,不会吧,要是煤矿出这么大的一场事故我还能不知道?

顾秀说,你在小旅馆里睡觉怎么会知道?

温大泉说,我跟人打一夜牌,天亮后才睡的觉。

顾秀说,也许是你睡觉后煤矿发生的瓦斯爆炸。

温大泉说,就算我睡觉不知道,眼前的煤矿也会炸开锅、乱了营呀?

面对空空荡荡的煤矿,面对死水一潭的煤矿,顾秀不怨温大泉不相信,就是自己也心生怀疑了。顾秀只得把她早上经历的事,重新向温大泉复述一遍。顾秀说,要说我早上在睡梦里就听见"轰隆"一声巨响不真实,醒来后我听见楼下的街面上一阵阵慌乱脚步声,我跑下楼听见叔叔婶子说煤矿发生了瓦斯爆炸,接着我就往煤矿大门这边跑,在这里我看见煤矿大门外面到处都是女人孩子的叫喊声,我看见煤矿大门里边到处都是白色的车子、红色的车子,还有上井下井慌乱的救护人员,随后女人孩子一个挨着一个跳下护城河,爬上对岸往煤矿里边跑去,你说我眼睁睁地听见这些、看见这些,哪一样是不真实的?

温大泉说,也许你现在还在睡梦里呢,一个人做梦梦见的事能是真的吗?

顾秀向温大泉说不明白这件荒诞的事情,就冲着紧闭的煤矿大门大声喊叫,曹岗地你在哪里?曹岗地你还活着吗?

……顾秀醒过来,发现睡在小旅馆楼上的床上,眼前晃动着四张模糊的脸庞,一张叔叔的,一张婶子的,一张温大泉的,还有一张街上郎中的。郎中手里拿着一根银针,刚从顾秀身上拔出来。顾秀觉得人中的地方,虎口的地方,火辣辣地疼痛,想必是郎中银针扎过的缘故。四个人的脸庞渐渐地清晰,都带着一丝惊恐过后的笑容。郎中说,这下好了,总算醒过来了。顾秀问,我怎么会睡在这里?叔叔说,你早上晕倒在小旅馆的楼下。婶子说,你已经昏迷了大半天。顾秀"扑腾"一下坐起身问温大泉,这么说我俩没有去煤矿?温大泉说,我下楼就见你晕倒在小红面前。顾秀慌忙起床说,温大泉你快点陪着我一起去煤矿。温大泉说,煤矿上抢救事故早结束了。顾秀问,曹岗地怎么样?

他还活着吗？温大泉不说话，叔叔婶子不说话，三个人站在床前没有一个人说话。他们三个人害怕说出事故真相，郎中不怕说。郎中说，井下一个采煤队八十多号人，不要说没有一个活着出来的，就连一个半死不活出来的都没有，听说煤矿上封死井口，连死人的尸体都不准备往外面扒了。

第二天，顾秀找到温大泉问，你愿不愿意娶我做老婆？温大泉战战兢兢地问，你说的是实话？顾秀点点头。温大泉受宠若惊地说，我愿意。顾秀说，那你带着我一起离开这里。温大泉问，你说什么时候？顾秀说，就今天，就现在。经过一场事故的折磨，顾秀现在只剩下二分像人，已有八分像鬼了。顾秀又去过一次煤矿，井口确实已经封死了。确如郎中所言，曹岗地死在井下，连个尸体都扒不出来了。当天上午，顾秀坐上温大泉的卡车，远离开这座煤矿城市，远离开这条流淌的淮河，远离开曹岗地的鬼魂。

温大泉说，回山里等你调养好身子，我们再回来。

顾秀说，这一辈子我恐怕都不回来了。

第三章

转眼十八年过去。

这十八年来，顾秀的叔叔婶子一直在这座煤矿城市的街上开小饭馆，连小饭馆的名字都没变——顾大头小饭馆。顾秀与叔叔婶子来往稀少，但依旧保持联系。叔叔婶子大致知道顾秀的情况，顾秀也大致知道叔叔婶子的情况。温玉离家出走来这座煤矿城市只能先找小饭馆，而后再去找梦里反复出现的淮河，还有属于她生命来源的那个小村庄。温玉离家出走的当天晚上，温大泉两口子就从县城火车站知道一个小女孩上火车，而这个小女孩的外貌特征与温玉相符合。温玉乘坐这趟火车去哪里，肯定是去这座淮河岸边的煤矿城市。顾秀一个电话打进叔叔婶子的小饭馆,叔叔婶子就在小饭馆里等候着温玉。他们俩已经进入老年,头发发白,满脸皱纹,拌嘴吵架的次数越来越稀了,拌嘴吵架的声音越来越弱了。

顾秀的叔叔问,你说什么叫个老呀?

顾秀的婶子回答说,就是拌嘴吵架的力气越来越小。

温玉乘坐一夜火车,隔天上午出现在小饭馆门口,出现在顾秀的叔叔婶子面前。温玉喊顾秀的叔叔,舅姥爷;喊顾秀的婶子,舅姥姥。温玉问顾秀的叔叔,你是我的舅姥爷吧?又转脸问顾秀的婶子,你是我的舅姥姥吧?顾秀的叔叔婶子看见眼前这个小姑娘,就是十八年前的顾秀。恍恍惚惚的,时间在急速地打转,就像一根钟表的指针,把十八年的首尾相连接。温玉身上有顾秀的影子,更有曹岗地的影子。顾秀的叔叔婶子突然明白十八年前顾秀跟着温大泉一起离开这里的真正原因,也明白十八年后温玉一个人来到这里要做些什么事情。

顾秀的叔叔问,我现在带你去看一看淮河?

曹岗地死了,或许曹岗地的父母活着。顾秀的叔叔说带温玉去看一看淮河,就是去找她的亲生爷爷奶奶。

温玉说,我坐一夜火车,我现在先睡觉。

顾秀的婶子说,那好,我去铺床。

温玉睡的房间是十八年前顾秀睡觉的房间,温玉睡的床是十八年前顾秀睡的床。温玉在梦里走出小饭馆,经过煤矿大门,而后沿着一条路一直往北走,就能在路尽头见到一条大河,就能在大河边见到一个背对她的男人。过去她不知道这条大河叫什么名字,现在她知道它的名字叫淮河。过去她不知道这个男人为什么后背冲着她,现在她知道他的脸可能被矿井下面的瓦斯爆炸毁坏了。这一次,温玉在梦里很清醒,去那里的目的也很明确。她想赤脚走进淮河,喝几口淮河水,尝一尝淮河水是苦是甜是酸是辣。她要让淮河边的这个男人把脸转过来面对她。不管他的一张脸有多么难看,她都不会害怕,她都会扑上去,亲亲热热地喊一声爸爸。这条路,温玉在梦里走过无数回。在梦里,温玉走路不用坐车,想快就快,想慢就慢。很快地,温玉见到前面的一条大河,见到大河边站着的这个男人。男人依旧后背冲着她,只是几天不见,似乎他的脊背更加地弯曲,他的头发更加地发白。

温玉喊,爸爸!我知道你是我的爸爸,请你把脸转过来让我看一看。

这个男人站在原地不动,并没有把脸转过来。一件从前梦里没有发生过的事在眼前发生了。那就是时光迅速地倒流,淮河水涨过落、落过涨,快速更替;淮河岸边的庄稼青过熟、熟过青,四季飞转。这个男人的弯曲脊背一点点变直,发白的头发一点点变黑。变回他死前的样子,变回他年轻的样子。

温玉又一次喊,爸爸你现在该能转过脸来让我看一看你长得什么样子了吧?

这个男人依旧不转身,不说话。突然,一个年轻的姑娘出现在这个男人身边。温玉看见这个姑娘很像自己,却不是自己,她是年轻时候的妈妈。爸爸拉着妈妈的手,一起往村子里走去。他俩前面走,温玉后面跟。而后他俩在一户人家门前站住脚,爸爸打开房门,妈妈跟着进去,房门"吱呀"一声合上。温玉知道这间房屋就是她生命的温床,这一刻就是她生命的起点。

……当天傍晚,温玉在小饭馆醒过来。梦里走路,温玉时常也感到很累人。她气喘吁吁,腰酸背疼,真的像是走过梦里的所有路。顾秀的叔叔说,今天晚了,明天带你去看淮河吧?顾秀的婶子说,你要是没有睡好觉,再接着睡一会。温玉说,我要起床,我要赶火车回去。往来小县城的火车,就两列对开火车。白天火车在省城停半天,晚上开过这座煤矿城市,明天上午返回小县城。温玉说,我急等着回去跟同学一起去南方打工呢。

顾秀的叔叔问,你不去看淮河啦?

温玉说，我去看过了。

顾秀的妗子问，你来小饭馆之前就已经去过啦？

温玉说，我在睡梦里去过。

2010 年 11 月 24 日—12 月 19 日　淮南—北京

丁字路口案件

在一种非正常时间段、一种非正常心态下,接手一桩非正常案件。

——主人公手记

第一章 起因

1

这起刑事案件在丁字路口发生的时候,宫平律师正好同一帮子人在八仙居茶楼喝下午茶。这顿茶喝得不舒坦。宫平不舒坦,别人也不舒坦。宫平不舒坦的原因是母亲半个月前刚去世,进这种公共娱乐场所心理上似乎有点不习惯。有一种没良心的感觉。有一种不孝顺的样子。别人不舒坦是因为没有喝上一场酒。喝茶气氛上不来,聊天也就寡淡无味得很。在这座城市里酒风很盛行。人们喜欢在酒桌上夸口说,有两条河流从这座城市流过,一条是淮河,一条是酒河。足见酒风在这里盛行到何种程度了。他们认为喝茶聊天是一帮老娘们干的事情,裤裆里长着家伙的老爷们谁愿意来这种地方干喝茶、穷聊天?

然而一帮子人看着宫平的脸面还是都来了。

这顿茶是法院的高院长安排的。高院长的姓好,人们一听"高院长"三个字,很像是最高人民法院院长,正部级官员,其实他只是一个县级市的副院长,副科级。三天前他打电话跟宫平说要安排一场酒,一帮老朋友难得一见,聚一聚,喝几杯。宫平坚决地推辞说,一个月之内我是滴酒不沾的。高院长能听懂宫平说的话,一个月就是他母亲的"五七"。母亲的"五七"不过,宫平不喝酒,似乎理由很充足,高院长不好强求。高院长在电话里问宫平,那你打算什么时候回去呢?宫平生在这里长在这里,这些年却一直在南方工作,很少回来家。宫平说,母亲的"五七"一过就得回去,那边还有一大摊子事急等着我回去处理呢。宫平说这种话,高院长相信,一位名律师怎么会不忙呢?高院长有点犯难,母亲的"五七"不过宫平不喝酒,母亲的"五七"一过宫平就回去,这场酒怎么安排呢?宫平明白高院长的为难之处,说这次就算了,你的心意我领了,候春节回来我们再好好地聚一聚吧。高院长问,春节你要是不回来呢?宫平说,往年不回来就不回来了,今年母亲的年坟我是一定要上的。高院长在电话那端犹犹豫豫的,不愿把这次聚会的机会错过去。高院长灵机一动说,这样吧,我安排你喝茶怎么样?高院长这样一说,宫平就不好拂人家的心意了。宫平说,那你就安排吧,不要放在晚上,晚上我喝茶失眠睡不着觉。高院长爽快地答应说,那就喝下午茶。

一帮子十来个人都是司法系统的,公、检、法、律师事务所一家都不缺。高院长打电话预订了八仙居茶楼最大的一个包间,茶水见样点一壶。绿茶有西湖龙井。红茶有福建铁观音。花茶名堂最多,里边有菊花、有大枣,还有人参、枸杞什么的。根据个人喜好,想喝什么茶倒什么茶。然而一帮子人什么口味都没有,不喜欢喝绿茶,不喜欢喝红茶,更不喜欢喝花茶。好像不在酒场上,没有酒,脸上的假面具摘不下来,嘴里的话匣子打不开。正经话不愿意说,乱七八糟的话说不出口。几句"你好、我好、他好"过后,又多几句"今天天气哈哈哈",就没了说辞,就开始冷场了。十几个人,有的是二十几年的老朋友,有的是初次见面的新朋友。新朋友面生,老朋友也面生。这些人说是宫平家乡人,其实打交道的机会并不多。去年,高院长去他所在的城市开会,他请高院长吃一顿饭。这之前,两人连面都没有见过。这一次,高院长盛情地安排他喝一场茶,说是还情,说是答谢,都能说过去。其他人也多是在不同的城市、不同的场合认识的。宫平在律师界名气很大,许多会议他多是作为法学专家去讲课的。这些人也多是以老乡的名义,自报家门找上去的。眼前谁是谁,很难对得上号。

场面就像面前的三壶茶水,一点一点凉下来。宫平有点坐不住,别人怕是也一样。一帮子人拼命地抽烟,很快整个房间烟雾缭绕起来。按要求这些人晌午是不许喝酒的。可这些呛人的烟雾中还是有一股浓浓的酒味。喝酒的人有水准,面不改色心不跳,不做检测,看不出谁喝酒、谁没喝酒。宫平平常是不抽烟,少喝酒,在这么一种污浊的环境中,早已经头昏脑涨受不住。

这时候,有一对年轻人说起话。这两人宫平都是头一次见面,显然是慕名而来的。一男一女,听高院长刚刚介绍过,好像是两口子,男的姓钱,女的姓周。周在法律援助中心工作,钱是一家律师事务所的律师。周考好多年律师资格证都没有考过去,却一直从事着法律援助工作。宫平问,没有资格证怎么上法庭呢?周说,我们这个小地方没办法跟你们南方大城市相比,有资格证的律师一般不愿意去打这种免费官司呀。在现实生活中,打不起官司、交不起律师代理费用的大有人在。这些人组成一个群体,社会上叫弱势人群,司法上的专用名词叫法律援助对象。周开一份工资,做的就是这方面的工作,就是免费为法律援助对象打官司。

宫平"噢"一声说,我明白了。

钱有律师资格证,是正经八百的律师,可他也有一肚子苦水。人年轻,有资格,没资历,一样很难站住脚。他说在目前、在这座城市里,一个人请律师打官司,首先想到的不是这个律师的学识水准,更不会跟律师协商打官司的方案与细节,其关注的重点是律师能认识哪些人。这些人既包括公检法系统的人,又包括地方官员、各类商人以及新闻媒体。有的人会直接跟律师说,你就说一声需要多少钱能把案件摆平了?只能打赢官司,不能打输官司,成为我们这座城市衡量一个律师好坏的唯一标准。势必造成律师在审理某一个具体的案件中,轻法理,重关系。在法庭上律师不断地与利益各方讨价还价,妥协谦让。律师在寻找相应法律条款的时候,佐证出来的只能是他这么做的合理性,而不是案件的必然性。

钱说的是司法环境、司法现状与司法实质。

宫平说,这些情况,我们那里或多或少也存在,同属一种国情嘛,同属一个法律体系嘛。

钱说话有点观点偏激,有点情绪激昂,有点无所顾忌,有点旁若无人。宫平原本坐在中心位置上,为了躲避烟雾酒气,悄悄地挪移到窗户旁边。钱跟周原本坐在门边上,朝着宫平一点点围拢过来。

钱说,打官司其实就是做生意。

宫平问,这话怎么解释?

钱说,我们律师的职责就是要让原告、被告都觉得是赚了钱,而不是赔了钱。

宫平说,看来"打官司其实就是做生意"可以作为一句至理名言了。

钱接着说,"有赚头"是原告、被告双方对打官司的要求,其实何尝又不是我们律师对打官司的要求呢?一般情况下,律师代理原告或被告方打官司赚的是代理费,是货真价实的钞票。就是像周免费为法律援助群体打官司,也是为了赚社会效益嘛。社会效益是什么?说白了,就是社会的知名度、美誉度,就是社会各种纵横交错的关系网。说到底这才是一个律师的命根子、老子娘……

烟雾愈聚愈浓,像是一道幕布垂挂在宫平、周、钱三个人与另外一帮子人中间。另外一帮子人注意起钱说话。一个个麻木的表情,极像是法庭上的主审官。钱说呀说的无疑就像在法庭上代替他人陈诉辩护词,或者干脆自己就是一个犯罪嫌疑人。周伸手扯拉扯拉钱,扯断钱的话。

周说,你尽说一些什么乱七八糟的东西,你让宫老师说一说嘛。

高院长虽说始终没插话,但一副神态还是很感激周、钱两口子的。别人不说话,他们俩说话,喝茶的气氛才一点一点缓和起来的。

高院长说,小钱你接着说,我看你说得蛮有道理嘛。

周说,我们就想听一听宫老师说一说。

高院长说,宫律师可不是随便讲课的,那可要付高额费用的。他做报告的场面,我可是见过一次,那真像赵本山、宋丹丹在小品里边形容的——那家伙,人山人海,红旗招展,锣鼓喧天。

高院长说着话,站起身,像宋丹丹一样,佝着腰身,伸开手臂,来来回回,"呼啦、呼啦"扇动好几下子。一帮子人野鸭子似的"嘎嘎嘎"地笑起来。宫平也跟着笑起来。

宫平说,我讲课的会场上没有锣鼓,没有红旗,怕是出场费还不及赵本山、宋丹丹的零头多呢。

周、钱两人没笑,是觉得高院长说话没什么可笑的,还是觉得这种场合不该笑。

周说,我就想听一场宫老师的报告。

钱说,要是宫老师有机会在这里代理一桩案件,比做八场十场报告都要强。

高院长带头"啪啪"地起鼓掌来,夸奖钱的这个想法有创意,而后十分惋惜地长叹一口气说,不知道宫律师愿意不愿意呢?

宫平说,这有什么愿意不愿意的,就看案件适合不适合了。

宫平这是随口说的一句话,高院长却当真了。

高院长说,我手里各类案件多得很,你说是刑事的民事的还是经济类的,我来给你安排。

高院长一当真,其他人相跟着一齐当真。公安局的陈局长,检察院的胡检察长,当即表态说,只要牵扯到我们的,保证一路绿灯。

就是这时候,陈局长的手机响起来,110报告说在丁字路口发生一起刑事案件。陈局长听完110汇报说,我看宫律师就代理这起案件怎么样?宫平依旧不当真地说,半个月我就回去,案件要能这么快开庭,我代理一点问题都没有。陈局长说,特案特办,我回去就督促刑警队快一点,保证三天后把案件移交到胡检察长那里。胡检察长说,我们检察院保证不耽搁,你公安局三天能办的事,我们三天也足够了。高院长说,你检察院今天把案件移送过来,我明天就能够开庭审理。

一帮子人的情绪一下子高涨起来。像是喝了一场酒。像是喝过酒又去唱了一场卡拉OK。像是唱过卡拉OK又去洗了一场桑拿浴。尽兴了。满足了。

这件事就这么在看似随意的情况下确定了。

2

两个月前母亲生病住院,宫平丢下律师事务所的所有事务,回到这座城市。母亲得的是一种无法治愈的绝症,宫平鞍前马后地在老娘床前伺候着,尽最后的一份孝心。宫平年越不惑,可以说作为一名成功律师所具备的要素,他现在都有了。比如说,住别墅,开名车,更新妇,有自己的律师事务所,是多家知名企业的法律顾问。又比如说,他是当地律师行业协会的副会长、某所大学法学院的客座教授,经常出现在电视上做相关栏目的特邀嘉宾,等等。在老家的这座城市里不能说没有熟人,只能说必须交往的熟人已经很少了,回来后就一直待在母亲身边,外人很少知道。这样一来,宫平反倒落得一份清静。闲暇里,宫平去了一趟新华书店,想买几本小说书读一读。马尔克斯的《百年孤独》,卡夫卡的《审判》,福克纳的《喧哗与骚动》,托马斯·沃尔夫的《天使,望故乡》,等等。或许从这些书名就能猜得出来,宫平当年是个狂热的文学青年。写诗歌、写小说,折腾得一夜一夜不睡觉。那一年许多内地人去了沿海的经济特区,宫平丢下文学梦,辞职去那边做了一名律师。宫平在大学学的是中文,算是半路出家,不过不要紧,他很快自学获得法律本科文凭,取得律师资格证书,而后根据社会现实需求继续学习深造,现在早已是法学博士了。一转眼去那边二十多年了。这期间丢下文学梦,连着文学书籍一并丢下来。现如今手上捧着这些名著,仿若隔世,翻来覆去,一个字都看不进去了。什么马尔克斯的魔幻现实主义,什么卡夫卡的荒诞派,什么福克纳的意识流,真的遥远而陌生。昔日的文学梦不在,阅读这些名著的心境自然就不存在了。宫平二回头又去一趟新华书店,买回几本《百家讲坛》明星教授们写的书。同样翻来覆去一个字看不进去。宫平随手翻阅书上的前言、后记,心里不断地生发出质疑。这是在解读中国文化吗?这是在讲解中国历史吗?显然都不是。充其量只是学术加盟电视娱乐的一次盛大表演而已。是作秀。更是作呕。时下各个阶层的人都在作秀,又都会作秀。各地政府官员尤甚。没见某个领导去日本访问,与大学生一起打棒球吗?没见某个重要会议召开前夕,与网民在线问答吗?连宫平自己不也时不时地上一上电视,做一做栏目嘉宾吗?

正值伏夏热天,宫平丢下名著,丢下明星教授,开车去了一趟淮河边,找一处僻静的地方,脱下衣服跳进河水游起泳来。小时候他就喜欢下河游泳,河边离他家五里路远,不能天天来,只有到了星期天约上几个同学一起来,一游游半天。家里就他这么一个男孩子,不是一般金贵,母亲知道后没少打他的屁股。打也没有用,夏热天一到,母亲一疏忽,他照样偷偷地去下河,去游泳。后来上了大学,暑假里还来过一次两次的。再后来去了南方大城市,就与淮河疏远了。在那边他曾经加入过一家游泳俱乐部。这家俱乐部的游泳设备设施都是没话说的,可以说跟欧美同在一条水平线上,只是生意一直冷冷清清的红火不起来。没办法,老板只好免费发放贵宾卡,晌午、晚上还供应免费的饮料和简餐。生意依旧是冷清,不要钱请别人,别人都不愿意来。宫平的律师事务所离游泳馆不远,他经常傍晚下班先路过这里,游上一个小时,放松了筋骨,缓解了疲劳,而后再回家。他从来不去享用俱乐部免费提供的饮料与简餐。不忍心。无论如何这是一项注定亏本的生意。宫平早已看破这家游泳馆生意不景气的原因所在。在沿海的城市就这样,某个商业秘密早被别人看破了,别人就是不去说。又半年过去,宫平实在不能继续看下去,就跟老板说出了。

宫平问,你真不知道游泳俱乐部冷清的原因吗?

老板说,我知道还能不改进吗?

宫平说,这不是你改进不改进的事,是你项目选错了。

老板说,不会吧,这种俱乐部形式在欧美可是红火得很。

宫平说,在欧美红火不一定在中国红火。

老板说,我看咱们中国人就是只懂得挣钱,不懂得消费。

宫平说,这说明你还是不了解咱们中国人,咱们中国人尤其是有钱人,都是把自己极力地伪装成绅士,极力地去维护自己的脸面,谁愿袒胸露背把自己丑陋的一面暴露出来呢?

老板的错误就是在国外待得时间太长,把中国人与外国人混为一谈了。

老板接受宫平的建议,关闭游泳馆,开设一家保龄球馆。同样采取俱乐部会员制这种经营形式,同样面对有钱人阶层,前后却红火好几年。保龄球馆日渐走下坡路的时候,老板又一次接受宫平的建议,果断地在市郊买上几百亩土地,开办起这座城市的头一家高尔夫俱乐部。这家高尔夫俱乐部,不只是在南方附近几座城市享有盛名,在国内都有一定的知名度。许多业界精英人士去那里度周末或度假早已经成为一种新的流行时尚。不说别人,光一张会员金卡,一年就得数十万块钱。按照道理说，宫平应该成为老板的座上宾，可他却悄然疏离，一次高尔夫俱乐部没去过。宫平也说不好自己这是一种什么样的心态。要说这些年他有什么成功秘诀的话，这一点恐怕就是——做人、做事必须坚守一条线。有人叫底线，其实这是不正确的。底线给人一种下滑的感觉，给人一种堕落的感觉，给人一种消极的感觉。其实一个人在上升的时候，在事业兴旺发达的时候，更是要有线可依的。宫平把这样的一条线叫准线。这里含有天道、天理、天眼的意思。一个人就应该有一种对天对地的敬畏感。中国人现在缺少的恰恰就是这种敬畏感。最典型的就是这么两种人：瞎眼商人和黑心官员。这样的商人什么钱都敢赚，这样的官员什么钱都敢收。结果瞎眼的商人不知道挣钱该怎么去花，黑心的贪官不知道做官该怎么去做。直到锒铛入狱的那一天也没明白过来。

这么两种人的案件，宫平这些年来接手代理得太多了。这两种案件占用了他大量的时间。行贿。受贿。受贿。行贿。一个案件挨着一个案件，让他连喘息的空闲都没有。宫平痛恨这么两种人，又离不开这么两种人。他在律师界的名声，就是在代理这么两种案件的过程中渐渐地确立起来的。当然他与这两种人不会同流合污的，就像医生与病人、警察与小偷。他们之间相依相存，却有着本质的区别。说白了，这种区别就在于别人不坚守准线，他坚守准线。有次在一档电视访谈节目中，有记者称他为政治律师。好长一段时间内他不明白"政治律师"是什么含义。后来还是听别人解释说，文坛上有一类描写贪官污吏的小说，过去叫官场小说，或反腐小说，现在一律改称政治小说。宫平"噢"一声明白了，说改得好，要不就该叫我反腐律师了。殊途同归，一场文学梦消失，政治律师的称呼总算与文学七拐八弯地有点关系了。

现在好了，因为母亲生病，他回来家，从二十多年一贯制的惯性生活中解脱出来。宫平很奇怪，原本一直忙、忙、忙，没有节假日，没有休息天,过年过节都很难回得来。一个看似没有空隙的地方原来是可以把整个人都严严实实藏掖进去的。这真应验了那句老话,地球离开谁都照样转。

在这两个月的时间里,宫平不看书、不看报纸,远离工作、远离社会,除在医院里看护老母亲外,只做这么两种事情:一是上菜市场买菜,做合口的饭菜端给母亲;一是去淮河里游泳。离开家乡二十多年,天地轮转,物是人非,有两样东西却是始终不变的,一样是淮河的包容胸怀,一样是母亲的真情牵挂。不管你是干净之人,还是肮脏之人,不管你是老人,还是孩子,只要你投入淮河的怀抱,她都一样地对待你,抚慰你。宫平想,应该从他出生的那一时刻起,母亲的牵挂就开始了。现在母亲临近生命的终点,牵挂着的依旧是他。母亲说,你看上哪个女人,有个差不多就再成一个家吧。宫平结婚两次,离婚两次,现在身边只有女人,而没有老婆了。母亲说,你看屋檐下的麻雀,叫得欢的都是成双成对的,你看孤单的麻雀它总是躲在旁边,一声都不叫,人呀跟麻雀一个样,孤孤单单的一个人怎么过日子呢?

半个月前母亲死掉了。

那一天,宫平去淮河里连续游了两个多小时。正值淮河主汛期,河水浑浊,流动疾速,宫平游到河中心,拼命地逆水向上游动,直到一点力气都没了,呛几口河水才爬上河岸。宫平躺在河滩上,望着西来东去的淮河水,无助地失声痛哭起来。母亲死了,母亲的牵挂停止了;淮河还在,淮河依旧流淌着。宫平突然地想,怕是这一生我不会再下淮河游泳了。

市里的一些熟人前来参加母亲的葬礼,才知道宫平早已经回来。高院长喊宫平喝茶,算是他头一次出现在公众场合。如果说这两个月是一场梦的话,现在也该醒来了。只是宫平无法去判断,这个梦与从前或眼下的现实相比较哪个更真实。

一个礼拜过后,这桩丁字路口案件真的就交在他的手上。就问题的实质性来说，宫平倒是觉得这是一伙人对他耽搁一场酒的"报复"。

这期间公安局的陈局长、检察院的胡检察长、法院的高院长分别给宫平通过电话。案件发生后的第三天，陈局长打来电话说，我说三天时间就三天时间，今天我们就将案件移送给检察院，你要查看案件卷宗的话，直接到刑警队找张警官，这个案件是他具体负责的。又是三天时间过去，宫平心里想着胡检察长该打电话了，胡真的把电话打过来。胡说，我们检察院是以故意杀人罪对嫌疑人马投降提起公诉的。宫平说，为什么不是过失杀人呢？胡说，我们要给你留下足够的辩护空间。第六天眼见着时间已经接近午夜十二点钟，宫平觉得案件开庭可能要往后拖延时间了，手机却突然地响起来。

高院长说，明天下午三点钟准时开庭。

第二章 案件

1

应该说，在宫平没去刑警队查看资料之前，他对这桩案件一点都不了解。

这起刑事案件发生在这座城市的某一处丁字路口，卷宗上称其为"丁字路口案件"。案件主要牵扯三个人：李苦杏、吕大伟、马投降。李苦杏，女，三十四岁，外地人，离异，带着一个六岁的小女孩，在一家小饭馆做服务员。吕大伟十八岁，男，外地人，未婚，在一处小煤矿上班。马投降，男，二十岁，家住市郊，未婚，无业，劳教两年刚刑满释放回来。在卷宗里，宫平只看到李苦杏、马投降两个人对这起案件发生过程的叙述，案件的最关键人物——吕大伟的叙述却是一张空白纸。道理很简单，吕大伟当场命毙身亡。面对刑侦人员的勘察、照相，吕大伟一张坚硬的嘴巴始终再也说不出一句话，这反倒成了这起最不正常案件中的一件最正常的事情。负责这起案件的张警官跟宫平说,我们在办理案件的过程中,不怕犯罪嫌疑人说谎话、说漏话、乱说话,也不怕犯罪嫌疑人咬紧牙、沉默着、不说话,怕就怕他们一命呜呼,憋一肚子话却怎么也说不出一个字。宫平说,这样或许更利于你们勘察侦破。张警官听出他的言外之意,说我们所有的工作努力只是尽可能地去接近案件的真实。宫平说,当事人一死,案件的真实性其实已经不可能存在了。张警官强调说,我刚才说过了,我们只是尽可能地去接近案件的真实。

丁字路口是一处地形独特的地方,往北的一条路通往市委、市政府,是这座城市政治、经济、文化的中心地带;往西的一条路通往矿区,这里有数座国有大型煤矿及无数座乡镇小煤矿;往东的一条路通往开发区,是这座城市改革开放的脸面。往北的一条路,与东来西往的一条路交会,便形成一处丁字路口。从这里往南是一条弯弯曲曲的小路,通往一片郊区,还通往两大片采煤沉陷区。李苦杏、马投降两个人都住在这片郊区。不同的是,马投降住自己的家里,李苦杏住在一间租来的房屋里。吕大伟不住这里,他住西边的小煤矿上。当然这起刑事案件发生前他们三个人相互间不认识,不存在其他方面的恩怨与纠缠。这一点对案件的侦破、定性很重要,单纯地就这起案件论这起案件,更可能接近案件的真实性。也就是说,这对于不能开口说话的死者吕大伟可能会公平公正一点。

下面就是根据案件卷宗中警察对于李苦杏、马投降的审问记录整理出来的。

李苦杏:要说俺有什么错误的话,这一天俺不该穿这条白底蓝花的连衣裙,俺不该二回头去后堂问老板要酱鸭爪子。要是不二回头去后堂问老板要酱鸭爪子,耽搁两分钟的话,兴许在三岔路口就能避开那个死鬼,遇不见他。俺要是不穿这条连衣裙,就算在三岔路口遇见那个死鬼,他也不会纠缠俺,被那个愣头青一棍子打死。俺想这都是命,是他的命,也是俺的命。

话为什么这么说?

这一天,俺从小饭馆出来的时候,身上就穿着这条白底蓝碎花的连衣裙。这条连衣裙不是俺买的,原本就不该穿在俺身上。你想呀,俺一个离过婚的女人,身边带着一个六岁的孩子,在小饭馆打工一个月才六百来块钱,哪里舍得花钱买这么好的衣服穿呀?说起来这条连衣裙是小饭馆老板偷偷给俺买的。你要问老板凭什么送俺一条连衣裙,还不是想勾引俺,跟俺睡觉吗?俺们老板矮墩墩的,像个没长熟的胖冬瓜,整天一副馋样子,对着几个老的、嫩的服务员个个都下手。老板娘天天在小饭馆里看都看不住。老板、老板娘都五十多岁了。老板娘在这方面不行了。老板还火烧火燎旺得很。你说老板不跟别的女人睡一睡怎么办?人家说,兔子不吃窝边草。那是说有本事的男人,口袋里有钱的男人。这样的男人去宾馆、去茶楼、去洗脚屋,花钱想睡什么样的女人睡什么样的女人。俺们老板口袋里空空的没有钱,就是有个百呀八十的还不知道怎样从老板娘手指头缝里抠出来的呢。

这一天俺从小饭馆收工出门的时候,回头假装看墙上的挂钟,实际上俺是看了一眼前台的老板娘,又看了一眼躲在后堂门边上的老板。老板娘长就一张苦瓜脸,一双厉害的眼睛像是能看住男人,其实一天没看住。老板在后堂里就悄悄地跟俺说,过半个小时他就到俺家来。说实话,俺回头看见老板娘那张苦瓜脸的时候,心里"咯噔"一响,觉得她是个最可怜的女人。女人呀都有个老的时候,都有个不中用的时候,都有个力不从心的时候。这男人呢一个个都不是好东西,一个个都是吃着碗里的想着锅里的。不说别人,就说俺男人,他不也跟俺们老板一个样,看上别的年轻女人丢下了俺?俺这么一想,心里就很矛盾,一方面俺不想跟老板发生关系,不想在老板娘的眼皮下做对不起她的事情;另一方面俺本身是个女人,一个离过婚的女人,一个需要男人的女人。俺这么一想,回转身又二回头走进小饭馆。

俺去后堂问老板要几只酱鸭爪子。

俺这是头一次问他要吃的。俺心想不要白不要,他花钱买一条连衣裙送给俺就能睡上俺啦?俺就是要吃的,凭什么不要呀?你不要心想俺们老板是个多大方的男人,在后堂给俺抓酱鸭爪子的时候,明明伸手抓起四只酱鸭爪子,手丫巴故意一漏还掉下来一只呢。你说这样抠门的男人还想过一会跟俺睡觉,做梦娶媳妇瞎想去吧!

三只酱鸭爪子是带回家给俺家丫头吃的。要说俺家的那个馋嘴丫头呀就是喜欢啃酱鸭爪子,天天啃都啃不过瘾。你说天天买俺哪能买得起呀?俺就偷偷地捡客人吃剩下来的带回家。客人剩东西哪有这么好的,有时候有剩鸭爪子,有时候就没有剩鸭爪子。要是相隔三两天没有酱鸭爪子往家带,俺家那个馋嘴丫头就跟俺哭闹。你说她生在俺这么个穷家,怎么会长出一张馋嘴呢?俺一想又不能完全地怪罪孩子,还不是这两年俺在小饭馆里打工,一次两次往家带酱鸭爪子把孩子的一张小馋嘴惯出来了?有时候没有剩整只的俺就带回半只的,俺家那个馋嘴丫头也跟俺哭闹,说是少下来的那半只被俺在半路上偷偷地吃了……

这一天俺打东边过来经过三岔路口往南回家,那个死鬼从西边过来经过三岔路口往北去市里。他这个人走路有点怪,一小会闷着头走路,脚步沉沉的,一小会摇晃着走路,脚步虚虚的。他闷着头走路,俺就知道他是个心事重的人。一个人心事重不重,走路不一样,身子重,腿脚重,走起路来脚脖子捞不动。他摇晃着走路,说明他是一个酒鬼,一个喝多酒的人。心事重的人,喝多酒的人,这么两种人俺都见多了,可这么两种情况集中在一个人身上俺就见得稀少了。俺是个好奇心很强的女人,当刻里俺就想,一个小伙子会有什么心事呢?是打工找不着事干,还是谈对象崩掉了?俺在心里这么一想,就过了三岔路口往南走,他就过了三岔路口往北走,眼见着俺们两个人愈离愈远,要不是他回头看俺一眼,要不是他开口喊俺一声,兴许也就没有下面的事情了。

　　偏偏他开口喊俺一声什么话,偏偏俺耳朵听岔了,听岔成俺的名字"苦杏"。其实他喊的是"小信",不是"苦杏"。他一喊"小信",俺一答应"哎",坏事了。他转回身摇摇晃晃地跑过来。俺一看是个毛蛋孩子,俺并不认识他。你是知道的,俺在小饭馆干了两年服务员,有好些客人,俺不认识他,他却认识俺。俺心想这个毛蛋孩子也是一个俺不认识他、他却认识俺的客人。哪里会想到他认错人了,也不认识俺。他走过来一把拉住俺的手,嘴里哈出来的酒气直熏俺的脖颈子。他说,小信、小信,俺可找、找、找着你啦,俺天、天、天找你找得好苦呀。他满脸通红,舌头根生硬,看样子是灌不少猫尿在肚子里。酒鬼不可怕,可怕的是认错人的酒鬼。俺甩掉他的手,告诉他说,你认错人了,俺是苦杏,不是小信。他眨巴眨巴一双酒眼,愣一愣神说,你就是小信,你看看你身上这条连衣裙还是俺买的呢。俺说,俺不认识你,你凭什么给俺买衣服?他说,你说这连衣裙不是俺买的,那你说哪里有这种样式的连衣裙,它值好多钱?俺没想到一个酒鬼会说这么清醒的话,看来天底下所有喝醉酒的人都是假装出来的。他咧开嘴巴笑一笑说,你看你说不出来吧,不是你买的,你当然说不出来了,俺来告诉你,这条裙子是俺在市里的新世纪商城买的,一下花掉俺一百六十多块钱,你要是不相信,下次俺拿发票给你看。当刻里俺就骂小饭馆老板,你个王八羔子不是跟俺说这条连衣裙你花三百多块钱买的吗?俺嘴上骂小饭馆老板,他个死鬼听成俺骂他。他一把抱住俺说,小信,你不要骂俺,全天下只有俺一个男人对你好、好、好。他个死鬼是从身后抱住俺的,两条胳膊往俺胸前一交叉,两只手正好捂在俺的奶子上。男人摸奶子,别的女人是个什么情况俺不知道,反正俺的身子一点一点稀软下来,一丁点力气都没有了。在这方面俺吃男人亏不止一回两回的,男人的手一摸上俺的奶子,俺就当不了自己的家,就随便男人想怎么着就怎么着了。这一回俺不能再吃男人的亏。

俺可着嗓门喊,来人呀!

俺拼着老命喊,救命呀!

按照道理说,三岔路口是个过往行人很多的地方,可那一刻四周就是不见一个人影子。好在有一辆小宝车(轿车)从西边开过来,"嘎吱"一声停下来。这是一辆大红色的小宝车,俺心想开这种颜色小宝车的人肯定是个女人,女人救女人是天经地义的,说不定她自己就是一个有钱男人的二奶、小蜜什么的,明里暗里就吃过不少男人的亏。不想车窗上的玻璃摇下来,探出头来的却是一个光头男人。看上去这个光头男人有四十多岁,脸真黑,跟个非洲黑人没二样。黑脸男人说,哎、哎、哎,你们两个莫站在路心里呀!原来黑脸男人不是听见俺喊救命停的车,是嫌俺俩站在路心里挡了道。也难怪,车里车外隔着一层窗户玻璃,俺喊救命他听不见。现在俺再喊一声,他该听到了吧。俺说,你个好心的大哥快点下车救俺呀。你猜抱着俺的死鬼怎么说?他个死鬼说,她是俺对象,俺要是不拦住她,她就跟人家男人跑掉了。你说他个死鬼缺德不缺德,抱住俺,摸俺奶子不说,还说俺是他对象。俺不搭理他个死鬼,跟黑脸男人说,你这位好心的大哥不要听他胡说八道,俺根本不认识他,他这是在路上骚扰俺。他个死鬼把假的能说成真的。他说,小信你不要跟别的男人好,俺下回还给你买连衣裙,保证比你身上穿的这条还要贵、还要漂亮。黑脸摇摇头,笑一笑,真心想俺跟这个死鬼有关系啦。黑脸慢慢地摇上窗户,说出一句没头没脑的话。黑脸说,老女人找小男人,真是老母牛想吃嫩草呀。你说你个黑脸缺德不缺德,不下车搭救俺也就罢了,怎么还能说这种不是人话的话?那一刻,俺气黑脸比气这个死鬼还要气。俺骂黑脸,你妈才是老女人找小男人呢,你奶奶才是老母牛吃嫩草呢。黑脸关上车窗俺再骂他个龟孙子他也听不见呀。黑脸"日轮"一声把车子往南开走了。三岔路口往南有一截子土路,颠得车子上坐不住人不说,车子走过屁股后面能腾起一股子灰尘,一片遮天弥日的,一片昏天暗地的。

就是这个时候，俺不知道哪来一股子力气，一下子挣脱开死鬼的两条胳膊，撵着车子往南跑，一边跑，一边喊，救命呀，救命呀。俺在前面跑，他个死鬼不死心，跟在后面追。他一边追，一边说，小信，你莫跑、跑、跑呀，小信，你莫丢下俺、俺、俺呀。俺往前跑十几步的样子，就看见从前面灰尘里露出一个人。这个人也是一个光头，猛一看很像是红色小宝车上的黑头，其实不是，两人差别很大，一个黑，一个白，一个胖，一个瘦。关键是这个人手里还拿着一根棍子，举多高地跑过来。俺一看他的这样子，心想莫不是跟死鬼一伙子的，专门拦截女人的。你说俺还往哪里跑呀。俺站住两脚不挪步，等着被欺负吧。等着挨打吧。

2

报告政府。俺叫马投降。身份证上"投降"两个字弄错了，其实俺是光头那个"头"，强大那个"强"，俺的名字叫马头强，不叫马投降。（投降、头强，此地人读音分不清。）你说俺有多倒霉，连个名字都被派出所上错了，说是改还不好改。要说倒霉，派出所上错俺的名字只能算小倒霉，大倒霉是俺不明不白蹲了两年劳改。政府说俺伙同村里不三不四的毛蛋孩子去煤矿偷煤炭、去工业开发区偷电缆，是犯法，是犯罪，害得俺下两年大狱。这件事到现在俺都想不通。煤炭明明长在俺们村里的庄稼地下面，煤矿人扒出来就是煤矿人的啦，就不许俺们弄一点过来卖钱花一花？这怎么就叫个偷呢？这怎么就叫个犯法呢？要说欺人，开发区比煤矿更厉害。人家煤矿扒煤炭，从地下面打一个洞，偷偷地扒，村人睁一只眼睛闭一只眼睛也就不去过问了。开发区明目张胆地就把电缆埋在俺们庄稼地里。你说这不耽误长庄稼吗？俺们几个孩子去把它们扒出来，卖两顿烟酒钱，政府却说这比弄煤炭罪行还要大。说要是只弄煤炭，不扒电缆的话，说不定就不判刑了。

你说这说的是谁家荒唐话？

政府嘴大，俺嘴小。俺说不过政府。政府说判俺两年刑，俺就只能去服两年刑。两年过来，上个礼拜俺回到村里。俺不能再去弄煤炭，俺不能再去扒电缆，你说俺回家能干个什么呢？俺大(爸)俺娘也是这么问俺的，他们问俺，你说你能干个什么呢？俺说，俺也不知道。俺大俺娘说，你老老实实待在家里，不出去偷，不出去抢，不出去做坏事，俺们就烧高香，阿弥陀佛了。你说俺大俺娘怎么会跟政府同一条心，同一个看法呢？在他们眼里，俺好像天生只会做坏事，不会做好事似的。俺偏不信这种歪理邪说。俺偏要做一桩好事给他们看一看。这不，这几天俺天天来三岔路口等候着。先是空着两手，后来俺手里拿着一根棍子。

你问俺天天来丁字路口等什么？报告政府。俺想三岔路口地方大，人来人往多，肯定会有好事等着俺去干。

你问俺拿着一根棍子干什么？报告政府。这是俺的警棍。监狱里的警官巡视都要带着一根警棍。要不他怎么制伏俺们这些不听话的家伙呢？

你问俺为什么躲藏在干沟里？报告政府。俺要是不把自己躲藏起来，干坏事的还敢明目张胆地干坏事吗？干坏事的要是不干坏事，俺去哪里干好事呢？

真是苍天不负人呀。真是苍天有眼啊。俺等呀等呀等，一直等到第四天下午，总算等到这个家伙跑过来干坏事了。不知道怎么会这么巧呢，俺当时在干沟里睡着了，还做了一个梦。梦里梦见一个男人在大路上拦住一个女人，又是抱又是搂的。这个女人大声喊叫，救命呀！救命呀！俺扑腾一惊坐起来，心想快点跑过去救这个女人，却怎么也站不起来。俺低头一看，傻眼了，坏事了，俺的两条裤腿空空的，俺的两条腿怎么会一下子不见了。俺的腿！俺的两条腿哪去啦？又惊又吓，又喊又叫，俺这才真的醒过来。梦里梦外，俺愣着神，像是醒过来，又像是没醒透。这时候俺又听见女人喊叫救命的声音,救命呀!救命呀!这喊救命的声音,也跟梦里的一个样。俺抬眼往三岔路口的方向一瞧,梦里的那个女人,正朝俺这边跑过来,梦里的那个男人正在女人身后追赶着。俺自己问自己,这是真的,还是做梦?俺伸手掐一下自己的胳膊,生疼生疼的。俺日他个小舅子的,还真是真的呢,还真不是在梦里呢。

俺手举警棍冲出干沟,直奔他俩跑过去。你说那个女人怎么这么傻呀,好像俺不是去搭救她,好像俺比那个男人还要坏。她傻呆呆地站在那里不跑了。这个女人说,你要钱俺给你钱,你要人俺给你人,你千万不要打俺呀!那个男人更不刁(聪明),看见俺跑过来,他还追着这个女人喊小信、小信、小信。你说俺不举棍子打他,去打谁?俺一棍子打在他的后腿上。他两腿一软,往前一摔,"呼通"就嘴巴啃泥倒地上,"嗷嗷嗷"地在地上打起滚。这时候俺才顾得问那个女人话。俺怕打错人。俺怕一桩好事变成一桩坏事。

俺问,是你喊救命?

女人点点头。

俺问,你不认识这个男人?

女人还是点点头。

俺说你不要光是点头呀,你说到底是怎么一回事情呀。看来这个女人吓不轻,脸色紫一块青一块红一块,像个花脸唱戏的。她结结巴巴说这个男人喝醉酒,在三岔路口认错人,硬说她是小信,扯她的胳膊,抱她的身子,摸她的奶子。

这样俺放下心。这样俺就没打错人。这样俺就真做了一桩好事。

那个女人头脑真是有毛病,俺救她,她不说一声谢谢,不声不响,就想走。俺说,你不能走。她站住脚,害怕地看着俺。俺说她,这个男人欺负你一场就白欺负了?俺做一桩好事就白做了?她嘴巴哆哆嗦嗦地问俺说,那你说怎么办?报警呀!俺一边说话,一边就掏出手机打110。那个男人一直在地上打滚,一直在地上叫唤。这一会他听见俺打电话报警了,不打滚了,不号叫了,爬起身就想跑。俺警告他说,警察就来了,你想跑哪能跑得掉?他不听从俺警告,瘸着一条腿继续往前跑。俺再一次警告他说,你跑俺就去打断你的狗腿。俺连着警告两遍,他都不听,他这个人怎么这么傻呢?这不是找死吗?

这个女人是个软心肠女人,她一看俺举着棍子想要撵上去,她一把拉住俺说,你不要再去打他了,俺怕出人命。俺说,他搂你、他抱你、他摸你就不怕出人命啦?这个女人说,那是他喝多酒不当家。俺说,他喝多酒不当家,一听俺打电话报警还知道跑?这个男人一点都没醉,听见俺这么说话,他不跑了,"扑通"一声跪上求饶,说他错了,求求大哥大姐饶他一命,放了他吧。俺说,你现在知道错了?晚了,你就等着警察来抓你去坐牢吧。

一阵"呜呀呜呀"的怪叫声从北边传过来。见不着警车,却知道是警车的声音。这个男人抬起头,朝北边看一看。"呜呀呜呀"的怪叫声越叫越响。这个男人爬起身,瘸着一条腿,向着北边跑过去。俺笑起来说,你往北边跑不是自投罗网吗?这个男人转过头,开始往南边跑。这个女人喊叫他说,你往东跑、往西跑,也不能往南跑、往北跑呀!这个男人不跑了,站在原地打圈圈,怕是东西南北都不知道了。这个女人眼睛瞅着这个男人,"哈哈哈"地笑起来,回头跟俺说,你过去照头给他一棍子,看他知道不知道该往哪里跑。

俺就迎着他的脸面走上去,照着他的脑袋瓜子敲一下子。

报告政府,俺下手一点都不重。俺就是想让他的脑袋瓜子开一开窍,俺就是想让他好好地清醒清醒。哪知他一声不吭倒地上,两腿抽几抽就不动弹了。当刻里俺还没想着他会死,脑袋上没出血,也没出脑浆子,怎么会说一声死就死掉了呢?

马投降一肚子委屈地说,这个人怎么这么不经打呀,俺照着他的头只轻轻地打了一棍子,他怎么就死掉了呢?

第三章　审案

1

　　按程序,第一次庭审前,宫平要去见被告人马投降,还要去见另一个当事人李苦杏。吕大伟当场死亡,检察院代其向法院提起公诉。宫平被法院指定为被告代理律师。下午两点多钟的样子,宫平先去见李苦杏。宫平把车子开过丁字路口的时候,想起此刻正好是那天案发的时间。宫平有意放慢车子的速度,丁字路口一片空荡荡的,不见一辆车子,不见一个人影子。在这么一处交通要道、在这么一个特定时间段里怎么会人车稀少呢?是偶然,还是必然?真是活见鬼!宫平说出这么一句话,加快车速朝着李苦杏所在的小饭馆而去。这种时候李苦杏不会在小饭馆,宫平没记下李苦杏的确切住址,只好去小饭馆找个带路人。老板不在小饭馆,老板娘面黄肌瘦肿眼胖鼻子的,一看就是操心劳累睡不好觉的那一种人。老板娘倒是很热心,听宫平说明情况,说其他服务员现在都休息了,我带你去吧。宫平说,我有车子,耽误不了你好多时间。老板娘坐在副驾驶的位置上,身上散发一股股烟酒味道,辛辣味道,就是缺少女人的体香味道。宫平厌恶地皱一皱眉头,把车窗打开一道缝隙,让外面的风迎面吹进来。前后只有十来分钟的时间,丁字路口就出现一起交通事故,一辆卡车撞在路边的电线杆子上,一个人血糊拉拉地躺在地上。一辆120救护车追赶着一辆110警车,两车互不相让,像两条红眼咬架的狗,狂叫着从市区的方向赶过来。宫平又说一句,活见鬼!两手一打方向,岔进一条小路往南去。老板娘说,三岔路口经常出事,一出事就在午后的这个时候,你说奇怪不奇怪?开车的都忌讳交通事故,宫平不搭话,朝着一片凌乱的住房开过去。

这里是城郊,到处盖着房屋,缺少规划,没有设计,你家盖你家的,我家盖我家的,一副凌乱的程度就可想而知了。这里不算城中村,房屋却都能够出租出去。一来是这里的房租便宜,二来是外地人在这里聚集住习惯了。你是外地人,我是外地人,一住一大片,你莫歧视我,我莫歧视你,人人都平等。老板娘的两只手一起指手画脚,宫平的两只手一起打方向,车子左拐右拐,终于在一间破旧的房屋前面停下来。哪里像是个房屋呀,就靠着院墙,用砖块、石棉瓦临时搭建起来的。东西一排溜,一间房屋安装一只破旧的木窗,安装一只破旧的木门。这样的门窗一看就是从城里淘汰过来的。一间房屋只有五六平方这么大。比宫平想象出来的贫民窟还贫民窟。

宫平一副不相信的样子问,李苦杏住这里?

老板娘点头说,住这里。

宫平问,这里怎么住人呀?

老板娘说,一个女人带着一个孩子住这么大的一间房屋就算不错了。

房屋里有动静,像是有人在里面。宫平上前一敲门,一推门,门关着,动静却消失了。宫平以为李苦杏在里边休息,便冲着房门问,这是李苦杏家吗?李苦杏在里边吗?老板娘站在一旁不说话,脸色一点一点地愤怒起来,像是烈日下暴晒着的一条死鱼。这时候,宫平还不知道老板娘为何生气,更是想不到小饭馆老板就在房屋里。老板娘看一眼宫平,想压住心里的火气,还是没压住,上前抬脚"咚咚"踢两下房门说,黄木锨,俺知道你在这里,你个狗日的出来吧!房屋里一片寂静,没人打开房门。老板娘说,黄木锨,你不出来可以,你让李苦杏出来,人家警察站在门口还等着问她话呢!原来老板娘把宫平当成公安局的了,要不她心里的一股恶气早发作起来了。老板娘的这一招果真灵验,屋里"稀里哗啦"慌乱开来。宫平觉得在这种情状下没有见李苦杏的必要了,钻进车子想离开。这时候房屋"吱呀"一声打开了,三个人即刻打成一团,骂作一团。宫平摇开车窗回头看一眼,一个矮墩墩的男人光着膀子,另一个女人穿着一条白底蓝碎花的连衣裙。

——活见鬼!

这是宫平下午第三次说这句话。

而后宫平直接把车子开去看守所。

一阵脚铐手镣的金属响声过后,隔着一道特制的铁窗,宫平见到了杀人嫌疑犯马投降。在宫平的眼里,马投降就是一个没长大的孩子,愣头愣脑的,一副不知天方地圆的样子。这样的孩子宫平是知道的,要是在家父母管教不住的话,他们最好的去处就是监狱或看守所,放在社会上只能做个危害社会的蛀虫。马投降蹲过两年牢房,算是个重犯,跟那些没蹲过牢房的初犯就是不一样。马投降的表情麻木,情绪平稳,像是早适应这么一种地方了。案发过程简单,没有过多疑点好问的,宫平前后只问马投降两句话。

宫平问,你真认为你做的是一桩好事?

马投降不正面回答,却反问宫平说,你说俺这不是做好事是什么?

宫平语气软软地问,一棍子把人打死能说是做了一桩好事吗?

第一次庭审按期开庭。吕大伟死亡,检察院代表国家权力机关行使主控权力,起诉被告方马投降犯了杀人罪。吕大伟当场身亡,系马投降所为。马投降对其所作所为供认不讳。物证是一根一米多长的棍子,人证是李苦杏,一应俱全,事实清晰,证据确凿。这些都是不容争辩的事实。被告方代理律师宫平与主控方检察官,在法庭上争论的焦点是,犯罪嫌疑人马投降是故意杀人,还是过失杀人。主控方起诉马投降是故意杀人,理由是杀人凶器——棍子是马投降一直拿在手上的,棍子打在吕大伟头上也是其主观所为的。被告代理律师宫平则辩护马投降是过失杀人,理由是马投降棍子打在吕大伟头上的前提是为了搭救李苦杏,其主观动机还是为了做好事。

突然地,马投降在法庭上喊叫起来,俺就是想做好事。李苦杏也相跟着在法庭上喊叫说,他就是为了搭救俺。法庭主审官把法槌"啪啪"往桌子上敲几下,连声喊,肃静!肃静!法庭恢复安静,众人等候着宫平继续辩护。

宫平说,要我说,马投降不只是做一做好事这么简单,他的行为还应该属于见义勇为的范畴。

"嗡嗡隆隆……"法庭上响起一片嘈杂声响。法官有点法不责众,没敲法槌,只是大声喊叫说,请保持法庭肃静!

宫平继续说,假设马投降没打吕大伟第二棍子,或者说第二棍子没有打在吕大伟头上,没把吕大伟当场打死,那么马投降的行为就是不折不扣的见义勇为。我想这一点是成立的,是不存在异议的。不管他从前有没有坐过牢,不管他的真正动机是什么。我们只需去看他见义勇为的要件能否构成,是不是为了搭救他人就可以了。显然马投降的这个要件是成立的。那么事件的偏差到底出在哪里呢?一个是马投降不应该把棍子打在吕大伟的头上,另一个就像马投降说的那样吕大伟太不经打了,轻轻地挨一棍子就一命呜呼了。因此,马投降是过失杀人,他的行为是见义勇为,是有过失的见义勇为,是应该受到法律保护的见义勇为。受到法律保护就是要法庭充分考虑马投降见义勇为这个前提,是在前提下他才杀人,是过失杀人。

"嗡嗡隆隆……"法庭上又一次响起一片嘈杂声响。周、钱两口子在法庭上,在听众席上。周激动地感慨说,大律师就大律师,看问题就是跟别人不一样。钱一脸愤怒地说,狗屁!一个杀人犯怎么也成不了见义勇为的英雄。

正是宫平在法庭上的这一番"高见",原本不出名的一桩案件很快被新闻媒体报道出去,很快成为备受广大市民所关注、所争议的热点案件。简单地说,市民的争议也分为两派:维护派,反对派。维护派说,马投降就是见义勇为,打死人也是见义勇为。反对派说,打死人还是见义勇为,我们明天都去马路上打人,见人都往死里打。维护派说,要说马投降不是见义勇为,谁还敢见义勇为呀?这样社会风气不是越来越糟吗?反对派说,马投降本身就是一个社会渣滓,这样的人不枪毙留在社会上迟早还是祸害人。

一时间众说纷纭,莫衷一是。两派市民都在等候着法院宣判。

维护派跟反对派说,那我们就骑驴看唱本——走着瞧。

反对派说维护派,走着瞧就走着瞧,谅法院也不敢说这样的人是个好人。

2

吕老头做梦都没想到宫平律师会来帮助他打场官司,向打死吕大伟的人索要赡养费。吕老头眼泪汪汪地说宫平,好人呀,你是天底下最好的一个好人呀。不过吕老头在心里却犯疑惑,不断地问宫平,照你这么说,俺家的儿子不是白死的,打官司问对方能要着钱?儿子的死,对吕老头打击太大了。死得不明不白,死得一肚子冤屈,没地方去问明白,没地方去说道理。吕老头周围知道的人都说吕大伟死得活该,谁让他大白天在大路上去拦人家女人,去搂人家女人,去摸人家女人,死有余辜。宫平跟老人解释说,这是两桩案件,你儿子被人打死是一桩案件;对方打死你儿子,没有人赡养你,对方就得养活你,付给你赡养费,这是另一桩案件。吕老头说,只要你能替俺要到钱,哪怕是一分钱,就说明他个狗杂种一棍子打死俺儿子有错误。吕老头一下子跪在宫平面前说,老天有眼啊,让俺遇见这么一个大善人啊。

吕老头住在丁字路口西边的小煤矿。丁字路口往西是一条广阔的大马路,走十几公里的样子分开两条道路,一条通往西北的大煤矿,一条通往西南的小煤矿。大煤矿是国家开的,小煤矿是乡镇开的、私人开的。小煤矿是大煤矿过去开采遗留下来的煤炭。说起来还是"文化大革命"的后遗症。那时候人们嘴上喊着"狠抓革命、猛促生产"的口号，到井下比进度，比产量，扒煤炭像是一群猪吞食，"呼呼噜噜"，深埋地下的一整块煤炭挖出一部分，留下一部分。这才有了"改革开放后"的小煤矿如雨后春笋般出现那么多。大煤矿废弃，小煤矿兴起，两个时代跨越前后半个世纪。通往西南方向的一条路愈走愈窄，愈走愈赖。宫平觉得车子都没办法往前开动了，一座小煤矿出现了。吕老头就住在这座小煤矿的一间瓦房里。吕老头的两个儿子生前都是在这家小煤矿上班。

　　说起来吕老头很不幸，老婆早年间就死去，自己一手拉扯大两个儿子。大儿子吕大壮前年下小煤矿出事故死掉了。一个掘进头埋进三个人，塌方几十米，扒出来也是一具寒尸骨。那一阵子上面抓小煤矿安全生产抓得紧，这件事要是暴露出去，小煤矿停产整顿是肯定的，说不定埋上炸药整个井口都封存掉。小煤矿老板想私了这件事。尸体埋下面不扒，赔钱不说，外加一个条件——吕大伟年满十八岁，小煤矿负责安排工作。小煤矿老板许诺说，吕大伟不用再下井，工作落实在地面上，小煤矿开一天，就能在这里干一天。吕老头没在赔钱上多争究，看中这个外加条件，同意了。大儿子死就死了，只要小儿子工作安排好，有保障，他的晚年就有保障。那一年，吕大伟十六岁。两年过去，今年年后他十八岁，进小煤矿上班。吕老头跟着一块来，负责爷俩的家务活，负责一天三顿饭，吕大伟光上他的班。吕老头说，前段时间吕大伟交往一个女孩子，这个女孩子叫小信，说两人同过学，俺看着那丫头长个嬉笑笑的脸人不错，哪里想到不到两个月，人家一脚把俺儿子蹬掉了。小煤矿工资高，按月一千多块钱，吃呀喝呀穿呀，俺儿子在她身上不知花掉好多钱。这两年也怪俺惯着他，俺手里攥着小煤矿赔他哥的几个钱，花钱什么的尽着他。一来二去，养成他大手花钱的习惯，人家丫头看上他的就是这一点。一个骗吃骗喝的丫头离开有什么可惜的。可俺那儿子不这样想，整天像是丢掉魂，睡觉睡不香，吃饭吃不香，整个人蔫乎乎的像是遭受几场苦霜打。这两天赶上俺回老家办事，没想这一去一来，俺儿子就出这种事。

吕老头说，他死掉好，省得俺跟着操心淘神了，看来俺就是一个孤单的命。

当着宫平的脸面，吕老头"呜呜呜"地哭起来。

小信是这起案件的一个关键人物。在刑警队的卷宗里却没留下她的审问记录。负责案件的张警察说，我们觉得小信跟这起案件没有直接的牵连。正像"蝴蝶效应"说的，也许南美洲一只蝴蝶的翅膀轻轻扇动一下，才是美国加州一场暴风雪的真正原因。

宫平决定去见一见小信这个女孩子。

同样是在下午两点多钟的时间，宫平查听着，小信在一家超市做营业员，上早班，现在应该在宿舍里。宫平走进宿舍，一眼看见这个名叫小信的女孩子，她同样穿着一条白底蓝碎花的连衣裙。款式、尺寸与李苦杏身上穿着的那条一模一样。这就是说小信的身高、身材也与李苦杏差不多。宫平问，你就是小信？小信疑惑地看一眼宫平问，你怎么知道我叫小信？宫平不把"我怎么知道你叫小信"的话说破，只说我是律师，我来了解吕大伟的有关情况。小信说，我什么都不知道，那天我根本就没见着他。宫平注意到，吕大伟死小信一点悲伤的神情都没有，另外小信说话不说"俺"，尽可能地去说普通话。

宫平问，你可知道吕大伟是怎么死的？

小信说，我听别人说，他喝醉酒在丁字路口骚扰一个女人，被人家一棍子打死了。

宫平问，吕大伟平常喜欢喝酒吗？

小信说，他不喝酒。

宫平问，你可知道吕大伟为什么骚扰那个女人？

小信警觉地说，这我怎么会知道呀？

宫平说，我来告诉你，那天那个女人身上穿了一件跟你这件一模一样的连衣裙，结果吕大伟就把那个女人当作了你才去骚扰她。

宫平察觉小信心里微微地一惊，但她很快就平静下来。这么小的年纪，就一副见多识广的样子，宫平在现实生活中还真没多见过。

宫平说，你就说一说怎么跟吕大伟交往的吧。

小信说，两个月前我跟吕大伟在一个老乡的聚会上认识后相互交往的。在老家的时候，我俩在初一同学半年，那时候我俩连一句话都没说过。初一下半学期，我就跟村人一起外出打工了。那一年我十四岁。四年过去没想到在这里会遇见吕大伟。吕大伟花钱很大方，自然很讨女孩子的欢心。他经常来看我，约我吃饭、买东西什么的。大约半个月以前吧，他花钱给我买了这样的一条连衣裙，不过不是我身上穿的这一条。为什么不是这一条，过一会我会说到的。他给我买连衣裙的那一天，正好宿舍就我一个人。我当着他面脱下身上的衣服，准备试一试连衣裙。哪想到一条连衣裙没换上，我俩就睡在一起了。这之前我俩的交往都是正常的男女交往，要说这次有什么出格的话可能不应该跟他睡一觉。我知道他手忙脚乱的是头一回跟女人睡觉。就是睡过这一觉，吕大伟好像是变了一个人，整天纠缠着我，要跟我处对象。我明确地告诉他说我俩在一块玩一玩可以，莫想着处对象，更莫想着有一天我会嫁给他。没想到吕大伟是个死心眼子人。吕大伟问，俺俩都睡过了，你说俺该怎么办？我说，这有什么该怎么办不怎么办的呀，你心想我只跟你一个男人睡过觉呀？我明确地告诉吕大伟，我不是什么处女，他也不是我的头一个男人。吕大伟说，俺不是说你，俺是说俺自己。没想到天底下有这样的男人。我是个女的都不怕，你说你个男的怕什么？吕大伟也不知道"怕"什么，反正他觉得跟一个将来不能做他老婆的女人睡觉不好。吕大伟固执地说，你说俺赶明怎么娶老婆呢？我说，你怎么娶老婆关我个屁事，你再不走，我就打110报警了。

我想话都说到这种份上了，他还能怎么样。不想吕大伟不愿就此罢休，依旧天天来纠缠我。超市里有保安，上班时间他不敢去那里找。

我一下班回宿舍,他就在宿舍门口等候着。天天这样子,你说同宿舍的其他人怎么看待我。这样的男人我敢继续交往吗?我把他买给我的连衣裙还他,跟他说,我已经有新男朋友了,我俩继续交往更是不可能的了。我拿出同样一条连衣裙给他看。我说,你看看,这条连衣裙就是我男朋友买来的。一条连衣裙才值一百六十多块钱,我自己不是买不起。第二天吕大伟就没有来找我。就是这一天,他在丁字路口出事了。

小信最后说,吕大伟死跟我一点相干都没有。

宫平代理吕老头的案件递交给法院。法院不敢去受理。高院长说,这样的案件我们法院从来没有受理过,我担心受理后社会影响不太好。宫平问,我不明白你说的在哪方面社会影响不太好?高院长说,吕大伟在丁字路口骚扰李苦杏,被马投降一棍子打死,你说马投降是见义勇为,是过失杀人;现在你反过头来代理吕志明(吕老头)状告马投降,索赔养老金,你说我们法院该怎么去审理?宫平说,这是两起案件,刑事案件连带出来的民事赔偿案件;马投降打死吕大伟,吕志明的大儿子、小儿子都死了,你说今后谁来养活他?

实际上宫平代理吕老头的这起案件一共状告了两个人,第一被告是马投降,第二被告是李苦杏。宫平在诉状上说,马投降打吕大伟,为的是李苦杏,李苦杏作为那起刑事案件的受益者,自然要在这起民事案件的赔偿中负相应的连带责任。

本市的几家新闻媒体也不好评说这起案件,只是说我们将密切关注这起案件的审理进展情况并做及时报道,云云。

宫平代理吕老头出庭。周、钱两口子分别代理马投降、李苦杏出庭。周是法律援助李苦杏的。钱是马投降家人聘请的。马投降家人说,只要你把官司打赢了,你要好多钱,俺们家付好多钱。周说,总算有一次在法庭上面对面向宫平律师讨教的机会了。钱说,这是我做律师以来打得最没把握的一桩官司。

第四章　结案

1

这一天,宫平开车去了一趟丁字路口南边的马家郢子。

马投降家人在马家郢子很有势力,他的父亲当了好多年的村干部,他的大哥开了好多年的小煤矿。他的家人在村子里能够呼风唤雨,也可以说是村里的一霸。宫平听人说起他的家人的势力不仅只影响本村,甚至还影响国家煤矿、当地政府的一些行政决策。马投降在刑警队的审讯中说过:"煤炭明明长在俺们村里的庄稼地下面,煤矿人扒出来就是煤矿人的啦?就不许俺们弄一点过来卖钱花一花?这怎么就叫个偷呢?这怎么就叫个犯法呢?"持有这种看法的不只马投降一个人,可以说是全村男男女女所有人。一条煤矿铁路专用线从村子南端经过,火车拉煤炭从这里经过,村里人上火车偷煤炭;火车拉木料从这里经过,村里人上火车偷木料。村子老老少少几代人个个都是优秀的"铁道游击队员"。前些年,市里在村子东边建了一个经济开发区,他们依旧这么对待,认为"长在俺们庄稼地里的就是俺们村子的",结果吃了一个大亏。马投降伙同几个毛蛋孩子去那里偷电缆被逮住。公、检、法三家一联手,把几个毛蛋孩子送去劳动教养起来。几个孩子都不满十八岁,派出所宽大宽大,顶多交点罚款也就过去了。以往遇见这种情况,都是这么处理的。马投降家人知道这件事是市里领导指使的,杀鸡给猴子看。马投降父亲忍不下这口气,红着一双眼睛找机会,绞尽脑汁要报复。

开发区拉上一堵砖墙,里边空空荡荡的没有厂房,没有设备,只有春萌冬枯的各种杂草。这里荒着的上百亩庄稼地都属于马家郢子的。马投降父亲就鼓励村人扒掉开发区的院墙,谁家的土地谁家去种。谁家去种土地谁家得村里的补贴款。马投降父亲把话说得明白,村里这样做的目的是想把荒芜的土地要回来。这些土地当年都是被征用过的,给的价钱低,说是盖学校用的。按政策,一亩土地盖学校与盖工厂,价钱相差好多倍。庄稼地长出秧苗,开发区不去过问。眼见庄稼快成熟,开发区派来一台推土机,"轰轰隆隆"半天时间,上百亩庄稼糟蹋掉。马投降父亲等的就是这种时刻,要的就是开发区的这种做派,他连夜组织上百口村民,隔天一大早开着几辆四轮拖拉机,直接去省里上访了。马投降父亲是个幕后策划者,不上一线,不去省城,留在家里打电话指挥。推土机糟蹋庄稼的事情,在上访材料上只字未提,专门去问当年征用土地说是盖学校,怎么转脸变成开发区?那些年,集体上访算是一种恶性事件,影响各级领导的政绩,耽误各级领导的升迁,像是各级领导身上长出来的肿瘤。市里领导答复说,当年征用这片土地准备盖学校不假,后来考虑到盖学校太偏僻,就用市中心地带的土地与其交换了,改用开发区。这叫土地置换,国家政策是允许的。村民代表有话说,国家同样有政策说土地征用两年不用,就收回土地使用权,现在已经满两年,村民去种庄稼一点不过分。市领导答复说,收回土地使用权改作他用,也没说还给你们村民种地呀?村民代表说,这土地原本就是马家郢子的,俺们村民就是这么认为的。

马投降家人总算出了憋闷在心里的一口恶气。

没想到这起集体上访事件却催生了开发区的一家独资企业落户。

这个企业主原本就是市纺织厂的一名普通工人,前些年去上海打工,继而又去韩国打工。在上海他还只是一家纺织厂的一般管理人员,到韩国脑筋开窍了,做起当地一家纺织机械的代理商,回到国内到处跑销售,嘴上专门说韩国话,动步带着中文翻译,冒充起韩国商人,装扮成韩国企业家。这个人原名叫李卫东,现在改名叫金顺良,一个地地道道的假洋鬼子。就是这个假洋鬼子打着爱国的旗号,打着回报家乡的旗号,要在开发区办纺织厂。条件是他出机械设备,在开发区租赁地皮,地方政府负责贷款盖厂房、出启动资金。这件事前后谈判大半年没有成,马家郢子一上访促成了。很快厂房盖起来,很快机器安装上,只等着启动资金到位,就能开工生产了。这个项目是某位市主要领导带队去韩国考察的,也是这位市主要领导最后签订的,上千万元盖厂房的资金也是这位领导出面协调的,启动资金自然还是等着这位主要领导去运作。机器设备报价是七千多万块,海关审核也是七千多万块。这位市领导说服银行说,厂房盖起来不能扒掉,机器运过来不能拉走,你们还有什么可担忧的。结果几千万元贷款打到企业的账户上,假洋鬼子挟巨款回韩国就一去不复还了。银行查封厂房、设备,准备拍卖,一看机器都是过时的、淘汰的,根本不值几个钱。机器报价七千多万是虚假的,去海关一问,才知道这种独资企业,进来时报关好多价值,海关就认可好多价值,没必要去审核。

这位市领导"哐当"一声落马了。一查问题不止是这么一起渎职案件。根据某些群众举报,上级检察部门逮住几个房地产商人一审问,查出这位市领导的一大堆受贿的事情。说是群众举报,谁相信群众有能力举报?群众怎么会知道这么多详情实况?大半年过去,这位市领导的渎职、受贿案件还没有送交法院去审理。

宫平开车很快来到马家郢子,不是去那里找马投降家人,就是想来这看一看。

这是一处特殊的地方,村子的东南方是上百亩这么大一片采煤沉陷区水塘,村子的西南方也是上百亩这么大一片采煤沉陷区水塘,村子的正南方却是一片上百亩的庄稼地。这片庄稼地现在就是马家郢子唯一的一块庄稼地。东也沉陷,西也沉陷,为什么中间这块土地没有沉陷呢?原因不在地上,而在地下。这块土地的下面完整地保存着煤炭没有开采,也就没有沉陷。紧接而来的一个问题是,为什么这块土地下面的煤炭没有开采呢?早年间这里是地方煤矿与国家煤矿的自然分界线。地方煤矿从这里往东开采,国家煤矿从这里往西开采,有了分界线,井水不犯河水,各开采各的。就这么这块煤炭留下来,从表面上来看是留下来一笔资源,留下来一笔财富,实际上是留下来一个矛盾,留下来一个问题。几十年过后,社会开放,资源开放,各种眼睛都盯住这块煤炭,争夺这笔财富。前后你争我夺十几年,没谁能把牵扯的矛盾调和了。从当地政府来说,他们不参与、没好处,开采证肯定审批不下来。从马家郢子来说,他们不参与、没好处,谁也莫想在他们的土地上面把小煤矿开下去。这就需要有个强硬的第三方,去调和这两方面的矛盾,去化解这两方面的矛盾。

这些年好多个第三方都是高兴出场,败兴收场,想做这样的强硬者做不了。近期出现一个新第三方,一个想做强硬者的第三方。这一天宫平就是嗅着这个新第三方的气味来到马家郢子的。

正是夏末秋初庄稼生长的兴旺季节,宫平眼前的这块庄稼地却长得驳杂凌乱,远远地望去,杂草比庄稼长得高,荒芜的土地比长庄稼的土地多。究其原因,马家郢子就这么一点土地,村人反倒不愿把土地当作土地来种了。一家一户的不到半亩土地,收不上好多粮食不说,还搭上人手、工夫,不如干脆抛荒撂那里,该外出打工的外出打工,该在家做其他事的在家做其他事。指望不上种庄稼,谁家还指望种庄稼过日子呢?四周村庄也有马家郢子这种情况的,人多地少,家家丢下土地,外出去打工或在家做其他事。可人家的土地丢下有人接,要么租用种庄稼,要么租用种蔬菜。马家郢子村人刁蛮、难缠,外村人不愿来租土地,本村人也不愿租本村土地。马家郢子村民不在乎这块土地长不长庄稼,也不在乎这块土地租赁出去的那么一点小钱,他们在乎的是这块土地下面捂着一块煤炭,他们就像古代寓言中的那个守株待兔之人,只要他们守住这块土地,迟一天早一天,总会有一只鲜活乱蹦的兔子没头没脑地撞过来。

宫平脚下闲散着,走到这块土地里转一转,看一看,回到路上。旁边有一间孤零零的房屋,房屋门口坐着一位老头一边晒太阳,一边冲盹。宫平知道老头晒太阳冲盹是假的,他的一双昏暗的眼睛一刻也没放松过自己的一举一动。老头是村里专门派来留意各种来人的,是村干部的眼线与耳目。宫平走过去,老人假装听见动静醒过来。

宫平问,老大爷,这些天是不是有个开红车的人来这里?

宫平开的是一辆银白色的车子。

老人说,你是问那个黑脸光头的家伙吧?

宫平问,你可知道他来这里看什么的?

老头说,你俩还不是都一样,看上这块土地下面藏着的煤炭。

宫平说,我俩不一样。

老头问,你俩不是一伙的?

宫平说,我俩不是一伙的。

老头疑惑着一双眼睛,像是不相信宫平说的话。

宫平掏出手机,拨通一个电话。

宫平对着手机说,喂!你是刘春林董事长吗?噢!我是宫平律师,现在你在办公室吗?啊!那我马上到春林大厦去一趟。

老头"哈哈哈"地笑起来说,俺说你俩是一伙的,你还说不是,那个开红车的不就是刘春林吗?你小看俺这个老头子,心想俺什么都不知道呢!

宫平说,我没敢小看你,我知道你什么都知道的,可我俩确实不是一伙子的。

宫平上车离开马家郢子,朝着市区开过去,朝着春林大厦开过去。

2

在宫平去马家郢子之前,高院长打来一个电话,说经过合议庭合议,法院明天就可宣判两宗案件的结果。宫平问,结果是怎样的?高院长说,一、马投降犯过失杀人罪名成立,判处有期徒刑三年,缓刑三年;二、吕志明索赔案件,马投降、李苦杏两被告共赔偿人民币五万元,其中马投降分担70%,赔付三万五千块钱,李苦杏分担30%,赔付一万五千块钱。宫平在高院长看不见的这一端微微地笑起来,因为这两起案件基本上都按照他的意见判决的。高院长说,两个案件这么判决我心里是有担忧的,马投降缓刑三年在哪里缓刑?放在家里不要半年,保准我又得忙着审理他的新案件。再者吕志明索赔的五万块钱,法庭怎么去执行?一来是李苦杏没有赔偿支付能力执行不了,二来马投降家人早在法庭上叫嚣一分钱不赔,法院真正执行起来怕也是困难重重。

宫平语气坚硬地说,我只是一名律师,难道还要我去做代理案件之外的事情吗?

高院长说,你可以不做,我们不做不行。

宫平的语气渐渐缓和下来问,我能做点什么你只管说好了。

高院长说,刘春林这个人你是知道的,他是个企业家,又是个慈善家,这些年为社会做过不少有益的事情,光是各类劳改、劳教人员,先后就接纳十几名在他的企业里。今天我与他谈到这两起案件,一是希望他安排马投降在他那里工作,二是希望吕志明索赔的五万块钱由他代出。

宫平问,刘春林怎么说?

高院长说,他说这两件事都可以去做,不过他知道这两起案件都是你代理的,他想见一见你。

宫平吃惊地问,他没说要见我干什么?

高院长说,这我就不知道了,我希望你能去见一见他,帮助我们把这两起案件了结掉。

宫平说,你让我考虑考虑吧。

矮胖、黑脸、光头、开着一辆大红颜色的车子——这是刘春林的基本特征。如果你有机会与他近距离接触的话,还会注意到他的后脑勺有个半尺多长的大疤痕。这块伤疤是刘春林的历史与荣耀,可以说他剃光头的目的就是为了把这块伤疤暴露出来,就是为了把这份历史与荣耀显示出来。

　　动乱年代后期,"打、砸、抢"已经波及孩子。刘春林父亲是一名扒煤工人,家住煤矿上。那些年家住矿南村的孩子与家住矿北村的孩子,各自形成一个帮派,一个叫卫东派,一个叫保毛派,相互间经常打斗。先是动拳脚,后是动棍棒,继而动刀枪。刀是菜刀、斧头、杀猪刀之类的,枪是自制的打铁砂子的那一种。在一个风高月黑的夜晚里,两帮孩子聚集在一起,动刀动枪进行了一场恶战。结果打死两人,打伤无数。刘春林那一年十五岁,头上的这道伤疤就是被对方一刀砍下的。那天晚上刘春林也是拿着一把刀。据他说,对方有个人的胳膊就是他一刀砍断的。刘春林不是帮派的头目,也不是砍死那两个人的凶手,只住进煤矿医院半个月就出院了事,没有追究他。由于他的头上多出一道明亮的伤疤,他在帮派中的地位明显地上升了。"文革"结束前,他已是名副其实的帮派首领了。

　　相隔没有几年,上个世纪八十年代初期,全国政法系统在全国范围一共开展过两次拉网式的严打活动。所谓拉网式,就是所有地方、所有不法分子,一网打尽,一个不漏。所谓严打,就是该不判刑的判刑,该判刑五年的判刑十年。从重、从快、从严,是那时候提出来的一句最响亮的口号。结果数十万人被押送去新疆劳改、劳教。刘春林在劫难逃,判刑十年,算头一批去新疆的劳改犯。几年后刘春林从新疆回来,纠集一帮从那边回来的难兄难弟,在靠近煤矿的淮河边上开出一大片场地,做运输煤炭的码头。那时候江南那边乡镇企业逐渐兴起开来,需要大量的煤炭;这边乡镇小煤矿逐渐兴起开来,需要把大量的煤炭运送出去。传统的公路运输、铁路运输,显然不能适应发展的需要。刘春林看出水路运输的优势,看出兴建一个码头能够一本万利地赚钱。可以说刘春林的第一桶黄金就是在码头上淘出来的。卖煤炭的人占用码头需要交纳场地管理费,买煤炭的人占用码头同样需要交纳场地管理费。不管买与卖,只要你出够场地管理费用,你卸在码头上的煤炭就不会少下一铁锹。刘春林有这个实力,其他团伙的人不敢来骚扰,四周村人不敢来过问,就是各级管理煤炭的执法部门也不敢轻易来到他的地盘上。刘春林嘴上经常说的一句口头禅就是,你们谁要想找俺的麻烦,先要问一问俺头上这块伤疤答应不答应。

河边的码头再大,运输的煤炭再多,收取的管理费用仍然是有限的。刘春林不甘心,一是自己雇船只,参与煤炭贩运;二是承包一座矸石山,大量出售煤矸石。煤矸石是煤炭的伴生物,大煤矿扒出来的煤矸石扔那里堆积成矸石山。现在刘春林承包过来,卖给煤炭贩子掺进煤炭里,凭空赚到一大笔钱。到了上世纪九十年代末,亚洲地区刮起一股强硬的金融风波。这一年,江南好多家乡镇企业垮台了。刘春林保留码头,停止贩运煤炭,涉足餐饮娱乐业。开餐馆,开旅馆,开桑拿浴,开歌舞厅。后来商品房开始兴起,刘春林摇身一变,做起房地产开发商。要说刘春林的财富能够迅速膨胀,也是他做房地产开发赚来的。刘春林坦然地说,俺就是空手套白狼,没有钱俺找银行,没有地俺找政府,你说有钱有地谁盖不起来房屋,谁赚不着钱。

刘春林有钱之后,开始塑造自己的形象——自然形象与社会形象。社会形象好办,捐款在某个偏僻乡村盖一所学校,学校的名字就叫春林希望小学;在市区中心地带,出资修建一条景观大道,起名叫春林大道。金钱就是金子,撒在哪里,哪里一片金光闪闪的。相比较而言,最难办的还是自然形象。矮胖是天生的,没办法改变。黑脸是天生的,也没办法改变。按理说头发留起来,光头能够改变,头上的一道伤疤也就覆盖住。从前他有意要向人们展示这道伤疤,展示他的一股凶狠劲。现在他想做一个不见杀气的儒雅商人。无奈他的头发稀疏枯黄,留起来还不如剃光头好看些。有段时间,刘春林戴帽子,夏天戴一顶单帽子,春秋天戴一顶呢子帽,冬天戴一顶皮帽子。刘春林戴帽子不习惯,一般情况下不戴,跟女人打交道的时候戴,跟政府官员打交道的时候戴。刘春林跟他的亲信说,你跟女人打交道不戴帽子吓着她们,她们不跟你办事;你跟政府官员打交道不戴帽子吓着他们,他们同样不跟你办事。刘春林进一步解释说,跟女人办事就是睡觉,跟官员办事就是同意。

刘春林一直是单身,是个真正的钻石王老五。

刘春林好容易找到了两种形象的结合点:市政协换届,他做了政协委员;市企业家联谊会改选,他做了副会长。矮胖、黑脸、光头索性不管不问,开上一辆女人喜欢的大红色轿车,说是吃斋念佛做了一名居士。

按说,丁字路口案件发生以后,张警官通过对李苦杏的审问,应该知道她在丁字路口遇见那个开红色轿车的人就是刘春林。宫平在卷宗中没看到审问刘春林的记录。难道张警官疏漏了?其实并没有。张警官没敢传问刘春林,而是把这件事交给局领导。陈局长说,刘春林不是一般人,谨慎一点是对的。那一年公安局盖办公大楼,财政拨款不够,上面给局里政策,可以去社会上化缘。局里找到刘春林,说出一个数字,他当即掏出来。盖大楼的缺口很大,其他人没有刘春林这么爽快,大缺口变成小缺口,依旧补不上。当年陈局长只是个副局长,化缘的事就是由他负责的。陈局长二回头找到刘春林。刘春林跟陈局长说,你们盖办公大楼,不是盖希望小学校,不是建景观大道,要是俺一个人拿出这么多钱显得有点太抢眼。这样吧,江南一家发电厂欠俺一笔钱,你们派人要回来绰绰有余的。这是一笔陈债、烂债,刘春林说这话有点耍滑头。死马当作活马医,陈局长带人去那边通过各种关系还是要来了。

就这么刘春林成了公安局的有功之臣。

陈局长亲自给刘春林打电话,七拐八弯的,最后才说到丁字路口案件,想让他来一趟刑警队。刘春林在电话那端不说话,陈局长手里的电话线一点一点结成冰。陈局长说,我们只是想问一问当时你在丁字路口遇见那个女人的前后经过。刘春林在电话里冷言冷语地说,俺怎么不记得那天经过丁字路口呀?

丁字路口案件的卷宗里没有刘春林的审问材料,公安局向检察院递交的案件材料里就没有一个开红色轿车的人,法院开庭审理中刘春林就与这个案件一点关系没有了。

事情的蹊跷性就在这里,刘春林在这起案件的审理过程中一步一步消失掉。现在案件快要结案了,他却突然出现了。

刘春林在春林大厦里等候着宫平律师。

宫平走进办公室的走廊里,就闻见一缕一缕的檀香味道。办公室里设着佛龛,供着佛像,燃着檀香。刘春林身着僧衣,两目微闭,手转佛珠,念念有词,一副吃斋念佛的样子。宫平哪里会吃他这一套。

宫平开门见山地说,我刚从马家郢子过来的。

刘春林两眼不睁,两道眉毛跳一跳问,这么说你对马家郢子倒是很感兴趣了?

宫平说,我不感兴趣,是你感兴趣。

刘春林说,这么说你知道俺去那里的目的了?

宫平说,这是秃子头上的虱子明摆着的。

刘春林长叹一口气说,可惜俺的嘴巴小,啃不动这块肉呀。

宫平说,可想其他的办法。

刘春林两道眉毛又是跳一跳问,这么说你想到其他办法啦?

宫平说,我没有其他办法也不会来。

刘春林眼睛睁开,直视宫平说,这么说你是拿这个办法来做交换的,你无论如何都不愿做俺的法律顾问了?

宫平说,我人在南方,鞭长莫及呀。

两年前刘春林专门去南方拜访过宫平,想请宫平做他的企业法律顾问,被宫平婉言谢绝掉。在刘春林看来,在这个社会上没有钱办不了的事情，在宫平面前、在这件事情上钱却无用了。刘春林不甘心地问，你说一年要得好多钱，你开一个价码，俺只要你挂一个虚名，一点事不用你做。宫平回答说，我这人从来不喜欢挂什么虚名。宫平做谁的法律顾问是有一番讲究的，不是什么人的什么企业都去做。两年过去，刘春林还是不死心，想拿这两起案件的结案条件做交换。宫平只好另想招数。

宫平说，现在国家允许农村承包土地流转，你去马家郢子把土地一下子全部承包下来，签订十年二十年的合同，下一步你想开采下面的煤炭就容易多了，别人想开采下面的煤炭你也有了说话的权利。

刘春林眼睛"哗啦"闭上，两道眉毛"啪啦、啪啦"跳几跳说，看来俺必须收下马投降，最起码他要在俺这里待三年，在这三年里他就是他父亲的一粒棋子，另外俺代替赔付吕志明的五万块钱也有他的三万五千块钱吧？

3

两起案件的结案时间正好是宫平母亲"五七"的这一天。

发案、审案、结案前后一共半个月时间，这么快的速度是宫平做律师这些年所没有经历过的，恐怕也是这座城市历史上所没有经历过的。一件不可能办到的事情就这么办到了，连宫平自己都产生出这样的疑惑，这两起案件是否真的存在过？宫平打电话跟法院的高院长说，今天母亲"五七"过去，晚上我请你们喝酒。高院长说，我来安排吧，还是上次喝茶的那几个人，顶多加一个刘董事长。刘董事长就是刘春林。宫平说，我看就不用喊他了吧？你说他这么一个有钱人到场，我怎么好埋单呀？高院长迟疑迟疑说，好！也好！不用司法系统以外的人瞎掺和。宫平交代高院长说，你不要忘记喊周、钱两口子一起来。高院长"嘿嘿嘿"笑起来说，你真拉郎配，他俩怎么变成两口子啦？宫平说，不是你那天喝茶的时候跟我说的吗？高院长说，八成是你的耳朵听岔了。

母亲死后，宫平迁出父亲的骨灰，把两人一并安葬在公墓中。有公墓管理人员代为管理，他以后就不用每年都操心回来棚坟了。母亲"五七"这一天，宫平开车去一趟公墓，送去一大抱鲜花，跟两位老人说他明天就准备回去了。公墓在这座城市的东边，墓地面朝淮河，背靠青山，真是一处好地方。城市偏僻有偏僻的好处，要是地处南方大城市，这里还不早已盖上别墅或度假村？这是活人的不幸，还是死人的幸运呢？

宫平开车去公墓必须经过春林大道，必须路经丁字路口，必须路经开发区。去开发区的路上，宫平有意放慢车速，朝里边看一看。开发区依旧荒芜着许多土地，连墙头上的铁栅栏都一片锈迹斑驳的。宫平也看见正在举行某个项目的开工剪彩。场面不算壮观，稀稀落落不足一百人，一道彩虹门下面站着一排嘉宾，身着西装，胸佩花朵，一个人对着话筒大声地讲话。标语横幅在风中不安地抖动。是个什么项目呢？宫平怎么也看不清楚。

从公墓返回头的时候，宫平的车子在丁字路口差点与迎面开过来的一辆长途大客车相撞上。大客车从西向东靠着公路南侧行驶，宫平驾车从东往西靠着公路北侧行驶。大约距离丁字路口二三十米处，大客车突然像个喝醉酒的人，摇摇晃晃越过路心向着公路北边冲过来。宫平往北侧路边打方向，大客车继续往北侧路边冲撞；宫平反手往南打方向，大客车也跟着往南冲撞。眼见相遇相撞上，宫平索性"嘎吱"一声停下车。这是一辆柴油车，怪声怪叫，加大油门，冒着黑烟，擦着宫平的车子边一拧头猛扑过去。宫平两眼一闭，吓出一身冷汗。再睁眼，大客车一切正常，一路朝东开过去。

宫平不可能知道，这辆大客车上坐着李苦杏和她的六岁闺女，还有吕老头怀里抱着吕大伟的骨灰盒。李苦杏带着孩子回老家，吕老头也带着吕大伟回老家。李苦杏被老板娘撵出小饭馆,不得已先带着孩子回老家看一看。至于往后娘俩怎么过生活,回老家再去做下一步打算。吕老头的两个儿子都死了,他一个人留在城里干什么呢?老家是他唯一的归处。吕老头的家与李苦杏的家相距不远,碰巧同坐一趟车子。吕老头腿脚不便利,一次法庭没来,跟李苦杏不认识。在大客车上两人座位挨座位依旧是陌生。六岁的囡女对吕老头怀里抱着的骨灰盒很好奇,问李苦杏,妈妈,妈妈,老爷爷怀里抱的是什么呀?骨灰盒放在一条化肥袋子里,吕老头很小心地抱怀里。吕老头一脸麻木像个木头人,小女孩的问话他根本没听见。囡女是馋嘴的孩子,李苦杏理解她的一颗好奇心。李苦杏说,反正不是一盒酱鸭爪子。大客车快要经过丁字路口的时候,化肥袋子动起来,像是里边装着一只老母鸡,"咕、咕、咕"奇怪地叫两声,蹦几蹦,差点从吕老头怀里蹦下来。吕老头赶忙抓紧化肥袋子说,你莫乱动弹,大(爸)带你回家。李苦杏奇怪地问吕老头,你跟谁说话呀?吕老头说,俺儿子。李苦杏惊恐地问,你儿子怎么会在盒子里?李苦杏大惊失色,像是明白盒子里装的是什么。就是这时候大客车摇晃起来的。司机没踩油门,油门却自动踩下去。司机去踩刹车,刹车却失灵。眼见撞上前面的一辆小轿车。小轿车停下来,大客车擦边开过去。司机听见窗外有个声音冲着小轿车司机说,谢谢你!只可惜宫平车窗紧闭魂飞魄散没听见。

  宫平的车子正好停在丁字路口正中心,时间正好是下午两点半。

  这时候,宫平的手机响起来。一个女人跟宫平说,她是卓雅文,听说你在市里,我们家老史想约个时间见一见你。卓雅文,宫平见过,"我们家老史"宫平也知道是哪一个。"我们家老史"见他有什么事情,宫平也知道。这个女人说,我们家卓干在你们那边有一家上市公司你是知道的,只要你愿意代理我们家老史的这起案件,要钱、要股份随你便。

  "我们家老史"名叫史天明,就是渎职、受贿的那位市领导。卓雅文是史的老婆,卓干是他们的儿子。史的案件跟其他官员的案件不一样,牵扯不上老婆、孩子。史被双规不自由,老婆、孩子却自由着。卓干留学归来,在南方城市创业,很快公司上市,卓雅文一直陪着儿子在南方,不在史的这一边。史做的一些事,她跟儿子确实没插手,也不知道。宫平在那边的几次小型聚会上见过史天明一家子。史算厅级干部,案件是省里查的,要在异地审理。

宫平说,具体时间你定吧。

女人说,这下我们家老史就放心了。

2009 年 1 月 23 日—3 月 13 日　江陈

流 水 向 东

第一章　这一天

这一天,兰英到地里看麦子的时候听村人说,韩立国前两天就回来了。

头一个说这话的名叫韩立江,是韩立国的本家兄弟,一个三十多岁的寡汉条子,整天东游西逛没个正经事好做,村前村后就喜欢一蹭一蹭地往女人身边偎,像是一只喜欢闻腥的猫。一地麦子眼见成熟了,村人有点沉不住气,一大片河湾地里晃动着不少黑色的人影。兰英家的麦地在西边,韩立江家的麦地在东边,中间隔着三四块麦地。韩立江两只眼直直地盯着兰英一"唉"一"唉"地"哗哗啦啦"趟着麦棵狂奔过来了。

韩立江"唉"一声说,兰英嫂子,这两天怎么没见你家韩立国大哥出门呀?

韩立江又"唉"一声说,兰英嫂子,韩立国大哥莫不是这两天夜里推你这盘磨,累在床上爬不起来了吧?

逆着太阳光,韩立江模糊着一团黑影。兰英抬头看不清这个说话的人,从一副尖声尖调的声音里却能判断出是韩立江。兰英不吭声,不搭茬。这种人不能给他好脸色,逮着一点好脸色就能开染坊,就能顺着杆子猴子似的爬过来。

麦棵"哗哗啦啦"相互碰撞的声音弱下来,韩立江"呼哧呼哧"喘着气站住脚。

韩立江问,兰英嫂子,你怎么不搭理我呀?

兰英不说话不照(行),说话了。

兰英说,我来问问你,你韩立国大哥什么时候回来过家?你大白天说鬼话,我搭理你干什么?

韩立江"唉唉"两声,嗓门高起来说,也不知道我俩谁个大白天说鬼话!我知道你不想让他跟我多来往,也不用这么说话呀?

韩立国是兰英的男人,跟韩立江关系不错。俗话说,物以类聚,人以群分。他俩可以说那真是南瓜花炒鸡蛋——对色了。一个比一个舍不得身子骨干活,一个比一个害怕出力气。论起吃喝来他俩倒是很勤快,韩立国打工回家过年那么十几天,天天酒呀菜呀地吃,顿顿酒呀菜呀地喝。不是你到我家,就是我去你家,要不就一块甩拉着两只闲手去镇子上、去集市上,先是玩耍,后再吃喝。过年不就是一个吃喝吗?过年不就是一个玩乐吗?韩立国常年在外地打工,也就春节回家过个十几天。兰英嘴上不好说他俩吃喝这件事,脸上从没呈出好气色。韩立国知道自己跟韩立江来往,兰英不高兴;韩立江也明白,兰英不喜欢韩立国跟自己多来往。这一会在麦地里,面对兰英的这么一副说话态度,韩立江通红一张脸真的生气了。

韩立江气哼哼地说,前两天我明明看见韩立国大哥在镇子上的饭馆里吃呀喝的快活着,你心想我不知道他回来家呢?

兰英说,我来问一问你,你是哪一只眼看见过韩立国,他坐在镇子上的哪家饭馆吃呀喝呀的被你看见啦?

韩立江奇怪地盯着兰英问,韩立国大哥真的没回来家?

兰英说,这些天莫说没回来家,就是连个电话都没往回打。

韩立江疑惑着说,大前天东庄的洼腰驴骑着摩托车带我一起去镇子上办事,路过镇子南大街的心中乐饭店,一扭头看见韩立国坐在里边正吃着正喝着,我"唉唉"喊两声韩立国、韩立国,他像是没听见,没有搭理我。

兰英咯咯笑起来说,看你说话露馅了吧?你韩立国大哥没理你,你也没好意思去跟他一块吃一块喝?

韩立江说,你爱信信,不爱信就不信。

兰英说,我信信信,旁人说出口的话我不信,你说出口的话我还能不信吗?我再来问一问你,你在镇子上看见韩立国的时候,他穿着什么颜色的褂子,什么颜色的裤子?

韩立江歪着头想一想说,上身好像穿着一件蓝布褂子,下身好像穿着一条蓝色的牛仔裤。

兰英咯咯笑弯腰说,我说你胡说八道吧,一件蓝布褂子、一条蓝色牛仔裤是韩立国过年回家穿的,过年是冬天,现在是夏天,韩立国要是还穿着这身衣服不热死才怪呢。

韩立江虚慌起来说,反正我见着的那个人像你家韩立国大哥。

兰英不依不饶地说,你真是茅厕缸里的鸭子——肉都臭了,嘴还硬。你回头去我家看个清楚,你大哥韩立国躲藏在哪个地方呢。

逆着太阳光来、逆着太阳光去,韩立江黑乎乎的身子,鬼影子似的往东一飘一飘地消逝去。兰英站在麦地愣一愣神,还是把韩立江的话当作"大白天说鬼话"。不是大白天说鬼话是什么?年后天韩立国去千里外的一座城市打工挣钱,这不年不节的回来干什么?再说就是回来,人都到镇子上能不回来家?

第二个跟兰英说起"韩立国前两天就回来了"的是韩立海。说话的地点是在渡船上。

韩家庄是个淮河边的小村庄。庄子原本在淮河北边,一户户人家住在东西一溜庄台上。村庄紧挨着淮河,村人下地干活方便——走下庄台往北就是一片绿油油的庄稼地;村人下河洗涮也方便——走下庄台往南就是一道明汪汪的淮河水。就一条不好,害怕淮河发大水,淮河水一涨起来,大一点就淹掉地里的庄稼,再大一点就能漫上庄台,淹倒住家的房屋。前些年,政府下决心在淮河南边划出一片高岗地盖上房屋,把这里的人家搬迁过来,免去房屋受淹的苦头。房屋能搬迁,土地不能搬迁,韩家庄村人住在淮河南边,做庄稼就得坐渡船河南河北一趟趟往返着。

兰英就是从麦地回头在渡船上遇见的韩立海。

韩立海问,这两天在家门口没见着韩立国,回去啦?

韩立海是个六十多岁的老头,不会胡乱说话。

兰英心里"咯噔"猛一响,急忙问,你在哪里看见的韩立国?

韩立海说,前两天我去镇子进货,看见韩立国在北大街上的一家体育彩票销售点买彩票。

韩立海在家门口开一家杂货店,兰英家的油盐酱醋都是从他家买。

兰英问,你俩没说话?

韩立海说,买彩票人多,乱哄哄的,我刚想喊他跟他说说话,他人一隐就不见啦。

兰英问,你看见的韩立国穿着什么衣服?

韩立海说,穿一件蓝褂子,一条蓝色的牛仔裤。

兰英"妈呀"一声相信韩立国真的回来了。

渡船正行驶在河中间,河水"哗啦哗啦"很响地拍击着船头。兰英感觉从船头吹过来的风压迫着自己,照在身上的太阳光压迫着自己,还有四周村人的眼神压迫着自己。兰英双手紧紧地抓住船帮上的铁栏杆,脸上的色泽一点一点白亮起来,额头上的虚汗一颗一颗滚动着往下落。

韩立海问,兰英你没事吧?或许我老眼昏花看走眼啦。

兰英一阵摇摇晃晃差一点瘫软在渡船上。

兰英慢慢地缓过一口气。兰英慢慢地清醒过来。兰英走下渡船没有往家回,直接走上一条通往镇子的大路。兰英在心里跟自己说,我要去镇子上找到韩立国当面问问他,为什么到镇子上不回家?

韩家庄离镇子有十里路远,走路去的话要个把小时。兰英走不动路,心里一副着急的样子也不可能走着去镇子。兰英走一段路,避开村人的眼睛,站在路边等候过往的车子。一辆破旧的三轮车冒着一股蓝烟远远地开过来,摇摇晃晃像是喝醉酒。兰英一伸手拦住它。开车的是个精瘦的男人,脸黑,心更黑,一张嘴问兰英要十块钱车费。兰英的两只眼猛然往大里睁着说,你这不是讹人吗?开车人看出兰英去镇子上有急事,不讹白不讹。开车人说,你也不查听查听现在汽油涨好多钱一升了,我单单地拉你一个人跑一趟镇子,要你十块钱不贴本就算不错啦。村人往常去镇子上,要么骑脚踏车,要么搭乘村里的拖拉机。兰英会骑脚踏车,现成有一辆脚踏车闲在家里。一时间兰英拿不定主意要不要回村子,骑上脚踏车去镇子。十块钱虽说不算一个大钱,可居家过日子十块钱买盐够吃小半年,就是赶集买上二斤菜籽油也够吃好多天。开车人见兰英犹犹豫豫的,催促说,你要是不坐车,我就回家吃晌午饭了。兰英不能回村子,不想见村里的任何人。兰英一咬牙一跺脚坐上去,声音很响地说,在镇子的十字路口停!开车人回答一声好,"突突突"三轮车摇摇晃晃开起来。走一段路,兰英"唉唉唉"地叫车停下来。开车人很不耐烦地问,你到底去不去镇子?兰英掏出一张十块钱递给开车人。开车人摇摆手说,到镇子给。兰英说,还是先把这十块钱给你吧,要不过一会到镇子上我又心疼钱。

正是麦子快成熟的时节,天气一天比一天热,太阳一天比一天亮。老天爷一个劲地"呼呼呼"吹着东南风,眼见一地麦子黄亮亮地快要成熟了,眼见一地麦子黄亮亮地快能收割了。兰英坐在车里,迎面吹过来的风里裹挟着麦子成熟的香味。这种香味里有一股暖洋洋太阳的味道,有一股暄腾腾棉被的味道,有一股记忆中母亲怀抱的味道。

兰英在镇子的十字路口下车并没有急着去寻找韩立国,而是想着找一家小饭馆先吃饭。兰英想就是找韩立国也要先吃饱肚子才有力气找。兰英自己跟自己说,我今天想吃什么吃什么,我这一顿饭再不能委屈自己了。镇子是个小镇子,十字路口是正中心,往南叫南大街,往北叫北大街,往东叫东大街,往西叫西大街。整个镇子东西南北不超过一里路。兰英下车往南大街上走。韩立江说他在镇子看见韩立国就是在南大街上的心中乐饭馆吃呀喝呀的。心中乐饭馆是一座四层楼房,很招眼,很气派,兰英走到大楼前面停下来。大饭馆大价钱,在这里吃一顿饭,多花一份钱,兰英舍不得。兰英折转头去西大街,找见一家名叫"好再来"的小饭馆走进去。小饭馆里的几张小饭桌子上没见一个吃饭的。小饭馆老板看见兰英亲热地迎上前,递过一张菜单问,你看看点什么菜?兰英很少下饭馆,在饭馆里自己请自己更是头一回。兰英把菜单"哗哗啦啦"翻过来翻过去,一时半会想不起来吃什么菜,倒是先把大米饭定下来。兰英说,你先盛两碗米饭端过来。小饭馆老板是个大胖子,长着一双鱼泡眼,"吧唧吧唧"一连气挤巴好几下,疑心地问,你不会光吃米饭吧?兰英一副失魂落魄的模样,小饭馆老板怀疑她不是一个正常的女人。兰英说,我先吃两碗米饭垫一垫肚子,再吃菜喝酒也不晚。小饭馆老板头一回见着这样一种吃客,"吧唧吧唧"一双鱼泡眼,不动弹。兰英问,怎么你这里不卖米饭呀?小饭馆老板这才很不情愿地端过两碗米饭。兰英清早起得早,吃一块馍馍,喝两碗稀饭,去河下挑沙子挣钱,干半晌午活又过河去看麦子,这一会早饿过头了。兰英不就菜,"稀里哗啦"的一口气把两碗米饭吃进肚子里。小饭馆老板的一双鱼泡眼不再挤巴,愈睁愈大,瞪出一副牛蛋眼。

兰英抹拉着嘴唇问,你这里有没有米粉肉?

小饭馆老板回答说,有有有。

兰英说,来一碗。

兰英打着饭嗝问,你这里有没有瓦块鱼?

小饭馆老板说,有有有。

兰英说,来一碗。

兰英指甲剔着牙齿问,你这里有没有半斤一瓶的白酒?

小饭馆老板说,有有有。

兰英说,来一瓶。

兰英又问,你这里有没有白开水?

小饭馆老板说,有有有。

兰英说,那你给我端一杯。

两碗米饭下肚里,兰英不饿了,嗓子冒蓝烟,渴得受不了。兰英接过一杯白开水,"咕咚咕咚"喝下去。

一小会,一碗米粉肉端上来,一碗瓦块鱼端上来,一瓶半斤装白酒拿过来。兰英打开白酒,操起筷子,毫不客气,毫不顾忌,就像武打电视剧里的一名女侠客大口大口吃起来,大口大口喝起来。兰英平生最喜欢吃米粉肉、吃瓦块鱼,白天忙没时间去想吃的,要是晚上睡床上想起来,也只是想一想流一流口水罢了。不是说兰英家买不起肉、买不起鱼,也不是说兰英做不好米粉肉、烧不好瓦块鱼,而是兰英一个人在家里舍不得花这么一份钱、花这么一份精力去操持。年后天,男人韩立国去外地打工,儿子在镇子上住校上初三,也是一个月一个月不回家。兰英一个人在家里操心的是几亩地,操心的是河边挑沙子挣钱,最丢松的就是自己的一天三顿饭。蒸出一锅馍馍摆家里,有空上锅热一热,没空两个凉馍馍也能对付着吃一顿。兰英差不多有两个多月没沾肉,三个多月没沾鱼,要说喝白酒怕是相隔好几年的事情了。

兰英吃一口肉喝一口酒说,你韩立国能在镇子上吃喝乱花钱,我怎么就不能在镇子上吃喝乱花钱?

兰英吃一口鱼喝一口酒说,这日子不能往下过也是你韩立国造成的,怨不着我。

兰英恨着一口气,吃下半碗肉,吃下半碗鱼,喝下半瓶酒,同时渐渐地理清这么一条道理——我干吗要来镇子上寻找呢？韩立江、韩立海说在镇子上看见韩立国就真的看见韩立国啦？万一看走眼，我去哪里能找着他呢？一件没有影子的事情，我在这里当成真不是白花时间吗？不是白生闲气吗？就算韩立国回到镇子上，他在镇子待个三天五天的、待个十天八天的，总不能永远待下去，总不能撇下家、撇下老婆孩子不要了吧？我硬是把他找回去算得上哪门子事呢？

兰英做出决定，不在镇子上找韩立国。

兰英这么把事决定下来，心里恨着的一口气松下来，停下吃，停下喝。兰英有酒量，能喝白酒，二两半白酒喝肚里像是没喝酒。兰英喊过小饭馆老板说，你把账算一算。菜、饭、酒加一块花掉六十多块钱。兰英喝酒没脸红，从口袋往外掏钱的时候心疼得脸红起来。小饭馆老板脸上露出一副讨好人的奴相，一边收钱一边直夸兰英好胃口、好酒量。

小饭馆老板说，我开饭店这么些年，头一回见着大姐这么能吃能喝的女同志。

兰英说，我活四十岁，今天也是头一回这么能吃能喝，算是被你撞见了。

走出小饭馆，兰英没直接往家回，手里提着一个塑料袋子，塑料袋子里装着剩下来的米粉肉、瓦块鱼，消停下来慢慢地往镇子中学走过去。兰英要去看儿子，顺手把剩鱼剩肉带给儿子吃。韩家庄小，没学校，儿子上小学去邻村上，上初中跑十里路在镇子中学上。平常不住校，骑着一辆脚踏车来来回回地跑，单趟半小时。儿子上初三，面临升高中，是关口。年后学校开设晚自习，半夜骑脚踏车不安全，要么住校，要么不上晚自习。吃住在学校多花钱，村里一般人家不愿花。儿子征求娘的意见，兰英说住校，赶明上县城念高中，考不上县一中，考县二中。县城里有两所高中，县一中是省重点高中，县二中是一般高中。儿子成绩差，能上县二中就算不错了。上高中更花钱，村里没几家孩子上,大多孩子初中毕业回来家,要么东溜西逛没事干,要么外出去打工。家家就这么一点地,现在的孩子不愿种地,也没地给他们种。兰英说儿子,初中毕业回来家怎么办,像村里其他的孩子一样没出息?兰英给儿子制定的目标是,高中毕业考大学,上不上好的,上个差的也得上。儿子说,要是我初中毕业考不上高中呢?兰英说,那你只有种地的命、打工的命。年后镇子中学抓得紧,儿子有一个多月没回去,兰英一直说来看儿子也没来,今天正好是一个好机会。

晌午头儿子在宿舍里,兰英敲响房门,喊韩新春、韩新春,喊把儿子喊出来。儿子大名叫韩新春,长得比兰英高,一看就知道是个老实孩子。

儿子惊奇地问,娘,你怎么来了?

兰英不能说实话,绕一个弯子说,我在镇子上喝喜酒,顺便过来看看你。

四周村子里有权、有势、有钱的人家都把喜酒摆在镇子上。

儿子问,谁家的?

兰英说,邻村的一户拐弯亲戚家,说出来你也认不得。

兰英说儿子不认得这家人,儿子就老实地不多问一句话。

兰英指着塑料袋子说,娘给你带着肉、带着鱼,你尝一尝。

儿子皱一皱眉头说,酒席上剩下来的东西,要吃你带回家自己慢慢吃。

兰英说,娘怎么会带酒席上的剩菜给你吃呢?这是娘专门从饭店里买来的。

儿子紧皱着眉头不相信。

兰英把塑料袋子打开来说,不信你看看。

米粉肉、瓦块鱼各自装在一只饭盒里,还放着一双一次性筷子。

儿子紧皱的眉头疏朗开来。

兰英伸手夹一块米粉肉塞进儿子嘴里问,酒席会上米粉肉吗?

儿子把一块米粉肉咽进肚子里回答说,不会上。

兰英伸手夹一块瓦块鱼塞进儿子嘴里问,酒席会上瓦块鱼吗?

儿子把一块瓦块鱼咽进肚子里回答说,不会上。

兰英总结似的说,娘想着你学习紧张,还有月把多时间就要考高中,特地烧点好吃的送来,赶明你大了,娘老了,娘不指靠你指靠哪一个?还能指靠你那个好吃懒做的老子吗?

兰英嘟嘟啦啦说出这些话,像是真的来镇子上吃一顿拐弯亲戚家的喜酒,又顺路烧米粉肉、瓦块鱼给儿子送过来。

兰英把塑料袋子递给儿子最后说,娘这就回家,下午还要去河下挑沙子呢。

韩家庄不算太偏僻,往正南十里路是镇子,往西南二十里路是县城,往东南二十里路是煤矿,沙子运送到镇子上、县城里、煤矿上,运送到哪里都卖钱。淮河出沙子,有人把河沙捞出来就堆在韩家庄的码头上,男人不愿干这种出力不挣钱的活,一窝女人去,下一下沙子、上一上车子,见天只能挣十块二十的。

兰英一步一步离开儿子。儿子站在那里一动不动。

兰英走十几步那么远被儿子喊住。

儿子问,娘,你没事吧?

兰英站住脚说,我会有什么事?

儿子说,娘,我怎么觉得你今天有点不对劲呢?

兰英心里一惊问,娘怎么不对劲啦?

儿子说,娘,你在家没跟俺大吵架吧?俺大没做什么对不起你的事情吧?

这里人家都把父亲喊做俺大。

兰英这一下真蒙了,难道韩立国回来儿子也知道?

兰英问,你大来过学校?

儿子摇着头反问说,俺大没回家?

兰英心里一轻松说,你大没来学校,就说明你大没回来,你大没回来怎么能回家呢?

儿子却说,前两天我在镇子上见着俺大了。

兰英心里一松又一紧问,怎么见着的?

儿子说,大前天傍晚我去镇子上买东西,在西大街上见着俺大不是一个人,身边跟着一个女人。他俩前边走,我后面追。不想俺大一转脸见着我,拉着女人钻进旁边的一条巷子里就不见了。

兰英脸色煞白地问,你看清啦?

儿子说,俺大我还能认不得?

兰英身子摇摇晃晃地问,你说你大穿的什么颜色的褂子,穿的什么颜色的裤子?

儿子说,俺大穿一件蓝色的褂子,一条蓝色的牛仔裤。

前后三个人在镇子上看见韩立国都穿着一样的衣服——蓝色的褂子、蓝色的牛仔裤,看来韩立国回到镇子上是确切无疑了。现在韩立国不回家的原因也清楚了,那就是看上别的女人了。

兰英一屁股瘫软地上,失声地哭起来说,你个狗日的韩立国啊,一天三顿坐进镇子上饭馆里吃了喝了也就算了,吃饱肚皮去摸体育彩票赌了玩了也就罢了,你还找见一个女人,你真是吃喝嫖赌样样齐全啦……兰英两只手狠狠地拍着地面接着哭接着说,好你个没良心的韩立国,我在家累死累活守着你的家、守着你的孩子,你倒勾搭上别的女人,过起花天酒地的日子了。你个没良心的东西呀,你个狗不吃的东西呀,你个不得好死的东西呀……

儿子站在一旁害怕起来。

兰英猛然一下停止哭声,摇摇晃晃站起身子。

儿子问,娘,你去哪里?

兰英说,我去镇子上找你老子,他就是钻进老鼠窟里我也要把他揪出来。

这天下午,兰英在镇子上把东西南北四条大街翻个底朝天也没找见韩立国的一点人影子。南大街上有心中乐饭馆,韩立江说看见韩立国在这里吃呀喝呀的,这天下午兰英在南大街前后找八九遍;北大街上有一家体育彩票出售点,韩立海说看见韩立国在这里买彩票,这天下午兰英在北大街前后找六七遍;东大街是重点,儿子说看见韩立国带着一个女人在这里出现过,这天下午兰英在东大街前后找十几遍。西大街是兰英晌午吃饭的地方,这天下午兰英在西大街前后也找三四遍。找呀找呀找,走呀走呀走,头顶的太阳一点一点落进西山里,四周的街面一点一点地模糊去。兰英最后站在十字路口正中心,两眼直直地盯着天,像是韩立国躲藏在天空的云层里。

兰英冲着天空大声喊叫着,韩立国,你跟哪个野女人在一起?

兰英筋疲力尽,大汗如雨。

兰英冲着天空大声喊叫着,韩立国,你这一辈子还能就不回家了?

兰英两眼呆滞,衣服不整。

不少看热闹的闲人围过来,把兰英困在人群中。长着一双鱼泡眼的小饭馆老板也跑过来,看清是兰英,指着自己的一颗圆溜溜的肥胖脑袋说,这个女人的这里有毛病,晌午在我家小饭馆里吃饭,我就看出不正常。

"嚓啦"一声响动,兰英眼里的一片天空黑下来。

第二章 这一季

半个月过后韩立国回来家。

在这半个月的时间里,兰英在家生了一场病,收了一季麦子,种了一季黄豆。眼下一地的黄豆正需要除草、间苗、打药、施肥。早早晚晚村人都能看见兰英拖着一副病恹恹的身子下地里。就是在这一天韩立国突然回来家。碰巧的是韩立国身上背着一只包往院子里面走,兰英肩上扛着一把锄往院子外面出,两个人在院子中间遇见了。那一刻,两人的一副神态都像大白天看见了鬼。韩立国真的穿着年后天离开家的那身衣服——上身穿一件蓝布褂子,下身穿一条蓝色的牛仔裤,不同的是里边线衣、线裤脱掉了。韩立国脚上穿的也是年后天离开家的一双鞋子,前面露着脚指头,后面露着脚后跟,怕是没人能辨别出这双鞋子的原本颜色。兰英两眼盯着韩立国,心里一瞬间产生这么一种很真实的错觉,像是年后天韩立国刚出家门没几步,又转身回头进家门。落在韩立国眼里的兰英就不是年后天的兰英了。兰英瘦得尖嘴猴腮的,不见原先胖乎乎的一点样子。兰英不说话,磨开韩立国脸面,勾下头往门外走。

韩立国说,兰英,你这是怎么啦?

兰英把脚站在大门口,怒眼怒鼻子地说,你不是我男人韩立国,我男人韩立国前些天在镇子上被野女人×夹死了。

兰英肩上扛一把锄,头不回地下地去。

那一天,兰英从镇子上回来家就躺在床上起不来。兰英一连睡三天,不吃药,不打针,硬撑着。得的是心病,没有药物能治疗。兰英没有再去镇子上寻找韩立国,她知道韩立国带着一个不明不白的女人不会一直待在镇子上。在这三天里,兰英能够察觉出自己的一颗心慢慢地枯萎去,像是一棵鲜枝嫩叶的庄稼,一天天失水,一天天枯黄,一天天死去。这三天,只有邻居王怀秀跑过来瞧一瞧,劝说兰英往开处想,往明亮处想。在王怀秀的心里边,她与兰英多少有那么一点同病相怜的意思。王怀秀以前的男人就是韩立江。韩立江好吃懒做,她觉得这样的男人靠一辈子靠不住,果断地跟他离婚了。王怀秀也不是一个勤快的女人,要说懒她比韩立江还过几分。在家韩立江不烧锅,她也不烧锅;在外韩立江不下地,她也不下地。地里杂草长起来比庄稼旺,收庄稼没杂草收得多。韩立江说王怀秀,你一个女人家不想下地做庄稼也就算了,可你在家里连个锅都不愿意烧,我娶你算是娶错了。王怀秀身子懒,嘴巴却不依不饶地说,谁说地就该女人做?谁说锅就该女人烧?你娶我娶错了,我嫁你更嫁错了。两人离婚几年,韩立江没有再娶,王怀秀没有再嫁。

王怀秀劝说兰英,你名义上有个男人,可他一年年在外不沾家,一年年过年回来也不挣钱,你要这样的男人不是跟没有这个男人一样吗?

王怀秀说这话倒是不假,韩立国一连好几年外出打工,没一年能挣着钱回家过年的。

王怀秀劝说兰英,你看我一个人过日子多逍遥,我看上哪个男人,哪个男人就是我的男人;哪个男人手里有钱,哪个男人就是我的男人。

王怀秀长有几分姿色,离婚后身边从不缺少她看上的男人,或手里有钱愿意上她床的男人。

王怀秀劝说兰英,我要是你呀还巴不得韩立国跟别的女人跑掉呢,你说说你整天躺在床上不吃不喝犯的是哪门子傻呢?犯的又是哪门子贱呢?

王怀秀没能把话劝进兰英心里边。

兰英说,王怀秀,你不要再说了,我跟你不是一样的女人。

第四天早上,村里人来人往、鸡飞狗跳,一片欢闹,家家忙着下地收麦子。男人可以不要,麦子不能不要。缺少男人可以过日子,缺少麦子赶明吃什么喝什么?兰英一骨碌爬起床,下地站几次头重脚轻没站稳,像是两只脚站在一片深水里。兰英发慌发虚,心想我这个样子一季麦子怎么收?我这个样子一季黄豆怎么种?兰英昏头晕脑地走出门,正好遇见一台收割机"突突突"地开过来。兰英怪异地看着这台长相怪异的收割机,心想自家不靠村大路,收割机怎么会往这里开?兰英没把收割机上的人看清楚,收割机倒是"嘎吱"一声停下来。收割机上坐着的是一个名叫韩新雨的小伙子。韩新雨是韩立海的三儿子,嘴甜,先是"兰英婶子"喊一声,说,俺大在家交代了,今年谁家麦子不收,也得先尽着你家的收。兰英这才知道,韩立海有意吩咐三儿子把收割机开来家门前,一双干渴的眼里"哗啦"流出泪水来。

韩立海跟前三个儿子,大儿子韩新云早些年考上大学,毕业分配在市里工作,听说早几年就当上一个局的局长。局长是个多大的官?村人说跟县长一般大,要是副县长比起韩立海的大儿子来还要差半个帽头子。韩立海的二儿子韩新水也是一个有本事的人,早些年在河下开码头倒腾沙子卖,倒腾煤炭卖,口袋里照样挣不少钱。又一些年韩新水丢弃河下的沙场、煤场去市里盖楼房,先是带着瓦工队给别人盖,后是自己买地皮自己盖。村人说,光是一期楼房,就是整个韩家庄的人家也住不完。韩新水挣着大钱,把家搬进城里,把老婆孩子带进城里,听说准备把韩立海一起带去享清福。韩立海不愿意,说自己哪里不想去,就在家门前开一个杂货店,自己养自己。韩立海不想去城里,还拦着三儿子韩新雨进城里,说总得有一个儿子看家吧,要不家里的几间房屋谁去住?要不家里的几亩地谁去种?还说他一大家人的根基在韩家庄,根基扎稳当,一大家人的日子才能过稳当。韩立海的这番话,大儿子韩新云赞成,二儿子韩新水赞成,三儿子韩新雨也赞成,他心甘情愿留在家里守着几间房屋,种着几亩地。不过韩新雨在家并不少挣钱,买一台收割机,麦收天能收麦子,秋季天能收黄豆;买一台大马力的拖拉机以及犁、耙、播种机等农具,专门替村人种庄稼。时下村里很少有男劳动力在家里,收庄稼、种庄稼花上一点钱省时又省力。当然,韩新雨不会去开收割机,也不会去开拖拉机,花钱雇人开,自己甩拉手跟着量一量地亩,收一收钱。

韩立海有这么样的三个儿子,在韩家庄的地位不比任何村干部差,又不像村干部动不动喜欢摆一个官架子。他喜欢帮村人,村人有个大事小事的也喜欢上门去找他。

这一次韩立海跟村人说,韩立国不顾家,不走正道,我们同族人不帮她谁帮她?

当然韩立海跟村人说的这句话,兰英睡在自家的床上没听见。

收割机"突突突"在家门口停着。

兰英说,韩新雨,你等一小会,我这就拿化肥口袋跟你一块收麦子去。

韩新雨说,兰英婶子,不用你跟着去,你在家把院子扫干净,我把麦粒送回来直接倒在院子里晾晒。

别人家收麦子都是自家跟着收割机把麦粒运过来。兰英的眼泪水又一次止不住地流下来。就是这时候,兰英决定不管韩立国有没有野女人,都不再跟他把日子过下去了。兰英下决心说,我要跟他离婚。老话说,病去如抽丝。兰英把决心下下来,一块心病已经好一多半,觉着两条腿一点一点硬朗起来,两只胳膊也有力气了,抓过一把大扫帚"哗啦哗啦"扫起院子来。

女人跟男人过日子就是这么一回事。女人心里要是想着这个男人,男人再不好还是自己的男人,男人走千里万里远,女人觉着男人就在身边上。反过头来说,女人心里要是没有这个男人,男人再好也不是自己的男人,男人一天到晚偎在身边还是觉着千里万里远。兰英在心里割舍开韩立国,渐渐地反映在行动上。收过麦子种黄豆,兰英就当家把堤坝内的三亩地一人一半分开来。原本是直南直北一块地,兰英一分为二在地中间挖出一道沟。这道沟从表面上看就是一道普通的淌水沟,实际上却是一道地界沟。兰英心里存着一本账,犁地耙地好多钱,种子化肥好多钱,这些账都一半一半分开的。兰英想,到见着韩立国那一天一分一毫都是能够说清楚的。第六天种黄豆,中间隔六天,也就是第十三天,一地黄豆长出地面伸展两对叶片,绿油油的需要间苗了。黄豆种子撒得稠,间苗就是把多余的拔除掉。先间苗后锄地,间苗、锄地分开做。兰英先把属于自己的一亩半地间过苗,把属于韩立国的一亩半地留下来,接着去间河滩地里的半亩黄豆苗。

具体说兰英家一共有三亩半地,三亩地在堤坝内,半亩地在堤坝外。堤坝内的三亩地有堤坝拦着淮河水,夏天一季麦子是稳收的,秋天一季黄豆也是十年收九季,相隔好几年淹一回。堤坝外的半亩地叫河滩地,紧依淮河,夏天一季麦子十年收九季,秋天一季黄豆十季九季淹,淮河涨小水淹进去,淮河涨大水,莫说是庄稼,连长着的树梢都淹得不露头。秋季天一般人家的河滩地都荒着,到深秋天直接种麦子,只有少数人家在河滩地里种青菜,河水早晚涨上来都能收。那一年村里调整土地,一人平均合一亩半,没有儿子的。河滩地不按人口分,一家半亩地。在兰英心里,这半亩河滩地应该是儿子的。这半亩河滩地属于儿子的,兰英今年才当家种黄豆。兰英这么做不是说放弃韩立国名下的一亩半地不经管,是没想好经管的条件。兰英不知道替韩立国经管这一亩半地要好多工钱。兰英想丢在那里候上几天再说吧。

兰英这么做,村人别扭眼。

村人问,你家堤坝内的黄豆苗怎么不间呀?

兰英说,过几天间苗不算迟。

村人问,河滩地种黄豆能收吗?

今年河滩地大多数都空着,很少有人家在河滩地种青菜,种黄豆的更是兰英独一家。

兰英说,我种着玩,兴许今年能收呢?

种地花钱,能随便种着玩吗?在村人的眼里,兰英不是一个手里有钱没处花的人。看来答案只有一个,那就是兰英的头脑被男人气糊涂了。

韩立国带个女人回镇子上,兰英去找没找见——这么一件事韩家庄人都知道了。可村人并没觉得这是一件稀奇事。这些年韩家庄什么事没出现过:有男人看上别的女人把自家女人甩掉的;有女人看上别的男人把自家男人甩掉的;有女人愿意容忍,跟男人带回来的女人一起过日子的。村人说到这种话题自然会说到韩立海的二儿子身上。韩新水把一个售楼的小姑娘肚子搞大了,小姑娘没吭声,辞职回家悄悄把孩子生出来,这才抱着孩子跟韩新水谈条件。其实条件只有一条,要跟韩新水结婚。哪知道韩新水的老婆也不是一个善茬子,背地里养着一个小白脸,比韩新水年轻好几岁。韩新水老婆问韩新水要一套楼房,要一辆小宝车(轿车),要一笔钱,离婚后,一转脸跟小白脸结了婚,比韩新水结婚还要快。韩新水的老婆说,我这叫留一手,我早看出他不是一个好东西。

第十五天,韩立国回来家。兰英肩上扛一把锄,头不回地下地去。韩立国不敢怠慢,把包扔在院子里,紧跟着兰英走出门。当着村人面韩立国不好跟兰英说话。兰英走前面,韩立国跟后面。兰英上渡船,韩立国上渡船。最后兰英下地里,韩立国下地里。兰英前面走得快,急喘喘地走出一头汗;韩立国后面跟,也是急喘喘地走出一头汗。

韩立国说,兰英,你走这么快干什么?我有话跟你说。

兰英站在三亩地中间的地界沟。

兰英说,你回来得正是时候,你的一亩半地黄豆正要间苗、除草呢。

韩立国这才看清楚三亩地黄豆长得不一样,南一半间过苗疏朗朗的,北一半没间苗乱糟糟的。

韩立国"哎哟哟"牙疼似的叫喊两声说,什么你的黄豆地、我的黄豆地,我俩不是一家人两口子吗?

兰英说,我俩过去是一家人两口子,从你回镇子上不回家那一天起,我俩就不是一家人两口子了。你的一亩半地你种,我的一亩半地我种。现在离婚影响孩子中考,候孩子去县城上高中,我俩就去镇子上办手续。

韩立国"哎哟哟、哎哟哟"叫喊得更响亮,说,我就知道你是听别人胡说八道误会了,你听我把话说清楚。

兰英说,我现在用不着听你解释,谁个爱听你说给谁听去。

韩立国现在所能做的只有说一些解释的话。

韩立国说,我年后天去广东那边找见一条出力挣钱的好活路,就是累人,就是危险,弄不好都得命搭上。反正我也想开了,今年比不得往年,今年儿子考高中住校要花钱,考上高中去县城更是得花钱,我心想出力就出力吧,我心想危险就危险吧,只要能挣着钱,只要为着你跟孩子好。我像一头套进磨道里的驴,不卸套,不停蹄,累呀累呀累,这中间有好几次我差一点丢掉性命,就差这么一点点……韩立国伸出两根手指头一张一合地比画着说,就差这么一寸把远,我就从高楼上掉下来,你说高楼有多高,一百多层高,从下面看不见楼顶,从楼顶看下面走着的人,就像一只小蚂蚁,你说说我要是从这么高的楼顶摔下来,不摔成一团肉酱呀……

兰英没去打断韩立国说话,心想你爱编鬼话你去编去吧。

兰英伸锄锄着自己的地。

韩立国说,就这么我一扯气干到上个月底,口袋里挣着几千块钱,我想该回来家看一看老婆孩子,一个是孩子快考高中我回家问一问情况,一个是快收麦子我回家帮一帮你的手,哪里会想得到……

兰英知道韩立国接下来该说没钱的事了。这几年,韩立国外出打工挣不着钱,总会有各种各样的原因。这种事韩立国已经跟兰英说过不少次,多说一次不算多。

韩立国伸手扯着身上的蓝布褂子说,你看这蓝布褂子口袋烂开了吧?我在火车上半夜睡觉遭贼啦,贼拿着刀片不止划烂外面的一个褂子,连着里边的衬衣,连着我皮肉也一块划烂了。

韩立国脱下蓝布褂子,露出里边的衬衣是烂的,扒开衬衣,露出来的胸脯上有一道口子。

韩立国说,你看好了,你看清楚了,这下你总该相信了吧?

兰英锄着自己的地,还是不说话,总算明白韩立国为什么一直穿着蓝布褂子了。那是他的一件道具,说完这么一件事,保准他不会再把蓝布褂子穿在身上了。

韩立国说过遭贼这个环节，往下就容易说了，就像一个拉车人"吭哧吭哧"爬上陡坡，往下"出溜"一声就能滑下来。

韩立国说，我口袋里没有一分钱怎么有脸面回家见你跟孩子呢？我先留在镇子上打几天工，挣一点小钱。有一天帮着一个女人家搬家，说好一百块钱，搬过家女人赖账一分钱不给。哪里知道这个女人不是一个好女人，说要钱没有一分，愿意跟我睡一觉。你说我能做这种对不起你的事吗？我在镇子上追着她不放手，她往南我往南，她往北我往北。我追着女人往东大街上的一条巷子里一拐，一下上来几个男人抓住我就是一顿打。我在镇子上待不住，又去煤矿待十来天，帮人家卸货挣几百块钱，这才回来家。

韩立国口干舌燥地说完这么一番话，见兰英闷头锄地一点反应都没有，知道今日的兰英真不似往日的兰英。

韩立国慌张了。

韩立国说，我说的话句句是实话，要是有半句鬼话，我出门被汽车撞死，我下雨天遭雷劈。

兰英听得耳朵起茧子，听得一心不耐烦。

兰英说，你要是把话说完了，就赶紧干活吧。

韩立国"哎哟、哎哟、哎哟"一连"哎哟"好几声，这次不是牙疼是腰疼。

韩立国说，我腰疼怎么能弯得下腰间苗、锄黄豆呢？

兰英不知道韩立国什么时候得的腰疼病。

兰英冷冷地说，这一亩半地是你的，你想干活就干活，不想干活荒那里我都不会动一根手指头。

韩立国说，你这个女人今天是怎么啦？你不信我说的话，我还不跟你说了呢。

韩立国一撇一撇往渡口的方向退，开头几步拧着腰身，做出一副腰疼的样子，走出三四丈远，腰不再拧着，扭得比女人都灵活。

兰英"哗啦"又一次流下泪,哭自己命苦,怎么会摊着一个韩立国这么样的男人。

第三章 这场水

韩立国回家半个月,淮河里的一场大水突然一下发起来。

韩立国回家天天就做一件事情——睡大头觉。童谣唱:大头觉、大头觉,傍晚睡得太阳落,清早睡得公鸡叫,今天头像葫芦那么小,明天头像笆斗那么大,你说可怕不可怕?这些天,兰英不断在韩立国睡意朦胧的耳朵边唠叨着。

兰英说,韩立国你醒一醒,你那一亩半地再不间苗,黄豆就长不起来了。

韩立国装睡着,不搭理兰英。

兰英说,韩立国你醒一醒,你那一亩半地再不锄草,赶明就只能收草了。

韩立国睁开眼看一看兰英说,你不要吵我睡觉好不好,谁想间苗谁去,谁想锄草谁去。

兰英家是三间平房,兰英两口子睡东屋是一张大床,儿子睡西屋是一张小床。现在韩立国霸着大床不起来,兰英只好暂时睡在西屋儿子的小床上。兰英睡觉不跟韩立国睡一张床,吃饭也不跟韩立国吃一锅饭。兰英烧兰英吃,韩立国烧韩立国吃。兰英这么做有理由,说我俩都快离婚了,我还跟你吃一锅饭,我还跟你睡一张床,你说算哪门子事呢?韩立国不害怕兰英离婚,说那你就莫管我睡大头觉。韩立国真的一天到晚睡大头觉,兰英心里还是想管一管。兰英想让韩立国去把一亩半黄豆地间一间苗、锄一锄草。兰英看不得一亩半黄豆地荒在那里,像黄豆苗长在她的心坎上,日日不安宁,夜夜睡不着。韩立国说,你不是说要跟我离婚吗?你现在还能管得着我吗?兰英说,我俩现在不是还没离婚吗？不还是两口子吗？韩立国"扑通"一下坐起身子说，这话可是你说的，那你就得烧饭给我吃，那你就得跟我睡觉。兰英说，你做梦去吧，你整天任啥事不做，我还烧饭给你吃，我还跟你睡觉，你说我图你个什么呀？韩立国倒头"呼呼呼"又睡起来。

兰英在自己的一亩半地锄黄豆有意脸朝南，不去看韩立国名下的一亩半黄豆地。村人不解地问兰英，你家北边半块黄豆地怎么不间苗、不锄草呀？兰英说，那是韩立国的地，他不间苗是他的事，他不锄草是他的事。村人说，你们两口子怎么能把土地分开种呀？兰英诚恳地跟村人说，我跟韩立国快要离婚了，他这么好吃懒做我怎么能养活起他。村人"噢"一声明白了。

兰英从北向南锄到地边上，自己的一亩半黄豆地就锄下了。兰英一转身一扭头，韩立国的一亩半黄豆地正好钉子一般"咔嚓"一声钉在眼睛里。兰英眼睛疼，心里疼，一揪一揪的，耳朵边响起一片黄豆苗的吵闹声，黄豆苗一起喊叫着，我们要间苗，我们要锄草。兰英捂着耳朵说，好了好了，你们不要再吵了。

兰英回家推醒韩立国说，你那一亩半地我替你间苗、我替你锄草。

韩立国爱搭理不搭理地说，你想管你就管，你不想管就扔那里。

兰英说，我替你种地不能白种。

韩立国说，你这人真啰唆，我不是跟你说过嘛你想怎么着就怎么着。

兰英说，我俩现在不是分开种地了吗，有些话我还是要跟你说清楚的好，这叫先小人后君子，免得到时候你说我不公平。

韩立国睁开眼睛问，你说怎么个公平法？

兰英说，一个办法，地是你的，你雇我种地。也就是说，你是老板，我是打工的。说好我替你种一亩半地好多钱。

韩立国脸上有了那么一点兴致，有了那么一点老板的模样问，你说好多钱？

兰英说,我说好多钱,你口袋空空的一分钱也掏不出来呀!

韩立国使劲眨巴几下糊着眼屎的眼睛。

兰英说,还有一个办法,我租你的一亩半地种,种一季给你好多钱。

韩立国眼睛一亮说,这个办法好,你说一亩半地好多钱?

兰英说,村里租地现成的有价格,一亩地种一季八十块钱,看在我俩多年夫妻的面子上,我一亩地出一百块钱怎么样?

韩立国坐起身大声说,好!

兰英说,我俩就这么说定了。

韩立国说,说定是说定了,只是空口无凭呀!

兰英问,你想找一个中间证人?

韩立国说,那倒不是。

兰英说,我俩写一纸合同?

韩立国说,那倒也不是。

兰英是个急性子,急躁躁地问,这也不是,那也不是,你说什么是?

韩立国说,你总得先付一点定金吧?

兰英伸手掏五十块钱给韩立国,吃罢饭就下地忙那一亩半地去了。

韩立国睡在床上候着兰英出家门。这里兰英出家门,那里韩立国爬起床,睡鼻子睡眼去找小饭馆。小饭馆就在本村里。韩立国回家这些天没吃过一顿好茶饭,肚子里缺油,也缺酒。韩立国要一碗村人自家酿的秫秫酒,要一盆烩羊肉。烩羊肉是这里人家的一道特色菜,汤汤水水一大盆,里边有羊肉,有羊杂——羊心、羊肺、羊腰子,有面皮——绿豆面摊出一张张面皮,下刀切出菱形小方块。羊是山羊,吃淮河边上的嫩草,羊肉细嫩,没多少羊膻味,倒是有一股浓浓的青草味。韩立国睡床上做梦都想吃这一口,只是口袋里缺少钱。韩立国流着口水,吃一口羊肉,喝一口酒,说还是俺韩家庄的山羊肉好吃呀,说还是俺韩家庄的秫秫酒好喝呀。

韩立江生就一副闻酒的鼻子,路过小饭馆,闻见酒香一扭头看见韩立国坐里边。

韩立江高声嚷嚷着说,你总算露面啦。

韩立国说,来来来,坐下一起喝。

韩立江不客气,两腿一软坐下身说,早听说你回来家,你家兰英嫂子厉害,不敢去你家找你。

韩立国说,不要跟我提那个女人,我要跟她离婚了。

韩立江说,离婚好,你看我一个人过日子多利落。

韩立国说,说起来也算你哥我背运,出门打工这几年没怎么挣着钱。

韩立江说,不是我说你,没有挣钱的命,不要乱折腾,你看我一年年在家哪里也不去,不是也没饿死?

韩立国说,从今往后我是哪里也不想去了。

韩立江说,这样安心。喝酒!

韩立国说,喝酒!

说起来,韩立江在家里一年到头也不是任啥事都不做,真要那样的话还不是真饿死? 一个是韩立江夜里在河下看渡船。渡船是村里的,一艘铁板船,屁股后面安着两台 24 匹马力的柴油发动机做动力。韩立江不愿意摆渡,一天到晚占时间受不了,愿意在船舱里铺个床睡睡觉、看看船,见月得两百块零花钱。三个摆渡人有老婆,不情愿丢下老婆的热被窝睡河下。韩立江没老婆,睡在哪里都是一个凉床铺。另外,韩立江还有一样挣钱的活路,帮着韩新雨开收割机。最初里韩立江厚着脸皮找到韩新雨门前要求帮着他开收割机。韩新雨笑一笑说,我找不找帮手还不一定呢。韩立江是个什么样的人,别人不说他自己心里也有数。韩新雨这么一回话,等于拐一个弯子不答应。韩立江兴冲冲地来,垂头丧气地走。这时候,韩立海面对三儿子发话了。韩立海说,你就让他试一试,干两天,他要是吃不下这份苦自然就死心。你不让他试一试,让别的村人开,村人会说闲话。再说都是一个家门子人,能拉一把拉一把。一个男人家没长女人的东西,你能让他像王怀秀一样卖去？不承想韩立江还就是一块开收割机的料子,起早贪黑不怕吃苦不说,东家西家地收割麦子从来没出过岔子。村人也觉得奇怪,面对坐在收割机上的韩立江,谁要说他是个好吃懒做的人,肯定会被村人伸出来的左耳刮子打在右脸上。还是韩立海把事理看得透彻。

韩立海说,韩立江就是没找着一个好老婆,要是有一个精明的女人把持着,他做起事情来一点不比别人差。

麦子说一声成熟,"嚓啦"一地麦子都成熟,谁家也想赶在前面把麦子收家里,要是天想下雨,收割机的前前后后能围着几十口村人。谁家先谁家后,韩新雨不想得罪村人,就把这种权力下放给韩立江。韩立江"突突突"开着收割机,前呼后拥,高高在上,村人谁跟他说话不得扛着头、仰着脸？这些天村人在他面前的脸色好看了,村人在他面前说话也好听了。韩立江找回了精神气,也找回了自尊心。

收割完麦子,韩立江继续开韩新雨的拖拉机帮着村人种黄豆。

韩立江喝着酒说,今年的工钱涨啦,收麦子、种黄豆前后我干一个月,韩新雨一下给我两千多块钱。

韩立国吃着菜说,那韩新雨揣进口袋里的钱不是更多？

两人面前的一碗秫秫酒喝个差不多,两人中间的一盆羊肉汤也吃个差不多。两人说话时舌头根都有点发胖、发硬。

韩立国说,我这个当哥的不知有句话该问不该问？

韩立江说,问、问,我俩有什么话不能问的。

韩立国小声说,听说王怀秀跟你离婚几年了,还一直跟你睡？

韩立江说,嗨,这有什么呀,别的男人能睡,我怎么就不能睡？

韩立国说,王怀秀对你真不赖,兰英跟我还没离婚呢,就护着裤带不愿松手了。

韩立江说，那是你没给她钱，你给她钱看她可把裤子脱下来。

韩立国问，你睡王怀秀给钱吗？

韩立江说，看你说的，我现在又不是她男人凭什么不给钱？

韩立国问，睡一回好多钱？

韩立江问，你也想睡一睡她？

韩立国说，我这不是随便问一问嘛。

韩立江说，我睡她是优惠价，睡一回五十块钱，要不我跟她说一说也收你一个优惠价？

韩立国说，睡一回莫说五十块钱，就是三十块钱我也掏不起。这一顿喝酒钱还是兰英给的租金呢。

韩立江说，要不我把河下看船的活让给你？

韩立国说，你愿意？

韩立江说，愿意，我俩谁跟谁呀。

韩立国说，你真是比我的亲兄弟还要亲。

韩立江说，喝干！

韩立国说，喝干！

再回过头说兰英。兰英出五十块钱做租金，算是买了一条做庄稼的理由，她兴冲冲地一路小跑着，走进韩立国的一亩半地蹲下身子就间黄豆苗。前后拖延不少天时间，黄豆都长尺把长，有些杂草超过膝盖高。兰英在心里庆幸自己租种土地的决定做出得还算及时，没有把这一亩半庄稼荒废掉。一地的好庄稼呀。棵棵是金苗苗，是银苗苗呀。兰英长长地松出一口气，两只手急赶急地忙起来。一亩半地黄豆，说多不算多，说少不算少，赶上风调雨顺的好年成能收六七百斤黄豆，黄豆价格大约在两块六毛钱一斤，除去杂七杂八的费用差不多能赚一千块钱。也就是说，三亩地黄豆种下来，起码家里有两千块钱进账，加上一季麦子能有个千把块钱余头，一年家里拢共有三千块钱收入。兰英指望这么一笔钱供养儿子上高中。国家九年义务教育免除孩子的学杂费是免除小学生、初中生的,高中生一分不能少。儿子秋天开学去县城上高中,学杂费加上吃的住的穿的用的,一年下来不得七千块钱,怕是也得六千块钱吧。这空缺的三千多块钱,还有一家人的油盐花销钱,兰英只能指望自己下河下上沙子去挣钱。前面这些年靠不住韩立国,往后供养儿子上高中也不可能指望他。——兰英这么一边干活一边想心事,猛然地觉得租种韩立国这一亩半地有什么地方不对头。兰英想我种地赚钱为谁个?为儿子去县城上高中。韩新春是我的儿子,也是韩立国的儿子。兰英一下觉得吃了老天那么大的亏。韩立国在家睡大头觉,我替他种地已经吃亏啦,要是再付租金不是吃更大的亏?兰英扔下地里的活就往家里跑,她要把递给韩立国的五十块钱重新要回来,她要跟韩立国重新摆一摆不能付租金的道理。兰英一边跑一边骂自己,你说你个女人怎么长出一副猪脑子呢,韩立国这几年外出打工骗你骗得还不够吗?你还拿着五十块钱硬往他手里塞。

韩立国没在家睡觉。一个睡大头觉的人要是不睡大头觉,肯定有比睡大头觉更重要的事情去做了,十有八九不是什么好事情。兰英问,我给你的五十块钱呢?韩立国很用力地拍一拍肚子,"噗"地朝着兰英哈过一股酒气。兰英知道五十块钱已经被韩立国换酒喝进肚子里。

兰英说,五十块钱你花掉就花掉吧,不过另外租地的一百块钱我是一分都不能再给你了。

韩立国说,你不给我钱凭什么租种我的地?

兰英说,我问你,我要是跟你离婚还是不是你的老婆?

韩立国摇头说,我俩离婚后你就是天天跟我睡在一张床上也不是我的老婆了。

兰英说,我问你,我跟你离婚儿子还是不是你的儿子?

韩立国说,谁说不是我的儿子我砸烂他的狗头。

兰英说,你明白这个道理就照(行)了。你想想呀,我种地挣钱是为什么?还不是为着儿子去县城念高中,儿子是我的,也是你的,凭什么我种地的钱给他上学,你不种地反倒还要我付给你租金?

韩立国说,你这个女人到底想说什么呀?租金是你给我的,又不是我问你要的。

韩立国抱着床上的铺盖就想往门外走。

兰英一把拉住他问,你这是去哪里?

韩立国说,我去挣钱。

兰英说,你挣什么钱?

韩立国说,韩立江把他河下看船的活让给我,今晚我就睡在渡船上。

兰英松开说,你早该这么找挣钱的活路。你要是能挣着钱,我能跟你提出离婚吗?我不想着有一个好好的家吗?

韩立国说,等我有钱,你不跟我离婚,就不许我跟你离婚啦?

兰英苍白的脸上呈现出一丝笑容,像是看见生活中的一缕微弱的希望。兰英对韩立国能有什么奢求呢?不就是实实在在地过日子吗?不就是能把日子过下去吗?

哪里想到韩立国就是一嘟噜扶不起来的猪大肠,去河下看两个晚上渡船,就抱着铺盖回来家,说河下蚊子多,夜晚咬得受不了;说渡船早上天麻糊亮就摆渡,吵得他睡不好觉;又说渡船漂在河面上一摇一晃的,睡上面头发晕。兰英说,你这不能做、那不能做,整天在家睡大头觉,谁个能把一分钱塞在你手上?韩立国说,我现在不想要钱,要是我想要钱自然会有人把钱塞在我手上。兰英说,我倒要看看谁个能把钱塞在你手上。

这一天,兰英下地回头发现麦子少掉几口袋。麦收天收回麦子,晾晒干净,一个化肥口袋一个化肥口袋码在中间的堂屋里。一个化肥口袋能装八十斤麦子,三亩半地大约收两千斤麦子,二十多化肥口袋。

兰英数一数,少去八口袋。八口袋麦子哪里去了?显然是被韩立国卖掉了。兰英进东屋,一把拽住韩立国。韩立国没防备,"咕咚"一声摔地上。

兰英问,我问你麦子是谁卖掉的?

韩立国不回避说,麦子是我卖的怎么样?

兰英说,你凭什么卖家里的麦子?

韩立国说,我卖我的那一份,又没卖你的!

兰英说,我辛辛苦苦种的麦子,我辛辛苦苦收的麦子,怎么会有你的麦子?

韩立国说,你敢说家里没有我的一亩半地?你敢说我的一亩半地没收这么多麦子?

兰英知道韩立国怎么想起来卖麦子了,错还是错在自己提出离婚上,错还是错在自己提出分地上。兰英跑出房屋,跑出院门,站在村路上,使劲张开一张嘴,使劲冲着半天空哭起来。

兰英哭着说,我命里怎么摊着这么一个好吃懒做的男人呀?

兰英哭着说,我跟这样的男人还怎么把日子往下过呀?

村人听见兰英的哭声,一个个围过来。韩立国勾头耷脑钻进人缝溜掉了。

韩立海走过来跟村人说,你们看韩立国都成了一个什么样子的男人,整天在家睡大头觉不说,不下地锄一下黄豆不说,还偷着卖掉家里的麦子,你们说这种男人还叫个男人吗?你们说说这个世道到底是怎么啦?

韩立海指挥村人把兰英家剩下的麦子搬到他家去,把兰英家其他值钱的东西也搬到他家去。韩立海说,我看韩立国敢从我家卖麦子、卖东西。

经过这么一折腾,兰英觉得日子清汤寡水的一点滋味没有了。兰英每天还是下地锄黄豆,韩立国的一亩半地里黄豆伴生着杂草,杂草缠绕着黄豆,不是一天两天能侍弄利落的。村人下地干活戴着一顶帽子遮太阳,兰英不戴,像是不怕太阳暴晒;村人下地干活带一条手巾擦汗水,兰英不带,像是淌汗不用擦;村人下地干活提一瓦罐凉开水,渴了喝一口,热了也能湿润手巾擦一把,兰英空着手一口凉开水都不提。

这一天,兰英锄着地眼一黑头一晕猛然倒地上。远处锄地的村人看见了,急忙跑过来,把兰英拖进一块通风的树荫里,又去地头的水塘里湿一把潮手巾,把兰英头上、脸上、身上擦一遍。过去好大一会工夫,兰英才算缓过来。这些天兰英生闷气,白天吃不好饭,晚上睡不好觉,三亩半地收麦子、种黄豆都指靠她一个人,身体一天天虚下来,抵抗能力一天天弱下来。兰英见着自己躺在地头的一块树荫里,见着村人在身旁喂自己水,不好意思地问,我这是怎么啦?村人说,你这是中暑啦!兰英苦笑笑说,我还娇贵成楼上小姐了呢。村人说,你下地锄黄豆不戴着一顶帽子,也不带一壶凉开水,又渴又晒的还能不中暑吗?兰英一下眼泪汪汪地说,我晒着一个大太阳,我不喝一口水,这样锄地我心里反倒舒坦一些,谁让我摊上韩立国这么一个男人呢?

韩立国从家跑出门好多天不回家,白天溜集市,夜里住在韩立江的两间破旧房屋里。身上揣着卖麦子的钱,在集市上有吃有喝的,另外还能找算命的算算命。韩立国连续外出打工几年没挣着钱,日子过成这样子,自己也灰心丧气的,自己怨自己命不好。韩立国找人算命,就是想找一条好走的路。算命的是个瞎眼老头,每一回瞎眼老头都能给韩立国算出不同的命。韩立国得出的结论是,不同的时间,不同的地点,同一个人的命是不同的,也就是说人的命是可以改变的。韩立国算命次数一多,瞎眼老头误会他是一个捣乱的人。同一个人哪能一直不断地算命呢?瞎眼老头眼瞎,却能猜透韩立国的心事。

瞎眼老头说,你命里聚不住财,不过还是有破解办法的。

韩立国问,怎么一个破解办法呀?

瞎眼老头不想说,韩立国掏出十块钱塞进他手里。算一回命五块钱,韩立国给两回钱。

瞎眼老头小声地问,我问你,你跟女人睡觉,是你睡上面还是女人睡上面?

韩立国说,当然是我睡上面,哪有女人睡上面的道理呢。

瞎眼老头长出一口气说,我说你命里怎么不聚财呢,你睡女人上面怎么能聚住财?

韩立国说,这还不容易,我回家跟老婆睡一觉,让她睡上面。

韩立国不能跟瞎眼老头说老婆不愿跟他睡觉的事。

瞎眼老头摇摇头说,跟自家女人睡再多也是破解不开的,你要找一个野女人。

瞎眼老头的一通胡言乱语,韩立国竟然听信了。

韩立国说,这也不算难,集上就有野女人,我现在就花钱找一个睡一觉。

瞎眼老头依旧摇摇头说,花钱找野女人睡觉哪里是聚财,不是更破财吗?

韩立国问,那你说怎么办?

瞎眼老头说,找一个不花钱的野女人,找一个不图你钱财心甘情愿跟你睡觉的野女人。

看似一条简单的破解办法,实际上不简单,韩立国在心里愈掂量愈犯难——我去哪里找这样一个不花钱愿意跟我睡觉的野女人呀?韩立国决定在王怀秀身上试一试。这一天,韩立国从小饭馆里买酒买菜,在韩立江的两间破房屋里避开韩立江单独请王怀秀。韩立国不能在王怀秀身上花钱,不吃一顿喝一顿怎么能开这个口?这几年,王怀秀经验过不少男人,一个不精明的女人也变得精明起来。

王怀秀问,你打酒买菜请我有什么事你说吧?

韩立国"嘿嘿嘿"地干笑着,不好意思直接说出来。

王怀秀说,该不是想跟我睡觉吧?

韩立国"嘿嘿嘿"地笑着说,有这么点意思。

王怀秀说,什么叫有这么点意思,你把钱拿出来,我现在就跟你睡。

韩立国说,我只能请你吃菜喝酒不能给你钱。

王怀秀说,哟哟哟,我跟你白睡怕是你不够档次吧?

王怀秀看上的男人睡觉不要钱。

韩立国说,我知道你看不上我,不过我俩睡觉是你睡我不是我睡你。

王怀秀说,哟哟哟,我俩睡觉怎么是我睡你不是你睡我?

韩立国说,你睡我上面,我睡你下面。

王怀秀"呸"一声吐韩立国一脸唾沫说,你说的这是人话吗?你干的这是人事吗?怪不得兰英要跟你离婚呢!你外出打工几年钱没挣着,倒是跟那些浪骚女人学会不少花花肠子。

韩立国跟王怀秀没睡成觉,倒是落着一顿奚落。

一场大雨把韩立江的两间破房屋淋塌,也把韩立国淋回家。

下雨这一天,兰英才算把韩立国的一亩半地黄豆间苗、锄地忙清楚。

傍晚时分,兰英回头路过河滩里的半亩黄豆地。兰英喜欢站在半亩河滩地里。这里面临淮河,有习习的凉风从河面不断吹来,还能卷裤腿蹚进河里洗一把。淮河一年四季水涨水落是有规律的。每年天走进秋天,淮河水就一天一天往下枯瘦,一天一天归依河床,早早地做好冬眠准备。冬天里,淮河水最浅,也最清澈。三九天河边结着一层冰,任雪花一片片落上面。二月二,龙抬头。天走进春天一天一天暖,能见着淮河水一天一天浑,能见着淮河水由西往东一天一天流动得快。淮河像是受孕过后的女人肚子,一天一天往上面鼓胀,一天一天往两边扩展。麦收前后天,淮河水涨满河床。往后要是老天多下一点雨,淮河水就会"出溜"一声漫进河滩地里。要是老天多下两点雨,淮河水就会"出溜、出溜"两声挨近堤坝根。要是老天多下三点雨,下大雨,下暴雨,淮河水就会"哗啦"一声漫进堤坝内。这一片河湾地属于蓄洪区,堤坝比别处低。淮河水就是不涨过堤坝,上游水大,一声令下,也会炸坝蓄洪。这一会,淮河水涨平河床,湍急地往东流淌着。兰英不知道往后的淮河水会怎么样,就像不知道自己往后的日子会怎么样一个样。好像就是兰英两眼瞅着河水,想心事的这一小会,西南方的天空里迎着落日长起一层黑云。俗话说,迎头云最恶。眼见黑云滚动着扑向太阳,吃掉太阳,霎时间天黑地暗,随之闪电雷鸣一起爆发出来。兰英赶紧往渡船上跑,渡船开足马力靠上河对岸,瓢泼暴雨劈头盖脸砸下来,白了天,白了地。没处躲雨,兰英冒雨往家跑,一脚门里一脚门外正好撞见韩立国。兰英一身精湿,韩立国也一身精湿。

韩立国说,我在韩立江家睡着觉,"扑通"一声塌下一面墙,差点要着我的命。

兰英说,韩立江家的房屋倒塌你去别人家,回来做什么?

韩立国说,我回家等着看你的好事。

兰英说,我有什么好事给你看?

韩立国说,我睡一觉醒你自然会有好事给我看。

韩立国换下精湿的衣服睡床上,兰英稀里糊涂的,不知道韩立国等着看自己的什么好事。大雨"哗啦哗啦"下一夜,韩立国"呼哧呼哧"睡一夜,兰英"吧唧吧唧"一夜没合眼。兰英睡在家里的床上,似能看见淮河水"哧溜哧溜"一个劲地往上涨,似能听见河滩地里的黄豆淹没水中的喊叫声。隔天天刚亮,兰英跑河下,不用上渡船,不用过淮河,也能看见淮河水涨进堤坝根,也能清楚河滩地上的黄豆一棵没剩下。兰英两腿灌满铅,眼泪汪汪往家走。韩立国迎着兰英说,我说有好事看你不信,河滩地上的黄豆都喂鳖、喂鱼了吧?兰英"哇啦"一声哭出声,我那半亩黄豆呀,我花钱犁地,我花钱耙地,我花钱买种子,我花钱买化肥,我花工夫间苗,我花工夫锄地,怎么一场大雨说淹就淹掉呢？兰英一脸悲伤，韩立国反倒一脸喜色。

韩立国说，我还等着看更好的事呢！

兰英"咯噔"一声停下哭，吃人一样地看着韩立国。

兰英问，你是说堤坝内的三亩黄豆今年也要淹？

韩立国害怕兰英这副鱼死网破的样子。

韩立国说，这种话我没说。

兰英说，我看你心里就这么想的。

韩立国说，淹不淹是老天的事，关我什么屁事呀。

韩立国一溜烟跑掉了。

前后三天时间，淮河全线告急，中央电视台、省电视台每天《新闻联播》的头条新闻就是淮河发大水，说是一九五四年以来最大的一场水。第四天，蓄洪区破坝泄洪。好多村人站在河下，看着堤坝是怎样爆破的，看着千亩良田顷刻间是怎样沦为一片泽国的。兰英没去，直挺挺地躺床上，像是一个快死的人。

韩立国欢天喜地跑回来说，破了，破了，河对面的堤坝破了。

兰英说，我的一亩半黄豆淹掉了，你的一亩半黄豆也淹掉了，你有什么乐和的呢？

韩立国说，我是从心里乐和，我是真正地乐和，我是止不住地乐和，我不跟旁人比，我就是跟你比，你天天起早贪黑地去间苗、去锄地，我天天在家睡大头觉，最后呢，一场大水不是把你的黄豆跟我的黄豆一样淹掉了吗？

兰英说，谁也没长前后眼，谁知今年淮河会发这么大的水？

韩立国说，我就长着前后眼，我知道反正我命里没有挣钱的命，我外出打工不如在家睡大头觉，我下地干活不如在家睡大头觉。这下你该明白我为什么不外出打工了吧？这下你该明白我为什么在家什么都不做了吧？

兰英长长地叹出一口气，不知道人世间的道理转来转去怎么会变成这么一种模样。

第四章　这件事

韩立国总算找着一件可做的事情——替儿子要上缴过的学杂费,具体是小学六年的,初中一年的,初二、初三就赶上国家免除九年义务教育学杂费。韩立国的理由是国家免除九年义务教育学杂费,就是每个孩子上小学、上初中都不应该收钱,那我儿子以前上缴过的学杂费不要回来不亏呀?兰英觉得韩立国这么做没道理,说要是人人都像你这样做,这个国家还不乱掉啦?韩立国说,不是没道理,是别人想不起来这么做,你想呀,在这件事上亏只能亏公家,怎么能亏平头老百姓呢?韩立国心里想着这件事,躺在床上睡不着觉,"骨碌"一声爬起来,要去找人问一问。兰英说,你这是闲着没事找事做。韩立国说,你个头发长见识短的女人家,这么重要的一件事怎么能说闲着没事找事做呢?

他不去找邻村的小学校长——儿子小学是在邻村的一所小学上的,直接找村里的书记。村书记名叫韩立河,比韩立国大十几岁,脾气蔫,做事不得罪人,人称"老好好"书记。"老好好"书记在村里落着一个上下人缘好,书记一当当好多年。

韩立河说,怕是你大白天在家睡觉做梦做到的吧,要不全村这么多户人家怎么单单是你想起这件事呢?

韩立国说,你想想呀,别人家的孩子现在上小学、上初中是一分钱学杂费不用缴,我家的孩子小学缴六年、初中缴一年,你说这件明显不合理的事我不找你书记找谁呀?

韩立河说,国家制定的就是这么一个文件,各个学校也只能按照这个文件来执行。

韩立国问,这个文件你看见啦,上面说只免除学杂费,不退缴过的学杂费？

韩立河说，这我倒是没看见。

韩立国说，看你这个村书记当的，你连文件面都没见着，我有跟你说话费口舌的时间不如去一趟镇里反映了。

韩立国真是觉得韩立河水平差，没见着文件是一回事情，连这么一件明显不合理的事也想不出来。韩立国走出村委会大门，韩立河追上来。韩立河说，你去镇里不能说是我叫你去的。韩立国说，我说是你叫我去的，镇里也不相信你有这个水平呀。

韩立国没有当时去镇里，计划着隔天去，去镇子上逛一天。自从回来家就没去过镇子上，想着该去镇子上好好地看一看、玩一玩。看一看、玩一玩需要钱，卖麦子的钱早被花光了，韩立国只有打兰英的主意。

韩立国从村委会回家是这么跟兰英说的。

韩立国说，我说你是个头发长见识短的女人吧，我去村委会跟韩立河一说这件事，他"啪啪啪"地拍着脑袋门，直讲我说得有道理，说要么是文件上把退学杂费这一项写漏掉了，要么是文件上写上了学校没执行。

兰英半信半疑地问，你说的是真的？

韩立国说，不信你去村委会问一问韩立河？在村委会我跟韩立河粗略地算了一笔账，要是真能把儿子上缴的学杂费要回来加上利息没有八千块钱怕是也有六千多块钱呢！

兰英眼睛发亮地问，还付利息？

韩立国撇拉撇拉嘴说，看你说的，学杂费国家收上去不存银行，存银行能不付利息吗？

韩立国绕这么一个大弯子，才落实到本质上说，你给我一点钱，我明天一早就去镇里反映这件事。

兰英问，韩立河不去？

韩立国说，这件事是我想起来的，还是我去反映比较适合。

兰英掏一百块钱递给韩立国说，我知道你嘴馋了不去镇子上吃一顿收不掉这个场，你吃过喝过顺便带一点吃的去学校看一看儿子。

儿子考高中剩下没几天了，兰英也好久没见儿子了。兰英吩咐韩立国要下饭馆就去镇子西大街上的那家名叫"好再来"的小饭馆烧一碗瓦块鱼，烧一碗米粉肉，要一瓶半斤装白酒，你要口渴就要一碗白开水，白开水不花钱，这么拢共花六十多块钱足够了，你把吃剩下来的瓦块鱼、米粉肉分别装在两个饭盒子里，提着去看儿子就照了。兰英说的这家饭店就是上回去镇子上找韩立国那天吃的那家小饭馆，兰英说的这些东西也是上回去镇子上找韩立国那天吃的东西。

第二天，韩立国在镇子上逛了一整天。韩立国没去镇政府反映这件事，自己也觉得这件事有点瞎胡闹，是一件吃饱没事找事做的事。镇政府不比村委会，旁边有派出所，瞎闹事不会有好果子吃。韩立国去镇子上直接逛花街。东大街上有不少浪骚的女人，四周村民就叫它花街。这些女人开着各种店面做掩护，有理发店，有美容店，有洗脚屋，有歌楼，有茶楼，一个个在门口探头探脑的，脸上的白粉一个比一个搽得多，嘴上的口红一个比一个抹得艳，身上的衣服一个比一个穿得少，胸脯、腰上的白肉一个比一个露得多。韩立国昂首挺胸走过去，女人们"吧唧吧唧"乱挤眼，"哗啦哗啦"乱招手。这个说老板理发哟？那个说老板按摩哟？有的说老板来喝茶？有的说老板来唱歌？上一回韩立国在镇子上前后来花街三四趟，一趟睡一个女人，一趟花一百块钱。这一回韩立国口袋里只揣着兰英给的一百块钱，要是花在浪骚的女人身上，晌午就得饿肚子。韩立国权衡一下，两条腿直着走路，没往两边拐。女人重要，肚子更重要。不过逛一逛花街不会要钱的，看一看花街上的浪骚女人也不会要钱的。有胖的，有瘦的，有高的，有矮的，有上面露着胸脯的，有下面露着大腿的，一人长出一个模样，一人打扮一个模样。韩立国一个一个瞧看过来，一个一个瞧看过去，觉得来花街不花钱看女人真是世上少有的一件好事情。瞧着瞧着,韩立国开始眼花缭乱了。瞧着瞧着,韩立国开始厌倦了。花街上的女人一多跟淮河里的河水一多一样都是一场灾难。韩立国心想这一会要是叫我挑选一个女人睡觉,我真不知道该挑选哪一个好呢?

"咕噜、咕噜"肚子饿起来。韩立国庆幸一百块钱一直攥在手心里。

晌午饭韩立国就是在"好再来"小饭店里吃的,点的就是一碗瓦块鱼,一碗米粉肉,一瓶半斤装白酒。韩立国点菜是看着菜单点的,点过菜一合计正好六十多块钱。兰英怎么会这么熟悉这家小饭馆呢?韩立国心里一"咯噔",不知道兰英是自己下的这家小饭馆,还是跟着别的男人下的这家小饭馆。一小会,一碗瓦块鱼端上来,一碗米粉肉端上来,一瓶白酒拿过来,韩立国闻见鱼香、肉香、酒香就顾不得思考"兰英怎么会这么熟悉这家小饭馆"了,"稀里哗啦"一阵风卷残云似的吃起来,喝起来。一扯气,韩立国喝光一瓶酒,吃光两碗菜。韩立国打着酒嗝才想起给儿子送吃的事,想着重买一样菜给儿子送过去,又舍不得花口袋里剩下的钱。韩立国说,我是他的老子,老子凭什么给儿子送吃的?

下午韩立国接着在镇子上把南大街、北大街逛一遍,四点多钟才到家,一进门见韩立河坐在屋里等着他。韩立河问,你怎么一趟镇里去了大半天,莫不是进了镇子派出所?韩立国说,看你这个乌鸦嘴说的,镇里的镇长、书记对我反映的情况都很重视。韩立河说,说大话也不怕闪坏舌头根,这件事你总不能跟书记说过又去跟镇长说去吧?韩立国说,他们俩在会议室开会一起听我说的,他俩说要及时把这件事向上级反映。韩立河依旧半信半疑。韩立国朝着韩立河哈出一口气说,你闻见了吧,晌午书记、镇长还管我一顿酒呢。韩立河说,书记、镇长一起陪你喝酒啦?韩立国说,这倒没有,他俩说县里来领导要去招呼着,吩咐手下人一定要好酒好菜招待我,这不一喝喝到下午两三点钟。韩立河问，你没跟书记、镇长说我知道这件事吧？韩立国说，你不是不让我去镇里说你知道这件事吗？韩立河说，你没说就没说吧，反正书记、镇长知道你是我们村里的人。

韩立河走后，兰英才说话。

兰英说，你这个人说谎话的水平是越来越高了，你在我面前说谎话骗一骗也就算啦，你在韩立河面前也敢说谎话？

韩立国不高兴地说，你跟我一块去镇子上了吗？你怎么知道我说谎话？

兰英说，你说你去镇政府我也相信，你说镇里管你一顿酒就是打死我我也不相信，你心想你是一个什么重要的人物呀？

韩立国说，你爱信信，不信拉倒，好酒喝进我肚子里，跟你八竿子打不着边。

兰英笑一笑说，你现在当着我的面要是能把一百块钱掏出来我就信。

韩立国说，不是你要我去镇子上的小饭馆烧一碗瓦块鱼、一碗米粉肉给儿子送过去，你说我口袋里哪里会有一百块钱呀？

兰英说，你这么说话我也好核实，哪天见着儿子面问一问不就清楚了。

韩立国打着哈欠说，要去你现在就去镇子上找儿子核实去，我现在要好好地睡一觉。

中间隔一天，韩立河就把韩立国的谎话戳破了。韩立河气冲冲地找上家门说，今天我去镇里开会遇见武镇长他说没见过你这个人，遇见祁书记他也说没见过你这个人，你说你去镇里见的是哪个镇长、哪个书记？韩立国不觉得说谎有什么难堪，反倒笑嘻嘻地问韩立河，你觉得这么大的一件事我去镇里反映，不管是武镇长，还是祁书记，他俩能当这个家？韩立河"咯噔"一声把话憋住，问，那你想去哪里反映这件事？韩立国说，少说我要去县里吧？韩立河一下乐起来，说，你也不撒泡尿看一看你的模样,县里是你随便去的地方吗?韩立国说,我明天就去一趟县里给你看看。韩立河说,看把你能耐的,你明天要是真去县里,回头我打酒买菜请你客。

第二天上午韩立国真的去一趟县里。不去这一趟,不光说在韩立河面前收不掉这个场,在兰英面前也不好说话。走在去县里的路上,韩立国不知道到那里该说什么事。县里有专门的信访办公室,去那里瞎胡说就不是进派出所的小事了,蹲班房都是可能的。韩立国走进县信访办公室,一个工作人员拿着一张表格走过来,姓啥名谁,多大年纪,哪个乡镇哪个村子人,其中最关键的一条还是反映什么事。韩立国灵机一动说,我是来反映孩子上学问题的,我家孩子今年考高中,高中不在国家九年义务教育范围内,上学要缴书本费、学杂费,孩子住校要缴住宿费、伙食费,我们村今年遭大水一粒粮食没有收,你说我们孩子上高中怎么上得起呢?工作人员说,你所反映的问题不是哪一家的个别情况,是一个普遍性问题,你放心,县委、县政府会高度重视的,不会让一个孩子因为家庭经济困难上不起学。韩立国灵机又一动说,我反映这个问题也不是我个人的事,是代表村子里所有上高中的孩子家长来的。工作人员说,我们欢迎你反映问题,要是你没有其他问题的话,就能回去了。韩立国说,麻烦你打个电话跟我们村委会说一声,就说我今天来过县里,要不我回去他们不相信,明天会来更多的人。县信访办最怕集体上访,上访的人一多,即使没问题,影响也不好。这个工作人员不可能把电话打给村委会,在电话里跟镇里相关部门说,高中考试还没开始群众就反映上学问题了,你们一定要注意这件事的新动向。

不管怎么说这件事算是告一段落了。

淮河猛然间发起大水,淹掉堤坝内的河湾地庄稼,淹掉堤坝外的河滩地庄稼,也淹掉河下码头上的沙子。这些天,兰英下地里做庄稼做不成——少说要候个把多月的时间大水退后才能做庄稼,下河下上沙子也上不成——少说要候半个多月的时间沙子码头退出来才能上沙子,她一下子成为一个没事可做的闲人。开头兰英躺床上狠狠地睡两天,把身上的疲乏解一解,把亏欠的瞌睡补一补。两天过后兰英白天躺在床上就睡不着觉,爬起床没事做,把院子扫一遍就坐在院子里扛脸看天了。天空里有一片云飘过来,兰英盯着看半天;天空里有一只鸟飞过来,兰英盯着又看半天。睡大头觉也是需要有点能耐的,韩立国除去一天三顿饭,除去吃饱饭像个鬼魂似的在村子里转一转、溜一溜,白天的大部分时间都睡大头觉。韩立国睡着没睡着,兰英坐在院子里能知道。韩立国要是没睡着,躺在床上没动静,安安静静的像是想心事;要是睡着觉,呼声响起来,一声比一声紧,一声比一声高,一声比一声响,像是屋子里转着圈子跑火车。韩立国睡觉一直这么打呼噜,一直这么惊天动地的,兰英很奇怪这么些年在这么吵闹的呼噜声中怎么能睡得着觉,怎么能睡得沉觉?兰英看云看累了,看鸟看累了,耳朵听着韩立国的鼾声,一小会眼皮耷下来,像是鼾声里有无数只瞌睡虫,一只只飞过来钻进眼皮里,不知不觉睡起来。这天上午,兰英睡一小觉激灵一下醒过来。兰英不敢再坐着,站起身子在院子里转圈圈。这天下午,兰英就自己管不住自己,睡一小觉连着一大觉。韩立国起床烧好晚饭,兰英依旧耷头耷脑睡在院子里。兰英也打呼噜,"叽扭叽扭"的,时断时续的,偷偷摸摸的,像个受气的小媳妇。

韩立国推一推兰英说,醒一醒,该吃晚饭了。

兰英激灵醒过来,天色已经暗淡下来。

兰英辩解说,我冲一冲盹没睡着。

韩立国说,没睡着怎么会扯呼,一浪一浪的,一摇一摇的?

兰英说,你胡扯!

韩立国说,你看几只鸡都被你吵得不敢进窝里。

兰英看见几只鸡真的睁着惊恐的鸡眼望着她。

韩立国得意地笑着说，晚饭做好了，我端过来我俩一起吃？

兰英泄气地说，我怎么变得跟你一样好吃懒做了呢？

这一天，村人乱嚷嚷地往村委会跑，说张榜公布每家淹掉的亩数、地里种的什么东西，说秋后国家就是按照公布的地亩赔钱。往年也一样，蓄洪后多少赔一点，只是往年不张榜不公布，村人谁家好多地是一本死账，哪能错得了？今年要求张榜公布，是中央、省里、市里、县里、镇里一级一级布置下来的。按亩数赔钱，按地里种的什么东西赔钱。黄豆、玉米、绿豆、芝麻、白芋一个钱数，西瓜、地瓜、南瓜一个钱数，桃树、梨树、苹果树一个钱数。地里种果树赔钱最高，地里种庄稼赔钱最少。

韩立国一本正经问兰英，要不要跟村委会说一声，三亩地（河滩地不算地亩不赔钱）分开上在我俩的名字下？

兰英不同意地分开说，赔地钱正好留给儿子上高中，我俩谁也不能乱动一分钱。

韩立国大度地说，不分就不分，留给儿子上学就留给儿子上学，赶明赔地钱分下来你去领，儿子上缴的学杂费赔下来也是你去领，该照（行）了吧？

兰英问，这话可是你说的，到时候不要反悔呀！

韩立国说，大男人家说话哪能不算数？

自从韩立国去一趟县城，村人改变对他的看法。村人说，韩立国要么不做事，要做事就做大事，你们说村里这么多村民、这么多村干部有谁敢去县里反映孩子上学的问题？至于韩立国去县里具体反映的是什么问题，反映的问题具体能起到一个什么作用，莫说村民不清楚，怕是连村书记韩立河都不清楚。韩立国从县里回家找韩立河要酒喝。韩立河说，喝个屁，你这么到县里一闹，怕是今年我们村的先进又评选不上了。韩立国问，不是你激将我说我不敢去县里吗？韩立河说，我激将你去县里你就去啦，我激将你去北京你怎么不去呢？韩立国说，你要是给我出路费,看我敢不敢去北京?韩立河说,我给你出路费你还想去联合国呢!韩立国说,联合国我真不敢去,我怕这么远的路我摸不着。韩立河说,我算把你这号人看透了,做起正经事是一点力气不愿出,做起邪门事能够不要命。

这天晚上,韩立国睡进兰英被窝里。

半夜里,韩立国偷偷往西头屋兰英睡着的一张小床上摸过去。起初兰英不愿意,阻拦着。兰英说,我不能叫你上我的床,我不能跟你睡在一个被窝里,要不我这一个月的心事不是白费了?韩立国说,你原本就不该跟我分床睡,你想一想啊,我俩的三亩地能分开吗?分不开。我俩的儿子能分开吗?分不开。这个家能分开吗?分不开。这也分不开、那也分不开,你说你跟我分床睡还有什么意思呢?兰英想一想觉得韩立国说得有道理,地分不开,儿子分不开,家分不开,他就还是我男人,我就还是他女人,他就还得睡我,我就还得跟他睡。兰英说,早知道这样的一个结果,我就跟你一直睡在大床上了。儿子的这张小床也太小了,兰英这些天没一夜睡舒坦过。韩立国抱着兰英来到大床上,三下五除二睡上她。兰英有点不甘心地说,我这转来转去的怎么又回到原来的老地方?

日子就像流水向东的淮河水,流过去就流过去,是不会回头的。这一天,兰英收到儿子的一封信,说他跟几个同学一起外出打工去了。儿子没有中考走的,说自己成绩不好,不想念高中,说三年高中念下来要花家里不少钱,到时候还不一定能考上大学,白浪费钱,白浪费时间,不如现在就去打工,候将来挣着钱再上一所职业学校学技术。儿子还说,他们是打电话问好路子去的,不要担心,不要寻找,去那边找着工作扎下根,会往家里打电话的。兰英去镇子学校一问,卷着铺盖一起走的有五个孩子。五个孩子都是左右村庄里的,兰英一家一家去查听,都说不知道孩子去了哪里,也都不愿意出门去寻找。其他四个孩子的家长说,不想念书,早出去打工是打工,晚出去打工是打工,留在家里干什么？兰英却收拾一个包，要去找儿子。韩立国说，外面这么大，你去哪个地方找？兰英说，我找到哪里是哪里，我倒要亲眼看一看外面的世道是什么样子的。

兰英提着包走出淮河边，走出韩家庄，走向一处自己都不知道的地方。

2007 年 11 月 26 日　江陈

找 老 婆

1

　　这个小个头男人一挨近淮河边,渡口上的村人就知道他是来韩家庄找老婆的。渡口是韩家庄的渡口,过渡的都是韩家庄村人,他们对这个小个头男人不陌生。两年前小个头男人的老婆带着他们两岁的儿子偷偷地离开家,再也没有回去过。小个头没办法,只好满世界地到处找,找不声不响偷偷地跑掉的老婆孩子。光是韩家庄这个小个头男人就已经来找过两趟,韩家庄的这个渡口他来来回回往返过四个单趟,结果连个老婆孩子的屁影子都没见着。韩启立老婆马秀英跟这个小个头男人说,我没见过你家的老婆,也没见过你家的孩子。小个头男人耷拉着脖子,低垂着头脑,不相信马秀英说的话。不信你就自个慢慢地去找吧。马秀英伸手翻一翻身上的口袋,掸一掸身上的灰尘,那样子像是小个头跑来找的不是老婆孩子,而是一块糖或者一根针一条线什么的。这个小个头男人春天里刚来过,秋天里又来了。淮河水拦着韩家庄,他想进韩家庄不得不从韩家庄的渡口过河。

　　村人招呼说,来啦?

　　小个头男人不说话。

　　村人招呼说,老婆孩子还是没找着?

小个头男人还是不说话。

半年不见,小个头男人黑上一大截子,瘦上一大截子,矮上一大截子,手上、脸上、脖子上还留下不少块大大小小的、深深浅浅的疤痕。看样子这个小个头男人两年间遭了不少累,也遭了不少打。不清楚老婆带着孩子跑到哪里去了,哪里有老婆的朋友就往哪里找;哪里有老婆的亲戚就往哪里找。韩启立的老婆马秀英算是他老婆的娘家姑姑。虽说马秀英不是她的亲姑姑,韩家庄还是被小个头男人列为重点查找对象。去年老婆孩子丢失不久就跑来找过一趟,紧接着今年春天又跑来一趟,这一趟算是第三趟,小个头男人怀疑马秀英从中使坏、使钱、牵线,把他的老婆孩子拐骗到了韩家庄,或者附近的其他村子里。小个头男人的家住在一处偏僻的山窝里,那里的山上喜欢长石头,却懒得长树木,懒得长青草,更是懒得长庄稼。因此那里的人家就穷苦,男人、老人认命跑不掉,大姑娘、小媳妇却经常有不明不白丢失的。——这是他们那里人家的历史与现状,也是他们那里人家的习俗与风尚。源头存在了上千年,现在依旧发生着。按道理说,时下山里人没必要死守在山窝里,可以走出老家,走出穷山,哪里的城市大去哪里打工,哪里的城市能挣着钱去哪里打工。实际上改革开放这些年村人也就是这么过来的,能跑动路的村人拼上命地往山外跑,往城市跑。渐渐地,大山变成一座空山,山窝变成一处空窝。小个头男人就是在一座城市打工遇见跑掉的女人。两人的老家相隔几十里路,却属于同一片山窝,乡音相同,习惯相近,相互间对一对眼色,闻一闻气味就好上了。很快,女人怀上小个头男人的孩子,两人一起回头生起孩子,过起日子。原本打算女人把孩子生下来两人还一起出去打工的,小个头男人心眼孬,心里虚,害怕在外面守不住女人,就一天一天把日子往后面拖。女人问男人,我们什么时候走呀?男人说,候孩子大一大。女人没候孩子大一大,就瞅准一个空当,带着孩子溜掉了。小个头男人不恨自己迟疑,没能带着老婆孩子早早地外出打工,离开山窝,离开老家,单恨这里的女人没有根性,单恨山外的所有男人。

村人问,你上不上船呀?

渡船从对岸开过来,村人上去,唯有小个头男人留在岸上。

小个头男人从恍惚中清醒过来,抬头看一眼渡船。他面容猥琐,衣着邋遢,两眼空空落落的一片茫然,头发一绺一绺的,一球一球的,到底好多天没换衣服、没洗澡,谁也不知道。船体摇晃,小个头男人走惯山路的一双脚,走在船上不稳当,趔趔趄趄的,跌跌撞撞的,醉汉似的一把抓住船上的护栏,整个卜身扑上面。"突突突……"船是一艘平舱铁皮船,安装两台24匹马力的柴油机,浅浅的一湾秋水,三摇两晃地开至对岸。村人站在船上不动弹,让小个头男人先下船。他们想看清楚这个小个头男人是不是真的去韩家庄。不去韩家庄找老婆孩子,他来这里干什么呢?村人有时候就这样,一件显而易见的事情,他们非要亲眼去见识见识。小个头男人松开护栏,带头往下走,瘦弱的身子随着船体的摇晃,没有一步能够走稳当。村人见着他为了降低重心,上身虾勾着,两腿簌簌地发着抖。在大山里走路,稳定的是石路,移动的是两脚。上船下船,船体摇晃,人也跟着摇晃,小个头男人就没办法走稳当了。心惊胆战,如履薄冰,说的就是小个头男人上船下船的一副狼狈模样。

唉——那个谁!你还没给过河钱呢!摆渡的王秃子熄下柴油机,声音很响亮地从背后追上去。

小个头男人在船头站住脚,回头呆愣愣地盯瞧着王秃子,做着某种不甚明晰的判断。前几趟从渡口过河,小个头男人说是去韩家庄的马秀英家,摆渡的就免收了过河费。这一次怎么啦?难道是他没说话,摆渡的不清楚?显然船上的村人都是知道的,一个个都跟他说着话。小个头男人困惑地想说出一句什么解释的话,村人却先着他说出了。

村人说,他去马秀英家。

王秃子说，马秀英可从来没有说过他是她的亲戚。

河面上的一片水亮正好映照在王秃子的头顶上，使得他的秃斑都跟着闪闪发光了。

过河一块钱！王秃子从船的后面往船的前面走，渐渐地接近小个头男人。

村人说，你看你还真向他要过河钱呀？

他不给你给！王秃子把手伸向这个多事的村人。

另一个村人说，他的老婆孩子都丢掉了呢。

这个村人企图唤起王秃子的一颗同情心。王秃子却没长同情心。

王秃子说，他丢的是老婆孩子又不是钱，我要的是过河钱又不是他的老婆孩子。

王秃子头上的秃斑激动成一片暗红色。

小个头男人慌张地掏出一块钱塞进王秃子的手上，而后是更加慌张地逃下船。一瞬间，村人看见小个头男人的两只眼睛里蓄满泪水，一张嘴紧闭着，憋着许多委屈。到了地面，小个头男人就不用弯虾腰了，几乎小跑着走上河坎，不远处就是一道堤坝，翻过堤坝不远处就是韩家庄。这里的村庄都是这么布局的，渡口在堤坝外面，村庄在堤坝里边，村人外出村庄就要经过渡口，经过淮河。一条小路斜斜地连接堤坝顶端，堤坝绿茫茫的，小路白生生的，像是一条斜挂在绿色堤坝上的褐色绶带。小个头男人就是走上堤坝顶端开始犹豫的。下堤坝有两条路，一条通往西北方向，一条通往东北方向。西北方向是韩家庄，东北方向是镇子。这么两处地方，小个头男人都知道，却犹豫不决去哪里。一起过河的村人远远地落在小个头男人的身后，他们的眼神从来就没有舍弃过小个头男人的一举一动。小个头男人站在堤坝上，他们理解成是歇一歇，或是想一想将要跟马秀英说些什么话。所以说，小个头男人这么一停顿，村人是完全能够理解的。小个头男人接下来的选择，村人就不能理解了。小个头男人没有选择去韩家庄的一条路,毅然决然地朝着东北方向也就是镇子的方向走过去。

村人喊,你走岔路啦!

村人喊,去韩家庄走这边!

小个头男人没有理会村人的喊叫。性急的村人赶紧追上堤坝顶端继续喊叫着。小个头男人没有回头。在村人的眼里,小个头男人的身影一点一点地远过去,一点一点地小下来。

"嚓啦"一声,天色暗淡下来。

2

是晚,马秀英家一片灯火通明,院子的大门敞开着,房屋的小门敞开着。马秀英坐在板凳上,脸面冲着大门,大门冲着一条村路,村路连接着镇子。马秀英等候着小个头男人。马秀英跟村人说,我打开大门,我打开亮灯,我候着他,我家的院子里、我家的房屋里没藏着掖着他的老婆孩子,我怕他来我家找吗?我不怕!不少村人围拢过来看热闹,半圆形地围站在马秀英的身后,眼睛跟着马秀英一起望着大门外面的一条村路,等候着这个小个头男人出现。

小个头男人第一次来韩家庄找老婆孩子,马秀英在地里干活不在家。村人把口信带到庄稼地。村人说,你家来一个亲戚在门口等你呢。马秀英左思右想不知道会是哪一门亲戚。可以这么说,自从马秀英跟着韩启立来到韩家庄,就跟所有亲戚断绝往来、断绝关系。村人说,来人说他喊你姑姑,是个又瘦又矮的小个头男人。马秀英说,我的娘家人都死绝了,哪里会有一个什么侄子呀?马秀英慌慌张张地回到家才知道是这么一个小个头男人。小个头男人见着马秀英一句话没有说,"扑通"跪下身子,"哇啦"一声哭起来,说我的亲姑姑呀,你可得帮我这个大忙呀。马秀英丈二和尚摸不着头脑,伸手拉起小个头男人说,瘦娃你快点站起来说话。这个小个头男人的名字叫瘦娃。小个头男人委屈地说,我的老婆孩子跑掉不见啦。马秀英松开扶着的两只手,害怕似的说,你老婆孩子跑掉,来找我做什么呀?小个头男人说,我来看一看他们娘俩有没有往你家这里跑?马秀英躲闪开小个头男人说,你老婆孩子怎么会来我家里?小个头男人像是抓住一根救命稻草似的紧接着问,你知道不知道他们娘俩现在在哪里?一时三刻,马秀英的脸色变得比小个头男人的还要难看,慌忙回答说,我不知道你的老婆孩子在哪里,韩家庄也没有你的老婆孩子。小个头男人一屁股瘫坐在地上问,那你说我的老婆孩子哪里去了呀?马秀英"咿呀"惊叫一声说,你个瘦娃怎么这么问话呀?马秀英的脸上露出凶光,伸手指着小个头男人说,你快点离开我家,你快点离开韩家庄,要不村人还心想是我把你老婆孩子拐骗跑掉了呢!小个头男人没想着马秀英会这样绝情绝意,说我的亲姑姑呀,我跑半天路还没喝一口水呢,还没吃一口饭呢。马秀英说,你可要把话说清楚,谁是你的亲姑姑呀?马秀英人高马大,一身蛮力,两只手拽住小个头男人的一只胳膊,硬是把小个头男人拖到大门外面。"哐——当——"一声,大门很响地被马秀英从里边关上了。小个头男人只好转头离开马秀英家,离开韩家庄。

　　小个头男人确实不是马秀英的亲侄子,马秀英就确实不是小个头男人的亲姑姑。马秀英,小个头男人,还有小个头男人的老婆——一个名叫梅子的姑娘,他们三个人同在一座城市的同一家工厂里打工,恰巧他们三人都是同一个县同一个乡的老乡。梅子姓马,按辈分喊马秀英姑姑。小个头男人不姓马,原先不喊马秀英姑姑,后来跟梅子谈对象后才改口喊马秀英姑姑。说起来梅子做小个头男人的老婆还是马秀英做的媒。梅子长得漂亮,要五官有五官,要身段有身段,小个头男人呢,小个头,小鼻子,小眼睛,要长相没长相,要力气没力气。最初梅子就有点不情愿。马秀英说,你还真想找一个能过一辈子的男人呀?马秀英说这句话的意思,是要梅子跟小个头男人谈一谈恋爱,玩一玩,吃一吃,喝一喝,就是不能当作一个真。哪想两人交往不长时间,梅子就怀上小个头男人的孩子。小个头男人想领着梅子回老家生孩子,梅子稀里糊涂就想跟着小个头男人一起回老家生孩子。梅子征求马秀英的意见,马秀英想都没想就说出两个字:换掉。梅子听不懂,不明白换掉什么,或者说换掉是什么意思。马秀英只好往明处解释说,换掉就是去医院把孩子打掉。工厂里一块干活的女工经常遇见这种不明不白的怀孕,她们去医院把孩子打掉不说打掉,说换掉。打掉怎么能说换掉呢?马秀英说,女人肚子里的孩子有的是,不想要这个孩子将来能换下一个。梅子舍不得换掉肚子里的这个孩子。马秀英说,你不换掉这个孩子,要是被瘦娃拴住想换掉就难了。换掉孩子跟换掉男人不是一个换掉,马秀英却放在一块说。梅子坚贞地说,瘦娃对我可好啦,我不想换掉孩子,也不想换掉瘦娃。马秀英说,他要是骗你回老家生过孩子不出来了呢?在他们老家有许多男人就是靠着"拴"来对付心眼活的女人。梅子说,瘦娃亲口对我说过啦,我俩回老家生过孩子就回来。马秀英说,瘦娃对你说什么话你都相信?梅子点头说,我相信。马秀英说,我来问一问你,瘦娃干吗带着你回老家生孩子,就不能在这里生?梅子说,瘦娃对我说过啦,在城里生孩子花费高,回老家生孩子便宜,再说回老家生孩子有婆婆照顾省心。马秀英说,看来你是鬼迷心窍啦,我说什么你都听不进去,不过我还是得多说一句话,你跟着瘦娃回去生孩子是生孩子,千万不要跟他打结婚证。梅子一双水汪汪的眼睛猛然睁多大,问,为什么?马秀英说,赶明想换掉男人方便。

在韩启立前面马秀英就换掉两个男人,也就是说韩启立算是马秀英的第三任男人。头一个男人在老家的一个小镇子上开一家杂货店,马秀英嫁过去做帮手,小日子过得倒是油盐不缺,很滋润,很殷实。杂货店里卖的多是山里土特产,山里产出来的货物,卖给山里人,平常马秀英连个县城都难得去一趟,更莫说省城或者其他大城市。渐渐地,马秀英觉得日子过得沉闷憋屈,缺少盼想。白天马秀英大睁两眼没空闲想大山外面的事情,夜晚在睡梦里倒是一趟一趟地往外面跑过不少次。一次梦境比一次梦境跑得地方远,一次梦境比一次梦境跑得城市大。梦境里,马秀英的精神是愉悦的,是亢奋的;梦醒后,马秀英的精神是蔫耷的,是萎靡的。马秀英的这种心境不能跟自己的男人去说,也不能跟其他人去说。一天天闷在心里,憋在心里,在心里长霉,在心里发酵。这年年根底,马秀英遇见一个同村的男人。这人在外地打工,回家过年路过镇子上。马秀英遇见这个村人很兴奋,问这问那,问东问西,都是一些大城市里的事情,都是一些她从电视上看见而不能理解的事情。这个村人是个好说话的男人,说前说后,说南说北,跟个江湖艺人差不多。这人身上穿得光鲜,头上抹得光溜,马秀英一看一听就知道他是一个闯荡过大世面、见识过大世面的男人。

马秀英问,大城市里的大楼真的一座比一座高,真的一座座都能通到云彩上面去?

这人说,你没从电视上看见吗?一座座大楼亮瓦瓦的,云彩整天在上面擦来擦去的,连个灰刺都落不到上面去。

马秀英问,那些大楼外面真的都安着一面面玻璃镜子吗?

这人说,这种镜子不是一般的玻璃镜子,你拿石头使劲地往上面砸都砸不碎。

马秀英还是问,坐在大楼里边的人,真的不用出力就能挣着成千上万的钱?

这人说,大楼里的人上班打一打电话,瞅一瞅电脑就能把大把大把的钞票揣进口袋里。

这人说什么话,马秀英相信什么话。春节后马秀英就跟着这个男人跑掉了,跑出大山,跑进一座大城市。这处大山里的水土很奇怪,男人一个个都长得矮趴趴的,小鼻子,小眼睛;女人一个个却长得水灵灵的,一个比一个喜眼,一个比一个漂亮。正因为这样,一个个女人才跑得出,才有男人要。

马秀英新换上的这个男人其实是个乡下跑进城里的二流子,是个好吃懒做,挣半个钱花一个钱的主。这人带着马秀英住旅馆,下饭店,进歌厅,坐出租车,唱卡拉OK,很快把马秀英从家里带出来的钱花精光。这人领着马秀英开始四处找工作。马秀英在一家纸盒厂找见一份糊纸盒的工作,这个男人什么工作都找不到,身上没文化,手上没技术,轻活干不了,重活不想干。马秀英一个人挣钱两个人花,很快把日子过到困境处,过到尽头处。马秀英知道指望不上这个二流子男人,不说吃好的,喝好的,住好的,眼下连个藏头睡觉的地方都没有,一连好多天他俩就睡在一处收破烂的地方,像是两个穷困潦倒的叫花子。老家回不去,马秀英另外打主意。一个女人家能有什么好主意呢?只好重新找一个男人。

这人就是韩家庄的韩启立。

韩启立在马秀英所在的工厂当保安,高大大的,胖墩墩的,一天一天站在大门旁边不动弹,一看就像一个老实人。马秀英吃尽二流子男人的苦头,觉得韩启立这种憨实的男人才是她想要的,或者说找个憨实的男人才是靠得住的。韩启立当兵转业没多长时间,在部队站岗是他的强项,在这里当保安正好派上用场。要说韩启立是个憨实的男人,马秀英又一次看走眼。马秀英看上韩启立,略微显露出那么一点投怀送抱的意思,他就把她睡上了。马秀英跟韩启立勾搭上,想换掉二流子,哪里会有这么简单呀。二流子纠集一伙人来找韩启立茬子,韩启立有准备,领着几个保安"稀里哗啦"反倒把二流子一伙人揍一顿。二流子咽不下这口气,他对付不了韩启立,却找个空当把马秀英打一顿。不是二流子亲自所为,打手明目张胆地跟马秀英说,他是二流子花钱雇用的,目的就是要打断马秀英的一条腿。打手下手很重,"咔嚓"一声,马秀英断掉一条腿。韩启立都快气疯掉了,提着一根铁棍,嚷嚷着要把二流子的脑浆打出来。二流子早已闻风丧胆,逃之夭夭,韩启立哪里还能找见二流子。韩启立不敢再待在这座城市里招惹是非,带着马秀英一起回到韩家庄。马秀英的一条腿再也没有好利落,两年过去还是一瘸一拐的。就这样,马秀英就留在韩家庄,韩启立在离韩家庄不远的一座小煤矿上班,上班去煤矿,歇班回来家。马秀英在韩家庄种着两亩地,时常觉得这几年就像在做一场又一场噩梦——跟着二流子是一场噩梦,跟着韩启立同样是一场噩梦。

有一天,韩启立不在家,二流子突然地找上门。马秀英刚想张嘴喊村人,二流子的一只大手紧紧地捂在马秀英嘴巴上。二流子说,我千辛万苦找到你只是为了跟你说清楚一件事,说完这件事我就走。马秀英张开的嘴巴合拢上。二流子说,你的腿不是我找人打断的。马秀英问,不是你找人打的,你说会是哪一个?二流子说,这个人是谁你自己去想吧,我不能说,也不敢说。马秀英心里明白过来,失声哭起来。嘤嘤嘤。二流子说,你跟着我一块逃跑吧?马秀英说,我的腿要真不是你找人打断的,怕是我跟着你一起逃跑,我的另一条腿也会断。

韩启立不是一个心善的男人,他找人打断马秀英的一条腿,她才能乖乖地顺从他,她才能乖乖地跟着他一起回韩家庄,她才能死心塌地地做他的老婆,她才能死心塌地地跟他一起过日子。

马秀英跟二流子好的时候,梅子与小个头男人一起回老家生孩子。而后马秀英就跟韩启立好上,来到韩家庄,梅子与小个头男人后来的事情,她也就不知道了。现在小个头男人来说梅子带着孩子一起跑掉了,马秀英一方面替梅子高兴,另一方面替自己难过。马秀英痛恨二流子,痛恨韩启立,痛恨天下所有的男人,也就对找上门来的小个头男人没有一点好脸色,没有一份好态度。

第二趟,也就是今年春天,小个头男人又一次找来韩家庄,马秀英早早地躲避开,连个面都没给小个头男人见着。村人反倒很热心,聚拢在韩启立家门口,围拢住小个头男人,貌似很关切地问这问那、问左问右、问长问短。

村人问小个头男人,你老婆是怎么跑掉的?

小个头男人抬眼看一眼问话的村人，不愿意回话。

小个头男人不愿回话，村人回话。

村人说，他知道老婆是怎么跑掉的，还能让她跑掉吗？

村人问小个头男人，你老婆长得排场（漂亮）不排场？

这是一个小个头男人能够回答的问题，小个头男人依旧不愿意回答。这一次小个头男人甚至没有抬眼去看一眼问话的村人。

另一个村人说问话的村人，人家老婆排场不排场你操哪一门子心事呀？

问话的村人说，他老婆要是不排场还用得着去找吗？

韩家庄的村人认为，男人去找跑掉的老婆是一件很不光彩的事情。老婆像一件穿在身上的衣服，丢掉就丢掉了，哪有还去找的道理呢？

小个头男人说话了，他低垂着眼神说，我是来找孩子的。

村人很快接上话茬说，找孩子就是找老婆，不找老婆去哪里找孩子？

小个头男人不辩驳，像是默认村人的这么一种说法——找孩子就是找老婆，找老婆就是找孩子。村人站在一旁"哧哧哧"地发笑。

小个头男人猛然地把头高高抬起来说，我就是要找我老婆。

村人看见小个头男人的两只眼睛里都是泪水。这是一个容易伤感的小个头男人，这是一个喜欢流泪的小个头男人。

第三趟，小个头男人没有直接进韩家庄，而是先去了镇子上。

第三趟，马秀英没有躲避开，而是敞开大门，敞亮灯光等候着。

马秀英来到韩家庄的这两年时间里大门不出，二门不迈，这是韩家庄村人有目共睹的。也就不存在马秀英回老家拐跑小个头男人老婆孩子的嫌疑。他们家没有这个名叫梅子的女人！他们家也没有这个名叫梅子的女人生下来的孩子！马秀英心底坦荡，不怕村人说什么闲话，不怕小个头男人找上门来。前后两年过去小个头男人一直没有放弃寻找老婆孩子,这反倒引起马秀英的一丝敬佩。看来这个小个头男人比天底下的大多数男人都强,看来梅子舍弃这个小个头男人是一种错误的选择。触景生情,马秀英想起头一个男人,那个在老家的镇子上老实做生意的老实男人,他才是最可依赖的男人呀。二流子靠不住,韩启立同样靠不住。马秀英在二流子男人的心里是一件玩物,在韩启立的心里却是一件东西,就像从商店买回家的一件家用电器,轻易移不出房门,更是挪不出韩家庄。这天晚上马秀英坐在门口等候得有些时辰了,这个小个头男人还是没有出现。偶或地从村路尽头走过来一个行人,不用马秀英辨认,眼尖的村人早已经告诉她,来人不是小个头男人。小个头男人不来韩家庄,在镇子上干什么?马秀英在心里做着各种各样的猜测,村人更是七嘴八舌地说开来。有村人说,小个头男人八成去找了派出所。有村人说镇子上怕是有他的另一门亲戚。更有村人说莫不镇子上有一个女人看上小个头男人,他俩成就了一桩好事。

夜一点点地深了,村人一个个散去,最后只剩下一盏孤灯朗照着马秀英的孤影。马秀英不关门,不熄灯,不睡觉,目光呆呆滞滞地,一动不动地盯瞧着村大路。

3

其实这个小个头男人哪里都没去,一直睡在镇子上的一家旅馆里。

这是一家很小的旅馆。这是一家破旧的旅馆。这是一家偏僻的旅馆。一间房屋里摆放着四张床,就小个头男人一个人直挺挺地睡里面。小个头男人睡不着觉,两眼大睁地盯着天花板。自从老婆带着孩子跑掉的那个夜晚起,睡眠就像老婆孩子一样从他的身边悄悄地溜掉了。天黑了,天亮了,他经常地躺在床上大睁两眼到天亮。夜晚睡不着觉,小个头男人害怕躺在床上一时一刻地煎熬着,就做各种可做的事情。白天里小个头男人却反倒喜欢直挺挺地躺在床上,一个接着一个做起白日梦。在梦里小个头男人会一次次把老婆孩子从躲藏着的地方找出来。老婆带着孩子一般就躲藏在旅馆的柜子里。小个头男人一听见柜子里有动静,就会从床上爬起来,打开柜门,果真发现老婆带着孩子就躲藏在柜子的一处拐角里。柜子里的光线很暗,老婆孩子的两双眼睛却瓦亮瓦亮的,像是柜子里闪起两盏灯。小个头男人欣喜地说,我总算找到你们娘俩,你们快点从柜子里出来吧。小个头男人看见老婆孩子在柜子里不敢出来,簌簌发抖,一副害怕的样子。老婆说她不应该带着孩子离开家,现在后悔没有脸面回去见小个头男人。所以这些天女人才反过头来跟踪小个头男人,他去哪里她就带着孩子跟踪到哪里。小个头男人住进旅馆,她就带着孩子躲藏在柜子里。孩子说他天天想爸爸,白天想,晚上想,睡醒了想,睡梦里想,有好多次他跟在小个头男人后面都想大声地喊爸爸,嘴巴都被妈妈伸手捂住了。女人问小个头男人,你还要我这个离家出走的老婆吗?孩子问小个头男人,你还要我这个偷偷跑掉的儿子吗?小个头男人伸手拉出柜子里的老婆孩子,紧紧地抱在怀里,"吸吸溜溜"地哭起来。小个头男人一边哭泣一边说,我要!我要!我的老婆孩子我怎么会不要呢?小个头男人伸开胳膊,做出拥抱老婆孩子的姿势。其实他一直直挺挺地躺在床上,怀里空空的什么也没有。

  小个头男人不想去韩家庄。他知道去韩家庄找老婆也找不见。这两年他找遍所能去的每一处地方,没找见老婆的影子,没找见孩子的影子,像是老婆带着孩子从这个人世间蒸发掉。小个头男人早已经失去信心,绝望透顶,伤心透顶,现在一天天满世界去找老婆孩子,只不过是一种惯性使然罢了,找老婆、找孩子已经成为他生活的一部分,或者说他生活的全部。除此他什么也不愿意干,就算干了也干不下去、也干不好。他整天到处奔波,到处寻找,每去一处地方都这样,明明目的地在东边,他偏偏去西边的一处地方落下脚。而后他就会直挺挺地躺床上,去做他的白日梦,而后在旅馆的柜子里找到他的老婆孩子,与他们虚幻地说话,与他们虚幻地相聚。相对小个头男人来说,这种短暂的相聚是虚幻的,又是实在的;是渴望的,又是绝望的;是轻松的,又是疲倦的。当小个头男人被这种白日梦折腾得疲惫不堪时,他就会打开旅馆里的电视机,也只有电视能够中断他的白日梦,把他从疲惫不堪的状态中解救出来。好在时下大小旅馆里都会有一台电视机,大旅馆的电视机可能大一点好一点,小旅馆里的电视机可能小一点破一点。这种破旧的电视机一看就是从城里淘汰下来的,价格绝对不会超过五十块钱一台的那一种。电视里的噪音比人物说话的声音大,电视里的雪花比人物的脸庞大。

  这一刻,也就是马秀英坐在院子里等候他的这一刻,小个头男人毅然决然地结束白日梦的纠缠,下床打开电视机。电视机里噪音喧嚣,一片漫天飞舞的雪花里出现几个晃动的人影。小个头男人不停地转换频道,雪花飞舞中不断变换虚幻的人影。其实小个头男人也不知道要看哪一个频道、什么样的电视节目。他漫无目标地看着电视画面,就像漫无目标地行走在一片雪天里一样,是孤独的,是寒冷的,是无望的,是沮丧的。小个头男人把不断转换的频道停下来,人影也就相对地清晰起来。这是一档地方电视台的生活类节目,中间有一档子栏目叫着:《有事找小齐》。片头画外音说:——你在生活中遇到什么困难了吗?请拨打电话,找《有事找小齐》,我们会竭尽全力地帮助您,解除您的忧愁,解除您的烦恼。我们的联系电话是:6498817。而后小个头男人在电视里就看见自己,更确切地说看见一个长相类似自己的男人。这个男人也是住在一处大山里,这个男人也是又黑又瘦又矮的,这个男人的老婆也是带着孩子偷偷地跑掉了。这个男人就找到《有事找小齐》栏目组,让电视台帮忙找他的老婆孩子。小个头男人的一双眼睛猛然间睁多大,不禁在心里生出一个大问号,电视台能帮忙寻找丢失的老婆孩子吗？小个头男人赶紧往电视机跟前靠一靠，近处的电视画面反倒没有远处的电视画面清楚。好在声音是清晰的，小个头男人赶紧把电视声音往大里开几格，屏声静气地仔细听。小个头男人好奇地看着电视里这个很像自己的男人。

电视上的这个男人说，我找了两年的老婆孩子，前后去过二十四个城市，四十八个村庄，都没找见老婆孩子的人影子。

小个头男人在心里自己问自己，我跑过这么多的城市吗？我去过这么多的村庄吗？

恍恍惚惚的，小个头男人还是把自己与电视里的这个男人混淆成一个人。

电视记者问，你跑这么多地方都没有找着老婆孩子，干吗还要继续去找呢？

小个头男人一下子暴躁起来，冲着电视机里的记者说，放你妈的猪狗屁，要是你的老婆孩子跑掉了你找不找？

电视记者是一个面相白嫩，眉眼清秀的女人，有没有结婚都说不准呢。小个头男人不分男人女人地乱骂电视记者，人家听不见当然不会搭理他。电视上的男人窝在一张大红色的沙发拐角里，脑袋耷拉在胸前。沙发后面的墙上是《有事找小齐》几个大字，大字的下方还有一个栏目标识——一只伸出来的巨手。

女记者问，你坚持寻找老婆的信念是什么呢？

什么是信念，信念是吃的还是喝的？小个头男人糊里糊涂地听不明白。电视上的这个男人能不能听得明白不知道，却是一直不说话。

女记者接着问，你坚持寻找是不是为了你对老婆孩子的爱？

爱不是吃的，不是喝的，小个头男人是明白这一点的，他觉得心里滚过一股暖流，面对电视里的女记者深深地点头，说，我爱我的老婆，我爱我的孩子。

电视上的男人却答非所问地说，我不找老婆孩子在村子里就待不下去。

女记者问,你不吃村人的、你不喝村人的,怎么会在村里待不下去呢?

电视里的男人说,村里人说我没本事,连老婆孩子都守不住。

女记者问,你老婆带着孩子跑掉是你老婆的事情,怎么会怨你没本事呢?

电视里的男人说,要是我有本事的话,老婆怎么会带着孩子跑掉呢?

小个头男人像电视里的男人一样,一点点耷拉下脑袋,自言自语地说,我连老婆孩子都守不住,我是个没本事的男人。

电视画面一切换,室内转室外,出现一辆车子,车子上坐着这个男人、坐着年轻漂亮的女记者。电视画外音说,现在我们《有事找小齐》栏目组记者就带着他前往王家庄,去寻找他丢失两年的老婆孩子。

小个头男人冲着电视机大声喊叫说,错啦!错啦!不是王家庄!不是王家庄!

电视里的男人却冲着电视镜头,冲着小个头男人,满怀希望,两眼放光,一脸期待,像是老婆孩子就在王家庄的村头等候着他。

小个头男人继续喊叫说,去韩家庄!去韩家庄!

就是这时候电视屏幕一闪晃,画面消失,只剩下一片雪花飘舞的天空。小个头男人呆愣愣地盯着电视机,不明白另一个自己怎么会一下子从电视屏幕上消失,就像老婆孩子突然一下子从家里消失一样。小个头男人低头看一看自己,伸出右手掐一下左手,又伸出左手掐一下右手,仍然不能确认到底待在旅馆里的这个人是真实的自己,还是从电视屏幕上消失的那个人是真实的自己。突然地,小个头男人喊叫着冲出房间,跑向旅馆的前厅。他知道那里坐着老板娘,他知道老板娘面前有一台电视机。

小个头男人一边跑一边喊:——去韩家庄!——去韩家庄!

他冲向前厅,冲进柜台,伸手从老板娘手里夺过电视机的遥控器,胡乱地摁起来。他是无意间看见《有事找小齐》栏目的,面对几十个电视频道真不知道到底是哪一家。老板娘不知道小个头男人是怎么一回事,说你这人想看电视,去自己房间里。小个头男人气喘吁吁,面色焦躁,两眼发愣,全身心地盯瞧着电视机,像是根本没有老板娘这个女人。老板娘的神色一下惊恐起来,转脸向不远处的一间房门喊:铁塔!铁塔!你快点过来看一看这个男人是怎么回事呀?老板娘的喊叫声急促、刺耳,一个像铁塔样的男人从房间里走出来,问老板娘,你喊叫什么呀?老板娘伸手一指面前的小个头男人说,他抢夺我手上的遥控器,我问他干什么他一句话都不说。铁塔上前一把夺过小个头男人手上的遥控器说,你这个人来前厅看什么电视呀。前厅里的这台电视机不算新,荧屏上的画面却是清晰的。一片晴朗的天空里,没有雪花,没有云朵,没有车子,没有电视台的女记者与那个找老婆的男人,只有另外一对男人女人脸对着脸深情地凝视着。小个头男人手里没有遥控器,茫然无措地望着这个高大的男人不说话。铁塔问小个头男人,你想干什么?小个头男人眼神木木的,像是从消失的电视画面里回缓不过来。小个头男人与铁塔也是脸对着脸站着,一高一矮,一胖一瘦,跟电视上的那对情人差不多。电视上的女人猛然一下扑进男人的怀里说,我爱你。小个头男人嘴巴哆嗦着却说,我来找老婆。老板娘的嘴巴一下张多大,慌忙抬手捂住了。刚才她在电视上看到《有事找小齐》节目,画面消失才转换到这个频道。可能小个头男人跟电视里找老婆的那个男人长得太像了,或许她干脆就把两人当作一个人。老板娘心里惊讶,嘴巴捂上没有说出来。小个头男人还是说,我来找老婆。

　　铁塔伸手揪住小个头男人的衣领,一把把他捞出柜台说,你找老婆怎么会找到这里来?这里只有我老婆哪里会有你老婆!

　　小个头男人哭腔哭调地说,我找老婆孩子两年了,连个影子都没有见着呀。

电视里的男人紧紧地拥抱电视里的女人说,其实我更爱你呀。

4

这个夜晚,小个头男人没有睡着,老板娘也跟着没有睡着。

他们家开的是夫妻店,男人铁塔具体事不管不问,开旅馆的一切琐事都甩给老板娘和一个雇用的女人了。开旅馆挣来的钱铁塔却一把揣进口袋里,晚上回旅馆睡一觉,白天一整天都在镇子上东晃悠西晃悠,除去吃喝嫖赌,没个正经事可做。老板娘是个南方人,那一年流行开温州发廊,老板娘作为一个发廊妹跟随着发廊流动到淮河边的这个镇子上。当然那时候老板娘还只是一个小姑娘,铁塔在发廊里遇见她,看上她,或者说嫖上她。那时候铁塔就是一个吃喝嫖赌的家伙,就是镇子上的一霸,他看上的女人别的男人没人敢招惹。铁塔看上发廊妹,不是她的福气,反倒是她的灾难。发廊妹生意清淡,门可罗雀,在镇子上只能依靠铁塔这么一个男人。铁塔要是一位政府的官员,他可以利用职权让她去做别的事情;铁塔要是一位有钱的款爷,他可以掏钱包养她。然而铁塔就是一个吃喝嫖赌的无赖,连睡觉钱都付不起。摆在发廊妹面前的只有一条路,离开这家发廊,离开这个镇子,离开铁塔这个男人。铁塔看出发廊妹想走这条路,警告她说,你趁早打消这种念头,要不你的一张嘴能不能喘气我就不敢保证了。镇子附近是一条淮河,淮河岸边有一个渡口,铁塔早早地跟摆渡人打过招呼,发廊妹想离开这个镇子不是一件容易的事情。发廊妹跟铁塔说,你包养不起我,就给我找一件事情做,我总得吃饭吧?铁塔问,你愿不愿意做老板娘?发廊妹问,你能开个什么店呀?铁塔说,开发廊。铁塔就把这家发廊的老板、老板娘一起赶走,留下一帮小姐妹,发廊妹理所当然地做起老板娘。老板理所当然是铁塔。发廊没开两年就被取缔了。取缔发廊的不是当地政府,是市场规律,是镇子上新改装的各种新兴的娱乐场所。发廊里的一帮小姐妹一个接着一个都去了那里。发廊里的生意一天一天清淡下来。别的姑娘能去这些新部门新单位工作,发廊妹依旧被铁塔霸占着不能去。铁塔说,你还是做你的老板娘。发廊妹说,发廊空空的一个小姐妹都没有还怎么开发廊?铁塔说,我们开旅馆。开旅馆是改行,老板娘的身份却没有变。发廊妹说,那你得名正言顺地娶我。铁塔说,你在发廊里待这么久,头脑怎么还这么传统呀?发廊妹说,不是我传统,是你太不传统了。铁塔问,你相信结婚证那么一张薄薄的纸?发廊妹说,我不相信也得相信。

铁塔就跟发廊妹正式结婚了。发廊妹就改行做起这家小旅馆的正式老板娘。

结婚过后发廊妹才明白,一张结婚证书确实不值得去信赖。没结婚开发廊的时候,铁塔整天吃喝嫖赌不管不问店里的任何事情,现在开旅馆他依旧整天吃喝嫖赌不管不问店里的任何事情。两者有所不同的是,先前发廊妹跟铁塔没结婚,隔三岔五地两人还能睡一睡,现在有了一张结婚证,发廊妹变成铁塔的正式老婆,他对她的兴趣一天天地冷淡,最后干脆弃置冷宫,不招不惹了。铁塔不睡发廊妹,能找别的女人睡觉。显然发廊妹却不能。发廊妹跟铁塔说,你看不上我,别的男人能看上我。铁塔大度地说,去吧去吧,哪个男人看上你就跟哪个男人睡去吧。看上发廊妹的男人或许有不少,可敢跟发廊妹睡觉的男人却一个也没有。发廊妹跟铁塔说,你送我去庙里做尼姑吧!铁塔说,你去做尼姑谁替我开旅馆呢?发廊妹说,天下女人多的是。铁塔说,天下找不着哪一个女人有你这么傻。至于发廊妹怎样一个傻法,铁塔就不去明说了,留给发廊妹自个慢慢地去思吧、去想吧。

有一天,铁塔带着发廊妹渡过淮河,一起去城里玩一趟。这在从前是从来没有过的,发廊妹受宠若惊,不相信这是铁塔干出来的。铁塔带着发廊妹一起去吃的地方,一起去喝的地方,一起去穿的地方,一起去玩的地方,吃拣好吃的吃、喝拣好喝的喝,穿拣好穿的买,玩拣好玩的去。发廊妹胆战心惊,一双眼一刻比一刻睁得大,一双眼一刻比一刻睁得圆,能看出她浑身上下一刻不停地在发抖。簌簌簌簌、簌簌簌簌。铁塔这么一种做法是反常的,发廊妹不知道他葫芦里卖的什么药,是想举刀杀掉她,还是想把她转手卖给人贩子。许多血淋淋邪恶的念头一起涌向发廊妹的大脑里。发廊妹不敢去问铁塔,恐惧像一颗定时炸弹似的时刻响在耳边。嘀嗒嘀嗒、嘀嗒嘀嗒。铁塔没有杀发廊妹,没有卖发廊妹,而是把她带进一家旅馆里,激情澎湃地与她睡一觉。这时候,发廊妹得到的不是欢快,而是一种更大的恐惧。铁塔起来穿衣服,发廊妹仍旧像一扇死猪肉似的僵硬在床上。铁塔从口袋掏出一张纸扔在发廊妹的肚皮上说,从现在起你想去哪里就能去哪里,你想跟哪个男人就能跟哪个男人。发廊妹伸手捡起这张纸,一点一点十分沉重地举在眼面前,是一张离婚证书。发廊妹盯着离婚证书前后呆愣有那么十几秒钟,终于明白铁塔这么做是给她自由了。发廊妹赶紧穿衣服,没来得及把衣服穿周正就慌慌张张地往旅馆外面跑。铁塔说,你个傻女人慌什么慌,前面的路有你跑的呢!铁塔这么一说话,发廊妹更加慌张,两只眼不知道该往何处看,两只手不知道该往何处放,两条腿更是不知道该往哪里跑。旅馆门口有三条路,往东一条路,往西一条路,往南一条路。发廊妹像只没头的苍蝇,往东跑几步,转过头跑回来,再接着往西跑,而后再次转过头往南边跑过去。发廊妹跑上一段路回过头看一看,铁塔正站在旅馆门口看着她奔跑。一抹阳光斜斜地照着铁塔,他光亮的脸上流淌着一层莫名其妙的笑容。发廊妹心里"咯噔"一响,两脚迟迟疑疑地停下来。铁塔喊,你个傻女人想跟着我一起回镇子上吗?发廊妹醒悟过来,猛然接着往前跑出一大段子路,站住脚回过头看见铁塔还是站在旅馆门口一动不动地望着她。

发廊妹在外面奔跑七天七夜又回到镇子上。

这些天,发廊妹离开铁塔,从表面上看是自由的,想往哪里去往哪里去,想干什么干什么。实际上发廊妹得到的只是自由的身体,心灵一刻也没有自由过,她时刻担心这是铁塔设计出来的一个圈套,白天她觉得有一双眼睛时刻盯梢着她,只能不断地奔跑,不断地逃命,企图甩掉这双盯梢的眼睛。夜晚发廊妹不敢睡觉,即使睡着也会被一场连着一场的噩梦吓醒过来。虽说这些天发廊妹从没见到过铁塔的人影子,她却觉得白天在路上遇见的每一个人都是可疑的,都是铁塔派来的,夜晚她睡在旅馆里同样觉得铁塔或铁塔派来的人就徘徊在房门外面,随时随刻都会破门而入,一把抓住她,一刀杀死她。前三天发廊妹朝着远离镇子的方向拼命逃窜,逃跑的路程却一天比一天在缩短。发廊妹逃跑得越来越没有信心,也越来越没有力气。第四天发廊妹停下逃跑,休息一天,思考一天,从第五天开始就朝着镇子的方向回头了,尽管一副心不甘情不愿的样子,还是照样一步一步艰难地往回走。经过几天几夜的煎熬,发廊妹的身与心都一样疲惫不堪。她不再睡觉,不再休息,日夜兼程,只是想早一点回到镇子上,早一点结束这种地狱般的煎熬。第七天傍晚时分,发廊妹回到镇子上,铁塔正在旅馆的前厅里等候着她。发廊妹回来,铁塔没有一丝惊奇。

铁塔说,我心想你会在外面待上十天半个月呢,没想到你这么快就回来了。

发廊妹胆怯地问,你还要我吗?

铁塔说,我俩离了婚,我有什么要你不要你的呀。

发廊妹一屁股坐在前厅的凳子上说,我还是回头做旅馆的老板娘心安。

铁塔问,你该不是想跟我复婚吧?

发廊妹说,我俩复婚不复婚还不都是一样吗?

铁塔说,你怎么不去想一想,我会真心娶你这么一个女人做老婆吗?

发廊妹说,这些年我身边可只有你一个男人哪。

铁塔说,可我不想只有你一个女人呀。

又一天，也就是前些天，一辆警车猛然停靠在小旅馆的前面。从车上下来两个警察，一个警察个头高一点，一个警察个头矮一点；两名电视台记者，一名手持话筒的女记者，一名肩扛摄像机的男记者；还有一个面目猥琐的男人，这人就是后来出现在电视上找老婆的男人。不过这时候，老板娘还不知道这么一伙人来干什么的，心想是来旅馆抓嫖娼卖淫的。一般情况下，警察不会去抓干这种事情的男人女人，除非有人打电话实名举报。要是真有人打电话举报此事，也可能是开旅馆的得罪了什么人，具体地说是铁塔得罪了什么人。铁塔可不是好招惹的！就算铁塔得罪过的人也会绕着他走路，多一事不如少一事。老板娘在心里猜测着，本能地想躲闪开已经来不及。几个人一起朝着旅馆前厅拥挤过来，高个头警察、矮个头警察走在最前面，手持话筒的女记者紧跟在两位警察身后，肩扛摄像机的男记者紧跟在女记者身后，猥琐的男人紧跟在男记者身后。高个头警察朝老板娘亮出一张照片，问照片上的这个女人住在哪个房间里？女记者把话筒伸在高个头警察的嘴边，男记者把摄像机镜头对准高个头警察、女记者、老板娘三个人，矮个头警察的两眼贼溜溜地盯瞧着四周，猥琐的男人想往前一步挤进镜头里，被矮个头警察一把拉过来。老板娘明白警察一伙人是来旅馆找人的，松出一口气，瞟一眼照片上的这个女人，连个眉目都没看清楚就急切地摇头说，我没见过照片上的这个女人，她不住在我们的旅馆里。高个头警察收起照片，看一眼矮个头警察的眼色，领头朝着后排房间冲过去。手持话筒的女记者、肩扛摄像机的男记者不甘示弱紧随后面，萎缩的男人愣一愣神，不知道前面的警察、记者去哄抢什么东西，待明白过来他们大概要去做什么，拼上命地追赶上去。老板娘没有离开前厅，一旁里冷眼看着五个人，恶狠狠地说，想来旅馆里抓人，没门。

后排是一座三层楼，高个头警察、矮个头警察准确地冲到一楼的第三个房间，急促地敲门说，开门，快点开门。听不见门里有动静，更不见有人来开门。猥琐的男人哭腔哭调地说,燕子,你快开门呀,我是门板。跑掉女人的名字叫燕子,猥琐男人的名字叫门板。女记者手里的话筒不知道该往哪个地方伸,摄像记者的镜头不知道该对准哪一个。高个头警察转脸回到前厅,命令老板娘说,你快点打开103房门。矮个头警察站在103房间的门外不动。老板娘知道高个头警察是受矮个头警察领导的。老板娘不慌不忙地打开103房间,里边空荡荡的,一扇后窗打开着,像是刚刚有人翻窗逃走的样子。这里的窗户跟别处不一样,别处人家的窗户外面安装着防盗窗——钢筋笼子,外面的人翻窗进不来,里面的人翻窗出不去。她们家开旅馆,窗户不用安装防盗窗,就是图个有风吹草动的住客翻窗逃走方便。

高个头警察问老板娘,房间里的住客呢?

老板娘说,这是一间空房间。

房间里的床铺一片凌乱,上面扔着两件衣服。

猥琐的男人抓起其中的一件说,这是燕子的衣服。

高个头再次问老板娘,房间里的住客呢?

老板娘说,住客去哪里我怎么会知道。

猥琐的男人失去控制,一头扑向老板娘说,你赔我老婆!

高个警察赶紧拉开猥琐的男人。

老板娘说猥琐的男人,要是翻窗跑掉的是你老婆就好办了,她还欠着我的两天房钱呢。

两名警察、两名记者领着猥琐的男人一起离开旅馆,老板娘稀里糊涂的不知道这个男人的老婆是怎么跑掉的,甚至连这个逃跑女人的一点稀薄印象都没有了。直到这天晚上看到《有事找小齐》,发廊妹才知道猥琐男人的老婆是怎么丢失的。可惜的是,电视画面突然消失,猥琐男人的老婆找着没找着就不知道了。但是《有事找小齐》栏目组的热线电话:6498817(有事就拨打小齐),老板娘却记住了。当然老板娘分得清楚,电视上的男人与现在住在旅馆的小个头男人是两个男人,是两个不同的找老婆的男人。

5

隔天一大早,铁塔一出家门,老板娘就跑过去敲小个头男人的房门。先是声音很小,后是声音很大。"咚、咚、咚。""咚!咚!咚!"老板娘手敲疼指头,就是不见小个头男人打开房门。其实小个头男人就直挺挺地躺在房屋里的床上,不开门是不想见任何人,是不相信任何人,他觉得在这个世界上除了自己别人谁都靠不住。他是一个被老婆抛弃的男人,也是一个被世人抛弃的男人。这个早上老板娘一直留意着前厅,知道小个头男人仍在旅馆里,不可能离开,更不可能翻窗户逃跑。老板娘小声地喊,快开门呀。房间里死寂一片,没有动静。老板娘接着喊,你想不想找老婆?小个头男人"扑棱"一声坐起身。"吱呀,吱呀。"有床的响声从门缝传出来,老板娘轻微地笑一笑。老板娘说,你快点开门,我想办法帮助你去找老婆。房门"吱呀"一声打开,小个头男人蓬头垢面地站在老板娘面前,一双眼睛惊奇地睁多大,我老婆在哪里,你领着我去找。老板娘说,你打电话找电视台的《有事找小齐》,让他们帮你去找。

6498817——有事就拨打小齐。在前厅的柜台里,小个头男人按下这么一串奇怪的数字。"嘟——嘟——嘟——"三声电话铃响过之后,一个女人接听电话,很柔和地"喂——"一声说,请问你有什么需要我们《有事找小齐》帮忙的。小个头男人手持话筒,嘴唇哆嗦着说不出话来。老板娘站在一旁说小个头男人,你快说话呀,人家等着呢。小个头男人上身一软,俯在柜台上,竟然"吸吸溜溜"哭起来。电话里的女人问,你怎么啦?有什么委屈,有什么难事,我们《有事找小齐》栏目组会竭尽全力地帮助您,解除您的忧愁,解除您的烦恼。小个头男人越哭越厉害,都有点泣不成声了。这样一来,老板娘只好把话筒从小个头男人的手里接过去,跟对方把情况大致说一遍。对方问老板娘,他知道他老婆的线索吗?一般情况下,找人都是要有线索的,电视台记者出面帮忙,出一出主意,理一理关系,就能办个差不多了。老板娘说,他知道老婆在哪里还打电话要你们帮他找吗?对方说,那你们先来电视台一趟吧。

老板娘陪着小个头男人一起去电视台。

自从老板娘那次走出七天七夜返回头,铁塔就不控制她进出镇子了。铁塔知道她离不开他,她也知道自己离不开他。不过老板娘很少离开镇子,更是少之又少地去城里。离开镇子去哪里?进城又能干什么?这一次老板娘领着小个头男人进城里去找电视台,是破天荒了,是豁出去了。老板娘背着铁塔去敲小个头男人的门,更要背着铁塔领着小个头男人进城里。老板娘领着小个头男人避开韩家庄渡口,绕道去别的渡口。开头小个头男人不愿去电视台,老板娘也没想陪着他一起去。

小个头男人说,我老婆不会在电视台,我不去。

老板娘笑起来说,你老婆当然不会在电视台,去那里是让人家电视台记者帮忙去找你老婆。

小个头男人说,我不知道电视台在哪里怎么去呀?

老板娘说,你去城里打听一下不就知道了。

小个头男人说,在这个世界上没有人愿意跟我说实话。

小个头男人早已不相信世界上任何事、任何人。

老板娘说,我领着你一起去。

小个头男人生出疑问说,你干吗要领着我去?

老板娘说,我帮你呀!

小个头男人不相信地问,你干吗要帮我呀?

老板娘说,难道帮人还需要什么理由吗?

小个头男人明确地说,我不相信你会什么都不图地帮我。

其实老板娘心里是有一个理由的,那就是她想见一见这个小个头男人的老婆是什么样子的,人家带着孩子跑掉两年没回头,而她离开铁塔七天七夜就在外面待不住。在心里老板娘每时每刻都想再一次离开镇子、再一次离开铁塔,可总是犹豫不决。不是跑不掉,是怕重复上一次的老路子。

走进电视台,就等于走进电视里。很快地小个头男人与老板娘就被带进摄影棚。小个头男人看见电视里的那位女记者,看见电视里的那张大红色的沙发,看见沙发后面的墙上"有事找小齐"几个大字,还有大字的下方的栏目标识——一只伸出来的巨手。与电视上不同的是,现在坐在沙发拐角里的是小个头男人,而不是那个找老婆的男人。在老板娘的眼里,她看到手持话筒的女记者,她看见肩扛摄像机的男记者(在这里摄像机架在三角架子上),只是缺少两位警察,还有那个不知道找没找着老婆的猥琐男人。摄影棚里显得很凌乱,到处是电线,到处是机器,到处是灯光。一处黑暗的房间里,"嚓、嚓、嚓"灯光次第打开,如同白昼一般。身处这种环境中,老板娘新奇地东张西望,小个头男人像电视里见过的那个猥琐男人,尽可能地把身子往沙发的拐角挤靠,尽可能地把脑袋往胸前耷拉,一副模样比那个猥琐的男人还要猥琐。在这张大红色的沙发上,小个头男人坐一端,老板娘坐一端,中间留给女记者。一切准备就绪,只等女记者就位、导演一声令下,开拍了!

小个头男人跟随老板娘走进电视台,女记者最初以为小个头男人就是电视里的那个猥琐男人。女记者惊讶地问,你怎么又来了?老板娘知道女记者认错人,解释说,他不是你们电视里的那个找老婆男人。小个头男人也说,我是头一次来电视台。老板娘指着小个头男人说,不过他的老婆也跑掉了,也想让你们电视台帮他找一找。女记者说,最近一段时间连续有9位男人来我们栏目组找老婆,你算第10位。女记者手里翻阅着一份资料,抬眼看一下小个头男,"扑哧"一下笑出声,说前面9位找老婆的男人都跟你长相差不多。女记者没把话说明白,老板娘却听明白,那就是这些找老婆的男人一个比一个个头矮小,一个比一个长相猥琐。女记者看一眼老板娘说,那些跑掉的女人反倒都跟你长相差不多。老板娘模样长得不错,想必那些跑掉的女人也是一个比一个长得周正,一个比一个长得漂亮。

女记者往沙发中间一坐,节目就开始录制了。

女记者问,你老婆为什么带着孩子跑掉?

小个头男人说,我们那里的女人喜欢跑。

老板娘说,我们镇子上的女人也喜欢跑。

女记者说,看来世上的女人都喜欢跑,这个问题带有一定的普遍性。

女记者说完这句话,前面的摄像男记者忍不住笑起来。嘿嘿嘿。女记者相跟着也笑起来。咯咯咯。女记者回头跟摄像的男记者说,剪辑的时候这两句话要删除。摄像的男记者说,我倒觉得这个话题很有意思,你们要是接着往下聊,收视率肯定会猛增。坐在监视器旁边的导演通过耳麦说,谈话跑题啦,抓紧时间!老板娘、小个头男人没有笑,他俩不知道这个话题有什么好笑的。当然导演在耳麦里说些什么话,他俩也听不见。

女记者调整一下脸上的表情重新问小个头男人,你找老婆找多长时间了?

小个头男人说,我找了两年的老婆孩子,前后去过二十四个城市,四十八个村庄,都没找见老婆孩子的人影子。

小个头男人一边说话一边在心里自己问自己,我跑过这么多的城市吗?我去过这么多的村庄吗?

恍恍惚惚的,女记者依旧把这个小个头男人与上次电视里的那个猥琐男人混淆成一个人。

女记者问,你跑这么多地方都没找着老婆孩子干吗还要继续去找呢？

小个头男人一下子暴躁起来，冲着女记者说，放你妈的猪狗屁，要是你的老婆孩子跑掉你找不找？——当然小个头男人的冲动只在一种假想中。实际上小个头男人始终窝在大红色沙发的拐角里，只是脑袋耷拉得更加低。沙发背面墙上的栏目标识——一只伸出来的巨手，正好斜斜地对着他低垂的脑袋。

女记者问，你坚持寻找老婆的信念是什么呢？

小个头男人不明白"信念"这个词的意思，自然就回答不出来。

老板娘代替小个头男人回答说，他的信念就是不找着老婆孩子不吃饭、不睡觉、不回头。

女记者不搭理老板娘，接着问小个头男人，你坚持寻找是不是为了你对老婆孩子的爱？

小个头男人又一次觉得心里滚过一股暖流，转脸对身旁的女记者深深地点头说，我爱我的老婆，我爱我的孩子。

女记者也满意地冲小个头男人点一点头。

小个头男人很快地接着说，我不找老婆孩子在村子里就待不下去。

女记者问，你不吃村人的、你不喝村人的，怎么会在村里待不下去呢？

小个头男人说，村里人说我没本事，连老婆孩子都守不住。

女记者问，你老婆带着孩子跑掉是你老婆的事情，怎么会怨你没本事呢？

小个头男人说，要是我有本事的话，老婆怎么会带着孩子跑掉呢？

老板娘说，我们镇子上也这样，要是谁家老婆跑掉，男人肯定是一个窝囊废，要是男人厉害，他让女人跑女人也不敢跑。

小个头男人自言自语地说，我就是一个没本事的窝囊废呀。

女记者问，你知道我们去哪里能找着你老婆吗？

老板娘插话说,去王家庄。

小个头男人一下站起身冲着摄像机大声喊叫说,错啦!不是王家庄!是韩家庄!

6

录制这期节目之前,女记者与部门主任发生了分歧。分歧的焦点是他们近期这类节目做得太多了,不说社会反响如何,电视台内部人员都说他们这档节目不应该再叫《有事找小齐》,直接改名叫《找老婆》算了。女记者的名字叫小萌。部门领导姓张。张主任的意见是,小个头男人找栏目组帮忙这件事婉言谢绝算了,这类节目做得多,播得多,形成一种电视效应,那些老婆跑掉的男人来找电视台的会更多。小萌坚决地说,我不可能谢绝,人家老婆孩子都没有了,你说我们怎么能去婉言、去谢绝?张主任做部门的领导,《有事找小齐》栏目却是小萌说话算数。张主任说话她听一听是给他一个面子,不听,张主任也没有一个办法。谁叫人家小萌是台里的红人呢?小萌没有丝毫让步地把他的话顶回去,张主任脸面有些挂不住。

张主任心藏玄机地说,请问你们《有事找小齐》栏目组一共做过几位找老婆的了?

小萌说,算上这位小个头男人一共10位。

张主任说,请问帮助他们其中几位找到老婆了?

小萌坦然地说,一位没找着。

张主任笑一笑说,那你们做这类节目有什么意义呢?

小萌说,正因为这些男人的老婆难找,才更要动用电视这种大众传媒嘛!

张主任说,你说这话我听不明白,听说你们动用警察不是一位也没找着吗?

小萌说,这些女人的照片在电视上一公布,传播的面广,知晓的人多,找到的可能性相对地就大嘛!

张主任问,我问的是结果,却是一个没找着?

小萌说,今天没找着不代表明天没找着,明天没找着不代表后天没找着,说不定这一会儿就有热心观众打来电话,提供线索,找着其中的一位呢。

张主任又一次笑一笑说,那你就一个一个地打电话让那些丢失老婆的男人坐在家里慢慢地等着吧。

小萌坚持做这么多期"找老婆"节目,是有个人原因的。说起来小萌自己就是一个"跑掉"的女人。只是她的"跑掉"是带引号的,与其他跑掉女人的形式不一样罢了。要说其他女人跑掉是不声不响地离开家、离开男人,小萌则是通过法院向男人提出离婚。这恐怕就是农村女人与城里女人的区别吧。

小萌与男人原本一同在市机关小学当老师。男人教体育,小萌教音乐。男人高大,小萌小巧,从外表上去看是很般配的一对。实际上夫妻俩感情也不错,结婚几年没要孩子,两人都想玩一玩。男人喜欢运动,小萌喜欢音乐,运动与音乐一交叉,家庭生活就丰富多彩了。除此之外,男人业余时间在学校里组织一支小小的足球队,女人业余时间在学校组织一支小小的合唱队,使得两人更加充实。这一年六一儿童节前夕,小萌的合唱队上了电视,节目录制就在电视台的演播大厅里。是一台儿童合唱专场节目,前后录制好几天。就是这期间,电视台的王台长看上小萌的才干,提出想把她调进电视台。电视台是个什么单位呀?没有女人会拒绝。小萌却矜持说,让我考虑考虑吧。其实王台长提出来的那一瞬间小萌就在心里答应了。王台长是个南方人,人称南蛮子,是个有能力、有心计的男人。他提出调小萌去电视台首先是看上小萌的人,而后才看上小萌的才。说起来这也算是电视台的潜规则,一个做台长的跟台里的这旦那花睡一睡是一件极其平常的事情。反过头来说，一个做台长的要是清心寡欲，没有绯闻，别人反而觉得不正常，不是这个人的头脑有毛病，就是这个人的生理有毛病。许多年轻漂亮的女人明里暗里想投怀送抱，想进电视台，南蛮子还不定看上呢。小萌算是走大运了。

小萌去电视台之前，先请王台长吃一顿饭。这顿饭小萌男人也在场。男人不是傻瓜，有些风气还是有所耳闻的，就有点不想让老婆去电视台。体育老师说，你当一名小学音乐老师不错了，不要这山望着那山高。小萌从男人躲闪的眼神里读懂他所担心的是什么事情。小萌说，你要相信我，我不会做对不起你的事情。这顿饭就小萌两口子加上王台长三个人，在桌子上不管怎么去坐，小萌都要坐在王台长身边。有男人在场，小萌没有顾忌，大大方方地坐在两位男人中间，大大方方地尽着东道主的义务，替王台长倒酒，替王台长夹菜。酒是两样酒：白酒，红酒。小萌喝红酒，两个男人喝白酒。两瓶白酒喝下肚子，小萌男人的脸色先是红、后是白，有点支撑不住，王台长依旧谈笑风生地像个没怎么喝酒的人。小萌男人酒量好，没把王台长放在眼里。或许王台长酒量不如小萌男人，实战经验却是小萌男人的好多倍。小萌男人喝酒实诚，王台长有点滑头。小萌男人喝闷酒，不爱说话，王台长说起话来却滔滔不绝。一开头，两个男人就明里暗里较量开来。小萌知道男人在时刻警惕着王台长，防备着王台长，对王台长充满了愤怒与敌意。小萌看在眼里，明在心里，嘴上却不好说。小萌男人酒一喝多，头脑里紧绷的一根弦就松懈下来，像只斗败的公鸡，要自个先回家去。王台长看到时机已到，伸出一根手指挠一挠小萌的手掌心。王台长的心事表露无遗，嘴上却跟小萌说，你让小鹏先回家也好，我再跟你谈一谈电视台里的具体事情。小萌男人的名字叫小鹏。王台长将要采取怎么的一种"谈话方式"，小萌是知道的，还不就是在宾馆里开上一间房屋睡一觉？小萌回绝说，小鹏酒已经喝多，他一个人回家我不放心。王台长的眼神有些黯淡，有些失望，有些恼怒。小萌说，要不我明天上午去你办公室慢慢地听你说吧？小萌这么说话是有分寸的，不能把自己交给王台长，又不能让王台长绝望。要是王台长绝望了，还能去成电视台吗？王台长的脸色比喝醉酒的小鹏脸色还要难看。王台长说，我明天上午开会，哪里会有时间在办公室呀。小萌说，你哪天在办公室我哪天去。王台长说，那你就等着吧。

　　一觉睡半夜，小鹏醒过来，人清醒，酒也清醒。男人问小萌，是你送我回的家？小萌说，我不送你回家，你能认识家门？男人不相信，重新问一遍，真是你送我回家的？小萌心里生凉，没有说话。男人说，你非要去电视台吗？小萌说，我干吗不能去电视台呢？小萌知道男人担心的是什么，小萌也知道自己应该操守的是什么。小萌还是说那么一句老话，你要相信我，我不会做对不起你的事情。

　　一连三天王台长没有打电话，小萌只能被动地等候着。就在小萌感觉去电视台一点希望都没有的时候，电视台的人事部门已经到学校调动档案。电视台怎样去研究人事，小萌不知道。电视台与学校怎样去协商，小萌不知道。赶小萌知道此事，一切都已成事实。这时候小萌再不给王台长打电话说一声谢谢，不是有点二百五了吗？小萌平静一下激动的心情说，今天电视台来我们学校调动档案了。王台长说，我安排人去的我还能不知道吗？小萌说，那我谢谢你王台长了。王台长使用一种开玩笑的语调问，那你打算怎么谢我呢？小萌说，我请你喝酒。王台长说，你看我还能少酒喝吗？小萌知道王台长需要什么，她不敢接话茬，不能满足他。王台长说，你去文艺中心报道，具体做什么工作，部门领导会安排的。

　　小萌去电视台所从事的头一项工作，是主持一档听众点歌栏目，时长半个小时，播放五六首 MTV，歌曲与歌曲中间插播一些串联的话语。不是直播节目，但要做出直播的效果，做出观众在场的样子，应该说是有一定难度的。好在小萌的音乐专长派上了用场，有着"一白遮三丑"的效果。除去做节目，王台长喜欢带着小萌出席各种社会活动，包括各种社交场所。王台长明确地跟小萌说,这是你工作的一部分。王台长这么一说话就由不得小萌去拒绝。可王台长又分明注意着什么,只要有小萌在场总会有电视台的第三个人在场,也就是说王台长从来不与小萌单独在一起。王台长不是一个害怕女人的男人,更不是一个生活作风严谨的男人。这么一来小萌就无端地有了许多猜测。小萌是一个女人,女人最怕男人看不起自己,尤其像王台长这样大权在握的男人。可凭借女人的一份天然直觉,小萌知道王台长是喜欢自己的,是对自己有着一份占有的野心与企图的。小萌决定试一试王台长,某天傍晚临近下班,小萌就提出晚上请王台长吃饭。

　　王台长问,你家小鹏去吗?

　　小萌说,就我一个人。

　　王台长说,那就不必客气了。

　　小萌问,为什么?

　　王台长说,你不怕影响你的名声?

　　小萌说,我不怕。

　　王台长说,我怕。

　　两人说这话的时候,电视台里已经把他们之间的事情传得沸沸扬扬。电视台里的人说,从表面上看他俩在一起都要拉我们在场,好像要证明他们之间清白似的,其实他们私下里怎么样谁知道呀?电视台里的人说,能怎么样呀,还不是那样子。那样子是哪样子?就不言自明了。要是电视台里的人这么认为就算了,问题是小萌的男人也这么认为就有点难办了。当然小萌的男人这么认为,不会像电视台里的人放在嘴巴上,而是放在态度上,放在行动上。有一天,小鹏就跟小萌提出来离婚。小萌惊讶地张开嘴巴,半天没有合拢上。

　　小萌问,为什么呀?

　　男人说,我跟娟子好上了。

　　娟子同样是个学校里的一名音乐老师,一个没结婚的姑娘,跟小萌关系好,以前经常到小萌家里跟小萌玩。现在小萌在电视台工作忙,娟子依旧经常来小萌家跟小鹏玩。两人一玩就玩在一起了。小萌知道根子到底还是出在自己身上,小鹏对自己不信任。

小萌问,你真相信我跟王台长有什么吗?

小鹏说,现在说这个还有什么意义呢?

小萌觉得现在说这个确实没有任何意思了。

小萌变成一个单身女人,王台长找各种机会与小萌接触,找各种借口给小萌暗示,都被小萌拒绝掉。小萌明确地跟王台长说,不可能,我不能让传言变成现实。

王台长说,有些传言已经变成现实。

小萌说,你所说的有些传言是什么?

王台长说,传言你要跟小鹏离婚不是变成现实了吗?

小萌说,但是我俩的传言永远不可能变成现实。

王台长说,你不觉得传言比现实更美妙吗?

可惜的是小萌跟男人离婚没多长时间,小鹏就出车祸死掉了。小鹏死之前并没有跟娟子结婚。小萌查听清楚,他俩并没有小鹏说的那种关系。小鹏这么去做其实是一种托词,目的就是找一条跟小萌离婚的理由。至于小鹏为什么要跟小萌离婚,还不是他听闲言碎语听多了。小萌跟男人离婚前曾经找过娟子,问她跟小鹏有没有这么一回事情,娟子当时也是点头承认的。娟子为什么点头承认,也是听闲言碎语听多了。娟子不愿与小萌这种女人为伍,想帮助小鹏从小萌身边解脱开来。现在小鹏出车祸,生命弥留之际拉住小萌说,你是我一生唯一爱过的女人。小萌也同样跟小鹏说,你是我一生唯一爱过的男人。

一对相爱的男女终于阴阳两分,不再有相爱的可能。

小鹏意外死亡给小萌的打击很大。这时候小萌后悔进电视台已经来不及。时间可以回到从前吗?小鹏可以死而复生吗?显然这些都是不可以的。但有些事情还是可以重新选择的。这一天,小萌找到王台长,要求去《有事找小齐》栏目组。小萌去这个栏目组的意图很明显,就是想为那些需要帮助的弱势人群踏踏实实地做一些事情。

王台长说,你想变成一位活菩萨吗?

小萌说,我想做一个实实在在的人。

王台长问,你相信这个世界上还有实在人吗?

小萌说,我相信。

7

从电视台去韩家庄,开车过淮河有许多条路线可以选择。有好多个村庄的渡口,有两条淮河大桥,不管从哪里渡过淮河,沿着淮河大坝都可以抵达韩家庄。最近的一条路线自然还是从韩家庄渡口过淮河。淮河这一边,从电视台到韩家庄渡口的路线最近;淮河那一边,韩家庄渡口到韩家庄的路线也最近。摄影棚里的录制完成,剩余的时间有点紧迫,司机开车去韩家庄就只好选择去韩家庄渡口。小萌担心走韩家庄渡口过河不适合,去征求小个头男人的意见。小个头男人说,有你们电视台的记者陪着我,我不怕韩家庄村人。老板娘也跟着说,韩家庄村人一瞧见你们电视台记者跟着,他们还不乖乖地交出他的老婆孩子吗?

车子前排坐着摄像的男记者,后排坐着小萌、老板娘、小个头男人。小个头男人坐中间,两边紧挨着两位女人,一个女人比一个女人年轻,一个女人比一个女人漂亮,一路上小个头男人的感觉很是不一样。两年间,小个头男人没有招惹过女人,没有跟女人这么亲近过。今天的情况有点特别了,车子颠簸摇晃,一会儿撞在老板娘身上,一会儿撞在女记者身上。女人的身子是柔软的,是温暖的。这种柔软与温暖是沁人心脾的,是深入骨髓的,是直抵人心的。两位女人的身上都搽着化妆品,品牌不一样,香味不一样,小个头男人沐浴在浓郁的香味里,其实就是沐浴在浓郁的女人气味里,很快地就有了一种微醺的感觉,一种做皇上的感觉。自己是皇上,两个女人无疑就是皇妃或皇后。小个头男人觉得自己活出头了,腰身不知不觉地挺直起来。在这种感觉中,小个头男人觉得身边的这两个女人才是女人,他跑掉的老婆跟这两个女人相比就算不得女人了。他老婆的腰身没有这两个女人的腰身灵活,他老婆的脸蛋没有这两个女人的脸蛋光亮。一瞬间,小个头男人对自己的行为产生出巨大的疑问:跑掉的老婆还值得我去找她吗?这么丑的老婆我找她干什么?这是两年间小个头男人第一次对自己的行为产生怀疑,觉得自己做了一件不该做的事情。

电视台距离韩家庄渡口二十公里,车子"日轮、日轮"二十分钟就到了。这一次从韩家庄渡口过河显然跟上一次不一样,小个头男人坐着车子,车子是电视台的车子(车上有电视台的名字、有电视台的标识),其他男人女人自然都是电视台的(大多数韩家庄村民不认识老板娘)。小个头男人带着电视台记者干什么,显然是来韩家庄找老婆(村民隐隐约约地觉得车子上的一个女人面熟,好像就是这个女人帮助不少男人去找跑掉的女人)。小个头男人都有一种做皇上的感觉了,还用得着在村人面前胆怯吗?相反地村人见着这种阵势倒是很惊讶,露出一丝羡慕的目光,探寻的目光,不解的目光。小个头男人不下车,隔着车窗与村人更加有了一定的距离感。小个头男人没话去跟村人说,村人也不敢随便上前去跟小个头男人打招呼。渡船靠岸,车子连着人直接开上铁皮船。按照规定车子过渡时,上面的人是要下来的。码头连接渡船形成一个坡度,汽车猛然加速,河岸边的一摊积水飞溅起来,张牙舞爪地扑向四周,村人躲闪不及还是有不少附着在身上。司机把头脸伸出车窗外面,慌忙向村人赔礼道歉。村人一个个伸手掸着身上的泥水,脸上却乐呵呵地说不碍事。那样子倒像是占着很大便宜似的。这一次过河钱,摆渡的王秃子没问电视台的车子要,也就没问小个头男人要。有过车子上船的教训,下船时村人远远地躲闪开,让车子先下船，让车子先开走。车子开上淮河大坝，连接眼前的依然是两条路，一条通往西北方向的韩家庄，一条通往东北方向的镇子上。

司机回头问老板娘，这两条路怎么走？

小个头男人说，我知道，去韩家庄走那边。

小个头男人伸手指的是一条通往西北方向的路线，司机却把车子朝东北方向开过去。

小个头男人说，走错啦，那是去镇子上。

老板娘说，人家电视台就是去镇子上。

小个头男人说，去那里干什么？

老板娘洋洋自得地说，人家电视台的车子先送我回家呀。

小萌说，我们先去一趟镇子上的派出所。

小个头男人一下子惊慌起来说，我不去派出所，我不见警察。

小个头男人一路上飘飘然的良好感觉一瞬间荡然无存了，眼神暗了，喘气紧了，肩膀塌了，腰身勾了，一副样子跟个在逃的杀人犯没二样。其实小个头男人没有任何犯罪记录，也从来没跟警察有过任何交道来往。不知怎么的，他天生地害怕警察，或者说天生地不喜欢跟警察这种身穿制服的人打交道。小个头男人的一双眼睛里充满了黑色的惶恐。小萌能读懂小个头男人的一副复杂心态。

小萌劝慰说，不去派出所怎么能找着你的老婆呢？

小个头男人说，我老婆又不在派出所。

小萌说，我们让警察帮着一起找。

前面做过的"找老婆"节目也这样，小萌一样会领着找老婆的男人先去一趟当地的乡镇派出所。一来有派出所介入，寻找的力度会大一点，寻找到的可能性也就会大一点；二来派出所出面一起去就有了一定的合法性，或者说就披上了一层合法的外衣。说白了，新闻单位只有新闻舆论监督的职责，不具备具体执法的职能。他们肩扛着摄像机、手举着话筒去派出所，挥舞着舆论监督的大棒，只能是强行地指使派出所去做这件事罢了。在做这件事的过程中,派出所实际上是一个被动者,但面对摄像机他们却一个个表现得格外起劲,格外主动,格外用心。这么一来,摄像机无形地就有了一种特殊的功效,一种文字记者所不具备的功效,一种谁也说不清楚的功效。坊间不是一直传言着,说某位市主要领导开会形成了一种惯例,电视台记者没有到场,摄像机没有架起来,宁愿推迟开会,也要等候的。当然这种情况肯定是极其个别的现象,除非电视台记者去会场的途中遇见了交通事故,除非电视台台长当官当腻了,故意不安排记者去,存心耍弄市领导一下子。这可能吗?

镇子上的派出所就一间房屋,地上摆放着两张办公桌,一组文件柜,一台电脑,一张沙发;墙上挂着两根黑色的警棍,四面红色的旌旗,以及若干白纸黑字的规章制度,其中最显眼的是两张警察照片,一位个头高一点、胖一点;一位个头矮一点、瘦一点,就是撞进老板娘旅馆里的那两位警察。矮个头警察是所长,高个头警察是警员。这一刻就高个头警察一个人在派出所。小个头男人是第一次进派出所,猥猥琐琐地躲在最后面。老板娘看见高个头警察不陌生,小个头男人见着高个头警察更加害怕,高个头警察见着小个头男人脸上却露出一片欣喜。高个头警察问,你知道老婆在哪里啦?小个头男人哆哆嗦嗦地不敢回答。倒是老板娘看出门道,说高个头警察,你认错人啦,他不是上一回你们一起去我家旅馆的那个男人。高个头警察不相信地多看几眼小个头男人。小萌也跟着说,他确实是另外一个找老婆的男人。高个头警察"哗啦、哗啦"地摇头说,怎么老婆跑掉的男人都长得这个样子呀!

司机在车子里没下来,肩扛摄像机的男记者轻易不说话。小萌介绍说,这个小个头男人老婆跑掉的情况跟上一个的基本上差不多,你现在带着我们去一趟韩家庄。高个头警察又一次打量起小个头男人问,你老婆叫什么名字?小个头男人说,叫、叫、叫梅子。高个头警察问,你老婆姓什么呀?小个头男人像是忘记梅子姓什么,想一想说,八成姓王吧。实际上梅子与韩启立的老婆马秀英同一个姓。高个头警察说,你把结婚证拿出来我看一看。小个头男人身上背着一个包袱,他不去包袱里拿结婚证,却胆怯地退往房屋的拐角里。

高个头警察问,该不是没打结婚证吧?

小个头男人点一点头。

小萌问,你为什么不打结婚证呢?

小个头男人眼泪汪汪地说,梅子不愿意打。

高个头警察说,那你回老家去补办一张,没打结婚证怎么能证明梅子是你老婆呢?

一对男女结过婚、生过孩子,就是一桩事实婚姻,乡镇民政部门多数会睁一只眼闭一只眼给予补办结婚证的。

小个头男人坚决地摇头说,我不回去,我两年没回去过一趟。

这么一来,镇子派出所就不好出面了。一来是小个头男人没打结婚证,怎么去证明他的老婆丢失了,怎么去证明梅子就是他老婆?二来是矮个头警察不在派出所,高个头警察单独去处理问题是不允许的。高个头警察很为难,小萌也跟着很为难。

小萌说,你们派出所不出面,我们电视台不好去韩家庄。

高个头警察说,我跟着你们去只能穿便装,坐在车子上。

小萌说,有你跟着一起去,我心里就有个依靠。

去韩家庄不一定就有小个头男人老婆的线索,不去一趟韩家庄似乎跟小个头男人交代不过去。

一干人坐着车子直抵韩家庄。派出所离老板娘的旅馆不远,她原本应该直接回去的,却执意要跟着车子去韩家庄。老板娘说,我陪着去韩家庄,回头再一起回旅馆。小个头男人住在旅馆里,老板娘免除了他的住宿费。实际上,老板娘就是想见一见这个名字叫梅子的女人,这是怎的一个女人呀,带着孩子离开男人一跑跑两年不回家。

虽说去韩家庄见着梅子的可能性很小,再小的可能性也是一种希望呀。结果事情逆转得有点出乎意料,韩启立就站在自家的院子里等候着。小萌领着小个头男人刚走进去,他二话没说,一下子就把小个头男人打倒在地,紧接着一阵子拳打脚踢,小个头男人的眼睛青紫,鼻子流血,在地上翻滚不止,号叫不止。小萌不知道该怎么去制止这件事情,慌忙跑出去喊高个头警察。车子停靠在韩启立家旁边的村路上。司机没下车,高个头警察也没下车。韩启立的老婆马秀英更是躲在房屋里,连门都死死地关闭上的。肩扛摄像机的记者最忙碌,一会儿把镜头对准施暴的韩启立,一会儿把镜头对准挨打的小个头男人,一会儿把镜头对准四周的冷漠村人。院子内外站着不少看热闹的村人,没一个人出面去干预。他们觉得韩启立出手去打小个头男人是应该的。小个头男人三番五次地来韩家庄,不是找老婆,是自己找挨打。韩启立出手的原因是小个头男人找老婆找到他家里,是小个头男人找老婆引起他的心里不快活。韩启立不快活的原因很明显,马秀英就是离开原先男人的一个女人。韩启立带着马秀英一起来韩家庄就是想忘记过去,就是想过安宁的日子。小个头男人跑来搅乱他平静的生活,搅乱他平静的内心,他一出手就收不住。韩启立一边拳打脚踢小个头男人,一边十分委屈地说,你跟我说说你找老婆为什么会找到韩家庄?你跟我说说你找老婆为什么会找到我家里?

8

这件事的结局是,小个头男人住进镇子的医院里,韩启立被抓进县里的看守所。

马秀英一瘸一拐地走出韩家庄,去看守所送吃的、送喝的,算是一个人第一次过淮河。韩启立待在看守所里很安静,见着马秀英向她坦白出两年前的那件事,说那个打你的人是我花钱找的,你的一条腿是我让那个人打断的。马秀英说,你现在跟我说这件事做什么呢?你安心地待在这里吧,家里的事情不用你操心,地里的农活我一个人去做。韩启立说,我知道你一直想离开我,在你离开我之前,我要把这件事说明白。不说出来,我窝在心里不安呀。马秀英摇头说,我现在瘸一条腿就是离开你,也不会有男人要我了。韩启立说,我对不起你。马秀英说,你最对不起的是你自己,漂漂亮亮的一个老婆让你找人打成了一个瘸子。韩启立说,你不瘸我怕拢不住你的心。马秀英说,这样你就能拢住了?韩启立说,我不知道。马秀英说,这以前你没拢住我的心,跟我说出这件事后,我的心就被你拢住了。

小个头男人的住院费用,是小萌暂时垫付的。小个头男人的口袋里没有钱,韩启立怎样承担医药费用、承担多少医药费用,只能等候派出所的处理出来以后才知道。小个头男人的一条胳膊折了,两只眼睛肿了,一颗脑袋烂了,头上缠裹着纱布,胳膊上缠裹着纱布,露出来的两只眼睛瘀血青紫,像只大熊猫似的怪物。面对此种情况,小萌所能做的就是督促栏目组的其他同志赶紧把这期"找老婆"的节目做出来,播出去。小萌说,我就不相信,跑掉的十个女人会一个找不着。

节目播出的第二天有个女人带着孩子找到小个头男人的病床前面。女人长得漂漂亮亮的,孩子长得胖胖墩墩的。女人说她就是那个跑掉的女人,名字叫梅子。孩子说他就是跑掉的那个孩子,名字叫石头。梅子确实是他跑掉女人的名字,石头确实是他跑掉儿子的名字。小个头男人睁开一双淤血的眼睛,看一看病床前面的这个女人,看一看病床前的这个孩子,使劲地摇头说,你们不是我的老婆,也不是我的孩子。女人说,电视上不是说你是瘦娃吗,我的男人就是瘦娃呀。孩子说,你的名字要是叫瘦娃的话,那就是我的爸爸。小个头男人说,你们看我的这副模样像瘦娃吗?女人摇头说不像,我的男人不是这种样子。孩子也摇头说不像,我的爸爸不是这种样子。小个头男人眼眶里汪满泪水说,这两年我到处奔波找老婆、找孩子,莫说他俩的名字,就连我自个叫什么名字都忘记了。

　　同一天,一个比高个头警察还要高还要胖的男人找上《有事找小齐》栏目组,一进门就大声嚷嚷着说,我是来你们这里找老婆的。这个人就是铁塔。那一天老板娘跟着小萌他们一起去韩家庄过后,就从镇子上不见了。小萌只顾着去喊车子上的高个头警察过来制止韩启立殴打小个头男人,老板娘是什么时候离开的,没有去注意。当然老板娘离开韩家庄之后去了哪里,小萌也不会知道。这一天,铁塔在旅馆里看见这一期"找老婆"节目,才知道老板娘领着小个头男人去电视台这件事情。就是从这天起老板娘不见了,铁塔不来电视台找老婆到哪里找?铁塔说,你们要是不把我的女人交出来,我砸烂你们的电视台;你们要是不帮着我找老婆,我就要你们的女主持人做老婆。铁塔这么一闹腾动静就大了,惊动电视台的领导,惊动110的警察。

　　一转眼,小萌有好长一段时间没见着王台长了,听说王台长要高升了,去市委宣传部做部长。自从小鹏出车祸之后,王台长就有意疏远小萌,各种公众场合不带着她,私下里对她似乎也失去非分之想。这一天,小萌在电视的点歌栏目里见着一个新主持人,觉得面孔熟悉就是想不起到底是哪一个。哎呀呀。这不是娟子吗?她什么时候进的电视台,怎么没人跟我说过呢?小萌看着电视上的点歌节目,看着青春靓丽的娟子,心里泛出一阵空落落的酸楚来。

2009年10月15日—11月16日　北京语言大学

堂哥的后打工时代

1

我大妈死的这一天,堂哥堂嫂正在千里外的某一处建筑工地上忙碌着。

堂哥做瓦工,堂嫂做帮厨,两人一起在这里一干干了好多年。报丧的电话是我家的堂侄打过去的。堂哥站在半天空的脚手架上掏出手机,一看是家里的电话号码,当即心里"咯噔"一响,知道家里出事了。堂哥做出这样的判断基于这么两条理由。一是打电话的时间不对头,堂哥他们急着赶工程,天色还没完全亮透就出工,刚刚爬上脚手架,手机铃就急促地响起来。正常情况下,堂哥与家人通电话都是晚上,就算白天有什么急事需要说一说也不会这么早。一个不正常的时间段来电话,家里能有一件好事吗?

二是堂哥半夜里做了一个梦,梦里我大妈很年轻,堂哥还是一个五六岁的孩子。我大妈手拉堂哥站在村外一处奇特的地方:堂哥的这一边是村子,房屋呀、村路呀、树木呀、花草呀都是堂哥熟悉的;我大妈的那一边却是一个陌生的地方,房屋是透明的,像水晶玻璃做的,一片晶莹剔透,村路是透明的,也像水晶玻璃做的,一片晶莹剔透,树木呀,花草呀,更是五颜六色的,七彩斑斓,给人一种不真实的虚幻感觉。堂哥脚下踩着的泥土路面与我大妈脚下踩着的水晶玻璃路面渐渐地裂开一道缝隙。堂哥惊恐地哭喊起来，娘，娘，你快出来呀！我大妈像是听不见堂哥的哭喊，脸上笑眯眯的，站着不动弹。堂哥的手指用着力气，想把我大妈从缝隙那一边拽过来，却怎么都拽不动。缝隙愈裂愈开，黑乎乎的，深不见底，一阵风从底下吹上来，堂哥与我大妈的手指很自然地分离开。那一边的太阳好像比这一边的个头大，也比这一边的亮堂一大截子。我大妈逆着太阳光，愈走愈远，一点一点消融在一片光亮中。堂哥赶紧往村里跑，一边跑一边喊村人，你们快去搭救我娘呀！堂哥哪里会想到，拐过两道弯子，跑过两个巷子，远远地看见我大妈低头坐在自家门口做着针线活。这一刻，我大妈不再年轻，一头白发，一脸皱纹，一身苍老，跟过年时堂哥回家见着的一个样子。这一刻，堂哥也不再是一个五六岁的孩子，半头白发，半脸皱纹，半身苍老，跟现实中的堂哥一个样子。

　　堂哥一惊醒过来，一颗心"扑腾、扑腾"乱跳腾，觉得这个梦不吉利。一个是我大妈在梦里没说一句话，不好。另一个是我大妈走了又回头，不好。梦在这么两个方面都预示着我大妈凶多吉少。堂哥醒过来没敢把梦向堂嫂说出来，自己坐床上呆愣愣地抽上一支烟，去屋外茅厕尿出一泡尿，回头接着睡起来。可这个梦毕竟不吉祥，像一团污水似的洇染进堂哥心里，下半夜哪能睡得着？

　　堂哥接电话，直接问我家的堂侄，是不是家里出什么事啦？我家的堂侄在电话那端迟疑着，不敢说实话。堂哥心里又是"咯噔"一声响，更加直接地问，是不是你奶奶怎么啦？堂哥跟前是两个儿子，现在都娶妻生子在家里过日子，大孩子名叫淮水，二孩子名叫淮村。打电话的是大孩子。淮水在电话里"呜呜溜溜"地说，我奶奶老了。淮河两岸的人家说上年岁的人死不说死，说老。堂哥在思想上有一点预感与准备，现在得到确证后，脚下打一个闪晃，两只眼一下子汪满泪水。堂哥赶忙问，你奶奶是怎么老的？淮水说，昨天晚上我奶吃饭的时候还好好的,有说有笑的,吃下半块发面馍,喝下一大碗面条子,一夜睡过来,今天早上就凉在床上了。我大妈的身子骨一直硬硬朗朗的,在家除负责一天烧三顿饭,还有剩余的精力去带两个孙子跟前的两个孩子:大孙子跟前是一个女孩,二孙子跟前是一个男孩。我大妈有血压高的毛病,按天吃着药。

堂哥说,你奶奶八成是脑溢血死的。

淮水说,王半仙也是这么说的。

王半仙在村子里开一家小诊所,是个半懂不懂的乡村医生。村人有个头疼脑热的都喜欢去找他,要是王半仙推辞说,你这种病我看不准,还是去县城里找大夫瞧一瞧吧,村人这才会折转头去县城医院。我大妈已经凉在床上,显然没有去县城医院的必要了。

堂哥平稳平稳站着的两只脚,平稳平稳一份悲伤的情绪,开始向我家的堂侄一五一十地交代一些急需办理的事情。堂哥的原则是买东西按贵的买,请亲戚按人数多的请。堂哥说,不要怕花钱,花再多的钱都由我一个人承揽,不用你们兄弟俩花一分钱。堂哥说,赶紧去请你三爹、你四爹他们俩,你奶奶的后事该怎么操办,一切都听他俩的。我们这里人家喊爷爷为爹爹。我父亲兄弟四人,他排行老三。我大爷四十年前死去,我二大爷二十年前死去。现在老一辈子人只有我父亲、我四叔活着。

堂哥最后跟我家的堂侄说,你在家候着,我跟你娘今天夜里回到家。

下午有一趟一点半钟的火车,晚上九点半钟到达县城火车站,打一辆车子正好半夜里赶到家。

接过电话,堂哥赶紧从脚手架上爬下身,去伙房里找见堂嫂,吩咐她赶紧回宿舍拾掇一下,他去火车站买车票。火车站不算远,先去买票,回头吃罢晌午饭他俩一块再去赶火车来得及。伙房里正在蒸大馍,一片雾气腾腾的,像是在仙境里,人跟人脸对脸说话,都像隔着千山万水，有点不真实的感觉。堂嫂先是呆愣愣地听着堂哥说话，像是听着一桩别人家发生的事情，过后明白过来，"哇啦"一声哭起来。啊啊啊，我的个苦命的娘呀！你怎么不候着我们回去见你一面呀，就这么不声不响地走了呢？见着堂嫂哭，堂哥跟着也想哭。堂哥是男人，不能随便哭，更不能当着众人哭。堂哥制止堂嫂说，要哭回家哭，在这里哭算什么呀？堂嫂"咯噔"噤住声，两眼干直干直的，一股悲伤沉闷在肚子里。堂哥甩下堂嫂，离开工地，像根木桩一般硬撅撅地朝着火车站的方向走过去。

是个死阴天，天上铺着厚厚的一层云，不见一丝光亮，不见一滴雨水。这种天是个死人上路的好天气，也是个活人哭泣的好天气。

堂哥没有直接去火车站，而是找一处背静的地场，一个人敞敞亮亮地哭一气。堂哥的哭缺腔少调，无声无息，就是默默地流眼泪。大约过去半个多小时，堂哥心里哭利落，头脑哭明晓，还是不去火车站，转身回工地上找老板。可以说在这么前后半个多小时里，堂哥无论生理还是心理都发生很大改变，觉得自己一瞬间苍老起来，头发一根一根地白，皱纹一条一条地深，两条腿走路摇摇晃晃的，像是站都站不稳。其实道理很简单，我大妈活着一天，堂哥就是一个孩子，岁数再大也是一个儿子的角色。我大妈一死，堂哥角色的天平急转直下，现在只能是一个女人的男人，两个儿子及两个儿子媳妇的父亲，一个孙子、一个孙女的爹爹。堂哥角色天平的失衡、倾斜、坍塌，自然而然地影响到自己的心态，觉得一下子苍老起来。实际上堂哥这一年虚岁才五十五岁，在建筑工地上是一个拿钱最多、技术过硬的大工子，一些盖楼方面的关节难题都要堂哥去对付。堂哥找到建筑工地上的老板，就是要辞去工作，就是要算清工资，打算回去不再外出打工了。工地老板算是堂哥的多年朋友，一直很器重堂哥。这个家伙像是不认识堂哥似的，一双眼睁多大地说，曹大树，你可得想清楚了才跟我说这种话，你辞去一份工作容易，要想再找一份称心的工作可就不是一件容易的事情了。

曹大树是堂哥的名字。堂哥知道工地老板言之凿凿,说的不是一句虚话。

堂哥语气坚定地说,我想清楚了,从今往后不会再外出打工了。

就这么,堂哥带着堂嫂连夜赶回家奔丧。

2

半夜时分,我跟淮水去村头接堂哥堂嫂。

我有一个艰巨的任务,就是劝说堂哥堂嫂回家见着我大妈不要哭泣。为一个什么道理呢?眼下淮河一溜村子里推行火葬。从本意上来说,是想减少耕地,是想移风易俗,是想节省钱财。可实际上呢,村人死后火葬,公墓建设跟不上:或公墓马虎潦草,家人不愿把亲人的一把骨灰摆放在那里;或公墓价格昂贵,家人想把亲人的一把骨灰摆放在那里,掏不出这么多钱。这样一来,村人死后火葬,还得回头找一处土地埋进去,还得买一副棺材陪伴着——总不能光秃秃地就一只骨灰盒埋进土里吧。这样一来,村里死人去火葬,一样霸占耕地,一样礼节烦琐,更加费人工、费钱财。这样一来,就有村人死后不愿去火葬,家人把死人装进一副棺材里,偷偷地埋下土。这样去做,就得有一个先决条件,四邻村人睁一只眼闭一只眼,村里干部睁一只眼闭一只眼。所谓:民不告,官不究。只要村民不举报,只要村干部不过问,乡里民政部门就不会知道,想插手都插手不了。反过头来说,上面有文件规定,只要村民举报,只要村干部过问,乡里民政部门不插手算失职。乡民政部门一插手,罚款不说,就算死人埋进土里也得扒出来,重新火葬,重新处理。村人实名举报有奖,村干部知情不报渎职。不管怎么说,眼下村里死人偷偷地埋葬都不是一件容易的事。

这样一来,就很考量一个村子。考量一个村子什么呢?考量一个村子里的人心与人性。淮河岸边的一溜村子大多同族同姓聚居。比如说，我大妈所在的村子"曹"姓人家居多，若干年前都是一家子人；我舅舅所在的村子"许"姓人家居多，若干年前都是一家子人。我大妈所在的村子就叫曹家岗，我舅舅所在的村子就叫许家岗。在这样的村子里就算有几户杂姓人家，肯定也跟曹姓人家或许姓人家沾连着亲戚。若是一户没有来由的杂姓人家，想在村子里扎根也扎不下来呀！曹家岗与许家岗民风民俗差不多，血缘构成差不多，东西相隔十里路，不属一个乡，却属一个县。面对同样一个火葬政策，曹家岗的村人死后就能土葬，许家岗的村人死后就得火葬，这里包含怎样一番缘由就不用我去多说了。不是说曹家岗就多么民风淳朴，许家岗就多么世风日下。最起码在沿袭死人土葬这么一点上，曹家岗还能保持某一种平衡就算不容易了。这就是一个村子里的人心底线。这就是人之所以为人的人性底线。试想一下吧，就算同一个家族里的人家，这些年相互间就不结怨啦，就不忌恨啦，就不窝里斗啦？时下资讯发达，不出家门，不跨乡门，一个举报电话打过去，乡民政部门知道了，这种平衡顷刻间就倾斜、打破了。在火葬这件事情上，许家岗就是一个早已失衡的村子，而曹家岗依旧保持着平衡。不能说曹家岗的村人就不担心，尤其是死人家属，可以说人人自危，时时担心。不到死人入土的那一刻，心不安。死人入土后，多少天过去还是心不安。

我大妈家紧挨一条南北村大路。这条村大路朝南通往淮河渡口，朝北通往街上、乡里。本村人赶集、上乡政府要走这条村大路。有些外村人赶集、上乡政府也要走这条村大路。这样一来，我大妈偷偷地土葬就要格外地小心。就算对本村村人放心，就算对本村村干部放心，还要防止来来往往的外村人吧，还要防止来来往往的乡干部吧。万一有人使坏，万一走漏风声，我大妈土葬就变成一件不可能的事。当务之急，就是尽可能地封锁我大妈死去的消息，本村人少知道就少知道吧，远房亲戚不通报就不通报吧。就算自家人，进出门也要多加注意,想哭的就紧紧地捂上嘴巴,让眼泪无声无息地往肚子里流淌。面对这样一种有悖人伦人性的事,我不知道该做怎样的一种评判。

淮水在电话里如此这般交代过堂哥堂嫂,还是担心他俩控制不住,在家门外大哭起来,惹出意外。堂哥堂嫂不在家,我大妈死后里里外外都是淮水当家做主。淮水要我陪着他一起去村头,就是要陪着堂哥堂嫂一起走进村子,一起无声无息地走进家门。按照火车的钟点,我俩在村头站了不到一刻钟,堂哥堂嫂的出租车就抵近村头。我跟淮水一伸手拦住出租车,拉开车门一并坐上去。堂哥坐前面,堂嫂坐后面,我跟淮水一人一边把堂嫂夹中间。堂嫂是女人,堂哥是男人,我跟淮水防着堂嫂哭,没想到堂哥见着我俩面,会控制不住自己的情感,趴在那里"嘤嘤嘤"地失声哭起来。淮水恶狠狠地说,我爸你要哭就哭吧,哭出事来你负责。我不喜欢淮水的这种说话语气,可淮水不这样说话,就镇不住堂哥。堂哥紧咬牙口,硬是把一股子悲伤压下去。堂嫂泪水洗面,倒是想哭没敢哭出来。离房屋还有一大段子距离,淮水拣一处两边房屋相对空朗的地段,就让出租车停下来。出租车是从县城火车站开过来的,司机不是当地人,也就不了解当地实情。一路上司机不说话,不时地好奇地打量着这么奇怪的一家子人。有悲伤不能哭出来,这到底是怎样的一番缘由呢?司机蒙头蒙脑是不可能明白了。都说出租车司机见多识广,看来人世间也有他们不了解的一面。

堂哥堂嫂带回头的大包小包在出租车的后备厢里。淮水背着拿着两只包,我背着拿着两只包,堂哥堂嫂相互间搀扶着往家里走。能看出堂哥堂嫂因悲伤身子骨在簌簌地发抖。淮水紧紧地跟着堂哥堂嫂寸步不离,不敢有丝毫大意。

淮水说,今天家里平平静静的,一点岔子都没有出。

堂哥堂嫂没接淮水的话茬子。

淮水说,我三爹在家里,大事小事,我听他的。

堂哥问,你四爹不在家里?

淮水说，我三爹今天没让喊他来。

堂哥问，为什么？

淮水说，我三爹说少一个人，少一份动静。

我四叔性格黏糊，遇事不爱说话，不爱拿主意。清早淮水去我家报丧，父亲不让淮水跟我四叔说。我父亲说，你现在喊他去只能添乱子，要喊明天喊。我家跟我四叔两家住在大河湾村，离曹家岗隔着一条淮河，还要走六里路。不到我大妈入土那一刻，就算自家人也是越少动静越小呀。一阵冷风刮过来，我心里一紧，感觉出一丝彻骨的寒意。

一拐弯走下村大路，堂哥堂嫂的家就黑乎乎地抵在眼面前。

堂哥堂嫂的家是一处大院子，院子里坐北朝南盖上一座两层楼房。下面四间，大孩子淮水住里边。上面三间加一个平台，二孩子淮村住里边。另有三间面朝东的瓦房，一间烧锅做饭，两间堆放杂物，我大妈住里边。春节期间堂哥堂嫂回家过几天，就住在一楼西头单独的一间房屋里。楼下其他三间房屋连通着，中间一间做堂屋。按照当地风俗，老人死后换上一套妆老衣服，头冲堂屋正门，睡在麦草铺上。此时此刻我大妈在堂屋就是这么安放的，脸面上盖着一张黄表纸，头前点亮一盏长明灯，烧纸盆里不间断地一张一张地焚烧着黄表纸。堂哥走进院子门，脚步一下快起来，丢下堂嫂，丢下淮水，穿过院落，径直来到我大妈跟前，"扑通"一声跪下两条腿，"啪、啪、啪"，磕三个响头，说一声，娘，大树回来晚了！而后一头扑在我大妈身上哭起来。堂嫂紧随堂哥身后，面朝我大妈，"扑通"跪下身，跟堂哥一样，"啪、啪、啪"，磕三个响头，说一声，娘，兰英回来晚了！兰英是堂嫂的名字。紧接着堂嫂也一头扑在我大妈身上，跟着堂哥一起哭起来。堂哥堂嫂的哭声是压抑着的，是憋屈着的，是有模样缺声音的。淮水赶紧关紧大门，赶紧跑进堂屋。我心想淮水又要呵斥堂哥堂嫂。我预想错了。淮水一脚门外一脚门里，两只手扶着门框，猛然间泥塑一般站在那里一动不动了。我听见淮水上下牙齿错动的"喀喀"声响。我看见淮水的眼眶里聚满泪水。

这一天,我父亲一直勾腰驼背地坐在堂屋里,看着死去的我大妈,看着进进出出的家人和村人。这一刻,我父亲两眼冲着淮水说,你让你大(爸)你娘敞敞亮亮地哭一哭,天底下哪有老(死)人不让哭的道理?又说,乡里谁个敢来坏事,我拿刀跟他拼老命!

死人是一件大事,乡村医生王半仙知道,村里一家传一家都知道。大白天,村里井然有序,该怎样还怎样,村人像是不知道我大妈死这件事。傍晚里,村人开始三三两两地走进堂哥堂嫂的家门,看一眼死去的我大妈,向家人说几句安慰话,更主要是送一份礼:一床被面,一捆黄表纸,一点礼钱。同住一个村子,同属一个家族,礼节上来往是少不了的。我家死人你送礼,你家死人我还礼,是自然的。一件自然的事,由于火葬不火葬就变得不自然了,家人不敢大声大气地哭,村人不敢大白天来送礼。我大妈死后,家里没有请人专门做支客,我父亲就充当支客;家里没有请人专门记账,二孩子淮村就专门负责记账。好在上门送礼的村人都是岁数大的,我父亲虽说不在这个村子里住,也能够认识谁对谁,三婶大叔地喊起来,不会岔辈分。时下村里老年人多,孩子多,年轻的女人少,年轻的男人更少。就算有壮劳力的人家,来送礼的也是他们的父母。他们的父母都把话带过来,需要抬重(棺材)说一声。我父亲点头应承说,需要抬重我差遣两个孩子去你家喊。我父亲说的"两个孩子",就是淮水、淮村兄弟俩。村里死人不管土葬还是火葬,不管白天下葬还是夜晚下葬,找人抬重都是最难心的一件事。村东村西请一遍,不一定能凑够一二十个抬重的人。淮水早有打算,抬重的人不从村里找,找也找不齐,还动静大,风声大,影响大,干脆从他所在的县城建筑工地上喊。这件事淮水跟我父亲说过,只是还没跟堂哥堂嫂协商。

堂哥的哭声是憨的,是沉的。堂嫂的哭声是尖的,是飘的。堂哥堂嫂,一个趴在我大妈头前,一个趴在我大妈脚前。堂哥瘦,堂嫂胖。堂哥在建筑工地上干活,一年比一年瘦。堂嫂在建筑工地食堂里干活,一年比一年胖。堂哥的瘦是累的,堂嫂的胖是吃的。堂嫂胖出一身病,高血压、高血糖、高血脂,吃药能控制住就算不错了,哪能又哭又拚(pàn)的?两个儿子媳妇走过来,一人一边劝堂嫂。大儿子媳妇说,娘,你莫哭伤了身子,我们一大家子吃什么喝什么还要指望你呢!二儿子媳妇说,娘,你莫哭伤了身子,我们一大家子吃什么喝什么还要指望你支派呢!两个儿子媳妇,二儿子媳妇嘴甜会说话,大儿子媳妇嘴笨不会说话。两个儿子媳妇一人架一只胳膊把堂嫂架进一旁的房屋里,剩下堂哥一个人趴在我大妈面前继续哭。堂哥一边哭一边晃动我大妈。我大妈的两只胳膊是硬的,堂哥扳不动。我大妈的整个身子是僵的,堂哥晃不动。堂哥觉得死后的我大妈是陌生的,是可怕的。只有我大妈身上的一股子气味,堂哥闻见了,觉得是亲切的,是熟悉的。这是我大妈身上的一股子特殊体味。小时候,堂哥就是躺在我大妈怀里,闻着这股子特殊体味一天一天长大的。时隔几十年,堂哥娶妻生子,子又娶妻生子,堂哥老了,我大妈死了,不过我大妈身上的一股子特殊体味却依旧没有一丝一毫的改变。

　　堂哥俯在我大妈身上哭,家人站在一旁看着听着,没人上前去劝一劝。这时候,堂哥哭一哭,是他的权利,也是他的义务。我父亲不说话,家里就没人去阻拦。淮水不去呵斥,家里就没人敢去制止。淮水两眼看着哭着的堂哥,好像对自己的父亲熟悉又陌生,陌生又熟悉。我父亲两眼紧紧地盯着院落里的大门,眼里像是举着两把明晃晃的刀子,防着哪个胆敢使坏的人猛然间闯进来。一家人候堂哥哭一大气了,有一个差不多了,我父亲说话了。我父亲说,大树你莫哭了,还有事等着你商议呢。堂哥"咯噔"停下哭。两个儿子赶紧走过去架起堂哥。堂哥就势坐在我父亲旁边的一只板凳上,这才顾得上抬眼看一看四周都有哪些家人,挨个打一声招呼。

其实我们一大家子没有多少人口。我大妈名下就一个儿子。大树名下两个儿子。我二大爷跟前一个闺女。我们家兄弟俩,二弟一家子在浙江金华那边打工,我大妈死回不来。我四叔家三个儿子,只有一个儿子在家里。淮水晚上在电话里才跟他说,让他明天上午陪着我四叔一块来。我四叔的这个儿子有意见,问为什么不及时通知他。淮水说,这是我三爹的意见。淮水这么一句话,就把我四叔的这个儿子顶回去。淮水打过这个电话,接着问我父亲,明天要不要差人去喊我大孃、我二孃、我老孃三个人?我们这里人家喊姑姑,不喊姑姑,喊孃。淮水说的"我大孃"是我姐姐,"我二孃"是我二大爷的闺女,"我老孃"是我四叔跟前的闺女。孃孃在丧期里的作用就是一个哭,就是一个拚。一个丧期里,没有人哭一哭,没有人拚一拚,还叫一个丧期吗?现在我大妈的丧期就是不能有人哭泣,就是不能有人拚命。我父亲长叹一口气说,赶明"五七"再通知她们三个丫头吧。真的"五七"一到,人死一个月,该不出事就不会出事了。就算"五七"这一天,家人多一点,动静大一点,也不会影响到哪里去。关键是眼下这两天,当紧的是把我大妈平安送下土,其余的事再大也是小事,再烦琐也是简单。淮水跟我父亲说,到时候三个孃孃要是说闲话,你要替我担待着。我父亲大包大揽地说,要怪怨就让她们怪怨我好了,要怪怨就让她们怪怨这个形势好了,不是这个狗屁形势撑的,谁家死人不哭一哭,不拚一拚,就偷偷地往土里埋?

也就是说,现在我大妈的家里,除去他们一家子人,就多出我跟我父亲。

堂哥抹拉抹拉眼泪、清理清理嗓子问,我娘什么时间下葬?

我父亲回答说,明天晚上十点半。

我大妈下土只能放在晚上,只能放在一片夜色笼罩下面偷偷摸摸地去进行。

堂哥问,这么快?

我父亲说，两头踩，够三天。

按照当地风俗，人死三天下葬或六天下葬。我大妈只能三天下葬，不能六天下葬。

堂哥问，找过风水先生了？

我父亲说，找过了。

风水先生管着下葬时辰、墓穴位置、入棺装殓等事宜。

堂哥顿一顿，想一想，还想问什么，却一时半刻地想不起来了。

我父亲望着堂哥说，想起什么话过一过说不迟，眼下当紧的是去锅屋里吃饭。

堂哥说，我跟兰英在火车上吃过了。

堂哥说的是一句假话。

我父亲说，那一家子人就早早地安歇，明天一大早还等着各忙各的事呢。

我大妈的一口黑漆棺材悬空架在两只长条板凳上，就摆放在我大妈的脚头前。棺材下面铺上一层厚厚的麦秸草，拿过几床被子，属于我大妈名下的下一辈子人——子子孙孙、侄子侄孙，晚上都要睡在棺材下面。这叫作暖棺。下辈人把棺材暖热了，我大妈才好躺进去上路。这是下辈人敬孝上辈人的一种方式，免得我大妈一个人晚上躺在地铺上太孤单。

第二天整个上午，堂哥堂嫂家一直冷冷清清的。我大妈睡在堂屋里，我父亲坐在堂屋里，我跟堂哥蹲在我大妈头前面，不断地往烧纸盆里递黄表纸，或往长明灯里添菜籽油。我父亲面前有一张方桌子，上面摆放着香烟茶水，他一个劲地抽烟喝茶不说话。我跟堂哥也沉默寡言。堂嫂和儿子媳妇，还有孙子孙女一直待在三间锅屋里。孩子玩孩子的，大人忙大人的。择菜、洗菜、切菜、烧菜、烧饭，她们婆媳包揽着。上街买东西是淮水一个人的事，他骑着摩托车一趟一趟地走出家门，一趟一趟地走进家门。淮村一大早去县城，依照淮水的安排，去县城建筑队把抬重的人早早地落实好,把抬重所需要的扁担绳索早早地落实好。候晚上工地上收工,这些抬重的人聚集在一家饭店里,先安排他们吃喝一顿。再候晚上时间差不多了,租用一辆中巴车拉着他们赶过来。车子远远地停靠在村子外面,一二十个抬重的人悄悄地走进村子,抬出我大妈的棺材,葬下我大妈,这些人再悄悄地走出村子,乘坐中巴车回县城。家里这一边,白天没有事。要说有事,就是堂嫂带着两个儿子媳妇准备饭菜。晌午一顿饭,都是自家人,凑合着就能说过去。晚上一顿饭要请风水先生,蔬菜的样数要多,还要有肉有鱼有酒。风水先生过来也要天黑后,先去坟地把我大妈的墓穴位置画出来,堂哥领着我们去把墓坑挖出来。我大妈跟我大爷葬一块。男左女右,我大爷睡北边,我大妈睡南边。沙土地好挖,几个人几把锨过去,个把小时就能把墓坑挖出来。再候半夜十点钟左右,抬重的人从县城里过来,风水先生把我大妈装进棺材,钉上棺材钉,整个葬礼就该接近尾声了。

半晌午,淮村从县城打来电话,说抬重的人安排好,说扁担绳子安排好,说中巴车安排好,说饭店安排好,问现在是回来家,还是在那里候着。淮水说,你就在县城莫回来了,那一摊子不能有一点闪失。淮村说,大哥你放心,晚上十点钟,抬重的人准时进家门。

都到这个时辰了,还不见我四叔的儿子跟我四叔,我父亲觉得有一点不对头。我父亲说,这个老四真能沉住气,一大早还不赶紧地赶过来。淮水打电话问我四叔的儿子是怎么一回事?我四叔的儿子回答说,白天有事,要去也要挨傍晚。淮水问,那我四爹呢怎么还不来?我四叔的儿子说,我大(爸)一大早上街卖菜去了。淮水"咯噔"一声没有话说了。我四叔在村外种着几小块开荒地不假,时常上街卖青菜也不假,问题出就出在为什么今天要去卖菜或者说今天真的去卖菜了吗?很显然,我四叔跟我四叔的儿子是生气了。我父亲气哼哼地说,这个老四真不懂事,在什么节骨眼上跟我怄气呀!

迟一天喊我四叔跟我四叔儿子的主意是我父亲出的,现在他俩迟迟不露面,我父亲的一张老脸挂不住。我父亲说淮水,你再打一个电话过去,就说他们一家子真要是忙,不用过来了。这个电话淮水不敢打,也不能打。我父亲跟淮水说,你打电话怕什么,就说是我说的。

堂哥站起身,拍掸拍掸身上的纸灰说,我下湾一趟。

下湾,就是去大河湾村。堂哥下湾干什么?亲自去请我四叔跟我四叔的儿子。我父亲没有反对堂哥下湾,显然我父亲已经意识到在这件事上有闪失。堂哥的一副身架子跟我父亲差不多,五十多岁就勾腰驼背显示出一副苍老的样子。堂哥虚软着两条腿走出大门,那么一瞬间时空轮转,我仿佛看见多年前的我父亲。同一个家族,同一条血脉,一代一代人就是这么走过来的,一代一代人就是这么秉承下来的。按照道理说,我大妈七十六岁死,算是老喜丧。近处的亲戚朋友要到场,远处的亲戚朋友要到场,从从容容,排排场场,风风光光,把我大妈葬下土,算是后人的一份责任与孝心,算是亲戚朋友的一份责任与义务。丧期是一种死人的仪式,也是一种活人的仪式。死人在这种仪式中走完人生的最后一段路程,活人在这种仪式中学会团结与合作,学会习俗与礼节,学会责任与义务。可现在呢?老(死)人变成一种累赘,变为一种胆怯,变为一种不合时宜,变为一种不该死亡的死亡。

晌午后,堂哥下湾回头。堂哥去请我四叔,请我四叔的儿子,请我姐姐,请我二大爷的闺女,请我四叔的闺女。三个姑娘住在三个村子里,堂哥一家一家去报丧,一家一家去请人。我四叔跟着堂哥一起来,我四叔的儿子跟着堂哥一起来,三个姑娘跟着堂哥一起来。可能堂哥忘记交代,也可能堂哥有意忘记交代,临近家门,走下一条南北村大路,三个姑娘大声小声、高声低声、粗声细声,错落有致、无所顾忌地一起哭起来。

——啊啊啊,我的个苦命的大妈呀,你活得好生的怎么说一声老就老了呀!

——啊啊啊,我的个苦命的大妈呀,你老侄女我连一口水都没来得及端给你喝呀!

——啊啊啊,我的个苦命的大妈呀,你老侄女我连一根纱都没来得及买给你穿呀!

一家子人谁都不去阻拦,由着三个姑娘门里门外就这么哭、哭、哭。

3

说起来堂哥算是村里头一批外出打工的农民工。那时候土地承包开始没几年,村里人家嘴里有粮食吃,手上却没钱花。一家一户吃粮指靠着土地,花钱指靠着土地。粮食收是收不少,可余粮拉集市上卖不值钱。你家有余粮,我家有余粮,家家有余粮,家家卖余粮,余粮还值什么价钱呢?正好那一年开始有村人往城市跑。堂哥跟堂嫂说,我也走吧,看来农村人指靠城市人过日子是一个大趋势,就像解放前佃户指靠地主过日子是一个道理。那时候我大妈刚过五十岁,一副雄壮壮的样子跟堂哥说,你放心地走吧,几亩地我跟兰英做得过来。分地那一年堂嫂刚进门,两个孩子都没土地。淮河两岸人多地少,一人合一亩半土地,我大妈家三口人,一共分四亩半责任田。

就是从这一年起,堂哥年年外出去打工,去广州,去深圳,去东莞,去南京,去杭州,去苏州,国内的不少大城市都去过,各行各业的工都打过。这期间,堂哥打工勉强能顾得上一家人的油盐花销钱,以及两个孩子上小学的学费钱,一年一年的就是余不下来钱。那些年土地上的各种税费一年比一年花样翻多,种庄稼渐渐变得不赚钱还得倒贴钱。有人家扔下土地,扔下老人,带着老婆孩子一块去打工。堂哥家跟别人家不一样,我大爷早年间死去,堂哥不能带着老婆孩子把我大妈孤单单的一个人扔在家里。这种事堂哥不忍心,也说不出口。堂哥不说的话,我大妈能说。一个春节后,我大妈下狠心把堂哥一家人往城市里赶。堂哥说,我们走,家里的几亩地怎么办?我大妈说,我一个能种。那几年种庄稼、收庄稼普遍实现了机械化,花点钱我大妈一个人种几亩地不费事。

就这么堂哥带着堂嫂、两个孩子走掉了。白天,我大妈一个人在地里心里空落落的。晚上,我大妈一个人睡床上心里依旧空落落的。我大妈想堂哥,想堂嫂,更想两个孩子。左右邻居家也都是老头、老太太在家里。要说有什么不一样的地方,就是我大爷死早了,撇下我大妈孤单单地一个人。要说有儿有孙跟没儿没孙有什么不一样的地方,就是有儿有孙有念想,没儿没孙没念想。我大妈觉得有念想,日子就能一天一天往下过,要是连这个念想都没有,怕是一天日子都没法过。

中间相隔几年,堂哥把两个孩子送回头。

一转眼,两个孩子分别上初中。在打工的地方两个孩子上小学是在农民工自己办的学校里,学校条件差,教学教得马虎。两个孩子上初中要么继续在这样的差学校上,要么花大价钱去城市的好学校上。堂哥原本是想花一笔钱把两个孩子送进城市里的好学校上,一问价钱傻眼了,不吃不喝挣的钱都供不上两个孩子在城市里上初中。堂哥不愿两个孩子留在农民工的差学校,就把两个孩子送回乡里上初中。乡里的学校跟农民工办的学校相比算是好学校。堂哥一心想让两个孩子上好学校,是有自己想法的。堂哥在外面奔波劳累这些年,认准这么一条死理,下一代人不能没文化,就是外出去打工,也要做一个有文化的劳动者。没文化,缺技能,光靠一股子笨力气,外出打工也挣不着钱——这就是堂哥外出打工十余年总结出来的一条血泪教训。

两个孩子上初中在乡里。乡里离家十里路,我大妈在那里租一间房屋,锅碗瓢盆带齐全,领着两个孩子在那里住起家。早早晚晚我大妈自己往家里跑,做地里的庄稼活,成全两个孩子安心地在乡里念初中。三年里,我大妈是两个孩子的奶奶,更是两个孩子的"娘"。三年里，我大妈是忙碌的，也是充实的。一天一天，我大妈不停地行走在村子与乡里的这条大路上。我大妈从乡里往回走，不了解的村人遇见我大妈问，你这么慌忙是做什么呀？我大妈会说，我这是回地里干活呢。或是反过头来，我大妈从村里去乡里，不了解的村人遇见我大妈问，你这么慌忙是做什么呀？我大妈会说，我这是去乡里给两个孙子烧饭呢。

我大妈原本白白胖胖的、富富态态的，从乡里到村子，从村子到乡里，一年路跑下来，变得又黑又瘦。堂哥堂嫂过年回家瞧见我大妈这样子，眼泪流出来说，过罢年我们还是把两个孩子带走吧？我大妈说，我天天跑来跑去的，身上一点毛病没有不好吗？现在你们把两个孩子带走，不要一年我就会生病老死。

两个孩子上高中就去县城里。

上高中两个孩子住校，自己管理自己，不用我大妈租房屋看管了。县城离村子十五里路远，我大妈空闲下来的时候就往县城跑。烧点吃的喝的带过去，两个孩子的脏衣服带回来。那时候村子到县城只有蹦蹦车（三轮车），一趟三块钱。要是时间宽裕，我大妈走路去、走路回，不愿乱花三块钱。渐渐地，我大妈老在头上——头上的白发一根根增多，我大妈老在脸上——脸上的皱纹一道道加深，我大妈的两腿不见老，走路一阵风，一个体壮的中年女人都很难跟得上。有一次，我大妈从县城回头，天色已经很晚。一片朦胧的月光里，有个村人不声不响地跟着我大妈。人们都说我大妈走路走得快，这个村人倒想亲自试一试我大妈走路到底有多快。我大妈在县城走得慢，这个村人跟得上。我大妈出县城，愈走愈快，这个村人跟着就愈来愈吃力了。走到半路的样子，这个村人见着我大妈两脚突然悬空起来，离开地面有两拃那么高。一阵风吹过去，我大妈往前一下飘浮好多丈远。这个村人惊呆了，眨一眨眼，摇一摇头，见着我大妈两脚恢复原来的样子，一步一步走路很正常。是真是假？这个村人不敢相信自己的眼睛，可又不能不信。

　　这个村人两腿一软坐在半路上,不敢跟随我大妈走路了。

　　堂哥堂嫂在外面一年一年拼上命地挣钱,把两个孩子送到乡里读初中,送到县里读高中,最终两个孩子还是没能把自己送进大学里。两个孩子在县城上高中花费这么多钱、使用这么大力,没有得到"正果"。要说遗憾的话,这一点便是堂哥堂嫂的遗憾。要说欣慰的话,也有堂哥堂嫂欣慰的地方。那就是两个孩子在县城读高中,毕竟学了文化,毕竟开了眼界,毕竟认识了一大帮同学。大孩子高中毕业后,靠着同学关系进一家建筑队,算是子承父业。爷俩不同的是,堂哥手拿瓦刀一天天砌砖,大孩子手拿铅笔一天天做工程预算。二孩子更利落,高中谈一个对象,女孩子家就在县城开店做服装生意,他高中毕业后直接跟那个女孩子把店面接过来,不是夫妻就开起夫妻店。两个孩子在县城这么把自己安插好,自然省心省事,堂哥堂嫂一副心满意足的样子,像是比两个孩子考上大学还要好。县城离家十五里路,说远不远、说近不近,两个孩子却愿意跟着奶奶住家里,一早一晚骑着摩托车,"突突突"屁股一磨就回家了。

　　两个孩子这样做,也是堂哥堂嫂交代的。堂哥堂嫂说两个孩子,你奶奶为着你俩上学难心好几年,现在你俩在县城上班不能让你奶奶一个人空落在家里。我大妈带大两个孩子,两个孩子对我大妈有感情,婚前婚后两个孩子都一直住在家里边。

　　这之后,堂哥堂嫂与两个孩子齐心合力把家里的两层楼房盖起来,一个院子拉起来,三间瓦房砌起来——二孩子先两年结婚,二儿子媳妇先两年怀孕,生下一个男孩子;大孩子后两年结婚,大儿子媳妇后两年怀孕,生一个女孩子。我大妈四世同堂,一大家老老小小九口人。两个孩子在县城做事,两个儿子媳妇在县城做事,我大妈在家负责看管着重孙子、重孙女,一份责任心比当年看着两个孙子还要重。两个孩子的孩子整天只能关在屋子里玩,只能关在院子里玩,不能离开我大妈的视线一点点。院子的大门整天插上，就是防着两个孩子走出去。

有一天晌午后，两个孩子的孩子在院子里玩得好好的，我大妈坐在堂屋的门槛上冲盹，两眼一闭一睁，大门打开一条缝，两个孩子的孩子钻出去。大铁门是对开的，门闩安得很高，两个孩子的孩子个头没有这么高，伸手拉不开门闩呀。那么这两个孩子的孩子是怎么拉开门闩出去的呢？我大妈吓出一身冷汗，赶紧去大门外面找回两个孩子的孩子，气势汹汹地一个一个地审问。两个孩子的孩子倒是很诚实。女孩子说是她搬的板凳，男孩子说是他站板凳上拉开的门闩。我大妈问，你俩搬的板凳呢？女孩子说，我搬回屋里去了。我大妈说，那我怎么没听到大铁门响呢？男孩子说，你睡着了。

这一年，女孩子五岁，男孩子七岁，多大的一对小人呀，就联手做出一桩惊天动地的大事情。晚上，两个孩子回来家，两个儿子媳妇回来家，我大妈毫不客气地告上这两个孩子的孩子一状。我大妈说，不要你们打孩子，不要你们嚼（骂）孩子，最起码应该说几句吓唬他俩的话吧？不想两个孩子跟两个儿子媳妇不生气，反倒乐呵呵地笑起来。我大妈问，你们笑什么呢？他们说，这说明我们家的两个孩子聪明嘛。我大妈说，要是他俩去门外走丢掉，看你们还说他俩聪明不聪明？他们说，他俩不去别处，就在自家门口玩一玩，怎么会走丢呢？我大妈不再跟两个孩子、两个儿子媳妇论理。但我大妈的担心依旧存在。邻村人家有先例，一个六岁的男孩子在家门前玩，不明不白丢掉了。当天晚上，我大妈给堂哥打电话说这件事。我大妈在电话里哭得吸溜溜的，说自己老了，不中用了，连两个孩子的孩子都看管不住了，要是有一天他俩出门玩丢了，你说我该怎么办？你说这个家该怎么办？堂哥能理解我大妈的担心，说你一把大锁从里边锁上大铁门，我看他俩还能偷偷地溜出去？我大妈一下子破涕为笑，说这个办法好，我怎么就没有想到呢？堂哥在电话这一端流出眼泪，看来我大妈是真的老了，她在家带着两个孩子的孩子,真的有些力不从心了。

按照道理说,两个孩子成家后,堂哥堂嫂就不需要外出打工了,可一年一年他俩照常外出,一年不落。堂哥跟堂嫂说,往后挣钱就留殡葬我娘用,剩下的才留我俩养老。堂嫂点头说,不能轻易地依靠两个孩子,自己手里有钱自己花心安。

其实堂哥堂嫂这么说话是迫不得已的。他俩清楚自己不属于任何一座城市,也没有一座城市属于他俩,早一天迟一天都会从城市回来家。他俩常年外出打工这件事靠着一种惯性一年一年往前推动着,直到我大妈死的这一天。

4

一转眼,我大妈"五七"过去。

我大妈是农历十月里死的,"五七"过去,紧接着就过年。按照此地习俗,丧期人家三年不贴门对,不放炮仗。这样一来,堂哥堂嫂一家人过的就是一个悲伤而冷寂的春节。年节一过,不出正月十五,两个孩子、两个儿子媳妇就去县城各忙各的活路。我大妈丢下来的一大摊子家务活,现在一下落在堂嫂的手上,早早晚晚地烧一大家子的饭食,看着大孩子跟前的一个孙女,看着二孩子跟前的一个孙子,还有就是洗呀涮呀的零碎活。堂哥却一屁股跌坐在空闲里,自己能够做些什么事,或者说有什么事能够适合自己做,一时半刻两手空空的真是抓不住。家里有几亩地,正月天不种不收,还不到忙碌的时候。即便到了开春后,去犁地墒沟,去撒催苗肥,也只是天把两天的活。即便到了种到了收,眼下都是机械化,花上一点钱,也忙不到哪里去。堂哥怎样去打发今后空闲下来的日子呢?堂哥不知道。

堂哥闲着无事就坐在自家的门槛边上,紧闭着眼睛,斜靠着墙根晒太阳,或半闭着眼睛,看一看在薄云里钻来钻去的太阳,看一看在微风里摇晃不止的树枝。两个孩子的孩子不要堂哥去经管,不要堂嫂去经管,在院落里自己玩自己的。有时候,堂哥的眼皮塌眯着就睡着了。一觉醒来,堂哥心里会生出一大惊,愣愣怔怔地半天想起来,此时此刻是坐在家里边,年前农历十月天我大妈死去他跟堂嫂回来家奔丧,年后天里他跟堂嫂待在家里就不外出打工了。堂哥绞尽脑汁把年前年后的一系列事情理清晰,一副头脑依旧愣愣怔怔的有一种不真实的感觉,像是年前年后这些天一直做着一个长长的梦,我大妈没有死,他跟堂嫂也没回来家。堂哥想从梦中脱身出来。堂哥起身跟堂嫂说,我去村子里转一转。堂嫂说,你去转一转就去转一转,省得你在家坐那里冲盹着凉。

堂哥家住村中间,东边是一条南北大路,大路两边都是村子里的人家。堂哥不过大路,不往东边去,往西一头扎进村子里。二十多年前堂哥外出打工时,村子里人家还很穷,房屋多半是土坯墙、麦秸顶,很少有砖瓦房,更是一家楼房都没有。那时候,村里人家也不拉院子,每一户人家都敞敞亮亮的,民风淳朴,路不拾遗,村里连一条看家狗都不用喂。后来就有村人外出打工了,外出打工积攒钱,一个首要的去处就是回家盖房屋。盖几间明砖明瓦的房屋,拉一个四方四正的院子,站一副钢管钢板的大门,一个家就像模像样地在村子里站立起来了。再后来村里人家推倒瓦房盖平房,扒倒平房盖楼房,那是被时代这条老狗跟在屁股后面撵的,或是被时代这条老狗跑在前面牵着鼻子拽的。村人的最初眼光就是盯在瓦房上面,那是他们千百年来的最大梦想,那是他们一代一代的最大心愿。眼下村里人家的房屋,庞杂而凌乱、错落而无序、高矮不整齐、前后不成排。土坯墙、麦草顶的房屋东倒西歪地支撑着木棍,仍有人家住里边。瓦房、平房是主体,十家有八九家白天里关着门,不知家里有人还是没有人。住楼房的人家一年比一年多,盖楼房成为村人的一种风气,也成为村人的一种人生价值的体现。有能力的人家盖楼房,没有能力的人家东借西挪也要盖楼房。有闺女的人家,婆家没有楼房闺女不出嫁;有儿子的人家,家里没有楼房媳妇不进门。一般人家的楼房就两层,三层四层的人家就少之又少了。有三层四层楼房的人家,都是有说头的,不是儿子多,地盘小,楼层盖少住不下,就是有钱有势,不盖三层四层楼房,在村子里显示不出来。有一户特殊的人家,夫妻俩跑着生、偷着生、超着生,一连气生下五个闺女。五个闺女一个比一个长得排场(漂亮),村人喊五朵金花。五朵金花长大,一个接着一个外出去打工。数年后,五朵金花领着一帮建筑队回到村子里盖房屋。村里人家盖楼房,多用本村人,或邻村人,从外地领回建筑队她们家是头一家。一帮人"叮叮当当"地挖地基,下石料。地基挖得深,石料下得实,盖一层、两层、三层不罢手,接着盖四层、盖五层,五层上面才封顶。一座楼房细细溜溜地戳在村里的地盘上,戳在村人的心坎上。这户人家盖五层楼房的用意很明显,五个闺女,每个闺女负责一层楼房,家里没有一个儿子,却盖上村里最高的楼房。五层楼房戳得村人心里疼,戳得村人眼睛红,戳得村人乱说话。村人说,五朵金花在城里个个做婊子,裤裆里的家伙让男人戳得稀巴烂,才能挣够盖楼房的钱。按照当年的楼房造价,这样的五层楼房盖起来差不多要三十万块钱吧。这么庞大的一个钱数,五朵金花不扒光衣服、不拼命地从男人口袋里掏钱,到哪里去挣那么多的钱?堂哥不会相信村人的胡说八道。不过有一点堂哥是明白的,不管男人在城市里打工挣钱,还是女人在城市里打工挣钱,挣的都是血汗钱,挣的都是血泪钱,不是卖身,也似卖身。

堂哥沿着一条弯弯曲曲的巷子,一直往村子的西头走。虽说堂哥每一年春节都回头,都要在家过上十天半个月,但毕竟与村子一年一年疏远了,一天一天陌生了。堂哥记忆中的一片树林,现在盖上房屋;堂哥记忆中的一片菜园地,现在盖上房屋;堂哥记忆中的一片水塘,现在盖上房屋;堂哥记忆中的一片老坟地,现在盖上房屋。到处都是房屋,新的、旧的、高的、矮的,拥挤着、膨胀着,往四周扩散开来,像撵着一剂面,擀面杖就是一年又一年,一年又一年使劲地往村子的四周擀,村子变成原来的三倍四倍这么大。堂哥像是走在房屋布置的迷宫里,像是走在记忆构成的隧道里,不知道这些房屋都是哪一年盖起来,不知道这些房屋里都是哪一户人家住。正月十五"咻溜"一声过去,该外出打工的村人就外出打工去了,该上学的孩子就去学校上学去了。剩下的村人或老或少,老的是一群老头老太太,少的是一群老头老太太的孙子辈、重孙子辈。老太太多在家里忙着家务,老头多在家里晒着太阳,一群孩子分散开,躲在各自的家里玩。现在的孩子金贵,他们的父母不在家,孩子的安全就是老人们的责任。这个责任重于泰山,孩子不能轻易地放出门。你家遵守着,我家遵守着,家家遵守着,直到孩子长大去上学,直到孩子长大去打工。因而村子里空荡荡的,冷清清的,像遭受过洗劫一般,像遭受过瘟疫一般。一座庞大的村子,同时又是一座荒凉的村子。一座古老的村子,同时又是一座陌生的村子。

堂哥最后来到我大妈的老坟前面。

这里往西紧挨着一条南北灌溉渠。干旱天,淮河边上的电灌站水泵打开来,抽出淮河水,沿着这条灌溉渠"哗哗啦啦"地往北流淌过去,灌溉那里的成千上万亩农田。村子东边有一条小河,从那里的农田低洼处弯弯曲曲地流过来,于淮河堤坝前形成一片更大的水塘。水塘边安装上两台大功率的抽水机,雨涝天,打开抽水机把多余的雨水抽到淮河里。原本是一处"走千走万不如淮河两岸"的村子,怎么现今就落后了,就贫穷了,村人要一年挨着一年,一个挨着一个外出打工?堂哥一介草民不去想这些道理,就是想这些道理也想不明白。我大妈的老坟埋在村子的顶西边,村里的房屋把一群死人撵到这里,亦就到此为止了。灌溉渠西边是另一个村子,名叫张家拐子。淮河一溜十八岗,就算村子不叫某某岗,也该叫某某圩子、某某湖,或某某郢子,叫某某拐子的村子独此一家。张家拐子最初为什么叫这个奇怪的名字,怕是他们的后人都不知道了。那一天,夜色里,慌乱中,我大妈的老坟掩埋得潦草而马虎。家人没敢烧一张黄表纸,没敢燃一挂炮仗,一堆沙土也不敢惹人注目地堆起来。堂哥站在我大妈跟前,像是脚踏阴阳两界,一边是村子,一边是坟地,同样感到陌生而不真实。堂哥冲着我大妈的老坟喊一声"娘——!",说赶明清明节我再多放炮,多烧纸(黄表纸),把你的老坟高高大大地棚起来。

真到清明节那一天,我大妈的老坟就算棚成一座土山,也不用担心害怕了。

这一天,堂哥拉线、挖土、搬砖、和泥,在院子里要砌一堵墙。堂嫂问,你这是干什么呀?堂哥说,盖一个牛棚,赶明养两头牛。堂嫂说,在院子里养牛又臊又臭的,两个孩子能同意?堂嫂这么一说道理,堂哥心里没了底,停下手。院子里打着水泥地,平整整的,光溜溜的,污染上牛尿牛屎的像是有那么一点不适宜。堂哥停下手中活,想一想在院子里养牛不要说跟两个儿子说,现在自己跟自己说也说不过去了。堂哥"叮叮当当"把一套砌墙工具转移到院墙东边去。堂嫂还是问,你这又是干什么?堂哥说,我不能在院子里养牛,我总能在院墙外面养猪吧?养牛养在院墙外面不安全,猪跟牛不一样,牛老实,猪不老实,夜里有人来惊扰,它能喊破半个天。堂嫂说,你就在家先安心静气地歇几天,赶明春暖花开天你去菜园地种菜,省得天天上集买菜吃,不像一户过日子的人家。这几年我大妈年岁大,种菜种不动,菜园地荒那里,孩子们没空闲种菜,也不愿种菜。现在家里过日子除去吃粮食——吃面拿麦子换、吃米拿稻子换,其他全靠花钱买,跟城里人家过日子没二样。这些话堂嫂过去不说,现在说,是因为我大妈死后,她要接手过日子。堂哥"叮叮当当"地依旧摆弄着砖头砌墙。堂嫂没再言语,心里想:我看你能把一头猪在家里养起来?堂嫂知道堂哥猛然间闲下来要有一个适应过程。这不止心理上的,更有行动上的。堂哥砌墙二十多年熟练了,习惯了,不砌墙手指痒,心里更痒,那就让他砌去吧,那就让他玩去吧。堂哥上午忙半天,下午忙半天,挨傍晚结束手中活,搭建起一个棚子比猪圈还要小。堂嫂忍不住还是问,这么小一个棚子能养猪?堂哥说,我养鸭,我养鹅。这里紧挨着一口水塘,确实是一处养鸭养鹅的好地场。堂嫂没有再说话,知道堂哥就算养鸭养鹅,也只能在想象中去喂养。

　　太阳一天一天亮堂,天气一天一天暖和。这天堂哥吃罢早清饭,扛上一把锄头说是要到庄稼地里看一看。堂嫂说,你去看你的,不要忘记晌午回头吃饭就照了。这里村人喜欢说照、照、照。"照"就是"行"的意思。堂哥回答说一声,照!抬脚就走了。

　　半亩河滩地,面临淮河,不远处是一个渡口码头。堂哥到地里,不去锄麦子,一直望着往往返返的渡船。从这里过河往南,翻过一道堤坝是一大片大河湾土地。大河湾村人家住里边,大河湾村人家的全部土地就在里边,曹家岗人家的一部分土地也在里边。大河湾村往南还有一条淮河,南北两条淮河像一个巨人的两只胳膊环抱着大河湾土地。这里往东隐隐约约地能看见一座淮河大桥。大桥南偏东方向就是市区。那里有一个更大的火车站,从那里乘坐火车能抵达全国更多更大的城市。这些年堂哥外出打工,从县城火车站坐火车,也从市区火车站坐火车。二十多年前,堂哥就是从这里过河,背着一床被子,背着一包衣服,第一次走出家门,第一次外出打工,步行至市区火车站,坐火车去一个只知道名字的城市,其余什么都不知道。堂哥不愿坐汽车从淮河大桥上面去市区火车站是有目的的。身后的一座村子是熟悉的,眼前的一处渡口是熟悉的,大河湾里的一片庄稼是熟悉的。堂哥就是想一步一步离开熟悉的村子、熟悉的渡口、熟悉的庄稼,一步一步走向陌生的市区、陌生的火车站,去一处更加陌生的城市。堂哥需要这么一种人生的调整方式,需要这么一个生命的转换过程。此后堂哥每年腊月底回头,年初里再走。家里有老人、孩子牵挂着,打工的路再远,挣回的钱再少,都要在春节前急赶慢赶地往家赶。一年中一家老小在一起过一个团圆年最重要。那是一种生命的酸甜与苦涩,更是一种人生的责任与义务。现在好了,不用再外出打工了,不用再奔波劳作了。这样一来,日子空落,闲散无着,却无滋无味了。堂哥知道自己要有一个适应的过程,要有一个软着陆的地方。可一天两天地就是适应不了,就是找不见一个软着陆的地方。

堂哥慌张地举起锄头,狠劲地刨将下去,一根杂草没有锄着,却把一大片麦子连根带梢地扒出来。

第二天,堂哥去一趟县城。这是堂嫂支派的。堂嫂说,你去县城给孙子孙女买一点吃的喝的穿的玩的。堂哥知道堂嫂的苦心,是想让他去县城里溜一溜、看一看、玩一玩,把时间消磨掉,把心情疏朗开。年前年后,堂哥堂嫂一直忙着我大妈的后事,没有顾上两个孩子的孩子。往年不这样,不用急着往家赶,腊月打工回头前,堂哥堂嫂能跑好几趟大商场,不买自个的,不买儿子的,不买媳妇的,专门买孙子孙女的。吃的喝的穿的玩的,少说也要两大包。堂哥堂嫂回家过年,求的是天伦之乐。不过天伦之乐也是要有物质基础做保证的,这就是要给孙子孙女买足够多的东西,孙子孙女提出来的要求要不折不扣地满足。挨近腊月天,临近回家过年,自然不自然地堂哥堂嫂与家人通话的次数多起来。堂哥堂嫂主动往家里打,家人也会主动往堂哥堂嫂那里打。孙子孙女需要什么,会在电话里告诉堂哥堂嫂。堂哥堂嫂去商场买好什么东西,会在电话里告诉孙子孙女。

孙子说,我要一架会飞的飞机。这个电话是堂嫂接的。堂嫂说,去年不是买回一架会飞的飞机了吗?孙子说,不是你买的那样的,是一架真正会飞的飞机?孙子喜欢飞机,去年买回的那架飞机装上电池能飞半人高。堂嫂问堂哥,什么样的飞机是真正会飞的飞机。堂哥说,我哪里会知道这些东西,你打电话问一问二孩子。堂嫂不打电话问二孩子,知道主意是二儿子媳妇出的。就算二孩子知道,堂嫂也不会问。堂嫂知道,二孩子跟二儿子媳妇穿一条连裆裤子,与孙子一起合谋要她花钱买东西。堂嫂去问工地食堂干活的同事。同事中有年轻的小媳妇,她们的年岁跟两个媳妇差不多大,家里的孩子跟孙子孙女差不多大。孙子孙女要什么东西,同事会知道。果然同事告诉堂嫂,你家孙子要的是航模。堂嫂问,航模贵不贵?同事说,一架航模需要上千块钱。堂嫂倒吸一口凉气,知道这个心愿不能满足孙子。

孙女在电话里要芭比娃娃。芭比娃娃是一种什么东西,堂嫂依旧不知道。堂嫂问年轻的女同事,同事说是一种外国人的娃娃,一个得要好几百块钱呢!外国人的娃娃比中国人的娃娃贵这么多,那中国人买它干什么呢?孙子今年要航模,孙女今年要芭比娃娃,从表面上来看是孙子孙女比着要,实际上是两个儿子媳妇比着要。堂嫂不能满足孙子的要求,自然就不能满足孙女的要求。

堂嫂舍得给两个孩子买吃的、买穿的。吃的——甜的、咸的、奶油的、巧克力的,吃的东西不分开,孙子孙女一块买。穿的——冬天穿的、夏天穿的、春秋天穿的,孙子孙女分开买,一个孩子要买三四套。两个儿子媳妇在县城里上班,眼光只能落在县城里。堂嫂在这边稍微让同事掌一掌眼,带回家的吃的穿的肯定两个儿子媳妇都满意。两个儿子媳妇满意了,孙子孙女就满意了。在堂嫂的想法里,买吃的吃进孙子孙女的肚子里,买穿的穿在孙子孙女的身上,钱花得都是一个正确的地方。买航模、买芭比娃娃,不要说这么贵,就算再便宜也是一个浪败钱。堂嫂在电话里不问孙子,你知道什么叫会飞的飞机吗?而是问你知道什么是麦子吗?孙子说,不知道。堂嫂在电话里不去问孙女,你知道什么叫芭比娃娃吗?而是问你知道什么是荠菜吗?孙女说,不知道。堂嫂说,那我回家过年带你们去麦地里挖荠菜,教你们什么是麦子,什么是荠菜。

堂嫂说到做到。一个雪后天,堂嫂瞒着两个儿子媳妇,带着孙子孙女走出村子,走进一片麦子地。堂嫂跟孙子说,你看清楚了,这就是麦子,赶明你长大,我们家的几亩地还指望你种呢!堂嫂跟孙女说,你看清楚了,这就是荠菜,奶奶像你这么大的时候,在麦子地里一挖挖半天荠菜,一挖挖一天荠菜,这是一种能保命的菜,奶奶小时候的一条小命全靠野菜保过来的。堂嫂说这些话心里虚,现在家里不缺吃的不缺喝的,不指望挖野菜去保命,再说自家几亩地连自己好多年都不种了,还能真指望孙子长大去种地?一个大趋势堂嫂好多年前就看清楚了,那就是一个农村人在农村光指望种地是过不好日子的,城里人一天一天多,农村人一天一天少,农村人渐渐地变成城里人。就算说心里话,堂嫂也希望孙子孙女长大做一个城里人,不再做一个农村人。假设将来孙子孙女长大了离开农村,家里的几亩地谁去种呢?这个问题应该留给两个儿子、两个儿子媳妇去处理,谁想种谁去种,谁不想种谁不去种。这就是一代一代人的责任吧。

麦子地里到处是积雪,村大路上到处是积雪,村子里的树上房屋上到处是积雪。堂嫂看一看麦子地里,看一看村大路上,看一看村子里的树木房屋,看一看孙子孙女,觉得自己的行动愚蠢至极,就是一个愚蠢至极的疯婆婆。堂嫂对孙子说,下一年奶奶回头一定给你买一架会飞的飞机。堂嫂对孙女说,下一年奶奶回头一定给你买一只芭比娃娃。堂嫂带着孙子孙女去一趟麦地,一个最直接的结果就是全家人吃了一顿猪肉荠菜饺子。两个孩子、两个儿子媳妇一边吃着一边都说香,都说好吃。孙子说,荠菜是他挖的。孙女说,荠菜是她挖的。堂嫂笑盈盈地一句话都不说。堂哥置身事外,我大妈置身事外,他们娘俩不知道堂嫂带着孙子孙女去雪天的麦子地里挖荠菜,包含着一种怎样的复杂心态。

下一年就是这一年,我大妈农历十月里死去,堂哥堂嫂慌慌张张地回来家,没顾上买一架会飞的飞机,也没顾上买一只芭比娃娃。到了正月天底,堂嫂差遣堂哥去县城,交代堂哥看一看县城里有没有会飞的飞机,有没有芭比娃娃。堂嫂说这话知道白说,不是担心堂哥舍不得花钱,担心堂哥买不好,更担心县城里根本不会有。要是县城里有这两样东西,两个儿子媳妇早给孙子孙女买到手。县城里没有的东西,两个儿子媳妇怎么想起来让孩子向堂嫂索要呢?一是她俩在电视上看见的,二是她俩去县城谁家串门看见的。往年堂哥堂嫂一起去商场给孙子孙女买东西,买什么或不买什么都是堂嫂做决定。堂哥不知道买什么或不买什么,这么一份心思从来都是堂嫂一个人去操,堂哥甩开两手从来不去过问。堂哥跟着堂嫂一起去商场,充其量只是一个搬运工,一个不要付费的小工子。果然堂哥难为情地说,要买这么两样东西哪一天你自己去县城买,我连它们的名字都记不住,怎么去商场里问别人有没有?堂嫂说,那你就空着两手去,空着两手回,任啥东西不用买。堂哥说,我买几斤水果提回来。

  县城离家十五里路远。淮河一溜堤坝上跑着中巴车,也叫招手停。堂哥站在堤坝上,冲着中巴车一招手,中巴车就停下来。不管远近,去一趟县城三块钱,跟过去的蹦蹦车一样价。这一天堂哥来到县城没有去商场,没有进超市,没有先看两个儿子,却一头扎进县城火车站。县城火车站几十年不变,听说要扒掉却一直保留着,每天往返一趟民工车。所谓民工车就是那种老式的绿皮车,车厢没有安装空调,窗户打不开关不上,冬天冻死人,夏天热死人,不热不冷天脏死人,铁路线上跑绿皮车是越来越少了。这趟绿皮车的起点站是安徽阜阳,终点站是浙江宁波。阜阳是一处相对贫穷落后的地方,是一处外出农民工相对集中的地方,开一趟民工车不算多,中途停靠县城站,停靠省城站,每一站还能上下不少农民工。绿皮车一路南下,开往浙江的湖州、杭州、萧山、绍兴,最终停靠在宁波。这些城市都是农民工打工的好去处。民工车的车子孬,票价便宜,全程票价不会超过五十块钱。堂哥每一次去打工,票价只要三十八块钱。这一趟民工车的时间孬,堂哥走是半夜里,回是半夜里。走赶正月天,回赶腊月天,都是寒冷天。车厢拥挤嘈杂,堂哥受得了;车厢肮脏不堪,堂哥受得了;车速慢时间长,堂哥受得了。堂哥受不了的是寒冷,车厢内外一样寒冷,站着坐下一样寒冷。堂哥最怕半夜里坐车睡觉,不睡觉困得支撑不住,真的睡着了,一觉醒过来,寒气顺着两腿都能爬到心口窝。两条腿发麻发木,都不像自己的,站都站不起来,一时半刻的根本不能走路。堂哥上身穿着棉袄,下身穿着棉裤,两只手隔着棉裤使劲地搓揉自己的两条腿。搓着搓着,堂哥的两手停下来,两只眼"哗啦"一声流出泪。一是委屈自己受的这么一份罪,一是痛恨铁路开的这么一趟民工车。一年往返一趟,堂哥愿意花钱坐好车,坐空调车,县城火车站就是没有。中间有几年,堂哥带着堂嫂从市区火车站上车,就是为了避开这么一趟民工车,就是为了不受这么一份罪。从市区火车站上车,车次好,速度快,有空调,票价贵,人更多,买票难。堂哥提前十天半个月专门来买票,还不一定买得到。从县城上车,专门的民工车,十有八九是农民工。从市区上车,不是专门的民工车,十有八九不是农民工。堂哥一个农民工想上不是专门农民工的车子,花气力多不算,还花钱多。堂哥从市区火车站这么折腾一两次,就又改从县城火车站。

堂哥跟堂嫂说,这就是我们的命,人哪能抗命呢?

现在堂哥已经结束打工,还来县城火车站干什么呢?是对过去的怀念?是对往事的追忆?是面对故旧的诉说?是寻找心灵的抚慰?都是!又都不是!年前年后这些天,堂哥一直生活在一种虚幻而不真实的感觉中。我大妈的死是真实的吗?曹家岗现在这个村子是真实的吗?我大妈死后丢下来的这个家是真实的吗?那个多少年没去过的县城是真实的吗?堂哥漂泊打工这些年,就像天空中一只摇摆不定的风筝,飘向哪里是不固定的,落在哪里是不固定的。打工的地方不是堂哥的家,眼下连自己家都变得不像堂哥的家。但几十年不变的这个县城火车站是真实的。在这里堂哥找到了年前年后唯一真实的感觉。在这里堂哥的脚手安闲下来,心里安静下来。堂哥的头脑里"嚓啦"闪起一道光亮,快速地思考起来。我干吗要待在家里?我干吗就不能外出打工呢?我不去广东,我不去浙江,我就在县城里。两个孩子能在县城里落脚,两个儿子媳妇能在县城里落脚,为什么我就不能在县城里落脚呢？

堂哥的心胸豁然开朗起来了。

5

堂哥最先去找大孩子谈话。

大孩子在建筑公司里算是一个部门负责人，能在老板面前递上话，村里有几个人就是奔着他去的，大儿子媳妇也是大孩子一手安插里边的。堂哥站在火车站前面，东西南北转一圈，不知道去县城建筑公司怎么走。堂哥打电话给大孩子说，我现在就在县城里，要去你那里一趟。淮水说，你要溜达就到县城大街上溜达，就到淮村商店的那条商业街上溜达，你来我这里有什么好玩的？堂哥在电话里不能说见大孩子的真正目的，含糊其词地说，我想去你那里看一看。一个做老子的这么想去看儿子所在的工作单位，他这个做儿子的就没有理由再拒绝。淮水说，县城建筑公司的办公地点好找，你来县城东大街一问就能找得到。堂哥说，那我现在就去县城东大街。

大孩子问，你现在在哪里？

堂哥说，火车站。

淮水问，你在火车站干什么？

堂哥说，瞎溜达。

从火车站走进县城，再走到东大街，前后不要半个小时。堂哥觉得等待这半个小时太久远了，太漫长了。他要快一点见着大孩子，他要早一点落实心里这件事。堂哥花钱坐上一辆专门拉客的电动三轮车，"突突突"地直奔东大街，十分钟见着大孩子。淮水惊奇地问，这么快呀？堂哥急慌慌地说，我有一件要紧事要当面跟你说。堂哥直接跟大孩子说他想去他们公司干活，想让大孩子跟他们老板说一说。大孩子没想到堂哥会说这种话，愣一愣神说，我同意你去我们公司干活，我娘都不会同意。堂哥说,你先不要跟你娘说,候这件事办妥当,我上班再回家跟你娘说不晚。大孩子想一想,改口说,就算我娘同意,你这么大岁数,我们老板也不会收。堂哥有点不高兴地说,你都没去问一声,怎么知道你们老板会不要我？大孩子说,我们公司有规定,五十岁朝上的一个都不收。堂哥说,我跟别人一样吗？不一样！就算你跟老板不说我是你老子,你就说我在外面干这么多年瓦工,是一个砌楼的大工子,你们的老板还敢洋鼻子洋眼不收我吗？堂哥心里着急,嘴上说话就缺少边界。大孩子说,你这些话跟我说没有用,我们老板就是这么规定的。

堂哥知道这是大孩子有意阻拦他。

堂哥在县城火车站想好的一桩事不能就这么轻易地让大孩子破坏掉。堂哥说,你不好跟你们老板说,你领着我去见你们老板,我来跟你们老板说。堂哥这是逼大孩子。堂哥这是没有办法的办法。大孩子无可奈何地喊一声"爸——！",说,天底下有你这么办事的吗？堂哥说,你不愿去跟你们老板说,我去跟你们老板说有什么错吗？大孩子说,我领着你去我们老板那里,你没有错,我有错,弄不好,你的工作没找着,把我的饭碗砸掉了。这个时候,堂哥就是一个一意孤行的人,就是一个一条道走到黑的人,头不撞南墙不回头,头撞南墙不一定就回头。堂哥说,你不愿领着我去找你们老板,我自己去找你们老板,我就不信你们老板会不收我。大孩子说,你去找我们老板我拦不住你,你见我们老板不要说你是我的老子。堂哥恼怒地看着大孩子说,从今往后,你是你,我是我,就算我没有你这个儿子。

堂哥气鼓鼓地往大孩子的办公室门外走,气鼓鼓地走出县城建筑公司的办公所在地,只身站在大街上。头顶的太阳虚晃晃的,四周的景物虚晃晃的,往来的行人虚晃晃的,一座县城是陌生的,脚下站着的地方哪里对哪里更是陌生的。堂哥头脑眩晕,两腿打晃,又有一种虚幻而不真实的感觉。堂哥自己问自己说,我这是站在哪里？堂哥自己回答自己说,这是在县城的东大街。

  我来县城东大街干什么?

  找大孩子找工作。

  这个想法是在哪里想起来的?

  是在县城火车站。

  我现在怎么办?

  不知道。

  我不知道怎么办应该怎么办?

  我要好好地想一想。

  堂哥沿着县城大街一边想一边走,一边走一边想,不知不觉地两条腿带着他来到二孩子的店面前。二孩子的店面在县城南大街。东大街是机关办公的地方,是县委县政府所在的地方。南大街是商业一条街,各种买卖的店面沿着南大街依次排开。堂哥往年春节回家过年来过这里。堂哥今天进县城,没想着找大孩子,也没想着找二孩子。没想着找大孩子,去找大孩子,是为了找工作;没想着找二孩子,来到二孩子的店面前,还是为了找工作。这一刻堂哥才知道,自己想在县城找一份工作的愿望是多么心切而强烈,是多么迫切而重要。堂哥年前年后已经过够这样一天一天闲散无着的日子,不愿回到那个无所事事的状态里。

  堂哥坚定不移地走进二孩子的店面。

  二孩子在店面里。二孩子见着堂哥不惊奇,已经知道堂哥来县城里。二孩子怎么知道的,显然大孩子打电话跟二孩子说过了。二孩子说,我听大哥说你来县城,就说打电话喊你过来吃晌午饭呢!既然二孩子什么都知道,堂哥就没必要跟二孩子绕圈子。堂哥跟二孩子说,你出来我跟你说一件事。二孩子开的是一家内衣店,生意一天一天往红火里发展。两口子忙不过来,雇用一个小姑娘,白天里帮着卖东西,晚上住在里边看店。这一刻,二儿子媳妇在店里,小姑娘在店里,堂哥跟二孩子说话不方便。堂哥站在店面前面的大街上，二孩子一副不情愿的样子，不想走出来也得走出来。堂哥直接跟二孩子说，我想在县城里找一份事做一做。二孩子说，我听大哥说过了，你先回家不要急，我跟大哥想办法在县城替你找一找。堂哥心里依旧生大孩子的气。堂哥跟二孩子说，你大哥不是我的孩子，我不要他帮我找工作。二孩子说，就算我帮你找工作，也要宽限我一段时间吧？大孩子性子直，说话冲，像堂哥。二孩子性子软和，说话有让劲，像堂嫂。

　　堂哥说，你辞掉小姑娘，我过来帮忙，不要你一分钱工钱。

　　二孩子说，内衣店卖女人的内衣，你说你怎么帮这个忙呢？

　　堂哥说，女人的衣服我不能卖，你就能卖啦？

　　二孩子说，我也不能卖，我只负责进一进货、送一送货什么的。

　　堂哥不死心地说，我不能白天卖衣服，总能晚上看店吧？

　　二孩子嘴丫苦笑一下说，你每天晚上来看店，我娘一个人在家怎么办？

　　堂哥说，我不管你娘，我只管我自己。

　　二孩子说，你不管我娘，我要管我娘。

　　堂哥说，我看你跟你大哥一样，没有一个是我的种。

　　堂哥进县城一趟，跟两个孩子都弄僵掉了。

　　这一天晚上，堂哥早早地回来家，两个孩子、两个儿子媳妇却没有回来家。两个孩子、两个儿子媳妇回来家怕与堂哥再生气，闹得一家人不快活。两个孩子早早地把电话打回头，向堂嫂告状。大孩子说堂哥去他办公室里不讲理，二孩子说堂哥在他店里胡搅和。堂嫂心里觉得堂哥做得不对，嘴上也得向着堂哥。堂嫂在电话里轮番教训两个孩子。堂嫂说大孩子，你爸去你们建筑公司怎么就不适合啦？五十五岁一个人就老了？要我看这是你们老板自己糊涂头瞎规定。堂嫂说二孩子，你说你老子一个男人看内衣店不适合，我去看店你们两口子该没有话说了吧？说来说去，你们两个孩子都没有把他当成一个亲老子看待，不理解一个做老子的心情。堂嫂不热不冷地把两个孩子教训一顿，算是给足堂哥脸面。

　　堂嫂教训过两个孩子，反过头劝堂哥。堂嫂说堂哥，你真要想养牛，就在我俩睡觉的这两间房屋里养。堂哥说，在屋里养牛，牛尿牛屎就不往院子里流啦？堂嫂说，从后墙开一道沟，不就撇开院子啦？堂哥说，我不想在院子里养牛。堂嫂说，那你就在院子外养猪、养鸭、养鹅，你想养什么就养什么。堂哥说，我什么都不想养。堂嫂说，那你就去菜园地种菜。堂哥说，我也不想种菜。堂嫂长叹一口气说，那你就天天在家怄气，反正两个孩子、两个儿媳妇不敢回来家，要怄气你就跟我一个人去怄吧。堂哥说，我也不想在家跟你怄气，明天我就去大毛家。

　　大毛是我的小名。

　　隔天一大早，堂哥就跑到我家来。上述堂哥家里发生的这些事，就是堂哥来我家跟我说道的。

　　我们堂兄弟不算多。父亲兄弟四人。我大爷家就堂哥一个男孩子。我二大爷家一个闺女。我四叔家三个男孩子。我父亲排行老三，我兄弟两人。也就是说我们这一辈子堂兄弟一共六个人。在堂兄弟之间，我与堂哥年岁相挨得最近，显得最亲。有那么几年里，堂哥春节过后外出打工从市区火车站走，临上火车前习惯性地来我家坐一坐、看一看，说上一阵子闲话。我家住在市区里，离火车站不远。堂哥从来不麻烦我帮他买火车票。他跟我说火车票好买。其实我知道，堂哥要提前十天半个月就来市区火车站，排上半天队才能买着预售票。堂哥不麻烦我买火车票，是不想麻烦我，是知道麻烦我买火车票，我也得像他一样去排队。堂哥来我家常常单独一个人，他让堂嫂在火车站看着随身携带的东西。不管我跟妻子怎么劝说，他都不会在我家吃一顿饭，说是赶火车要紧，说是在我家吃饭肯定要耽搁火车。前后好多年，年年都这样，堂哥就是这么一个自尊自怜的人。

这一次,堂哥依旧不愿在我家吃饭,只想把肚子里的苦水向我倒一倒。——说什么自己出生、自己长大的村子,怎么看着都眼生,莫说一个个孩子看着眼生,就是一个个老人看着也眼生。——说什么两个孩子不是自己带大的,现在一个院子里过日子彼此间显得生分,早早晚晚没什么话可说,说话说不到一块去,说话就分歧、就争吵。——说什么二十多年不种地,现在回家种地提不起来精神,眼下种庄稼不赚钱、不安心不说,就算安心在家种庄稼,几亩庄稼地也没什么好种的。——说什么在城市里待久了,回家冷寂寂的不习惯,村子里少见村人,村路上少见车辆,白天吃饭吃不香,晚上睡觉睡不实,不知道这日子该怎样往下过……堂哥跟我说,我思来想去好多天,这些年我外出打工还能打错了?这些年我外出打工还能就变得不再是一个农村人?这些年我南里北里去过不少座城市,盖过上百座大楼,这些大楼里没有一间房屋是我的,我不属于任何一座城市,任何一座城市也不属于我。这些年我四处漂泊流浪,变成一个不需要父母的人,变成一个缺少根性的人。现在我老了,我不回家回哪里?我在家里待不住我去哪里待?堂哥越说语速越快,越说困惑越多,说着说着眼泪流出来。堂哥像一个孩子似的在我面前"呜呜呜"地失声痛哭起来。我由着堂哥失声痛哭。堂哥不在我跟前痛哭,不在家人跟前痛哭,在谁跟前去痛哭?面对堂哥提出来的这些人生困惑,我能听明白,我能体会理解,却没办法替他去解决。

我问堂哥,你回家不习惯,难道堂嫂就习惯了?

堂哥说,她还不是跟我一个样,整天在家愣头愣脑的,手脚不听脑子使唤,拿东忘西,房屋里外乱转悠,只不过她不像我这样到处瞎说道罢了。

这一天,堂哥还跟我说出一个缠绕他一生的梦。

在堂哥的一生中,他经常做这种类似的梦——总是莫名其妙地被我大妈丢弃掉。梦里的时间不同,梦里的地点不同,梦里的内容却都是大差不差的。堂哥犯一点小错误(他总是不断地去犯小错误),偷吃一块馍馍或打碎一只饭碗,我大妈一甩手说,娘不要你了。我大妈在前面走,堂哥在后面撵。堂哥一边撵一边喊,娘,你等着我!娘,我下回不敢做错事了!我大妈在前面走得不快,堂哥跟在后面却怎么都撵不上。我大妈愈走愈远,而后就消失掉。

　　有时候堂哥的梦里会出现另外一个陌生女人,她不说什么话,也不做什么事,只是远远地窥视着堂哥。堂哥吓得到处躲,却怎么也躲不掉。堂哥躲在院子里,陌生女人站在大门边。堂哥躲进房屋里,陌生女人站在门后面。堂哥钻进被窝里,陌生女人站在床面前。堂哥惊恐地叫喊,娘呀娘呀娘。我大妈一出现,陌生女人就不见了。两类梦有所不同,在前一类梦里我大妈总是很年轻,他总是个小孩子。在后一类梦里陌生女人一年一年变老,像在现实中生活一个样,先是年轻,后是中年,而后是老年。陌生女人的年岁愈来愈老,走路的脚步愈来愈迟缓,堂哥梦见陌生女人的时间也是愈来愈推迟。前些年堂哥梦见陌生女人多在上半夜,后来下半夜渐渐地居多了,最后两年不到五更时辰陌生女人都走不进堂哥的梦里。明显地,陌生女人头上的白发增多,一根一根白得能刺眼睛;明显地,陌生女人的皱纹增多,一道一道深得像刀砍出;明显地,陌生女人的腰一次比一次弯佝,两只手垂下来就能挨着地面。有一次,堂哥天亮都快醒来了,陌生女人在梦的远处才气喘吁吁地赶过来。堂哥有意没有醒来,没有睁眼,往梦里沉一沉,等候着陌生女人走过来。陌生女人反倒不急了,站住脚,远远地望着堂哥,眼里流露出感激与满足。从那次过后,这个陌生女人再也没在堂哥的梦里出现过……半夜被梦惊醒睡不着觉的时候,堂哥经常去想为什么会做这么两种梦,无非是担心陌生女人有一天会找上门,无非是担心有一天我大妈会丢下不要他。堂哥知道就是这个陌生女人在他很小的时候,把他丢在我大爷摆渡的渡口上,而后这个陌生女人偷偷地离开,而后他变成我大爷、我大妈的孩子。堂哥知道这个陌生女人就是他的亲娘。这些年这个陌生女人年轻、中年、年老,像是一直跟堂哥生活在一起。不是生活在现实中,而是生活在梦境里。陌生女人不再出现在他的梦里意味着什么呢?堂哥开头不明白。现在我大妈死掉,这种类似的梦——堂哥在梦里总是莫名其妙地被我大妈丢弃——就再没做过一次,堂哥总算明白过来:陌生女人跟我大妈一样,都是因为死去才离开他的梦。

堂哥说,现在我经常地想念这两种梦,只是这两种梦不会再出现了。

6

先是二孩子提出搬县城里去住。

二儿子媳妇在县城长大,整天脸上笑眯眯的,人精明,头脑灵,心里有话自己不说,让二孩子替她说。她跟二孩子结婚这么些年来,好像所有事都是二孩子跟堂哥堂嫂说,她从来没跟堂哥堂嫂直接说过一件事。这一次二孩子提出搬家的理由是,二孩子的孩子秋天开学要上小学,现在去县城先读一读学前班。堂哥家的两个孩子,大孩子比二孩子大两岁,二孩子比大孩子结婚早两年,现在反过头来,二孩子跟前的孩子比大孩子跟前的孩子大两岁。村子里有小学,二孩子嫌不好,不愿让孩子在村里上。

堂嫂问二孩子,你们一家人去县城住哪里?租房屋住不是又得一笔钱?

二孩子指一指二儿子媳妇说,住她家,她家有现成的空房子。

二儿子媳妇的娘家就这么一个闺女,就算家里的房屋拥挤,也巴望闺女女婿带着孩子住那里。这些年因为有我大妈扯捞着,二孩子跟二儿子媳妇才没好意思提出丢下我大妈住在县城里。从某些方面来说,堂哥堂嫂外出打工不在家,两个孩子、两个儿子媳妇要替代他俩尽一份责任与孝心。现在我大妈一死,这份孝心就不需要了,这份责任就不存在了。堂哥看出二孩子两口子是真心想搬走,孩子上学只是一个借口。堂哥跟堂嫂说,谁想走谁走,你少烧饭,少带孩子,落个清闲不松快吗?堂嫂手指抹着眼泪说,一个家散开七零八落的,哪里还像一个家?堂哥说,老话说儿大不由娘,二孩子两口子想搬城里住,你想拦能拦得住?堂嫂埋怨堂哥说,还不是你去一趟县城干的事,先跟大孩子闹僵,后跟二孩子闹僵,两个孩子跟我们闹隔阂,二孩子两口子搬走,大孩子两口子还不跟着搬走吗?

堂嫂猜测得不错。二孩子搬走,大孩子跟着动心。大孩子跟着动心,就是大儿子媳妇跟着动心。堂哥跟二孩子闹僵,二儿子媳妇记在心里,嘴上不说。二孩子两口子搬进县城就利落开,像是从没发生过这件事。堂哥跟大孩子闹僵,大儿子媳妇记在心里,嘴上在堂嫂面前反复说这件事说过好多回。大儿子媳妇说堂哥那一次去大孩子办公室闹一场,影响不知道有多坏,建筑公司上上下下都知道他们有这么一个不讲道理的老子,老板对大孩子都产生了不好的看法。堂嫂维护堂哥说,他们爷俩吵两句嘴,值得这么大惊小怪吗?大儿子媳妇说,那是在办公室里,不是在我们家里,那是在县城里,不是在村子里,就算想跟儿子争吵,那也是要分场合的。堂嫂说,你们两口子干脆像二孩子两口子一样搬进县城去住吧,省得在家整天跟我唠叨这件事。大儿子媳妇说,你心想我们去县城没地方住吗?只不过我们的房屋还没有装修好。

堂嫂一听大儿子媳妇说话呆愣住。大孩子两口子什么时候在县城里的房屋都买好了?

大儿子媳妇从来就不是一个好说话的女人,自从跟大孩子结婚起,就开始没完没了地生是非。那一年,家里盖两层楼房,大部分钱是堂哥堂嫂挣回来的,少部分钱是两个孩子拿出来的。堂哥堂嫂当初就把话说得很明朗,两个孩子拿的钱算是堂哥堂嫂从他们那里借的,候手里有钱,原数还给他俩。这是一个什么道理呢?堂哥堂嫂觉得家里盖楼是他俩的责任,这个责任应该由他俩承担,不应该要两个孩子一分钱。家里盖楼房,两个孩子拿钱一般样,一家三万块。两年后堂哥堂嫂手里积攒钱,先还上二孩子两口子的三万块钱——二孩子两口子做生意,手里急需钱。堂哥堂嫂跟大孩子两口子说,你们的三万块钱再缓两年吧。原本是一桩透明的事,大孩子没说什么,大儿子媳妇却不愿意,说堂哥堂嫂偏心,要还钱也应该先还他们的。他们是大儿子、大媳妇,什么事都先老大后老二要有一个顺序吧?堂哥堂嫂没办法,只好从二孩子两口子手上要回一万五千块钱,一家还一半。这件事过后,我大妈跟堂哥堂嫂说缘由。说大孙子媳妇生是非的根本缘由,是大孩子比二孩子结婚晚,生孩子晚,还是一个女孩子,这样一来大孙子媳妇心里就不平衡了。堂嫂说,这一点我倒是没有看出来。我大妈说,你一年到头忙着外出打工,跟他们一起过日子才几天呀?堂嫂说,很少见小妯娌俩翻脸嘛,要说大儿子媳妇心里不平衡,也应该跟二儿子媳妇闹翻脸呀?我大妈说,两个孙子媳妇较的是暗劲,一天一天地早着呢?

　　大孩子真在县城里购买一套房屋,明里暗里在抓紧装修。这些天,堂哥渐渐地想明白这么一个道理,两个孩子去县城居住是早迟的事。这跟我大妈死有关联,也没多少关联。这跟他们爷们说不到一块去有关联,也没多少关联。这是时代的大趋势。这是时代的必然性。堂哥跟大孩子说,你们兄弟俩没能上大学,自己不吃不喝都得让下一辈子人上大学,我说这话的意思是县城学校好,孩子上小学就得去县城上。堂哥把话这么往明白处说,不反对二孩子一家子搬进县城里住,也不反对大孩子一家子搬进县城里住。堂哥主动替大孩子分担事,愿意去县城看着装修队。建筑、装修是一行,堂哥干一辈子瓦工,算是半个装修内行吧。大孩子就同意了。

　　大孩子在县城的房屋面积大,复式结构,上下两层。不能说购买这样一套房屋的时候,大孩子两口子没考虑堂哥堂嫂将来养老的归属问题。不能说大孩子两口子就一点孝心都没有。只是大孩子两口子没有跟堂哥堂嫂商量或还不到跟堂哥堂嫂商量的时候。房屋装修好,大孩子说话了。大孩子说,我爸我娘,你们去县城跟我们一起住吧?不管大孩子说的是真心话还是客气话,堂哥都是一摆手就拒绝了。堂哥说,我跟你娘还不老,还没到要你们养活的时候。

前后不到两个月,先是二孩子一家子搬进县城,后是大孩子一家子搬进县城。两个孩子两家子搬走,一个大家冷清出来。堂嫂看着堂哥,堂哥看着堂嫂,像是跌进一个黑洞洞的虚空里。堂哥说,他们走,我俩也走。堂嫂问,我俩去哪里?堂哥说,我俩进城去打工。

堂哥堂嫂这一次进城打工与二十年前不同。那时候是为了养家糊口,是为了多挣钱,去哪里、干什么都不在乎。现在是为了自身,挣钱多、挣钱少倒在其次了。他俩的目标十分明确,就在家近的这座城市,找一份力所能及的工作。比如看大门、看场地、看仓库什么的最合适。堂哥堂嫂活了大半辈子,现在头一次为自己活,头一次为自己去打工。

离清明节还有十来天。十来天时间说长就长,说短就短。堂哥顾不上两个孩子什么时候回来上坟,单独一个人早早地去把我大妈的老坟棚起来。我大妈跟我大爷埋一块,在灌溉渠下面的一片空地里。说是空地一点都不空,前后左右埋不少老坟,老坟的空隙处栽上一棵棵大叶子柳,俗名叫五年抱,蹿得高,长得快,说是五年就能长出一搂抱粗。一转眼十年八年过去,大叶柳半搂抱粗都没有。原因是地表一层熟土被取出来加高灌溉渠,剩下一层生土,栽树不旺,埋坟倒兴旺,密密实实都是坟。堂哥想,要是日子就这么一天一天过下去,将来有一天他跟堂嫂真的老了,真的死了,恐怕还是得回头,说不定就葬在我大爷、我大妈的脚头前。真到那时候,不管火葬还是土葬,不管白天埋还是晚上埋,恐怕这里才是他俩最终的归属之地。天时阴时晴,一大堆闲散的云飘过来、飘过去,天地间一明一暗、一暗一明。堂哥抬起头,一下在一大片云中间看见两个女人的影像,一个是我大妈,一个是堂哥梦里的陌生女人。两个女人脸对脸坐着,两只手一边比画着一边交谈着。堂哥"扑通"一声跪倒在地上,冲着天空大声喊,娘——你在那里过得可好——?堂哥喊我大妈,也喊那个陌生女人。

这一天,堂哥堂嫂背着铺盖卷走出家门一直往南走,走向渡口,走向大河湾土地,再过一道淮河,接着一直往东走就是市区。这是堂哥第一次外出打工走过的一条路,相隔二十几年,堂哥带着堂嫂重新走上这条路。此时此刻,天空晴朗,太阳高悬,市区却在远处虚幻着,缥缈着……

2011年12月1日　江陈

敬 死 亡

第一章

1

四婶先是觉得吃饭心口堵得慌,后是觉得肚子胀得受不了,半夜里躺床上,一只手伸进衣服里摸一摸,按一按,自个吓自个一大跳,肚子胀鼓鼓地高过心口窝,手指弹一弹硬邦邦地像一面鼓。四叔果断地跟四婶说,明早我俩去医院。

第二天一放亮,四叔就要带四婶出家门。四叔家住市郊区,离市第二人民医院十来里路远。四婶不愿这么早去医院。四婶说,我俩去看病,不是去赶集,吃罢早饭去不晚。他俩往常一起去赶集,都是出家门这么早。集上有卖吃的有卖喝的,不需要在家里吃早饭。四叔问,医院那地场能没卖吃的?四婶说,那地场不干净,白给都不吃。四婶说的那地场不干净,是指那里的病人多,各种病人都会有。四叔让步说,那我俩就在家里吃罢早饭走。

这一刻,四叔和四婶都没有把病当成一回事,心想去一趟医院,看一看医生,打一打针,吃几粒药,四婶的胀肚子就能消下去。在他俩的思想里,一个吃五谷杂粮的普通人,不能说不生病,生病也只是五谷杂粮一般的普通病。四叔和四婶一生没生过大病,没进过医院。这一次四叔要带四婶去医院,已经算破例了。四叔和四婶一起过日子几十年,天天早上稀饭汗(馏)馍馍。四婶在锅里加上两瓢水、一把豇豆、一把绿豆、一把糯米,坐上馏笆子,搁上一碗老咸菜,四块麦子面馍馍,就蹲在锅门口点着火。四叔和四婶跟前有三个儿子一个闺女。一个闺女长大嫁出去,三个儿子长大娶妻生子另开住,他俩依旧守在三间老屋里,烧水做饭依旧柴火锅。

二十年前,大儿子走过来说,娘,我拉半拖拉机煤过来,你烧煤。四婶说,煤烟呛眼,娘受不了。大儿子说,烧煤快。四婶说,娘要慢不要快。四婶不愿烧煤。十年前,小儿子走过来说,娘,我送一罐液化气过来,你烧液化气。四婶说,娘害怕烧罐子(液化气),还是烧柴火安心。小儿子说,烧液化气快。四婶说,娘喜欢慢不喜欢快。四婶不愿烧液化气。村里别人家的日子都在一天一天地变快,四叔和四婶的日子依旧慢腾腾地往前挪。

四婶蹲在锅门口烧锅烧了几十年,一副腰身都弯勾了,今天早上头一回觉得蹲下烧锅不舒服,喘不过来气。四婶站直身子,揉一揉胀鼓鼓的肚子,喊一声"曹振木——",原本想叫四叔过来烧一把火,想一想又蹲下身子。此时此刻,四叔在堂屋里忙手上的活,没听见四婶喊叫他。此时此刻,四婶在替四叔烧最后一顿锅,也是四婶一生的最后一顿锅。晴天,干柴,干灶,柴烟却一团一团往外冒,像湿柴,湿灶,阴天。四婶又喊一声"曹振木——",说你过来看一看,今个早上的锅灶怎么啦?四叔耳朵有些背,依旧没听见。家跟前有几分菜园地,四叔天天忙里边;时令蔬菜长出来,四叔天天去市区卖。一年间,四叔和四婶的油盐花销钱就指靠几分菜园地。几分菜园地长出来的时令蔬菜卖出去,也足够四叔和四婶的油盐花销钱。四叔和四婶一辈子粗茶淡饭,吃穿简朴,四个孩子长大,他俩自个顾自个就可以了。按照工作计划,四叔今天早上应该把一畦空下来的菜园地挖过来,耙匀溜再把菜籽撒下去。一个接着一个忙碌的早上猛然间空下来,四叔在堂屋里转圈子,不知道空着两手做什么好,一小会摸一摸铁锹,一小会摸一摸钉耙,一小会瞧一瞧菜籽。下地的农具和菜籽都预备好,就是空着两手不能下地去干活。四叔伸开两手,仔细地看一看,觉得这个早上的两只手有些异样,耍奸偷懒,干干净净,不像往常的两只手。四叔知道两只手异样的缘由,不在两只手本身,是四婶的胀肚子所致。四叔平端两只手,扭身看一眼四婶,正好四婶喊第三声"曹振木——",说吃饭啦!

四婶喊出来的这一声,四叔听清楚了。

四婶烧的是淆面稀饭,就是先把锅里水烧开,停一停,等一等,把馏笆子上的咸菜馍馍汗透,再抓两把面搅成稀面糊,兑进锅里再烧开,就能吃饭了。四叔"吸溜吸溜"喝稀饭,"吧唧吧唧"嚼馍馍,"喀吃喀吃"就咸菜。四叔吃早饭,动静大,吃得香。四婶站一边看着四叔吃,自个一口都没吃。四叔汽车刹闸一般停下来,奇怪地问四婶,你怎么不吃饭?四婶象征性地拍一拍肚子说,我不饿。一夜过来,四叔觉察四婶的肚子鼓胀得更加圆溜。都到这种时候了,四叔还跟四婶说一句玩笑话——四叔两眼盯着四婶的肚子,模样极其认真地问四婶,你该不是怀上小五子喽?四婶身子一震,嘴丫一咧,苦笑一声说,这一辈子恐怕是没办法生小五子了,下一辈子我跟你生十个孩子。

"哗啦"一下子,四婶的眼泪流出来。四叔愣一愣放下碗,把嘴里的一口剩饭使劲地咽下去。

2

从四叔家去市第二人民医院不算远,走起来却麻烦。

四叔先领着四婶走到村里的十字路中心,花四块钱搭一辆地鳖虫,五里路到毕家岗汽车站,再一人花一块钱坐20路公交车,八里路至土坝孜车站下车，再往东走五百米就到市第二人民医院门诊部。这里有一条土坝孜街菜市场，四叔和四婶往常卖菜来过这里无数趟。他俩从没进过医院，却知晓医院的大门开在哪里，不需向人打听，一前一后就走进去。四叔走在前面，四婶跟在后面。四叔的脚下不见半点迟疑，四婶的脚下顿一顿、停一停、退一退。医院的大门内有一团奇怪的气流，阻碍不住四叔，却推搡着四婶不让进。

四婶说，我的两只脚走不动路。

四叔说，那你在这里歇一歇，我进去问一问在哪里看病。

医院的大门内有一棵柏树，四周砌一圈水泥花池。四婶不客气，一屁股坐上去，额头上的汗水"哗啦"落一地。是一个六月天，早上起来太阳就毒辣。四婶坐在一片太阳地里，抬头看一看天空，薄云堆积，天空阴沉，太阳白晃晃地一片亮光，却不见其清晰的轮廓。四婶站起身把自个挪进一片树荫里，两眼紧紧地盯住四叔走进的那幢楼。

这是一幢门诊楼，四叔打听清楚挂号所在的窗口，就去排队挂号。

四叔和四婶在家吃早饭一耽搁，看病就有些晚。楼前楼后，楼内楼外，到处人头攒动，人声嘈杂。喊叫声，哀号声，此起彼伏，不绝如缕。菜市场人多，不像这里的人面容愁苦；菜市场嘈杂，不像这里的人哀怨连连；菜市场肮脏，不像这里的空气污浊凝滞，令人窒息。好不容易排到四叔。人家问，你挂哪一科？四叔说，看肚子胀。肚子胀属内科。人家递给四叔一张印有"内科"字样的号头。四叔手里紧紧地捏住号头，转身去找四婶。内科是大科，看病的人比别的科室多。挂号在一楼，内科在二楼。四叔领四婶上二楼，挤来挤去的，这个往四婶身上撞一撞，那个往四婶身上撞一撞。四婶上楼梯走不稳，需要四叔搀扶着；四婶在楼道里站不稳，需要四叔搀扶着。前后个把小时，四婶从家里走到医院，就变成一个极其虚弱的人。

四婶说，我站不住，我头晕。

四叔说，我扶你先下楼歇着，赶上你看病我过来喊你。

四婶说，我俩回家不看了。

四叔说，不看病怎么办？

四婶说，回家养一养。

四叔说，有的病能养，有的病不能养。

四婶问，你怎么知道我的病不能养？

不能养的病，就是不好的病。四叔说话说岔嘴，把不该说的话说出来。四叔赶紧补救说，我花钱买过号头，经一经先生的法眼，再回家不算晚。

"先生"就是医生，我们老家上年岁的人都这么叫。

四叔把四婶送回老地方。所谓老地方，就是那棵柏树下面。这里有树荫，空气流通，地面宽敞，前后左右早已挤满人。四婶往树荫的边缘挪，往人群的外围挪。就算这里的人再多，都比门诊楼内的人数少。四婶不明白怎么会有这么多看病的人，这些人都得的什么病？四婶转动脑筋想一想这些事，头脑是更加眩晕了。四婶自言自语地说，我就是死也不会再进医院了。

四婶第三次来到柏树下面，是四叔带她看门诊过后。赶上四婶看病，四叔把四婶搀扶上楼，毕竟都是七十多岁的老人了，楼上楼下跑几趟，前后左右跑几趟，不说四婶身上有病受不住，就算四叔都要大口小口地直喘气。前后三分钟，医生就给四婶看好病。是一位精瘦干练的中年男医生，他让四婶平躺在检查床上，先把听诊器放在四婶胸上面，听一听心跳，听一听呼吸，后把一只手探进四婶的褂子里，围绕四婶的肚脐，摸一摸，按一按，再后抽出手跟四叔说，你去办住院手续吧！四叔急忙问医生，我老婆子得的什么病？

医生说，不住院不检查，怎么知道得的是什么病？

四婶的脸色"唰啦"一下就苍白开来。检查无好病，好病不检查。

四叔上下拍打身上的口袋问医生，住院得好多钱？我身上没带钱。

医生说，住院押金少说三千块钱。

四叔的头脑蒙一蒙、转一转说，那我去找我家的大侄子先转借一下子。

四婶的身子发虚发软，好大一会子才从检查床上爬起来。

就这么四婶第三次下楼来到柏树下面。这里的看病人越拥越多。四婶第三次走过来，就被排挤在医院大门口。四婶气粗气短地靠在大门东侧的门垛子上，两眼正好看见大门西侧的一间小平房。四婶知道这么一间不起眼的小平房有一个阴森森的名字，叫太平间。病人住院在医院里死去，都要来这里睡一睡。四婶顿时觉得眼前发黑发暗，两腿一软紧靠门垛子蹲下去。四婶的眼里现出一团亮光，走着一个人影子。影子先是像四叔，后是像自个，一点一点地远去，一点一点地小去，无声无息地消失去。四婶知道这不是一种好征兆。四婶的两眼紧紧地闭上，让眼前完全彻底地黑暗下去。四婶感觉整个人正沿着一个黑乎乎的洞口掉下去。

四婶极其虚弱地喊，曹振木——曹振木——你快点回来！曹振木——曹振木——我快不照了！不照，就是不行，是我们老家的方言土语。

3

四叔离开医院要找的那个人就是我。

那一年，我跟妻子在市第二人民医院附近的陶瓷厂工作。我的工作单位是厂党委宣传部，妻子的工作单位是厂职工医院。四叔进厂大门，门岗拦住不让他进。四叔问，我找我家的大侄子你凭什么不让进？门岗说，这是厂里的规定，闲人一个都不给进。四叔说，我不是闲人，我有急事找我家的大侄子。门岗说，你的急事，不是厂里的急事。厂里有内部电话，门岗让四叔打电话喊我去门岗，有什么急事在门岗说。

门岗专门一间平房,电话机在窗台上。四叔瞅一眼这个奇形怪状的物件,语气生硬地回话说,我不会打电话。

门岗说,你不会打电话你不打。

四叔真不会打电话。门岗认为四叔不愿打。四叔跟门岗僵持住。

四叔把四婶一个人撂在医院,满头大汗地跑过来找我,门岗不分青红皂白地拦住不让进,这个时候四叔一颗杀人的心都起了。四叔想杀的这个人就是眼前的这个门岗,就是这个相貌丑陋、五官挪位的家伙。狗急都有跳墙的时候,四叔真的着急了。四叔瞅准门岗松懈的空当,一头闯进厂大门。我所在的办公楼就在厂大门内的三四十米处。四叔站在门岗那里,就能清楚地看见这座办公楼,就能清楚地看见我的办公室门窗。四叔前面跑,门岗后面追。四叔一边跑一边喊我的小名,大毛——大毛——四叔来找你!门岗一边跑一边喊,你这个疯老头子站住,我看你往哪里跑!在门岗的眼里,这个不听话的倔老头子不是一个疯子也是一个傻子。四叔不管不顾门岗,一边跑一边依旧喊,大毛——大毛——四叔来找你!四叔不知道我的大名叫什么,在老家一直"大毛长、大毛短"地喊我的小名。四叔知道喊我的小名,厂里不会有人知道。四叔只要我一个人听到,只可惜那一天我不在办公室,早早地下车间。

——大毛——大毛——四叔来找你!

——你这个疯老头子站住,我看你往哪里跑!

门岗喊四叔站住,四叔不站住,就惊动厂警队。厂门岗一个个都快接近退休的人,老胳膊老腿撵不上四叔。厂警队一个个都是精壮的小伙子,撵上四叔不费事。几个厂警队呈包抄之势,三下五除二就把四叔扭送进厂警队办公室。好在厂警队不像门岗那个老家伙,面对谁都是一副六亲不认的样子。厂警队问清楚四叔要找的是一个什么人,他们就猜测一个八九不离十。对!这个老头是找宣传部的曹干事。厂警队一个电话打到我的办公室。办公室的同事一个电话打到我去的车间。我慌忙往回跑,去厂警队领四叔。厂警队有人跟我熟悉,对四叔很客气,他们让四叔坐在电风扇下面吹风凉快,倒一杯白开水放在四叔面前的桌子上。四叔不拒绝吹电风扇凉快,却半口水都不喝。四叔生厂警队的气,生门岗的气,生陶瓷厂的气,甚至生我的气。四叔看见我眼泪汪汪地说,你四婶在医院里。我急忙问,四婶怎么啦?四叔说,医生让她住院,怕是你四婶得的不是一种好病。四叔进医院见医生,才意识到四婶得了病,得了一种不好的病。四叔说,住院要押金,我口袋没带这么多钱。我急忙打电话去厂职工医院找妻子,让她回家拿钱,让她赶紧去市第二人民医院。妻子过去在市第二人民医院进修过,那里的医生护士她熟悉,那里的住院手续她熟悉。我安慰四叔说,你不用慌,你不用急,等你家的大侄媳妇到那里,很快就会把住院手续办理好。四叔看见我气喘吁吁地跑过来,听见我气喘吁吁地给妻子打电话,一颗焦虑的心稍微安定下来,一腹委屈的情绪稍微得到平复。我劝四叔喝几口水,我俩先去市第二人民医院。四叔听话地端起杯子,"咕咚咕咚"喝下几口水,猛然停下来,两眼凸睁跟我说,你快往医院跑,你四婶不照了!

  我问四叔,四婶怎么不照了?

  四叔说,你四婶晕倒在地上了。

  我问四叔,谁在四婶跟前?我没想到是四叔一个人陪四婶来医院看病。

  四叔说,就你四婶一个人。

  我说,四婶一个人在医院,你怎么不早讲?

  四叔说,我没想到你四婶会真有病。

  我赶紧跑出厂警队,跑几步又回头去。我问四叔,四婶在医院的哪个地方?

  四叔说,在医院大门东边的门垛子那里。

  人世间的许多事都是解释不清的。四叔离开的时候,四婶站在那棵柏树的外围,没有往医院大门东侧的门垛子那里去。事后四叔跟我说,你四婶昏迷的那一刻,嘴里轻声地喊两声:曹振木——曹振木——你快点回来!曹振木——曹振林——我快不照了!你四婶喊过这么两声话,身子一软就瘫倒在垛子上。那一刻,我的耳朵一点都不背,就像你四婶站在我面前,冲着我的耳朵大声地喊两声。

四婶晕倒是因为天热中暑。

四婶家里家外忙碌几十年,寒天暑天忙碌几十年,哪里知道什么叫中暑呀!过去几十年四婶不中暑,不知道什么叫中暑,这一次中暑依旧不知道什么叫中暑。赶我跑到那里,已经有好心人把四婶拖到大门外面的一片树荫下面。他们解开四婶的衣褂领子,拿湿毛巾替四婶擦汗,拿凉开水喂四婶喝水。四婶不知道自个中暑,好心人知道她中暑。四婶身上有病,身子虚弱,就像一截朽木一般,风轻轻地吹过来一股子暑气就倒下了。

我跑到四婶面前,大声地问,四婶你怎么啦?

好心人谴责我说,你就是有天大的事,也不能把你四婶扔在这里呀!我没办法跟这些好心人做解释。我跪在四婶面前,大声地说,四婶,四婶,我是大毛。

四婶的暑气慢慢地消退。四婶的头脑慢慢地清醒。四婶的两眼慢慢地睁开。四婶认出我,轻声地说,大毛,是你呀?四婶两眼看一遍四周,轻声地问,你四叔的人呢?我说,四叔后面几步就到。四婶虚弱地说,四婶不照了。我安慰四婶说,你得的是小病,住几天医院就会好。四婶说,四婶的病,四婶心里明白。我说,我扶你进医院,你家的大侄子媳妇一小会就过来。四婶两眼一闭,"哗啦"流出两行眼泪。

四婶住院第三天,化验结果出来。得的是肝腹水。晚期。一点治愈的希望都没有。治疗还是不治疗。四叔跟四个孩子商量。四叔跟我们两口子商量。四叔跟医生商量。最后四叔自个拿主意。四婶不用住院。不用白花一笔钱。就这样四婶准备出院回家等死了。

第二章

1

长到娶妻生子的而立之年,我与四婶在情感上还是很生疏,缺少长辈、晚辈之间应有的那么一种亲近感。这中间有着许多我说不清楚的过节,其中母亲与四婶妯娌俩生分不和在我看来算是最主要的原因之一。小时候,我从母亲嘴里就很少能听见四婶的一句好话,就算我父亲说起四叔和四婶,也多是责怪声。父亲说四婶这个侉子女人说话办事心肠狠。父亲说四叔是个奴才一样的人当不得四婶的家。俗话说,女人当家,墙倒屋塌。在我们老家,人们说起别人家,很忌讳说这个家是女人当。从表面上来看,不少家庭都是男主外女主内,好像当家的是男人,实际上有几家不是女人当家呢?或许正是四叔外表的懦弱,才反衬出四婶的强势,才反衬出四叔当不得四婶的家,才反衬出"这个侉子女人说话办事心肠狠"。

时隔几十年,我仔细地回想小时候父母亲说过他们两位长辈的不好事例,好像有说服力的事例一件都没有。倒是有一次四婶跟我说,你娘是个心高气傲的女人,看不起我的娘家人,那个时候我们一大家子在一个锅里吃饭,我娘家来人,你娘就拉脸子给我看,嫌我娘家人来多了来勤了,嫌我娘家人肚皮大能吃。四婶的娘家在大河湾村的北面二百里处,不算一个远,不算一个近,那里人家说话侉腔侉调不好听,更主要的是那里人家穷。在我们村,谁家要是娶一个侉子女人做老婆,本身就矮别人家三分,本身就不能跟别人家平起平坐。我不知道是不是这么一个原因,使得我们家和四叔家不和,使得母亲和四婶不和。要不妯娌俩天生地就是一对死对头,母亲和四婶天生地就是一对死对头。

我们两家原先住一块，后来只得分开住。四叔家留在村西头，我们家搬到村中间。大河湾村一共十个生产队，一小队、二小队、三小队……从西往东排，四叔家在二小队，我们家在五小队。这样一来，我们两家就很少有往来，更是短缺相互帮助的地方。许多年里，四叔、四婶与我只是一种称呼上的联系，而无一丝血缘上的亲近。偶尔地，父亲会带我去四叔家拐上一个弯子。所谓拐上一个弯子，就是去坐一坐，说上几句话，就起身回来家。父亲为什么单单地带我一个人去呢？那是因为我是家里的长子，弟弟妹妹是没有这么一份荣耀的。在父亲的想法里，我是应该知道四叔一家子存在的，将来维系我们两家人的重任就会无形地落在我身上，即便将来他们老一辈子人作古不在了，我们小一辈子人也是血脉相连的。四婶见着我，会拿上半块凉馍馍递在我手上，或抓一把花生装进我的口袋里。四婶见着我的一份亲热劲，会引起我的惶恐与不安。我会怯生生地往一边躲，不知道这个陌生的女人凭什么要给我半块馍或一把花生。半块凉馍馍我不会咬一口，一把花生我不会吃一粒，都是回来家一并交给我母亲。

临出家门，母亲交代过我，你去他们家，不兴喝一口水，不兴吃任啥东西。母亲说，我们家不缺他们家那一星半点东西。这个时候，母亲就会向我举一个例子。说我不足周那一年，母亲有事把我交给四婶临时照管一下子。母亲说，也就前后一顿饭工夫，你猜怎么着？你在褓被里屙一身，大冷的冬天，她解开褓被，站在一边皱着眉头看，就是不伸手。那个时候，四婶过门不足一年，身上怀孩子六个月，看见我在褓被里拉一泡屎，或许真不知道怎么办，或许真嫌脏受不了。母亲说，小孩子屙的屎脏什么脏？你看她皱着眉头都不像一个侉子女人了，倒像一个上海资本家的娇小姐。呸，就是她没那个命！——或许这就是"这个侉子女人说话办事心肠狠"的一个例证吧。

这一回父亲带我去四叔家，是说大爷家儿子过来放树的事。父亲兄弟四人，大爷和二大爷两家住在岗上，我们家和四叔两家住在湾里(大河湾村)。大爷家盖房屋,房梁木不够,堂哥大牛拉着一辆架子车来我家放倒三棵柳树拉走,接下来该去四叔家。四叔和四婶一直不发话,堂哥大牛不敢去。父亲带我去四叔家就是疏通这件事。四叔见父亲去就往屋外跑,留下四婶在屋里接待我们爷俩。每一回四叔都这样,害怕我们爷俩去,害怕父亲跟四婶说事情。四叔的一副样子,像是跑得越远越好,像是跟我们爷俩一点关系都没有。这一回,四婶不让四叔往门外跑,说有什么话你直接跟三哥说。四叔虾勾腰站在门框边,像一个受气的小媳妇。四叔跟四婶谦让说,你说你说,你跟三哥说。四婶说,这个家是你当,不是我当。四叔说,那我来跟三哥说。父亲脸色呆寒,不知道四叔和四婶推来推去的做什么。照常理来说,一件事一旦推来推去的,就不会有什么好结果。这一回意外了。四叔站直腰身,朝我父亲靠一靠。四叔跟我父亲说,你带信上岗上,叫大牛明天来我家放树。父亲要听的就是这个结果,不管四叔和四婶谁当家谁发话。父亲脸色变暖,连忙点头说,这就好,这就好。

父亲领着我回家,兴冲冲地朝着我母亲直嚷嚷说,今天真是少见了,太阳打西边出来喽。母亲故意跑出门外,抬头看一看天说,今天的太阳真是打西边出来的呢。我站在一旁"哇哇"大哭起来。这一回,四婶没给我半块凉馍馍,也没给我一把花生,什么吃物都没有给。

长到上中学,我跟四叔家的孩子都是不来往的。不来往的理由,一来是我们两家住得远,不在同一个生产队,遇见的机会少;二来是母亲经常地告诫我不要搭理四叔家的孩子,说那样一个娘,怎么会生出好孩子?其实最根本的一条理由是,母亲和四婶生疏,两家的孩子自然就跟着一起生疏了。村小学在我们两家的中间,我们家在东边,四叔家在西边,我上学从东边去学校,放学从学校往东边回。四叔家的孩子上学正好与我相反,他们上学从西边去学校,放学从学校往西边回,我比四叔家的大儿子大虎大一岁,不在同一个班级,就算在同一个校园里,好像也很少见得到。就算见到了,也像是没见到。倒是大虎有几次偷偷地跟在我后面,往我家的方向走。我赶紧往家跑,把大虎甩后面。大虎站在巷子里,停一停,站一站,转身回家去。大虎只是想跟在我身后,往我家的方向走一走。母亲从生产队收工回来家,我跟母亲说这件事。母亲依旧警告我说,不要跟大虎一块玩,你玩不过他。母亲说出来的倒是一句实话。大虎虎头虎脑,性格跟四叔相反,在学校里是一霸,般大般小的孩子都玩不过他。这是四婶和四叔放纵大虎的结果。母亲说,一块馍馍也要蒸熟了吃。母亲和父亲不放纵我,管教我管教得很严厉,养成我小时候的性格像四叔一样,懦懦弱弱的像是一个女孩子。跟别人家的孩子一块玩,玩不过人家,吃亏了就跑就哭,从来不知道去还手。一块蒸熟的馍馍,就是一块人见人欺的软馍馍。

村子里只有小学,没有中学。村子里的孩子上初中出大河湾村,跑毕家岗的学校上,中间隔一道淮河,去一趟五里路,回一趟五里路。那一年,我上初二,大虎上初一,我俩坐同一条船,走同一条路,见面的机会就多了。经常地我在前面走,大虎后面跟,或是大虎走前面,故意抬腿跺脚,路面在他的脚下"咚咚"直响。一条大路窄又宽,冤家仇人走两边,大虎跺脚走大虎的,我当作看不见听不见。大虎没办法,就站在路当心拦我的路。大虎拦大路,我走小路;大虎拦小路,我走大路。大虎先是满脸得意,后又满脸失望。我知道大虎不会动手打我,他的目的只是想接近我。大虎看着我越走越远,气急败坏地大声喊,大毛,大毛,我就是要拦你个大毛;大毛,大毛,我明天还要拦你个大毛。

这件事我回家没跟母亲说。渐渐地长大懂事,我知道什么话该回家跟母亲说,什么话回家不该跟母亲说。

有一天走在放学的路上,一个孩子欺负我,拿我的钢笔不还我,大虎见状就过来了。钢笔是在毕家岗百货大楼新买的,买钢笔的钱是我放学挖荠菜卖钱积攒的。一个名叫道群的孩子说,我试一试你的钢笔好不好用,好用我也买一根。道群从我手上接过钢笔,装模作样地在他的本子上写出几个字。我炫耀一根新钢笔的目的,就是想让别人知道我有一根新钢笔,就是要满足一下我的虚荣心。道群是一个霸道的家伙,同时也是一个欺软怕硬的家伙。在我的想法里,一根新钢笔能得到这样一个家伙的赏识与试用,是一种天大的荣幸。我显谝一般地问,我的钢笔好用吧?道群点头说,好用,好用,真好用!道群称赞过我的钢笔好用,就把我的钢笔放进他的书包里。我一看傻眼了。我说,你把钢笔还给我!道群说,借给我用两天。我说,我借给你用两天,我没有钢笔用。道群爽快地掏出他的旧钢笔说,你用我的。我说,我不用。道群说,你真小气,过两天我买一根新的还给你。我知道道群说瞎话,想讹我的新钢笔。我说,我不要你的新钢笔。道群不还我的新钢笔,拔腿往前跑。我撵几步路,撵不上道群,就蹲在地上"哇啦哇啦"哭起来。——这就是我对付强者的办法。

　　我把钢笔递给道群,我没有看到大虎在哪里。道群拿走我的钢笔,我也没有看到大虎在哪里。我蹲在地上"哇啦哇啦"哭起来,大虎却箭一般地朝着道群追过去。大虎一边追赶一边喝令道群快站住。

　　大虎说,你个狗日的道群再不站住,我打断你的狗腿!

　　强者世界的法则是,弱者更弱,强者更强。道群不是大虎的对手,大虎喊道群站住,道群不敢不站住。

　　道群问,你喊我站住干什么?

　　大虎说,大毛的钢笔你还给他。

　　道群愣一愣神,看一看大虎的脸色,乖乖地从书包掏出我的新钢笔。道群一脸讨好地跟大虎说,这是新钢笔,你想用两天试一试?

　　大虎不接受道群的讨好与好意。大虎说,你把钢笔还给大毛。

　　道群把钢笔随手扔在地上。道群说,他自个不能来拿?

　　大虎说,我让你把钢笔捡起来,我让你把钢笔还给大毛,你听到没听到?

　　大虎说话渐渐地失去耐心。

道群疑惑地问,大毛给了你什么好处?

大虎说,大毛什么好处都不用给我。

道群说,大毛什么好处都没有给你,那你凭什么帮他说话?

大虎说,他是我三大爷家的儿子。

我们家跟道群家在同一个生产队,他真不知道我的父亲和大虎的父亲是亲兄弟。从此以后,道群再不敢欺负我,其他孩子更不敢欺负我。

2

一连好多年,母亲和四婶都是视同路人不来往。我们两家有什么事需要协商,都是父亲去四叔家,或是四叔来我们家。我和大虎长大后,两家再有什么大事小事,就由我去四叔家说一声,或是大虎来我们家说一声。我去四叔家一定要见四叔面,有话跟四叔当面说。同样,大虎来我们家也一定要见父亲面,有话跟父亲当面说。这样子一来,四婶就避开直接说我们两家的家事,母亲也避开直接说我们两家的家事。在四叔家,四叔当一小半子家,四婶当一大半子家;在我们家,母亲当一小半子家,父亲当一大半子家。母亲不觉得当一小半子家有什么不好,相反地却说四婶当一大半子家不好,理由依旧是"女人当家墙倒屋塌"。母亲跟我说,你望望他们家让你四婶当得多排场?"多排场"一否定,就是不排场,就是不好,就是差。我左看右看看不出四叔家有什么不排场的地方。我问母亲,母亲不列举实例,只是很笼统地说,他们家要是排场,全大河湾村就没有不排场的人家了。

大虎比我小,大虎先成家。我比大虎大,我后成家。这叫小麦比大麦先熟。大虎先成家的原因,是高中毕业就回家;我后成家的原因,是高中毕业接着上大学。大虎回家就是回到农村,我上大学就是留在城市。单就这一点来说,母亲看得开。母亲说,城里的孩子哪有这么丁点大就成家的？大虎结婚那一年连法定结婚的年龄都不够。大虎喜期那一天，父亲带头去喝喜酒，我们兄弟姐妹跟着一起去，母亲单独一个人留在家。提前好几天，大虎手上提着礼物，专门过来请母亲去。从情理上来说，四叔和四婶做得很周全，去与不去就是母亲自个的选择了。母亲不会去，四叔和四婶知道，大虎也知道。

母亲问大虎，是你娘叫你来的吧？

大虎说，我自个。

母亲问，你不是一个会撒谎的孩子，你自个就是你自个，你娘就是你娘。

大虎迟疑一下承认说，是我娘。

母亲说，我不想去你们家见你娘，我要在家看门。

大虎不勉强，丢下礼物就要回家去。母亲不让大虎回去，心里有话没说完。

母亲问大虎，礼物是谁个叫你买的？

这一次大虎说话很爽快。大虎说，是我娘。

母亲问，说来说去，礼物是谁个去买的呢？

大虎实话说，我娘说买什么，我就去买什么。

母亲说，说来说去，是花你的钱，不是花你娘的钱？

大虎说，是我自个掏的钱，我娘没给我一分钱。

母亲说，说来说去，是你孝敬三大娘的，我不能不收下来。

大虎带上门的几样礼物，母亲悉数收下，一样没落下。

有时候，母亲会把四叔家的几个孩子和四婶分开来看待。四婶是四婶，孩子是孩子。好像在四叔家，只有四婶一个是外人，其余的都是自家人。这在逻辑上说不通，似乎又能说得通。中国人一代一代往下传，谁家不是这样子？大虎成家这一天，母亲不去四婶家。同样，我成家那一天，四婶不来我们家。母亲和四婶，或者说四婶和母亲，就是不能见面，就是不能在同一个饭桌子上吃饭。

这一年,母亲突然驾鹤西去。突然得我们一家人想不到,四叔一家人更是想不到。四叔一家人得着音信,四婶头一个跑进我家大门。四婶离我家好大一截子远,就大声地哭起来。"啊、啊、啊——!俺的个苦命的三嫂子呀,你怎么说一声走就走了呀?啊、啊、啊——!俺的个苦命的三嫂子呀,你怎么好意思丢下俺一个人偷偷地走呀?啊、啊、啊——!俺的个苦命的三嫂子呀,要走俺老姊妹俩一块走,去那边好有一个人跟你做一做伴、说一说呀!啊、啊、啊——!"四婶一把鼻涕一把眼泪地哭进我家大门,就一屁股瘫软在我家的院子里。母亲死后穿戴一新,停放在我家堂屋的地铺上。母亲一动不动地躺着,不知道能不能听到四婶的哭声。就算死去的母亲听不到,活着的我们是能听到的。或许四婶大声痛哭的目的,就是要我们家人听到,就是要村里人听到。这样一说,似乎不排除四婶表演作秀的成分在里边。可四婶和母亲生前生分几十年,不这样子出场,确实找不到其他适合的出场方式。可以说,这是民间的一种智慧,不是四婶的独特发明,是国人一代一代相传下来的。接下来,四婶拧断哭声,走进我家的锅屋,端过一脸盆温水,拿过一条干净毛巾,走进堂屋跪在母亲身边。

四婶要替母亲洗最后一把脸。这是敬重母亲的一种方式,更是彻底化解矛盾的一种方式。

母亲的脸上覆盖一张四方四正的黄表纸。四婶轻轻地揭开,仔细地端详凝视起来。四婶与母亲脸对脸这么近,恐怕是一生中从来没有过的。活着不能,死后能,而且只能一个死一个活。我看见四婶两眼潮湿,眼泪饱满地在眼眶里打转,就是掉不下来,也不能掉下来。按照风俗的说法,活人的眼泪掉在死人身上不好。四婶克制着,隐忍着,她有这个能力控制住,泪水不得流下来。这一刻,四婶没有一丝一毫表演作秀的成分在里边。这一点,单从四婶的表情就可以完全看得出。四婶的身子"簌簌簌"地颤抖。四婶的两手"簌簌簌"地颤抖。四婶的声音"簌簌簌"地颤抖。

四婶说,我俩姊妹这些年,我没喊你一声姐,今天补上。

四婶说,我俩姊妹这些年,我没替你洗过一把脸,今天补上。

四婶说,姐姐呀,我现在就喊你一声姐,你好利利亮亮地去那一边。

四婶说,姐姐呀,我现在就替你洗一把脸,你好干干净净地去那一边。

四婶从脸盆里把毛巾拧出来,轻轻地擦拭着母亲,细致地擦拭着母亲。擦拭母亲的额头,擦拭母亲的眉毛,擦拭母亲的眼窝,擦拭母亲的脸颊,擦拭母亲的下巴,擦拭母亲的脖子。母亲的额头皱纹纵横,母亲的眉毛黑白相间,母亲的眼窝深陷如井,母亲的脸颊高耸如山,母亲的下巴尖利如削,母亲的脖子干瘦修长。四婶最后擦拭母亲的双手。母亲的两只手上斑点丛生,覆盖住原本的色泽。密密麻麻的斑点像是一种神秘的文字,记载着母亲的一生,记载着母亲一生的艰辛与幸福,欢乐与痛苦,白天与黑夜,光荣与耻辱,现实与梦想,得与失,进与退,是与非,完整与残缺,今世与来生……

母亲突然去世,四婶成了我们一大家子唯一的女性长辈人。那些天,四婶忙前忙后,一大家子大人孩子的冷暖凉热全部落在她一个人的手里操持着。也就那几天,我一下觉得四婶是那样的慈祥,是那样的宽厚,怀有母亲般的慈爱,怀有上帝般的悲悯。确切地说,我突然丧失的母爱,从四婶那里得到了些许补偿,从四婶那里得到了些许拯救。四婶毕竟是我的长辈,不管她与母亲过去心存怎样的芥蒂,现在随着母亲的离去,也该烟消云散了吧?母亲的后事,四婶前后劳顿好几天,望着她一副苍老的身影,我的心里都有一种不忍感,但离开她又事事不行。一些规矩、礼数,非四婶亲自做、亲自点头不可。

3

四婶前后在市第二人民医院住了五天院。第六天一大早,大虎开着家里的平板四轮车来医院接四婶回家,车厢内铺着去年的麦秸草,还窝着两床破旧的棉被,以减少四婶回家路上的颠簸与痛苦。那一天,四婶瘫倒在医院大门口,就再没能爬起来,在医院躺在病床上,回家的路上只能躺在车厢里。阳历六月天,气温一天高过一天,一浪高过一浪,郊区小麦成熟的香气一阵阵裹挟在热浪里,铺天盖地地席卷过来。四婶赶紧回去腾出家人的手脚,好收割地里的成熟麦子。这几天四婶住院,家里所有人都慌乱手脚,丢下手上的活路,围绕着医院打转转,围绕着四婶打转转,围绕着死神打转转。是死神突然地捉弄四婶。是死神突然地捉弄我们一大家子人。死神是一个手段阴损的家伙,不动声色,无影无踪,一下子就把四婶拉进怀抱里,而后对着我们一大家子人面目狰狞地笑起来。这几天,我从四婶虚弱无力的身体上看见死神的狰狞面目;我从四婶奄奄一息的声音里听见死神的得意笑声。面对死神的侵扰,我们活着的人只能束手就擒,所有的反抗与挣扎都将是徒劳无益、毫无意义。这就是我们人的局限之处,或者说这就是死神的强盛之处。

确切地说,市第二人民医院确诊出四婶肝腹水晚期,我们一大家子人都不死心,希望四婶有生还的可能性。四婶生还的唯一出路,就是医院出差错,得的不是肝腹水,最起码不是肝腹水晚期。我跟妻子去找主治医生。医生姓张,是内科主任。妻子认识他。正因妻子认识他,四婶才由他亲自负责。我俩找张医生的目的很明确,去省立医院替四婶做复查。省立医院妻子有同学在那里,事先妻子跟同学联系过。复查四婶不去,只带四婶的肝腹水标本过去。这样一来,省得四婶颠簸去那里,省得多花一大笔钱。张医生断然拒绝,理由有二:一是这种病诊断出差错的可能性几乎为零,家人不信任诊断结果,就是不信任他们医院,就是不信任他这个人;二是家人私自送标本去省立医院化验不符合程序,他更不能同意这么做。

妻子说,你们医院派人送,我们家人负责往返路费及其他费用。

张医生说,我要是认为有这个必要,肯定会派人送,问题是我认为没有必要做复查。

张医生年逾半百,是市第二人民医院的权威,也是一个固执的权威。理性上,我尊重他的权威;情感上,我反感他的权威。事情一下子陷入僵局。破解的办法只有两条:一条是四婶亲自去省立医院做复查;另一条是避开张医生,找其他的医生取标本,偷偷地送省立医院做化验。

这件事有妻子去做主,既然不愿四婶走第一条路,就只能走第二条路。找哪一位医生呢?这位医生必须在市第二人民医院的内科工作,是张医生的部下,还不怕得罪张医生。难!真的很难!那两天,妻子像一只热锅上的蚂蚁,跑东跑西,跑上跑下,最后找的这位医生姓什么叫什么,他在四婶身上取标本的时候,张医生知道不知道,妻子一概不外露,我也没有知道的必要。我怀疑妻子代表四叔家人塞钱给了这位医生,就算妻子这样做也是没有办法的办法,也是迫不得已的办法。我没有理由去责怪她。要是我去处理这件事,可能也会这么做。妻子亲自去省立医院送标本,当天早上去,当天下午回。早上去省立医院,妻子从医院拿上标本直接走。下午从省立医院回,妻子直接回家里。妻子神色凝重,一看就知道没有好结果。四婶就像一个被地方中级人民法院宣判死刑的犯人,家人上诉省高级人民法院,审核的结果是维持原判。我安慰妻子说,这是四婶的命,别人是没有办法扭转的。妻子"嘤嘤嘤"地哭起来。妻子说,我没想到四婶的命这么苦,一点治疗的希望都没有。我依旧说,这是四婶的命。那一年,母亲突然去世,没有进医院。这一年,四婶进医院,毫无希望地出医院。不从唯心的宿命去找理由,从唯物的世界找不出说服我自个的理由。

　　这一天,四婶出院的手续早早地办妥当,平板四轮车大清早开过来,想赶在天热前把四婶接回家。早上我跟妻子没去单位上班,直接前往医院送四婶。平板车停靠在住院部的大门外面,四婶已经躺在车厢里。四婶的身上盖一床被单,严严实实地盖住身子,严严实实地盖住头脸。四婶一动不动,像个已经死去的人。脸盆、水瓶一应用具堆在车厢里陪伴着四婶。四叔坐在车厢里陪伴着四婶。四叔俯身在四婶的耳边说,大侄子、大侄子媳妇过来看你了。被单有了动静。四婶有了动静。先是一只黄皮沓沓的手从被单里伸出来,向半天空努力地抓呀抓、招呀招、晃呀晃,随后四婶的头脸从被单里挣扎出来。四婶不言语,一双复杂的眼神虚虚弱弱地瞧着我们两口子。我两腿发软,两眼发涩,嗓子发干,不知该说些什么话来安慰四婶。妻子说,四婶你回家好好养病,礼拜六休息我们去看你。"啪嗒"一声,四婶的双眼使劲地关闭上,眼窝汪满泪水,而后泪水很重很沉地滚下来。妻子克制不住,流出眼泪,忍着没有哭出声。我跑向驾驶室,告诉大虎开车吧。"突突突",大虎发动平板车。我跟大虎说,你路上慢一点开。大虎冷着脸,一句话没有说。我和妻子站在原地不动,目送平板车颠呀颠地拉着四婶一路远去。像是有一根看不见的绳子,一头拴在我的心上,一头拴在大虎的平板车上,绳子越拉越紧,我的心越拉越痛。猛然间,妻子追着平板车跑过去。

　　我上前问妻子,你要去干什么?

　　妻子说,我要送四婶回家。

　　妻子赶上平板车爬上去。我赶上平板车爬上去。我俩一左一右坐在四婶的身边。我伸出手试探着去摸四婶的手。四婶的手冰凉刺骨,一丝活着的气息都没有。四婶的手动一动,想抽出我的手心。我紧紧地攥着,四婶没有抽出去。妻子看我这样子,也去这么做。一路上,我俩紧紧地握住四婶的双手,一刻没有松。四婶的手在我的手心里渐渐地有了温度。我要把我的温暖传递给四婶,妻子要把妻子的温暖传递给四婶。这是生命的一份温暖,也是爱的一份温暖。

第三章

1

四婶临死前,我去见过一面。八月的伏天,四婶紧闭两眼平睡在自家的床上,四叔手持芭蕉扇有一下无一下地替四婶扇风,驱赶蚊虫。这些天,四叔陪四婶一起煎熬,遭受的一份心灵和肉体的痛苦并不比四婶少多少。四婶需要面对生死的选择,四叔也需要面对生死的选择。只不过四婶选择的是自个的生死,四叔选择的却是四婶的生死。四叔依旧老样子,俯身在四婶耳边轻声地说,大侄子过来看你了。四婶没有动,苍黄的脸,苍黄的手,苍黄的腿,暴露在被单外面,只是不见一丝活络的气息。四叔挺直身子说,看来这一小会你四婶是睡着了。

生命接近终点,病魔越来越猖狂。四婶夜里疼得睡不着觉,白天就迷迷糊糊地不断睡。这种时候,四婶的意识中有多少清醒的成分、有多少糊涂的成分,生命中有多少生的成分、有多少死的成分,都很难界定清楚了。四婶脚踏阴阳两界,随时随地都可能"刺溜"一声滑过去。妻子送过来不少支杜冷丁,她告诉四叔说,四婶要是半夜疼得实在受不了,就打一支。妻子同时告诉四叔说,杜冷丁是毒品,打杜冷丁就等于吸毒,越打越上瘾,越打剂量越大,能不用尽量不要用。四叔跟我说,到现在你四婶一支杜冷丁都没有用。我劝四叔说,现在应该给四婶用一用,好让四婶半夜里睡一个好觉。两盒杜冷丁就扔在靠墙的桌子。四叔走过去打开一盒,拇指食指捏起来一支冲着窗户看一看。杜冷丁针剂的个头小,印着蓝字的玻璃体内存不住几滴水,跟四叔的两根又粗又壮的手指头相比较,更是小得可怜了。四叔担心四婶会上瘾。可一个接近死亡的人,怕什么上瘾不上瘾?一个生命无望的人,就算上瘾又能怎么样?

四叔说,半夜里我找谁给你四婶打针呢?

我说,你家侄媳妇不是教你怎么打针了吗?

妻子一并带回一瓶酒精棉球、数支一次性针管。四叔按照妻子的交代,完全可以给四婶注射杜冷丁。

四叔说,我下不去手,这不是害你四婶吗?

注射杜冷丁就等于吸毒,吸毒就等于自杀或他杀。四叔怎么会有这样的一种逻辑呢?

我说,那你去找王半仙。

王半仙是村里的乡村医生。

四叔说,王半仙不是一个好家伙,找他给你四婶打针,还不如我自个给你四婶打。

村人半夜三更喊王半仙,他不高兴,就算出诊也会收高价。

我说,那你给四婶打。

四叔说,再说吧。四叔果断地放下手指间的杜冷丁。我听见四叔关上盒盖的细微"啪嗒"一声响。

"再说吧",就是等等看,就是现在不打。我心里一醒,难道四叔还存有四婶病愈的希望?我赶快停断杜冷丁话题,不能再说下去了。

我敷衍了事地说,再说吧就再说吧。

房屋四周的墙上靠着不少鲜嫩的艾蒿。四叔一大早去村外割回头,一颗一颗湿漉漉的露水还在上面残留着。艾蒿有一股浓郁的艾蒿味道,说是驱散蚊蝇,其实是驱散四婶身上散发出来的死亡气息。村里人家都这样,家里有死过或快死的人,就要用艾蒿驱散死亡的气息。艾蒿是一年生草本植物,春天发芽,冬天枯死。艾蒿活着有浓郁的艾蒿味道,死后艾蒿味道会更加浓郁。我默言默语地呆坐一小会走出来。我怕四婶真的醒过来瞧见我,一颗本不平静的老人心会更不平静。同样我也怕见醒过来的四婶,我跟四婶说什么话呢?面对一个行将就木的长辈人,我觉得说什么话都是多余的。

堂妹坐在院落里洗一副猪心肺。堂妹说四婶已经很少进食,每顿只吃稀溜溜的半碗米稀饭,想吃其他的东西也只是尝一尝口味,有时甚至只是闻一闻香气,并不真能吃下去。四婶粗茶淡饭一辈子,记忆里留存的可心可口吃物又有多少呢?前天四婶想吃芝麻饼,大儿子开车去北面的集上买回头,泡在稀饭里吃半块。昨天四婶想吃桃子罐头,三儿子骑脚踏车上南面的街上买回头,吃两口就"嗷唠嗷唠"吐出来。今天堂妹准备炖猪心肺,不知道四婶能不能吃下去。一副猪心肺几斤重,汤汤水水烩一大锅没问题,四婶吃几口,剩下来的家人吃。那些天,堂妹天天回娘家,白天烧刷洗弄替代四婶做家务,晚上和四叔轮流看护着四婶。堂妹负责上半夜,四叔负责下半夜。洗猪心肺,就是要捅破里边的气泡,一点点把血水挤压出来。猪心肺的血水腥味特别浓,望着半脸盆血水,我嗓子眼发软,赶紧逃离开四叔家。这之前,我去城里的土菜馆吃饭,也喜欢吃猪心肺,这天之后我一口都不吃。不知道四婶怎么会想起要吃猪心肺,不知道堂妹洗猪心肺的时候怎么会不恶心。从此之后,猪心肺,猪肝,猪大肠,哪一样猪内脏我都忌讳,哪一样猪内脏我都下咽不下去。足见人的饮食禁忌都是由特殊环境、特殊时刻、特殊情感特殊形成的。

那一天,我转脸去了四叔的二儿子家。四叔家请木匠在那一边替四婶打棺材。这件事,是堂妹在四叔家的院子里告诉我的。堂妹说这件事瞒着四婶,免得她知道伤心。四婶病入膏肓,早早地准备后事是应该的。我坐在堂屋里半天,当着四婶的面,四叔不好说这件事。其实在对待后事的问题上,中国人向来是不忌讳的,尤其是年老的人,接近死亡的人,悟透生死的人。历朝历代的皇帝,从继位的时候起,就大操大办自个的陵寝,前后能操办几十年。不说皇帝,单说老百姓,许多人活着的时候,年老的时候,都是自个准备自个的棺木。母亲死后不几年,父亲就买回几棵百年柏木准备打棺材。他死后要穿的袍子、要戴的帽子,都是母亲活着时,就准备好了的。又一年,他找来一位斜木匠在老家的院子里,"叮叮当当"地把棺材打起来。现如今,这口棺材就放在老家房屋的走廊里,其上盖一层塑料布,塑料布上压着砖。要是哪个地方露出来,父亲就拿塑料布盖一盖,就拿砖块压一压。要是哪个地方溅上泥,父亲就拿抹布擦一擦,就拿清水洗一洗。打好这口棺材,父亲的一颗心就安静下来,慢慢地吃,慢慢地睡,慢慢地活,直到睡进这口棺材里,直到连同这口棺材埋进泥土里。这口棺材也是一个慢性子家伙,五年过去,十年过去,十五年过去,二十年过去,就这么一直躲在老家房屋走廊的拐角里,躲在落满灰尘的一层塑料布下面,耐心地等待着,它知道父亲迟早有一天会躺进去。

替父亲打棺材和替四婶打棺材的是同一个斜木匠。在我们老家那一边,人们把木匠分为三类。第一类木匠专门打家具。面要平,棱要直,叫直木匠。第二类木匠专门箍木盆箍木桶。木盆是圆的,木桶是圆的,叫圆木匠。第三类木匠专门打棺材。棺材的身子是斜的,棺材的盖子是斜的,叫斜木匠。这个斜木匠是谢家岗人,姓谢。村人喊他斜木匠,或谢木匠,都差不多,分不清。斜木匠有斜木匠的规矩,轻易不看人,轻易不说话,吃饭也不跟人在同一张饭桌子上。斜木匠的眼神毒,身上阴气重,跟别人接触,别人受不了。按理说,斜木匠这种职业会对自个不好,或会对家人有妨碍。其实不然。父亲说,这个斜木匠子子孙孙一大家子很兴旺,只是儿子孙子没有一个人跟他学手艺做帮手。打棺材名声不好,子子孙孙都嫌弃。在方圆村庄的斜木匠中,这个姓谢的最出名。要是有一天他不在了,他的一份手艺就会埋进棺材里。不能说他的棺材是他打的最后一口棺材,最起码他死后的一双手再也打不出来棺材了。从这一方面来说,父亲生前找谢木匠把棺材打好,是有福的;四婶的一口棺材出自谢木匠之手,也是有福的。

我去四叔的二儿子家似乎没有一个明确目的。我想提前看一眼这口棺材的雏形是一个什么样子的。相同的木料,经过直木匠的手就变成家具,经过圆木匠的手就变成木盆或木桶,经过斜木匠的手就变成棺材,要是架在房屋上面做房梁就变成房屋一部分。可见一根木头做什么不做什么,其意志在人的身上,不在木头自身身上。一旦一口棺材打出来,就有了顽固不可更改的属性。棺材的用途就是埋人,不是这个人就是那个人。它不会无限期地空在那里。谁见过一口上千年的空棺材?要说棺材有一副耐性子,其实它的忍耐性是极其有限的。具体说四婶的这口棺材,它的忍耐性绝不会超过半年。它等待的忍耐程度跟四婶活着的忍耐程度相一致。

"咚——"一声响。

"咚、咚——"两声响。

"咚、咚、咚——"三声响。

四叔二儿子家的院子里,只有斜木匠一个人在忙活。斜木匠看见我走进去,装作没看见。时间挨近晌午,太阳光又白又亮地照在棺材上,我突然地就有一阵头晕目眩的感觉。四婶还活着,她的死亡气息就到处弥漫流淌,像流水一样,像阳光一样,像空气一样,我感觉时时刻刻被她的死亡气息包裹着。斜木匠在合一块棺材板。棺材钉是特制的,铁匠铺专门打制出来的,两头尖,八寸长,手指粗。棺材板上先钻上钉眼,钉子安上去,上下棺材板捶合实。一口棺材就是一块棺材板一块棺材板合将出来的。斜木匠安上一根棺材钉,就把手里的一把锤子交给我,伸手指一指下锤的地方,示意我往下捶。我抡起锤子,一下子一下子卖力地捶上去。

"咚——"一声响。

"咚、咚——"两声响。

"咚、咚、咚——"三声响。

棺材是空的。院子是空的。锤子捶打上去,"咚咚咚"的响声,特别空洞,特别沉闷。是一种特别的响声。是一种奇怪的响声。我一口气把棺材钉捶合实,丢下手中的锤子,赶紧从四叔二儿子家的院落逃出来。一个斜木匠打一口棺材需要半个月时间。还有三四天,四婶的一口棺材就能打起来。我替四婶钉上一根棺材钉,我不知道我为什么要这样子做。

"咚——"一声响。

"咚、咚——"两声响。

"咚、咚、咚——"三声响。

斜木匠继续钉棺材钉。

晌午一顿饭,在大虎家吃的。堂妹看护着四婶,四叔抽身过来喝两杯酒,下午好长长地睡一觉。有了这一长觉垫底子,夜里四叔好陪伴四婶一起熬。四叔一边喝酒一边跟我说起四婶的两件事。第一件事。四叔说四婶已经猜到斜木匠在二儿子家替她打棺材。说前天傍晚,四婶从昏睡中清醒过来,伸手指一指西边问四叔,那一边"咚咚咚"地敲什么?四叔家离二儿子家有一大截子路。按理说,斜木匠敲打棺材的响声,四婶不会听见。四叔静耳听一听,确实听不见"咚咚咚"的响声。四叔说,我什么都没有听见,要是有也是东庄人在跳花鼓灯。四婶说,我听不像跳花鼓灯敲鼓,倒像锤子敲打木头的声音。四叔说,你瞎猜疑什么呀?四婶说,我不是瞎猜疑,我真是听见了。四婶让四叔的耳朵贴在床板上,沉闷的、空洞的,类似敲鼓的"咚咚咚"声,就清晰得可闻可感了。像是整个大河湾村的空气在响动,像是整个大河湾村的土地在响动,像是整个大河湾村的村庄在响动。四叔心里一惊,嘴上依旧否认说,我还是什么都没有听见。四婶说四叔,你一辈子都不会骗人,怎么这些天学会骗人呢?四叔依旧抵赖说,我没有骗你。四婶说,你骗我没骗我,你心里明白,我心里也明白。四婶得的什么病,四叔没跟四婶说,家人没跟四婶说。半夜四婶疼起来,四叔就拿两粒止疼片喂进四婶的嘴里。四叔不承认骗四婶,就是不承认打棺材这件事,就是不承认四婶快死这件事。四叔和四婶都是心里揣着明白嘴上装糊涂,不去把事说破,也不能把事说破。人的一生中能有几件明白事?

第二件事。说是昨天晌午,四婶冲盹睡一觉,四叔冲盹睡一觉。四婶先睡,四叔后睡。四婶先醒,四叔后醒,是被四婶伸手推醒的。四叔睁眼看一眼四婶都不像四婶了,她的脸上笑眯眯的,她的脸蛋红扑扑的,从来没见过她有这样的好气色。四婶笑嘻嘻地问四叔,你猜我做梦梦见了谁?梦见了我家三嫂!四婶伸手往村西一指说,就在村子的西头,就在三嫂的老坟地那一边。四婶跟四叔说,我梦见那里盖一大片房屋,还有一条大街。她们那一边住的房屋跟我们这一边的差别不算大,穷人家住草房,富人家住楼房,一般人家住瓦房。房前屋后有流淌的小河,有摇摆的树木。蓝的天,白的云,红的花,绿的草,牛呀羊呀鸡呀鸭呀,一样都不少。四婶说,差别最大的是那一边人的穿衣打扮,一个一个的脸上涂脂抹粉,身上穿得跟戏装差不多。我喊"三嫂、三嫂",三嫂装作听不见不理我。三嫂前面走,我后面跟。我后面跟得快,三嫂前面走得快;我后面跟得慢,三嫂前面走得慢。三嫂走在前面两丈远,我怎么撵都撵不上。眼看三嫂走过一座桥,我想跟过去。三嫂走过桥不一样。我突然看见三嫂两脚悬空不沾地,一飘一飘地走,一抖一抖地走,像一个纸糊的画人。在梦里我清楚三嫂是一个死过的人。一个死人去的地方,一个活人不能去。三嫂停在那一边回头冲着我招手,想让我跟着去那一边。我站在桥头不敢动,一下子醒过来。

四叔说,你四婶这是去阴间探路。那座桥叫奈何桥。要是你四婶跟着你娘迈过那座奈何桥就回不了头了。

在四婶这个梦的理解上,我与四叔有出入。俗话说,日有所思,夜有所梦。四婶在人生的最后时刻,在情感上与我母亲彻底和解。四婶期望在她将去的另一个世界,有一个相熟的人去接站。这个人就是我母亲,就是她的三嫂。人的一生是孤独的,不管在这一边,还是在那一边。孤独的人生需要有一个伴,在这一边是四叔,在那一边只能是我母亲。人的一生是无限循环的,在这一边是结束,在那一边是开始。

四叔最后说,看来你四婶就今早明晚的客,你回家跟大侄子媳妇说一声,真到那一天你们两口子回来送一送你四婶。

我说,这是我们小一辈子该做的。

那一天下午,我临走的时候,四婶醒过来。她听说我回来看她,执意让我再过去一趟。堂妹跑过来喊我,我心里犹豫不决,两条腿却不能犹豫不决。这一次,四婶侧身脸朝墙睡着。我看不清四婶的面目,却看清她乱麻一般的头发,骨瘦如柴的脊梁,干枯蜡黄的腿脚。

堂妹说,娘——,大毛哥过来看你了。

四婶躺着不动。

我喊,四婶——,我过来看你了。

四婶还是躺着不动。

堂妹再喊一声。我再喊一声。四婶像是又一次睡着了,或者说又一次昏迷了。四婶的两只手一齐搂抱在胸前,我伸手摸不着四婶一只手,去摸四婶一只脚。四婶的脚跟四婶的手一样,冰凉刺骨,老茧纵横,却又"簌簌"颤抖。那一刻,我明白四婶没睡着。四婶在她生命的弥留之际,想见我又怕见我。四婶的这种心情跟我一个样。我也是想见四婶又怕见四婶。四婶的脚"簌簌簌"地颤抖。四婶的身子"簌簌簌"地颤抖。四婶的床"簌簌簌"地颤抖。我多待一秒钟,就是多折磨四婶一秒钟,就是多折磨自个一秒钟。我松开四婶的脚。我跟四婶说,我过两天再来看望你。我食言。我过两天没有去。

2

一个月过后四婶咽下最后一口气。

四婶死的茬口不对。那一年下半年,村子里推行火葬,四婶算是死后赶上的头一个人。前前后后在淮河两岸的村庄里铺天盖地推行火葬好多年。这么些村庄属于不同的行政区域,有的村子推行早,有的村子推行晚。有的村子推一推、停一停、再推一推。有的村子推行火葬落实在表面,村子里的死人没有一个去火化。比如说,我大爷所在的村子就是这样子。那一年,我大爷病重,家人不愿我大爷火葬,一切按照土葬准备着。我大爷的一副棺材准备好,我大爷的一套妆老衣准备好。我大爷死的那一天天黑过后,我们一大家子人围过去,家人挖坑(墓坑),家人抬重(棺材),半夜三更静悄悄地把我大爷葬下土。我大爷七十多岁,原本是老喜丧。按照此地风俗,家人该请两班唢呐热热闹闹地吹一吹,闺女该扯开嗓子悲悲切切地哭一哭,亲家邻家该去敞开肚皮热汤热水地吃一顿。所有这些老规矩旧习俗都作废。天黑天明,一夜过去,家人悄无声息地葬下我大爷,潦潦草草地葬下我大爷。老话说,入土为安。在家人的想法里,相比邻村那些火化的人,我大爷一个全尸葬下土算是幸运的了。就算我大爷的丧事办得再潦草,家人都不会觉得遗憾,想必我大爷也不会觉得遗憾吧。

　　家人操办我大爷的丧事,动静再小,左邻右舍总会知道。左邻右舍不去跟村干部说,村干部就睁一只眼闭一只眼,装作不知道。村干部装作不知道,乡干部就不知道,乡里的那辆运尸车就停着不会动。反过来说,左邻右舍知道,去跟村里的干部说,村干部不敢隐瞒,上报乡政府,乡干部指示那辆运尸车,它就不能停止不动了。

　　在我们老家的村子里推行火化,都有一个奖励措施,就是谁举报谁得钱。在我舅舅的村子里,就遇见这么一件事。一个人死后土葬,有人举报到乡里,乡干部带着一干人到墓地,扒开尸体,浇上汽油,连棺材一起焚烧。从此之后,舅舅的村子里再有死人,家人就不敢冒险土葬,只能去火化。那一年,舅舅死,家人就是这么处置的。舅舅和大爷他们两个村子的情况大致差不多,百分之九十八的人家是同门同宗同姓,剩下的百分之二也是有血缘关系的亲戚。面对相同的火化政策,大爷的村子和舅舅的村子相差这么大说明什么呢?舅舅村子里的那个举报人,是报私仇,还是图钱财?

四婶的棺材没打之前,四叔就召集家人商讨她的后事。中心议题就是,四婶死后是火葬还是土葬。四叔的儿子闺女听四叔的,我听父亲的。也就是说我们一大家子人的核心人物,只有四叔和父亲,我们小一辈子人缺少发言权。在大河湾村,四婶带头第一个火葬,家人不甘心。四婶死后土葬,家人害怕担风险。万一像舅舅的村子那样,出现一个孬人,跑去报告村干部,或者干脆一个电话打给乡政府,就算四婶埋下土,其后果也是不堪设想的。与其走到不堪设想的那一步,不如早早地去火化。前些天村干部听说四婶病危,就带着两百块钱慰问金过来看四婶。在我们大河湾村,过去哪里会有村干部带钱上门看望病人这样的好事?当着四叔脸面,村干部把话说得再明白不过。村干部说,乡里抓火葬抓得紧,不要给我们村委会带来不必要的麻烦。

村干部先礼后兵地等着,等着四婶咽气,等着四婶去火葬。

四叔说话吞吞吐吐,嘴上说让一大家子人坐下来商讨四婶死后是火葬还是不火葬。其实四叔早已把基调定下来——四婶死后只能火葬不能土葬。四叔说,我这么一大把年纪还担心一个什么,还不是顾着几个孩子吗?四叔家的几个孩子,你看一看我,我看一看你,都把头低下。四叔埋怨四婶说,她要是早半年死也省去这许多麻烦事。一个人不能选择生的时辰,难道就能选择死的时辰吗?父亲倒是想出一个看似可行,实则根本不可行的办法。父亲的办法是,四婶咽气后连夜装车偷着运往四婶的娘家村里埋。父亲说的这个办法,四叔连话茬子都没有搭,觉得根本就没有商讨的必要。四婶死后真能葬在她的娘家吗?俗话说,嫁出去的姑娘泼出去的水,姓都改成夫家的了,怎么还能回娘家安葬呢?父亲知道自个说一说只是嘴上抹石灰——白说。他自个一辈子做出的哪一件事逃脱过规定的条条框框?我问四叔,四婶火化后还准备棺材埋坟吗?四叔回答说,还得棺材,还得埋坟。我问,这不是多花钱吗?四叔说,多折腾一招还能不多花钱?

回到家,夜里睡床上睡不着,我反复自个问自个,自个答自个。

问:推行火葬有什么益处?

答:省地、省钱,简化礼节。

问:实际上呢?

答:费钱、费事,更加烦琐。

问:村人喜欢火葬吗?

答:人人心里抵触。

问:那何为民心呢?

答:不知道。

四婶死后最终还是火化掉。四婶穿戴整齐躺在棺材里,在家待了一天一夜。堂妹花钱请一班吹鼓响手,铆足劲地吹奏起来。唢呐里长出来许多花花草草,飞禽走兽,一派喜气洋洋的样子。有《百鸟朝凤》的极乐图景,有《纤夫的爱》的世俗画面,有《大悲苦》的感伤场景,有《鲤鱼冲浪》的奋进场面。四婶是喜丧,唢呐什么样的曲子都能吹,越热闹越好,越有气氛越好。四叔的家人就是要热热闹闹地送四婶火化,就是要热热闹闹地送四婶下土。十月初的夜还残留着一丝暑气,村人拥挤过来,一层围一层像是纳凉消暑。夜深人静,唢呐在音响的纵容下,高亢着,嘹亮着,传播得很远很远。村干部跑来说,我看时辰差不多了吧?四叔也觉得铺张得够脸面,说歇下就歇下吧。吹鼓响手一停,村人一散,四叔家安静下来。我们堂兄弟是不能随便走开的。四婶的棺材下面铺着一层麦秸草,这一夜我们就睡在棺材下面暖棺。

四婶死的这一天特别好记,是我们国家第一次申办奥运会失利的日子。在大河湾村人的心目中,四婶的丧事更值得关注,唢呐声更容易引起共鸣。不管村人,还是我们家人,都从唢呐声中品味出一丝无奈。那就是四婶必须火化,火化后才能入土为安。

一夜过去,火葬场的车说早上七点钟来就七点钟来。这是村干部打电话早已经联系好的。村干部说火葬场有照顾,四婶去不用排队,优先火化。四婶活了一辈子,草民一介,事事没有特殊过,临终却优先一回。只是不知道四婶的灵魂是否应承这件事。家人、亲戚绕棺材一圈,瞧四婶最后一眼,猛然间哭声大振不止。家人与四婶见最后一面真的是见最后一面了。村干部制止说,好了,好了,火葬场的车回去还有事呢!火葬场的车回去有什么事?还不是继续拉死人!从车上下来两个大男人,一律白手套,一律白帽子,一律白大褂,一律白口罩。看不清他俩的嘴脸,看不清他俩的表情,真像阎王爷派过来的两个小鬼。一块白色塑料布,头头脸脸裹上四婶的全身,四婶就被抬上灵车。村委会有一辆工具车跟着一起去,车厢里放上长条板凳,一班吹鼓响手吹吹打打坐上去。我没有跟车去火葬场,四婶火化过后还回来。四婶走后,一口棺材空在家里怎样处理?家人发生了争执。争执的第一点:有人说,棺材应该继续放在屋里,等候四婶的骨灰回头。有人说,棺材应该放在门外,等候四婶的骨灰回头。土葬有一套礼法,上千年不变,火葬怎么办,四婶是头一个,谁都不知道怎么办。说四婶去火葬场,回头是骨灰,骨灰也是四婶,是不能再进家门的。因而,棺材不能再放在屋里。争执的第二点:棺材放门外的院子里,还是放在坟地里?四婶的骨灰没有回来,一口空棺材怎么进坟地呢?这礼数怎么理都理不顺。最后一口空棺材只能放在院子里,等候四婶骨灰回头,一并去坟地下葬。

半晌午,大虎怀抱四婶的骨灰回来。大虎是长子,四婶的丧事,事事都是他上前。村委会的工具车送到村头停下来。为什么不把四婶的骨灰送回家?村干部考虑问题是有分寸的。四婶火化后还要入棺下土,村干部是知道的。不入棺,不入土,骨灰盒放哪里?四婶火葬与政策相符,火葬后再入棺下土与政策相悖。村干部没办法,只得睁一只眼闭一只眼。四婶的骨灰没进家门,直接放进棺材里,等候午后的黄道吉时下土为安。四婶的娘家人从那个侉地方过来老老少少十几口子,看见棺材里孤零零地放着骨灰盒,一双双眼睛里汪满泪水。一个舅舅辈分的人说这要不是形势逼的,人放棺材里安葬多排场呀。四婶的一口棺材,料粗木圆,他们是满意的。他们不满意的是四婶火化,不满意嘴上不能说,只能在心里惋惜。父亲和四叔担心,四婶火化她的娘家人会说一些不好听的闲话,其实他们一句闲话没有说。

吃罢中午饭,吹鼓响手就携带家伙离开村子。吹鼓响手不送四婶下土,也是村干部的意思。村干部说,吹吹打打送棺材下土影响不好。这顿晌午饭,村干部没在四叔家吃,觉得吃不下这顿饭。村干部一脸愧色,反复跟四叔强调说,这件事乡里抓得紧,村里没有法子呀。四叔塞给这个村干部两条烟,他先不要,四叔硬塞给她,他就要了。这个跑来跑去的村干部跟我同一个辈分,嘴里也是"四婶长、四婶短"地喊着死去的四婶。村委会派他来协调这件事,就是考虑到他跟我们家同一个姓,这样一来不会出大乱子。村委会不怕出大乱子,可一旦出大乱子对谁都不好。这两天,这个村干部像一个二鬼子,见着我们家的大人孩子一律点头哈腰,一律谦行恭让。他的一副形象跟往常判若两人,好多年过去我都忘不掉。

挨傍晚,四婶的棺材出大门,前往四婶最终的所在地。一路上,村人出家门燃一堆柴火迎候着。火能阻止四婶的灵魂上身进门。有一个与四婶年龄相仿的妇女,抬衣袖擦着眼泪说,这才多大的年岁呀,比我还小月份呢。我们一大群子子孙孙走在四婶的棺材前面,头上的白孝布在风里"哗哗啦啦"地响着,引领着四婶的棺材一步一步往前走……

四婶的坟埋在村西头的一片土岗上,斜冲着淮河。在这里四婶不会孤单,时时能听见淮河的浪涛声。

最后需要特别说明的一点:母亲和四婶同是葬在村西头,母亲的坟在南一边,四婶的坟在北一边,这一南一北中间隔着一个小东庄,就有差不多一里地的距离了。四婶活着时,没有提出来死后跟母亲葬在同一块地里。我们家人不好硬性地做主这么做。事后我想,即便四婶这样子提出来,母亲在那一边会怎么想,还是不知道。看来母亲和四婶的最终归宿也只能这样了。愿母亲和四婶在那一边安息吧。

3

四婶一死,把四叔一个人撇在人世间。最初四叔孤孤零零的一个人怎么都不适应,半夜里一觉醒过来,摸着空落落的一半床,"嘤嘤嘤"地哭起来。四叔的几个孩子心里烦,跟四叔说,一大家子人的日子都不过了,我们整天都在家里哭?四婶病前病后四个月,从夏天到秋天,几个孩子都丢松手上的事,围绕着四婶转。四婶死,家人还活着就得吃喝拉撒,就得油盐酱醋,就得各做各的一份事情,各担各的一份责任。几个孩子见四叔一天天在家里哭,心里能不急,心里能够安?

其实,四叔的内心这样消沉,有一种说不出来的苦处,就是心甘情愿、顺顺当当地把四婶火化掉。四婶没有留下一具完整的全尸埋进棺材里,四叔觉得愧对这个同床共枕几十年的女人。四叔决定火化四婶,从客观上来说,有无数条辩护的理由,就算四叔主观上执意不火化四婶,村干部时时刻刻地盯着,恐怕不走这一条路,想绕都绕不过去。现在的问题是,四叔在四婶下葬过后,不去说客观上的原因,只去说主观上的原因。四婶的肉体消亡,灵魂留下来,盘绕在四叔的眼前,盘绕进四叔的头脑。就算四婶的灵魂不说一句话,四叔也觉得无时无刻不在谴责他。谴责四叔怎么会同意把她火化掉,谴责四叔怎么会连一丝抗争都没有。不说行动上的抗争,哪怕思想上的抗争也不见。就这样,四叔被四婶灵魂的谴责压垮,或者说被自个内心的自责压垮。夜深人静,四叔实在承受不住,也有辩解的时候。四叔跟四婶说,我这么做都是为着二孩子一家子呀!就算我不往外说,你也是明白的呀!

四叔的二儿子,名字叫大兔。四叔的大儿子属虎,叫大虎;二儿子属兔,自然叫大兔。大兔结婚十年,跟老婆先后生四个孩子。四个都是丫头,一个男孩没见着。头一个丫头留下自家养,第二个丫头抱给大姑养,第三个丫头留下自家养,第四个丫头抱给二姑养。大姑、二姑都是大兔老婆那一边的亲戚,不是我们家这一边的亲戚。一连好几年,大兔带着老婆孩子东躲西藏,没有一个固定的所在,像是黄宏、宋丹丹《超生游击队》的一个现实版本。过年过节不见回来,不要说村干部找不着他们在哪里,就连四叔家里人都不知道他们在哪里。大兔带着老婆孩子东躲西藏的目的,就是想生一个儿子。四婶病重想见一见二儿子,四叔七拐八拐地打电话找见大兔。大兔白天不敢进村,半夜三更偷偷地进村看两眼四婶。大兔来得不是时候,四婶在床上睡着了。四婶就像死了,平静地躺在床上,不见一丝动静,不见一丝呼吸,就像那一趟我去看四婶一个样。大兔喊,娘,娘,我来看你了。大兔的声音有些大,四叔制止住。四叔说,不要打扰你娘。四叔应该摇晃醒四婶,让他们娘俩说上几句话,四叔却不让大兔这么做,原因是四婶安安静静地睡一小会不易,四叔不去打扰四婶,也不允许别人去打扰四婶。四叔拉大兔去一边问情况。

大兔说,老婆快生产,这一次肯定是男孩子。

四叔问,你怎么这么肯定呢?

大兔说,我托人花钱 B 超过。

四叔说,那你就快回去伺候二儿子媳妇,你娘这一边还有他们呢。

"他们"就是指其他几个孩子。大兔再看一眼睡在床上跟死差不多的四婶,一头钻进夜色里。

第二趟大兔半夜潜回家,四婶醒在床上。四婶是人醒着,头脑开始犯糊涂,分不清张三和李四,大人和孩子,男人和女人。大兔说,娘,我回家看你来了。四婶问,你是大毛吧?大兔说,我是大兔,不是大毛。四婶说,大毛说来看四婶,真来看四婶啦。大兔说,娘,你仔细地看一看我是谁,我跟你说我是大兔、大兔、大兔!四叔说大兔,你娘说你是大毛,你就当一回大毛,你娘的脑子犯浑,你的脑子也犯浑?四婶仔仔细细地瞧大兔。四婶说,四婶天天在心里惦记着你,你说来看四婶怎么不来看四婶呢?大兔说,我这不是来看你了吗?四婶说,你来看四婶就好,再不来就看不见四婶了。大兔说,从今往后我天天来看你。四婶拉起大兔的手,摩挲一番说,大毛的手心好暖和。

四婶死过后,大兔还是老样子,半夜过来见四婶。四婶第二天就要火化,第三趟大兔见到一个真正死去的四婶。四婶下葬在傍晚,大兔没敢再露面。村人知道大兔带着老婆躲藏在外面生孩子,却没有一个村人问一问,就像四婶从来没生下这么一个儿子。大兔不送四婶下土,依旧是四叔安排的。在四叔的想法里,确保大兔老婆万无一失地把肚子里的孩子生下来,比什么都要紧。生与死,四叔选择生;现在与将来,四叔选择将来。大兔老婆肚子里的那个孩子就是将来。

或许四叔这一系列选择都不算错。——大兔没有送四婶下土不算错,四婶死后火化不算错。那么错在哪里呢?错就错在四叔没事找事,内心能不纠结吗?

一连好几天,我天天回去陪四叔。四叔的几个孩子离开四叔,我不能离开四叔;四叔的几个孩子厌烦四叔,我不能厌烦四叔。好在我的工作单位离老家只有十来里路远,我下午下班骑一辆破旧的脚踏车,"吱吱呀呀"半个小时就能到。脚踏车的车把上挂着一只包,里边装上酒,装上烟,装上菜。酒是孬酒,烟是孬烟,菜是卤菜。到了四叔家,拿出酒,拿出烟,拿出菜,就陪着四叔抽烟喝酒。我跟四叔抽烟就是抽烟,喝酒就是喝酒,很少有话跟四叔说。四叔的心结解不开,我就跟着一起纠结。当四叔面,我抽烟比四叔狠,喝酒比四叔狠。我的一份痛苦比四叔还要大,还要浓,还要深。四叔问我说,你过去不是不抽烟吗?我说,我过去不抽现在抽。四叔问我说,你过去不是不喝酒吗?我说,我过去不喝现在喝。

四叔说,那我们爷俩就抽烟。

我说,那我们爷俩就喝酒。

四叔说,一包烟我俩一人抽一半。

我说,一瓶酒我们俩一人喝半瓶。

打开卤菜,打开烟盒,打开酒瓶,我和四叔就一支接一支抽烟,一杯接一杯喝酒。抽烟抽不醉,喝酒喝着喝着我和四叔就醉了。

我说,我再敬、敬、敬你一杯酒。

四叔说,你不要敬、敬、敬我。

我问,我不敬、敬、敬你我敬、敬、敬谁?

四叔说,敬死亡。

我说,我不敬死亡。

我扔下酒杯"呜呜溜溜"地哭。四叔扔下酒杯"呜呜溜溜"地哭。

我的一副痛苦行状不是假装出来的。四婶死后,面对四叔的痛苦,我像一个站在河边的人,脚下一滑,"扑通"一声就掉下去。母亲突然地死,我没有这样子。面对父亲的痛苦,我没有这样子。我的反常举动,首先遭到妻子的猜疑。妻子怀疑我是四叔和四婶的孩子。母亲活着时,有一次与岳母谈话,话题一说就说到我小时候的事。母亲说我一周来岁的时候,差一点饿死,原因是母亲没有奶水,家里穷也缺少吃的东西。正好那一年,四婶生大虎,四婶的一份奶水给我吃一大半,给大虎吃一小半。这件事,母亲活着的时候,也给我说过。母亲说,那个时候你四婶还是一个不错的女人,怎么后来变得越来越不是她了呢?也就是那一年,我们家跟四叔家分开住。四婶怎么变得越来越不是她,母亲没跟我说明白。她们老一辈子人之间的是是非非,我也没有必要弄清楚。四婶死后,我连续去看四叔。妻子把我的反常举动向岳母一说,岳母很容易得出我是四叔和四婶亲生孩子的这个荒唐结论。妻子心里有了这样一种猜想,不直接问我,回老家问我父亲。妻子觉得她有责任和义务把我的身世弄清楚。父亲不直接回答是与否,反问我的妻子说,难道你觉得大毛长得不像你娘?"你娘"就是我母亲。妻子摇头说,娘死好多年,我记不得像不像。父亲反问我的妻子说，难道你觉得大毛长得不像我？妻子又点头又摇头说，有些地方像，有些地方不像。父亲说，你看像就是像，你看不像就是不像。

父亲就是不给妻子一个明确的答案。父亲觉得一个连自家男人身世都怀疑的女人，肯定是头脑出了毛病。父亲觉得他医治不好我妻子头脑里的这个毛病，就不去医治。父亲丢下我妻子，去找我四叔。父亲把我妻子的猜疑向四叔说一遍，问我四叔，我该跟我家的大儿子媳妇怎么去解释这件事？四叔低头不去做辩解，像一个做错事的孩子。父亲气哼哼地说四叔，我看你是越活越糊涂，自家过不安日子，几个孩子个个对你生意见，现在又害得我家相跟着过不安日子。父亲最后给四叔指出两条路，一条是喝药，一条是投河。父亲说，你不想活好办，喝药没钱，从我那里借，大河没盖盖子，投河你自便。

父亲的一席话，说醒四叔。四叔不敢再待在家里等我去喝酒，只得随手抄起一样农具去村外伺候早已荒疏的几分菜园地。四叔不在家等我，父亲在四叔家等我。父亲说，你四叔不在家，我陪你喝酒。

2013年3月18日—4月12日　贾小郢

曹多勇 2004—2013 年发表中篇小说目录

1. 我漂亮的表妹　　　　　都市小说　　　2004 年 7 期
2. 闲妇夏双的闲散日子　　百花洲　　　　2004 年 5 期
3. 悬挂立交桥上的风景　　时代文学　　　2005 年 1 期
4. 夏正午的一桩倒霉事　　红岩　　　　　2005 年 1 期
5. 夏四家　　　　　　　　滇池　　　　　2005 年 3 期
6. 哺乳期的男人　　　　　都市小说　　　2005 年 3 期
7. 中年风景　　　　　　　当代　　　　　2005 年中篇小说专号（一）
8. 伟大的肉嗝　　　　　　红岩　　　　　2005 年 4 期
9. 树上的鸟儿成双对　　　中国作家　　　2005 年 10 期
10. 肚子愈来愈大　　　　　中国作家　　　2005 年 10 期
11. 1976 年的英雄　　　　　红岩　　　　　2006 年 2 期
12. 满目春色　　　　　　　文学港　　　　2006 年 2 期
13. 女人结　　　　　　　　长江文艺　　　2006 年 3 期
14. 悬挂夜空里的银月　　　百花洲　　　　2006 年 2 期
15. 通往天堂的路径　　　　现代小说　　　2006 年第 6 月号芒种卷

16. 人民瓷	山花	2006 年 6 期
17. 流水日子	莽原	2006 年 4 期
18. 蓝蓝的天空红云飘	红豆	2006 年 12 期
19. 夏毒	中国作家	2007 年 3 期
20. 我爱北京女人	都市小说	2007 年 3 期
21. 西瓜地长出的风景	山花	2007 年 5 期
22. 水季天	西部·华语文学	2007 年 7 期
23. 蓝天红云	北京文学	2007 年 9 期
24. 雪花飘落二十年	清明	2007 年 5 期
25. 宋雅琴的这一年	都市小说	2007 年 10 期
26. 说不出来的幸福	西湖	2007 年 10 期
27. 幸福的秘密	滇池	2007 年 10 期
28. 你是我的未婚妻	芒种	2007 年 12 期
29. 破烂的气味	时代文学	2008 年 1 期
30. 柏油	山花	2008 年 2 期
31. 山北一片好地方	百花洲	2008 年 3 期
32. 一根柔软的绳子	红岩	2008 年 3 期
33. 流水向东	广州文艺	2008 年 5 期
34. 上年坟	中国作家	2008 年 5 期
35. 日子越过越亮堂	清明	2008 年 6 期
36. 新闻直击	时代文学	2008 年 11 期

37. 桃花劫	芒种	2009 年 1 期
38. 我的傻瓜生活	山花	2009 年 3 期
39. 我俩一起飞	时代文学	2009 年 5 期
40. 正午的西瓜地	广州文艺	2009 年 7 期
41. 骗鬼去吧	山花（下半月）	2009 年 8 期
42. 上岗	莽原	2009 年 5 期
43. 暖棺	芒种	2009 年 12 期
44. 天上的星星不说话	清明	2010 年 1 期
45. 淮水赋	滇池	2010 年 1 期
46. 找老婆	山花	2010 年 3 期
47. 女主播	时代文学	2010 年 2 期
48. 我们的城市	广州文艺	2010 年 4 期
49. 顺风顺水	百花洲	2010 年 4 期
50. 家赋	芳草	2010 年 5 期
51. 梦蝴蝶	时代文学	2010 年 6 期
52. 一场好戏	小说界	2011 年 1 期
53. 二月二	莽原	2011 年 1 期
54. 丁字路口案件	长城	2011 年 2 期
55. 一沓冥币	山花	2011 年 3 期
56. 水族馆	钟山	2011 年 3 期
57. 二弟	文学界	2011 年 5 期

58. 我是谁儿子	滇池	2011 年 6 期
59. 梦淮水	广州文艺	2011 年 7 期
60. 一场车祸	百花洲	2011 年 4 期
61. 死无对证	山花	2011 年 12 期
62. 迎面相撞	江南	2012 年 2 期
63. 矽肺病患者	山花(下半月)	2012 年 5 期
64. 丘母的后现代生活	广州文艺	2012 年 7 期
65. 目击者	长江文艺	2012 年 7 期
66. 十三年祭	山花	2012 年 10 期
67. 年后天	滇池	2012 年 12 期
68. 春风最暖	中国作家	2013 年 1 期
69. 堂哥的后打工时代	莽原	2013 年 2 期
70. 破产式离婚	清明	2013 年 4 期
71. 敬死亡	江南	2013 年 5 期
72. 回头送死	山花	2013 年 10 期
73. 葬身火海	广州文艺	2013 年 12 期